FRANKENSTEIN

호러 컬렉션

프랑켄슈타인
메리 셸리

에드거 앨런 포 단편선
에드거 앨런 포

드라큘라
브램 스토커

프랑켄슈타인

메리 셸리 지음

이경아 옮김

윌북

창조주시여, 진흙으로 저를 사람으로 빚어달라
제가 당신께 청했습니까?
어둠에서 저를 건져달라 간청했습니까?

_『실낙원』

『정치적 정의』『케일럽 윌리엄스』의 저자
윌리엄 고드윈에게
존경의 마음을 담아 이 책을 바칩니다.

프랑켄슈타인

서문

이 허구적 이야기의 바탕이 되는 사건은 다윈 박사를 비롯한 독일의 몇몇 생리학자들이 불가능하지만은 않다고 가정한 바 있다. 나는 그런 상상력의 소산을 조금이라도 믿는다는 오해를 받고 싶지는 않다. 하지만 그러한 상상력을 허구의 근본이라고 한다면, 나는 나 자신을 초자연적인 공포담을 잇달아 엮어가는 사람으로도 여기지 않았다. 문제의 이야기에 펼쳐진 사건은 유령이나 주술이 등장하는 단순한 이야기와 같은 맹점이 없다. 이 이야기는 그 안에서 펼쳐지는 상황이 진기할 뿐만 아니라, 인간의 열정을 다루는 상상력이라는 관점에서 보더라도, 물리적 사실의 관점에서 터무니없다고 해도 실제 사건에서 보는 평범한 관계보다 인간의 욕망을 더 광범위하고 능숙하게 묘사한다는 점에서 추천할 만하다.

그리하여 나는 인간 본성의 기본적인 원칙에 대한 진실

을 지키려 노력하는 한편, 이 원칙들을 조합해 혁신을 이루어내기를 주저하지 않았다. 그리스의 비극적 서사시인『일리아드』, 셰익스피어의『템페스트』와『한여름 밤의 꿈』, 특히 밀턴의『실낙원』에서 이 규칙을 따른다. 아무리 겸손한 소설가라도 자신의 노고에 즐거움을 부여하거나 그 일에서 즐거움을 얻으려고 한다면, 정도를 넘지 않는 범위 내에서 산문소설에 자유나 규칙을 적용할 것이다. 그런 규칙을 택해 인간의 감정을 수없이 정교하게 결합한 결과, 가장 최상의 표본이 될 만한 시가 탄생하지 않았는가.

내 이야기가 펼쳐지는 배경은 평범한 대화를 나누다 우연히 떠올랐다. 그 대화는 한편으로는 즐거움을 위해, 다른 한편으로는 일찍이 시도해보지 않은 정신적 자원을 단련해보려는 방편으로 시작되었다. 글을 쓰는 과정에서 또 다른 동기가 속속 뒤섞였다. 나는 도덕적 경향을 내 소설의 정서에 녹여내는 방식이나, 그런 정서를 가진 등장인물이 독자에게 영향을 미치는 방식에 무관심하지 않다. 하지만 이런 관점에서 나의 주된 관심사는 요즘 소설처럼 무기력함을 부추기지 않고, 가족의 정이 얼마나 따뜻하며 보편적인 덕목이 얼마나 탁월한지 보여주는 선에서 그쳤다. 등장인물과 주인공이 처한 상황에서 자연스럽게 비롯되는 견해들은 결코 평소에 내가 품고 있던 신념이라고 받아들이면 안 된다. 앞으로 이어질 이야기에서 어떤 추론을 끌어내건, 내가 특정한 철학적 교리에 편견을 품고 있다고 여겨서도 안 된다.

이 이야기는 사건이 주로 벌어지는 장대한 지역과 아쉬운 마음을 금할 수 없는 인연에서 시작되었다. 이러한 사실도 내게는 또 하나의 흥미진진한 요소로 느껴진다. 나는 1816년 여름을 제네바의 근교에서 보냈다. 그 여름은 싸늘하고 비가 자주 왔다. 그래서 저녁이면 우리는 활활 타오르는 불 주위로 모였으며, 종종 우연히 접하게 된 독일의 유령 이야기들을 나누며 즐거운 시간을 보냈다. 이런 이야기들이 그것들을 모방해보고 싶다는 우리의 욕망에 불을 지폈다. 다른 친구 두 명(둘 중 한 명의 펜 끝에서 나온 이야기는 내가 쓰고자 하는 그 어떤 이야기보다 훨씬 인기가 있을 것이다)과 나는 초자연적인 현상을 토대로 하는 소설을 각자 써보기로 했다.

그런데 날씨가 갑자기 평온해졌다. 그러자 그 두 친구는 나를 떠나 알프스 산중으로 여행을 떠났는데, 그곳이 선사하는 환상적인 풍경을 만끽하느라 으스스한 상상에 대한 기억은 몽땅 잊어버렸다. 이 이야기는 끝까지 완성된 유일한 작품이다.

제1권

편지 1

영국에 계신 새빌 부인에게

상트페테르부르크, 17XX년 12월 11일

누님이 그렇게 불길해하셨지만, 이 여행을 시작한 후로 제게는 아무런 탈도 일어나지 않았어요. 이 소식에 이제 마음이 놓이실까요. 어제 이곳에 도착했어요. 무엇보다 저는 잘 지내고 있어요. 마음에 품은 계획이 성공하리라는 확신도 점점 강해지고 있고요. 이런 사실들을 사랑하는 누님께 제일 먼저 알리려고 이렇게 편지를 보내요.

제가 있는 이곳은 런던에서 북쪽으로 한참 멀리 떨어진 곳이에요. 상트페테르부르크의 거리를 걷고 있으면 싸늘한 북구의 미풍이 두 뺨을 간질이듯 지나가요. 그 느낌에 신경이 바짝 긴장하면서 제 마음은 기쁨으로 차올라요. 이 기분을 이해하실지요? 제가 지금 가려는 곳에서 불어온 이 미풍은 제게 그곳의 얼음장 같은 기후를 미리 맛보게 해줘요. 이약속의 바람에 영감을 얻어 제 백일몽은 좀 더 강렬하고 생생해지죠. 극지방이 황량한 서리의 땅이라는 사실이 믿기지 않아요. 오히려 제 상상 속에서 그곳은 아름다움과 기쁨이 자리한 곳이거든요. 마거릿 누님, 그곳에서는 언제나 태양을 볼 수 있어요. 넓은 원반 같은 태양이 지평선에 살짝 걸친 채 끊임없이 찬란하게 빛나요. 누님이 허락하신다면 저는 앞서 간 항해자들을 믿어보려고 해요. 그곳에는 눈과 서리가 슬슬 걷히고 있어요. 그러니 잔잔한 바다를 건너가면 경이로움과 아름다움이라는 면에서 이 지구에서 지금까지 발견된 모든 지역을 능가하는 곳이 나올 거예요. 일찍이 누구도 발견한 적 없는 고독한 그 땅에도 분명 천체 현상은 일어날 테니 그곳의 산물과 지형은 비할 데가 없겠죠. 영원의 빛이 비치는 땅에서 무엇인들 기대할 수 없겠어요? 제가 그곳에서 나침반의 바늘을 끌어당기는 경이로운 힘을 발견할지도 몰라요. 수많은 천체 현상을 관장하는 힘이나 이 항해로 지금까지 기이하게만 여긴 이곳의 현상에서 일관된 원칙을 찾아낼지 누가 알겠어요. 인간의 손길이 미치지 않은 세상을 조금이나마 제 눈으로 보고 이 뜨거운 호기심을 만족시킬 겁니다. 사람의 발자국이 한 번도 찍히지 않은 땅에 발을 들여놓을 수도 있겠지요. 이런 생각이 제 마음을 사로잡고 있어요. 이 생각만으로도 위험이나 죽음의 두려움을 모두 정복하고 이 고난의 항해를 시작하기에 충분해요. 마치 휴일에 아이가 친구들과 함께 마을 강가에서 신나게 보물찾기를 시작하는 것처럼 말이에요. 혹여 이 추측들이 잘못되었다 하더라도, 지금은 몇 달에 걸려 가는 나라들을 빠르게 갈 수 있는 극지방 항로를 발견하거나, 지금 제가 하려는 탐사가 아니면 알아낼 수 없을 자기장의 비밀을 밝히는 등 인류의 마지막 세대까지 도움이 될 큰 공을 세울지 모른다는 사실에는 누구도 이의를 제기할 수 없을 거예요.

　이런 생각들을 좇다 보니 어느새 이 편지를 시작할 때 제 주위를 맴돌던 불안이 사라지더군요. 이제 제 심장은 저를 들뜨게 만든 열정으로 환하게 빛나는 것 같아요. 꾸준한 목표가 있으면 제 마음은 늘 평정을 되찾으니까요. 영혼이 지적인 시선을 둘 지점이 바로 그 목표일 테지요. 이번 탐사는 어렸을 때부터 꾸어온 제 꿈이었어요. 저는 북극을 둘러싼 바다를 통과해 북태평양으로 향하는 여러 항해 기록을 열심히 읽었어요. 누님, 기억하세요? 우리의 마음씨 좋은 토머스 숙부님 서재에는 새로운 발견을 목표로 떠난 항해에 관한 글이 한가득했잖아요. 저는 공부에는 흥미가 없는 대신 책이라면 사족을 못 썼지요. 제게는 밤낮으로 이런 책들을 읽은

게 공부였어요. 어렸던 저는 그런 지식을 쌓아갈수록 안타까운 마음만 커졌어요. 아버지가 돌아가시면서 숙부님께 저를 절대 뱃사람으로 키우지 말라고 하셨다는 사실을 알게 되었거든요.

제 이런 꿈들은 시인들이 토로한 감정에 처음으로 영혼이 매료되면서 희미하게 빛이 바랬어요. 저도 시인이 되어 일 년 동안 제가 만든 낙원에서 살기도 했죠. 호메로스와 셰익스피어의 이름을 기리는 사원에서 저도 한자리를 차지하는 꿈을 꾸기도 했어요. 그러니 제가 그 꿈을 좌절한 후 얼마나 힘겹게 실의를 이겨냈는지 잘 아실 거예요. 그런데 때마침 사촌에게서 유산을 물려받자 유년기를 함께했던 그 꿈이 다시 떠오르더군요.

제가 이런 탐사를 떠나기로 마음먹은 후로 6년이 흘렀어요. 지금도 이 위대한 과업에 헌신하리라 결심한 순간이 생생하게 떠올라요. 우선 고난에 견디도록 몸을 단련하는 것부터 시작했죠. 포경선에 올라 몇 번이나 북해로 항해를 떠났고요. 추위와 허기, 갈증, 수면 부족을 자발적으로 견뎠어요. 낮에는 일반 선원들보다 더 자주 힘든 일을 했고, 밤이면 수학과 약학 이론이며 항해를 나선 모험가에게 가장 실용적인 도움이 될 만한 자연과학 분야를 공부했어요. 실제로 저는 그린란드 포경선의 보조 항해사로 두 번이나 채용되어 주위에서 부러움 섞인 칭찬을 들은 적도 있어요. 선장님이 그 배의 부선장 자리를 제안하면서 배에 남을 생각이 없는지 간곡하게 물었을 때는 조금 우쭐하는 마음도 들더군요. 선장님이 그만큼 제 실력을 높이 산 결과였으니까요.

마거릿 누님, 그러니 저도 위대한 목적을 달성할 자격을 갖춘 셈이 아닐까요? 저는 여태껏 안온하고 호사스럽게 살아왔지만 돈이 제 앞에 마련해놓은 어떤 유혹보다 명예와 영광이 더 좋았어요. 오, 제 말이 맞다고 누군가 격려해주면 좋으련만! 제 용기와 결심은 확고해요. 하지만 희망은 변덕을 부리고, 종종 우울한 기분에 사로잡힐 때도 있어요. 저는 길고 힘든 항해를 눈앞에 두고 있어요. 비상사태에 대처하듯 제가 가진 불굴의 용기를 모두 발휘해야겠죠. 선원들의 사기도 높여주어야 하지만, 때로 선원들의 사기가 바닥을 치면 누구보다 굳건히 버텨야 할 사람이 바로 저니까요.

러시아는 지금이 항해하기에 가장 좋은 시기예요. 여기 사람들은 눈썰매를 타고 눈 위를 날 듯이 달려요. 이곳 썰매를 타보면 유쾌할 뿐 아니라 영국의 승합마차를 타는 것보다 훨씬 즐겁고 재미있는 것 같아요. 모피로 몸을 감싸면 추위는 아직 버틸 만해요. 그래서 이미 한 벌 마련했어요. 갑판을 걸어다니는 것과 몇 시간이고 가만히 앉아 있을 때의 몸 상태는 완전히 다르거든요. 여기서는 가만히 있으면 혈관을 흐르는 혈액이 말 그대로 얼어붙을 수도 있어요. 저는 상트페테르부르크와 아르한겔스크를 잇는 우편 도로에서 생을 마감하고 싶지는 않아요.

이삼 주 후에 아르한겔스크로 출발할 거예요. 그곳에서 배를 한 척 빌리려고 하는데, 선주에게 보험료를 내면 수월하게 처리할 수 있어요. 게다가 고래잡이에 익숙한 사람들 중에 필요한 수만큼 선원들을 고용하려고 해요. 저는 6월까지는 육지에 머무를 생각이에요. 그러면 언제 돌아오냐고요? 아, 사랑하는 누님, 이 질문에 어떻게 대답할 수 있을까요? 성공한다 해도 누님과 만나기까지는 몇 개월 아니 몇 년이 걸릴지도 모르겠습니다. 실패한다면 곧 만나게 되거나 아예 영영 못 만날 수도 있겠죠.

안녕히 계세요, 누구보다 훌륭한, 사랑하는 마거릿 누님. 하늘이 누님의 머리 위에 소나기처럼 은총을 뿌려주시길. 누님이 제게 보내주신 사랑과 상냥함에 다시 감사를 드릴 수 있도록 저를 구해주시길.

사랑하는 동생,
로버트 월턴

편지 2

영국에 계신 새빌 부인에게

아르한겔스크, 17XX년 3월 28일

눈과 서리에 꼼짝없이 갇혀버린 이곳에서는 시간이 어찌나 유유자적하며 흐르는지요. 그래도 제 모험을 위한 두 번째 발을 내디뎠어요. 배를 빌려서 선원들을 모으는 중이에요. 이미 고용한 선원들은 신뢰할 수 있고, 무엇보다 불굴의 용기를 지닌 사람들 같아요.

그러나 지금까지 도저히 채울 수 없었던 결핍이 한 가지 있어요. 그것의 부재가 이제는 지독한 불행으로 느껴질 지경이에요. 마거릿 누님, 저는 친구가 없어요. 성공하고 말겠다는 열망으로 불타올라도 제 기쁨을 함께 나눌 사람이 아무도 없어요. 실의에 빠져 있을 때도 제가 그 우울에서 빠져나오도록 일으켜 세워줄 사람도 없고요. 아쉬운 대로 제 생각을 종이에 기록해볼 작정이에요. 하지만 글이란 감정을 제대로 전달하기에는 빈약한 수단이죠. 제 감정에 공감해줄 수 있는 친구가 있으면 좋겠어요. 눈빛만 봐도 마음을 알 수 있는 친구랄까요. 사랑하는 누님, 지금 저를 낭만적이라고 생각하시죠. 그렇지만 친구가 한 명도 없다는 그 사실 하나가 몹시 아쉬워요. 다정하지만 용기백배하고, 털털하면서도 교양이 있고, 취향이 비슷해서 제가 세운 계획을 찬성하거나 고쳐줄 수 있는 친구가 곁에 한 명도 없다는 사실이요. 그런 친구라면 누님의 한심한 동생의 부족한 점을 잘 메워주지 않을까요! 저는 계획을 실행에 옮기는 데는 열심이지만 곤란한 일이 생기면 금세 초조하게 행동해버려요. 더 큰 문제는 제가 독학을 했다는 사실이에요. 태어나서 14년 동안 저는 멋대로 놀면서 토머스 숙부님의 서재에서 항해에 관한 책만 닥치는 대로 읽었잖아요. 그 나이에 저는 조국의 유명한 시인들을 처음 접했어요. 모국어 외에도 더 많은 언어를 알아두어야 한다는 생각이 떠올랐을 때는, 그런 생각을 이용해 큰 도움을 끌어낼 힘이 이미 사라지고 없었어요. 저는 이제 스물여덟 살이지 않습니까. 그렇지만 배움의 수준으로 보자면 열다섯 살 학생들보다 못해요. 물론 그들보다 깊은 생각도 더 많이 했고 더 크고 장대한 꿈을 꾸고 있는 건 맞아요. 하지만 제 꿈에는 (화가의 표현을 빌리자면) '짜임새'가 부족해요. 그러니 저를 낭만적이라며 무시하지 않을 정도의 지각이 있고, 제 마음이 딴청을 피우지 않도록 애정을 갖고 지켜봐줄 친구가 꼭 있으면 좋겠어요.

휴, 이런 건 다 소용없는 불평이에요. 아르한겔스크에서 머무르며 상인과 뱃사람들 사이에서도 못 구한 친구를 망망대해 어디에서 구할 수 있겠어요. 하지만 이 거친 사람들의 가슴에도 지저분한 인간 본성과는 어울리지 않는 감정이 살아 있어요. 예를 들어 우리 배의 항해사는 놀라울 정도로 용감하고 진취적인 사람이에요. 게다가 자신의 명예를 드높이는 데 여념이 없어요. 그는 영국인인데, 국가와 직업에 대한 편견이 너무 강해서 교양으로도 다듬을 수 없을 정도지만, 한편으로는 누구보다 고귀한 인간성을 간직하고 있기도 해요. 저는 이 사람과 포경선에서 처음 만났어요. 그가 아르한겔스크에서 일자리를 구하지 못했다는 사실을 알고 제 원정에 손을 빌려달라고 쉽게 설득할 수 있었어요.

선장은 인품이 아주 훌륭한 사람이에요. 신사적인 태도와 기강을 잡는 온화한 지도력을 보면 이 배에서 꼭 필요한 사람이죠. 선장은 정말 정이 깊은 성격이에요. 피를 흘리는 모습을 차마 볼 수 없어서 사냥도 하지 않아요(이곳에서 거의 유일한 유흥거리인데 말이죠). 영웅적일 정도로 관대한 사람이

기도 해요. 몇 해 전 그는 재산이 많지 않은 러시아 아가씨를 사랑하게 되었어요. 그간 모아둔 포획 상금이 꽤 되었기에 미래의 장인에게 결혼을 허락받을 수 있었죠. 결혼식이 열리기 전 그는 딱 한 번 애인을 만나러 갔어요. 그런데 그 아가씨가 쉴 새 없이 눈물을 흘리고 있지 않겠어요. 그 아가씨는 그의 발치에 몸을 던지면서 자신을 놓아달라고 간청을 했어요. 실은 다른 남자를 사랑하고 있는데, 그 남자가 가난해서 아버지가 결혼을 허락해주지 않았다고 털어놓았다지요. 관대한 제 친구는 아가씨에게 안심하라고 하고 연인의 이름을 듣고는 자신은 마음을 접겠다고 말했어요. 선장은 미리 사둔 농장이 하나 있었어요. 그는 그 농장을 일구며 여생을 보낼 계획이었죠. 그런데 연적에게 그 농장은 물론 가축을 사라며 남은 포획 상금마저 다 주었어요. 게다가 아가씨의 아버지를 찾아가 딸이 사랑하는 사람과 결혼하도록 허락해달라고 설득까지 했고요. 하지만 그 노인은 선장과 한 약속을 지키는 것이 명예로운 행동이라 생각해 도무지 고집을 꺾지 않았어요. 노인이 도무지 마음을 돌리려고 하지 않자 선장은 아예 나라를 떠나버렸어요. 약혼녀가 사랑하는 남자와 결혼했다는 소식이 들리자 비로소 고국으로 돌아갔지요. "정말 고귀한 사람이구나!" 누님은 이렇게 말씀하시겠죠. 선장은 정말 그런 사람이에요. 하지만 평생을 뱃사람으로 살아왔기에 밧

줄과 돛대 너머의 세상에 대해서는 아는 게 별로 없어요.

하지만 제가 약간 불평을 늘어놓았다거나 만날 가능성도 없는 사람에게 제 고통에 대한 위안을 얻는다고 해서 제 결심이 흔들리고 있다고 넘겨짚지는 마세요. 제 결심은 운명처럼 확고하니까요. 날씨가 승선하기에 좋아질 때까지 출항을 미루고 있을 뿐이에요. 겨울은 지독할 정도로 엄혹했어요. 대신 곧 시작될 봄은 찬란할 것 같아요. 게다가 예년보다 봄이 빨리 왔다고들 해요. 그러니 출항이 예상보다 더 빨라질 것 같고요. 절대 성급하게 행동하지는 않을 거예요. 누님은 저를 잘 아시니, 동료들의 안전을 책임지고 있는 제가 그 어느 때보다 신중하고 사려 깊게 행동하리라 믿어주시겠죠.

마침내 꿈꾸던 모험이 시작된다고 생각하니 얼마나 감개무량한지 글로 다 전할 수가 없어요. 출항 준비를 하면서 기대 반 두려움 반인 이 가슴 떨리는 심경을 누님에게 도저히 전할 수가 없어요. 저는 미개척지 '안개와 눈의 나라'로 갈 거예요. 그렇지만 앨버트로스는 절대 죽이지 않을 거예요(새뮤얼 테일러 콜리지의 시 「늙은 수부의 노래」에서 인용. 길조로 여기는 앨버트로스를 늙은 수부가 활로 쏴 죽이고 저주를 받는다―옮긴이). 그러니 제 안전은 걱정하지 마세요.

망망대해를 횡단한 후 아프리카나 아메리카 대륙의 최남단 곳을 경유해 돌아가면 누님을 다시 만날 수 있을까요?

그런 성공은 기대하지도 않아요. 하지만 반대의 그림을 떠올리면 그 또한 견딜 수가 없어요. 기회가 생길 때마다 편지를 보내주세요. 제 기운을 북돋우기 위해 누님의 편지가 가장 필요할 때 때마침 편지를 받을 수도 있잖아요(그럴 가능성은 희박하겠지만요). 누님을 정말 사랑해요. 혹시라도 제 소식을 다시 듣지 못하더라도 애정을 담아 저를 기억해주세요.

사랑하는 누님의 동생,
로버트 월턴

편지 3

영국에 계신 새빌 부인에게

17XX년 7월 7일

사랑하는 누님,

저는 무사히 순조롭게 항해 중이라는 사실을 알리기 위해 급히 몇 줄 적습니다. 이 편지는 아르한겔스크에서 영국으로 돌아가는 상인 편에 보낼 거예요. 그 상인은 저보다 훨씬 운이 좋아요. 저는 아마도 앞으로 몇 년은 고국을 볼 수 없을 테니까요. 하지만 저는 씩씩하게 잘 버티고 있어요. 선원들은 모두 용감하고 목적의식도 확고해요. 배 옆으로 유빙이 계속 지나가는 모습만 봐도 우리가 가고 있는 지역이 얼마나 위험천만한 곳인지 알 수 있지만, 그들은 조금도 위축되는 기색이 없습니다. 벌써 위도가 꽤 높은 곳까지 왔어요. 하지만 여름이 절정이에요. 영국처럼 따뜻하지는 않아도 강력한 남풍이 불어 기대도 하지 않았던 온기에 힘이 솟아요. 게다가 이 바람 덕분에 우리 배는 제가 간절하게 가보고 싶은 해변까지 쏜살같이 달리는 중이고요.

편지에 쓸 만한 특별한 일은 아직 없어요. 강풍이 한두 번 불어와서 돛대가 부러진 적이 있긴 하지만 노련한 뱃사람이라면 기억도 나지 않을 정도의 사건이죠. 우리가 항해하는 동안 이보다 더 심각한 일이 벌어지지 않기만 해도 저는 만족이에요.

사랑하는 마거릿 누님, 누님뿐만 아니라 저 자신을 위해서라도 성급하게 위험에 맞서지 않을 테니 걱정은 붙들어 매세요. 언제나 냉정하고 자제력 있고 신중하게 행동할게요.

영국에 있는 친구들에게 제 안부를 전해주세요.

누님을 누구보다 사랑하는,

월턴

편지 4

영국의 새빌 부인에게

17XX년 8월 5일

이 편지가 누님에게 도착하기도 전에 우리가 해후할 가능성이 크지만, 그래도 너무 기이한 일이 일어나 그 일의 전모를 기록해두지 않을 수가 없어요.

지난 월요일(7월 31일) 우리 배는 유빙에 둘러싸였어요. 사방이 얼음으로 막히는 바람에 배가 움직일 틈이 거의 없을 지경이었죠. 여기에 한 치 앞을 분간할 수 없는 안개까지 에워싸는 바람에 꽤 위험한 상황에 처했어요. 우리는 대기 상황과 날씨가 변하기만을 바라며 뱃머리를 바람이 부는 방향으로 맞추고 기다리는 수밖에 없었어요.

두 시가 되니 안개가 슬슬 걷혔어요. 그리고 마침내 우리 눈앞에 탁 트인 사방으로 방대하고 울퉁불퉁한 얼음 평원이 펼쳐져 있었어요. 아무리 살펴봐도 그 빙원은 끝이 보이지 않더군요. 동료들 일부는 심상치 않다 싶은지 걱정스럽게 한숨을 쉬기까지 했어요. 그 소리에 저도 덩달아 걱정스러워져서 주의 깊게 사방을 살피기 시작했죠. 바로 그때 기묘한 광경에 시선을 빼앗기는 바람에 지금 어떤 상황에 처해 있는지도 잠시 잊었어요. 1킬로미터가량 떨어진 곳에서 개가 끄는 썰매에 묶인 수레가 북쪽을 향해 달리고 있었어요. 사람 형체를 한 덩치가 어마어마한 존재가 그 수레에 타고 개를 몰고 있더군요. 우리는 빠르게 달려가는 그 사람을 망원경으로 뒤쫓았지만, 그 사람은 어느새 저 멀리 표면이 고르지 않은 얼음 들판 사이로 사라졌어요.

이 광경에 우리는 한동안 놀라움을 금치 못했어요. 지금껏 우리가 육지에서 수백 킬로미터는 떨어진 곳에 있다고 믿고 있었으니 왜 아니겠어요. 이 유령 같은 존재가, 짐작과 달리 육지가 실제로 그리 멀리 있지 않다고 알려주는 것 같았어요. 하지만 그때는 배가 얼음에 갇혔으니 그 뒤를 서둘러 따르지 못하고 그저 신경을 곤두세운 채 지켜볼 수밖에 없었죠.

이 일이 있고 두 시간가량 지났을까, 얼음장 아래 바다가 요동치는 소리가 들렸어요. 다행히 밤이 오기 전에 얼음장이 갈라진 덕에 우리 배는 얼음의 속박에서 풀려날 수 있었어요. 하지만 여러 조각으로 깨져 주위를 떠다니는 거대한 유빙과 캄캄한 밤에 충돌하면 큰일이라 날이 밝을 때까지 뱃머리를 바람이 오는 쪽으로 돌렸죠. 이 틈에 단 몇 시간이라도 쉬고 싶었어요.

밤이 지고 날이 밝자마자 갑판으로 올라가보니 선원들이 전부 나와 배의 한쪽에서 분주하게 움직이고 있는 게 아니겠어요. 보아하니 그들은 바다에 떠 있는 사람과 이야기를 하는 중이었어요. 전날 본 썰매와 비슷한 썰매가 보였어요. 지난밤에 커다란 얼음 조각에 실려 밀려왔나 보더군요. 숨이 붙어 있는 개는 한 마리뿐이었어요. 그런데 그 썰매에 사람이 타고 있어서 선원들은 어서 배로 올라오라고 그 사람을 설득하고 있었어요. 그 사람은 전에 본 그 여행자처럼 아직 발견되지 않은 섬에 사는 야만인이 아니라 유럽인이었어요. 제가 갑판에 나타나자 선장이 말했어요. "여기 우리 대장님이 오셨군. 우리 대장님은 당신이 이 바다 위에서 죽어가도록 내버려둘 분이 아닙니다."

그 낯선 사람은 저를 보더니 영어로 말을 했어요. 외국 억양이 살짝 느껴지더군요. "제가 당신의 배에 올라타기 전에." 그는 이렇게 말문을 열었어요. "목적지를 알려주시면 고맙겠군요."

그 남자는 금방이라도 숨이 넘어갈 것처럼 보여서 우리

배에 탈 기회를 지상의 어떤 귀한 보물과도 바꾸지 않을 줄 알았는데, 막상 그런 질문을 하니 제가 얼마나 놀랐을지 짐작이 가실 거예요. 어쨌든 저는 우리 배는 북극을 탐사하러 가는 중이라고 했어요.

이 대답을 듣더니 그 사람은 만족한 표정을 짓고 우리 배에 오르겠다고 했어요. 하느님, 맙소사! 마거릿 누님, 안전을 위해 그렇게까지 모든 걸 포기해버린 그 남자의 몰골을 보셨다면 대경실색하셨을 거예요. 팔다리는 꽁꽁 얼어붙기 직전이었고 그간 쌓인 피로와 온갖 고초로 몸은 지독하게 야위어 있었거든요. 그렇게 처참한 몰골을 한 사람은 처음 봤어요. 우리는 그 사람을 선실로 데려가려고 했어요. 그런데 환기가 잘 안 되는 곳으로 가자마자 기절을 해버리는 거예요. 곧장 그 사람을 다시 갑판으로 데리고 나와서는, 그 사람이 정신을 차릴 때까지 브랜디로 몸을 문질러주고 억지로라도 몇 모금 삼키게 했어요. 그 사람이 정신을 차리는 기색이 보이자 우리는 그를 담요로 꽁꽁 싸고는 주방 난로와 연결된 굴뚝 근처로 데려갔어요. 서서히 기운을 되찾은 그 사람은 수프를 약간 먹었는데, 덕분에 놀랄 정도로 회복되었어요.

이렇게 이틀을 요양하니 제대로 말을 하게 되었어요. 너무 고초를 겪은 나머지 제정신을 잃은 게 아닌지 걱정이 되더군요. 몸이 상당히 회복된 후에 그 사람을 제 선실에서 지

내게 했어요. 제 할 일을 하는 짬짬이 그를 보살폈지요. 이 사람만큼 제 흥미를 자극한 사람은 보지 못했어요. 평소에 그의 두 눈은 야성적으로 희번덕거리고 때로는 광기까지 내비치기도 했어요. 하지만 누가 그에게 친절을 베풀거나 사소하기 그지없는 도움을 주기라도 하면 표정이 환하게 밝아지는데, 그처럼 선의와 다정함으로 빛나는 얼굴은 처음 봤어요. 그럴 때가 아니면 그는 대체로 우울과 절망에 빠져 있었죠. 가끔 자신을 짓누르는 비통함의 무게를 못 견디겠다는 듯 성마르게 이를 바득바득 갈기도 했고요.

손님이 어느 정도 체력을 되찾자 이번에는 선원들을 물리치느라 고생을 했어요. 선원들이 찾아와 그에게 온갖 질문을 해대려고 했거든요. 심신을 회복하려면 반드시 절대안정을 취해야 하는 사람을 한가로운 호기심으로 괴롭히게 둘 수는 없잖아요. 한번은 항해사가 이런 질문을 했어요. 어째서 그렇게 어설픈 썰매에 의지해 이렇게 멀리까지 왔느냐고요.

그 질문을 받자마자 한없이 깊은 우울이 그의 얼굴에 그림자를 드리웠어요. 이윽고 그가 대답했죠. "내게서 도망친 자를 찾으러 왔어요."

"그렇다면 당신이 추적하는 그자도 똑같은 썰매를 타고 있습니까?"

"그래요."

"그 사람이라면 우리가 봤을 수도 있어요. 당신을 구조하기 전날 누군가 개 썰매를 몰고 병원을 달려가는 걸 봤거든요."

이 말이 손님의 관심을 잡아끌었어요. 그는 자신이 악마라고 부르는 여행자가 어디로 갔는지 꼬치꼬치 캐물었어요. 이윽고 저와 단둘이 남게 되자 그 사람이 말했어요. "이 선한 사람들만이 아니라 당신도 내가 어떤 사람인지 궁금하시겠죠. 그런데도 당신은 저를 배려하느라 질문을 자제하고 계신 걸 테고요."

"실은 그렇습니다. 제 궁금증을 풀자고 당신을 힘들게 하면 너무 뻔뻔하고 비인간적이지 않습니까."

"더군다나 당신은 그 기묘하고 일촉즉발의 상황에서 저를 구해주셨죠. 친절하게도 내가 기력을 되찾도록 돌봐주셨고요."

이런 대화를 나누자 그 사람은 먼저 지나간 그 썰매가 얼음이 깨져 파괴되었을 거라고 생각하는지 물었어요. 나는 그 점에 대해서는 확답을 할 수 없다고 했어요. 얼음은 자정이 다 되어서야 깨지기 시작했으니 그 사람이 그 전에 안전한 곳에 도착했을 수도 있잖아요. 하지만 이마저도 섣불리 판단할 수가 없었죠.

이후로 이 손님은 틈만 나면 갑판으로 나가 그 썰매가

다시 나타날지 망이라도 보려는 것 같았죠. 저는 부디 선실에 있으라고 했어요. 몸이 너무 쇠약해서 북극의 매서운 바람을 버틸 수가 없었거든요. 대신 선원들이 그를 대신해서 바다를 살피다가 뭔가 보이면 즉시 그에게 알리도록 하겠다고 약속을 했어요.

여기까지가 이 기묘한 사건에 대해 현재까지 기록한 내용이에요. 이 손님은 차츰차츰 건강을 회복하고 있어요. 하지만 통 말이 없고 저 외에 다른 사람이 선실에 들어오면 불안을 숨기지 못해요. 하지만 그의 태도가 워낙 서글서글하고 점잖아서 선원들은 그와 별로 이야기도 나누지 않았지만, 관심이 매우 많아요. 저로 말하자면 마치 형제 같은 정을 느끼게 되었어요. 언제나 깊은 슬픔에 싸인 모습을 보면 연민과 동정심이 마음 가득 느껴져요. 이렇게 처참한 지경에서도 그렇게까지 매력적이고 호감이 가는 걸 보면 한창 잘나가던 시절에는 분명히 고귀한 사람이었을 거예요.

사랑하는 마거릿 누님, 제가 이전에 보낸 어느 편지에 이 망망대해에서 친구를 어떻게 구하겠냐고 썼었죠. 그런데 불행으로 영혼이 피폐해지지 않았다면 분명 기꺼이 의형제를 맺었을 사람을 지금 찾았어요.

이 손님에 대해서 새로 기록할 사건이 일어나면, 가끔 그에 대한 기록을 남길게요.

17XX년 8월 13일

매일매일 제 손님에 대한 정이 두터워져만 갑니다. 놀라울 정도로 존경심과 동정심을 동시에 불러일으키는 사람이에요. 그러니 이토록 고귀한 사람이 과거의 불행으로 망가진 모습을 보면서 어떻게 가슴이 미어지는 슬픔을 느끼지 않을 수 있겠어요. 그는 너무나 신사적이고 현명하기도 해요. 학업으로 갈고닦은 학식도 뛰어나죠. 그는 이야기를 시작하면 단어 하나하나를 세심하게 고르는 동시에 말솜씨가 좋아서 누구에게도 뒤지지 않는 달변가가 돼요.

쇠약해진 몸도 지금은 상당히 회복되었어요. 그래서 긴 시간 갑판에서 머물러요. 분명히 그를 앞서간 썰매의 행방을 감시 중일 거예요. 불행한 기색은 여전히 남아 있지만, 요즘은 내내 자신의 비참한 처지에만 빠져 있지 않고 다른 사람들의 일에도 깊은 관심을 보여요. 제 계획에 다양한 질문을 하기도 합니다. 특별할 건 없지만 제가 살아온 이야기를 솔직하게 들려줬어요. 그랬더니 그는 제가 그를 믿고 개인사를 들려줬다는 사실에 기뻐하는 것 같았어요. 제 계획에서 몇 군데를 고쳐보라는 조언도 해줬는데, 모두 크게 도움이 될 것 같아요. 그는 자신의 학식을 뽐내려는 허세도 없어요. 오히려 그가 하는 일은 전부 주위 사람들에게 도움을 주고 싶다는 본능적인 마음에서 비롯되는 것 같아요. 그는 자주 우울증에 빠져들어요. 그럴 때면 홀로 앉아 자신도 모르게 음침하고 무뚝뚝하게 구는 태도를 극복해보려고 해요. 절망에 빠진 기색이 늘 그의 주위를 떠돌지만, 발작처럼 찾아온 우울증은 해를 가린 구름이 사라지듯 얼마 후면 가시더군요. 저는 그의 신뢰를 얻으려고 노력을 기울였어요. 덕분에 그의 마음을 얻은 것 같아요. 어느 날 그에게 제 마음을 이해해주고 조언으로 길잡이가 되어줄 친구를 늘 사귀고 싶었다고 털어놓았어요. 저는 친구의 조언에 마음이 상하는 그런 사람이 아니라고요. "저는 독학으로 학문을 익혔습니다. 아무래도 자신의 능력에 의지하는 것만으로는 충분하지 않더군요. 그래서 저보다 더 현명하고 경험이 많고, 저를 믿고 지지해주는 친구가 있었으면 좋겠어요. 진실한 친구를 찾는 꿈이 불가능하다고 생각하지도 않고요."

"나도 그렇게 생각해요." 그 친구가 대답했어요. "우정은 바람직할 뿐만 아니라 꼭 손에 넣을 수 있다고 믿어요. 나도 한때 그런 친구가 있었죠. 세상에서 가장 고귀한 사람이었어요. 그러니 서로를 존중하는 우정을 판단할 자격이 내게도 있다고 생각합니다. 당신은 희망이 있어요. 눈앞에 온 세상이 펼쳐져 있죠. 그러니 절망할 이유가 없어요. 하지만 나는, 이제 모든 걸 다 잃었고 새 출발을 할 수도 없어요."

이런 말을 하는 그의 얼굴은 점점 평온해지면서 슬픔이 잔잔하게 배어 나왔어요. 그 모습을 보고 있자니 가슴이 미어지더군요. 그러더니 그는 아무 말 없이 자신의 선실로 들어갔어요.

그 사람처럼 상실감에 빠져 있으면서 자연의 아름다움을 마음 깊이 느끼는 사람도 또 없을 거예요. 별이 총총 뜬 하늘이며 드넓은 바다, 이 경이로운 곳에서 볼 수 있는 갖가지 풍경에 힘입어 그의 영혼은 비천한 지상에서 높이 날아오를 힘을 아직 잃지 않은 듯해요. 이런 사람은 두 개의 존재의 힘을 여전히 간직하고 있는 것 같아요. 그도 불행에 고통을 받고 실의에 압도당할 수 있어요. 하지만 내면으로 침잠해 들어가면 천상의 영혼이라도 되는 것 같아요. 그의 주위에는 후광이 걸려 있어서 그 둥근 빛 안으로는 슬픔도 어리석음도 들어설 자리가 없죠.

이 성스러운 방랑자를 열 내며 소개하는 제 모습에 누님은 혹시 웃음이 나오시나요? 만약 그러셨다면 한때 누님의 매력이었던 소탈함을 잃어버리신 게 분명해요. 그래도 웃음이 나오신다면, 저의 찬사에서 스며 나오는 따스한 마음에 미소를 지어주세요. 그동안 저는 매일 이런 찬사를 반복할 거리를 찾아낼 테니까요.

17XX년 8월 19일

어제 새 친구가 제게 이렇게 말했어요. "월턴 대장님, 당신이라면 제가 누구와도 비교할 수 없을 정도로 엄청난 불행을 겪었다는 사실을 이미 눈치채셨겠죠. 얼마 전까지 나는 이런 죄악에 관한 기억은 나의 죽음과 함께 세상에서 사라져야 한다고 생각했습니다. 하지만 대장님을 만나고 마음이 바뀌었어요. 과거의 나처럼 대장님도 지식과 지혜에 갈구하고 있어요. 과거 내 경우처럼 그런 염원이 실현되었을 때, 대장님의 성취가 오히려 당신을 물어뜯는 독사가 되지 않기를 진심으로 바라요. 내가 겪은 온갖 불행을 들려드린들 무슨 도움이 될지 모르겠습니다만, 혹시 듣고 싶으시다면 이야기를 들어보세요. 이 이야기에 등장하는 기묘한 사건들을 들으면 자연을 보는 새로운 관점이 생길 겁니다. 그리고 그 관점을 통해 대장님의 재능과 이해 범위가 더 넓어질 수도 있겠죠. 지금부터 대장님이 불가능하다고 믿었던 힘과 사건들을 듣게 될 겁니다. 하지만 이 이야기를 들으면 그 안에서 일어난 사건들이 더는 불가능한 일들이 아니라는 증거가 다 드러날 것이라 믿습니다."

자신의 이야기를 들려주겠다는 그의 말에 제가 얼마나 반색을 했을지 금방 짐작이 가실 거예요. 하지만 그가 자신의 불행한 삶을 차근차근 털어놓다가 다시 슬픔에 빠지면 어쩌나 걱정도 들었죠. 그래도 그가 들려주기로 약속한 이야기를 어떻게든 듣고 싶었어요. 호기심이 동하기도 했고 제 힘이 닿는 한 그의 운명을 도와주고 싶은 열망이 타올랐으니까요. 저는 이런 심정을 솔직하게 털어놓았어요.

"대장님, 고맙습니다." 그가 이렇게 대답하더군요. "이렇게 마음을 써주시다니. 하지만 소용이 없어요. 어차피 내 운명은 거의 끝에 다다랐거든요. 이제 남은 한 가지 사건만 일어나면 됩니다. 그러면 나는 마음 편히 잠들 수 있습니다. 대장님의 심정은 이해합니다." 제가 말을 끊으려고 하자 그가 얼른 말했어요. "하지만 그건 잘못 생각하는 겁니다, 친구여. 이렇게 불러도 될까요. 무슨 짓을 해도 내 운명을 바꿀 수는 없어요. 그러니 내가 살아온 이야기를 들어보세요. 그러면 어째서 이 운명이 돌이킬 수 없는 지경에 이르렀는지 이해하실 테니까요."

그러더니 다음 날 제가 한가한 시간에 이야기를 시작하겠다고 말했어요. 이 약속을 받고 저는 진심에서 우러나온 감사 인사를 몇 번이나 했답니다. 저는 밤마다 짬이 날 때면 그가 낮에 들려준 이야기를 최대한 토씨 하나 고치지 않고 그대로 기록하자고 마음을 먹었어요. 짬이 나지 않는다면 못해도 간략한 기록이라도 남길 작정이에요. 누님이 이 기록을 읽으면 분명히 비길 데 없는 즐거움을 느끼실 거예요. 하물며 그를 만났고 그의 입을 통해 나온 이야기를 직접 들은 저는 언젠가 이 글을 읽으며 얼마나 가슴이 뛰고 깊이 공감하겠어요!

1장

내 고향은 제네바이고 우리 가문은 제네바 공화국에서 가장 명문가였다. 우리 가문은 대대로 변호사와 행정장관을 배출했으며 내 아버지 또한 여러 공직을 맡아 영예와 명성을 얻었다. 아버지는 공직 한길을 걸으며 성실하게 소임을 다한 덕에 당신을 아는 모든 이들에게 존경을 받았다. 이렇듯 아버지는 젊은 시절을 국가 정무에 몰두하며 다 보냈다. 그리고 인생이 저물어갈 즈음에야 비로소 결혼을 해서 당신의 덕과 이름을 후세에 전할 수 있는 자식들을 조국에 바치겠다는 생각을 하게 되었다.

내 아버지가 결혼을 하게 된 정황에서 그분의 인품을 엿볼 수 있으므로 당시 사정에 대해 먼저 설명을 하고 넘어가겠다. 아버지와 가장 각별한 친구인 상인이 있었는데, 그분은 매우 풍족한 삶을 살다가 수없이 들이닥친 불운 끝에 궁핍한 지경까지 이르고 말았다. 이 상인의 이름은 보포르로, 자존심이 강하고 한 번 마음을 먹으면 여간해서 굽히지 않는 성정이었기에, 예전에 자신이 높은 지위를 누리며 영화로운 삶을 살았던 곳에서 모두에게 잊힌 채 곤궁하게 살아가는 생활을 견디지 못했다. 그래서 가장 명예로운 방식으로 자신의 빚을 모두 갚은 후 딸을 데리고 루체른으로 옮겨 가 무명의 곤궁한 생활을 시작했다. 내 아버지는 그 무엇보다 진실한 우정으로 보포르를 각별하게 생각하고 있었으므로 친구가 이렇게 비참한 처지가 되었다는 사실에 깊은 슬픔을 느꼈다. 아버지는 그 친구와 더는 교유할 수 없다는 사실에도 상심했기에 그를 찾아내 당신의 신용과 도움으로 새 출발하라고 설득하기로 마음먹었다.

보포르는 갖가지 영리한 방법으로 자신의 신분을 숨겼기 때문에 아버지가 그의 거처를 찾아내기까지 열 달이나 걸렸다. 아버지는 친구가 있는 곳을 알아낸 기쁨을 주체하지 못하고 서둘러 그곳으로 달려갔다. 보포르의 집은 로이스 강 근처 허름한 거리에 있었다. 그런데 그 집에 들어가자 아버지를 맞아준 것은 고통과 절망뿐이었다. 보포르는 파산했을 때 얼마간 재산을 건지긴 했지만, 얼마 되지 않았다. 그나마 그 돈으로 몇 개월은 버틸 수 있었기에 어느 무역 회사에서 번듯한 일자리를 구해보려고 했지만 아무 소득도 없이 시간만 흐르고 말았다. 남아도는 시간에 이런저런 생각을 하다 보니 절망은 더 깊어지고 고통은 배가 되었다. 순식간에 절망이 마음을 갉아먹었고 그렇게 석 달을 보낸 끝에 그는 병석에서 자리보전하는 신세가 되었다.

그의 딸 카롤린 보포르는 지극정성으로 아버지를 보살폈다. 하지만 얼마 되지 않는 돈은 순식간에 줄어드는 데다 도움을 받을 가망도 없다는 사실에 절망만 사무칠 따름이었다. 그런데 카롤린은 범상치 않은 성정을 지닌 사람이었다. 그리하여 용기를 발휘해 역경에 맞섰다. 지푸라기를 꼬는 일처럼 하잘것없는 일거리도 마다하지 않으며 닥치는 대로 일을 해 번 돈으로 간신히 입에 풀칠은 할 수 있었다.

이런 식으로 몇 개월이 흘러갔다. 보포르의 병세는 점점 악화됐다. 그에 따라 카롤린은 더 많은 시간을 온전히 아버지의 병구완에 쏟았다. 입에 풀칠할 만한 돈마저 점점 줄어들었다. 이윽고 열 달 후 보포르는 딸을 혈육도 돈도 없는 신세로 남겨둔 채 숨을 거두고 말았다. 아버지의 죽음이 결정타가 되어 카롤린은 운명에 무릎을 꿇고 말았다. 내 아버지가 그 집에 도착했을 때 카롤린은 자신의 아버지 관에 엎드린 채 서럽게 울고 있었다. 그 가여운 사람에게 아버지는 마치 수호천사 같았고, 카롤린은 아버지의 보호에 몸을 맡겼다. 아버지는 친구의 장례를 치른 후 카롤린을 제네바로 데려가 어느 친척에게 그를 맡겼다. 그로부터 2년 후 카롤린은 내 아버지의 아내가 되었다.

남편이자 아버지가 된 아버지는 새로운 상황에서 비롯된 갖가지 의무에 시간을 많이 빼앗긴다는 사실을 깨달았다. 그래서 그때까지 맡고 있던 공직에서 물러나 자식을 키우는 데 헌신했다. 그 자식들 가운데 내가 맏이로, 나는 아버지의 여러 일과 재산을 물려받은 후계자였다. 내 부모님은 세상 누구보다 인자한 분들이었다. 그들은 내가 건강하게 잘 자라도록 아낌없이 정성을 쏟았다. 내가 태어나고 몇 해 동안 아이가 생기지 않았으니 더 그러했으리라. 그런데 내 이야기를 계속하기 전에, 내가 네 살이 되던 해 일어난 사건부터 이야기하도록 하겠다.

아버지에게는 여동생이 한 명 있었는데, 아버지는 그 여동생을 몹시 아끼고 사랑했다. 고모는 젊은 나이에 어느 이탈리아 남자와 결혼했고 그 직후 남편을 따라 이탈리아로 건너갔다. 그로 인해 아버지와 고모는 한동안 거의 왕래가 없었다. 그러다 내가 네 살이 되던 해 고모가 돌아가셨다. 몇 달 후 아버지는 매제의 편지를 한 통 받았는데, 자신이 어느 이탈리아 여자와 결혼을 고려 중이니 죽은 아내가 남긴 유일한 자식인 엘리자베스를 맡아주기 바란다는 내용이었다. 그는 이렇게 썼다. "엘리자베스를 친딸처럼 여기고 교육을 맡아주시기 바랍니다. 아내의 재산은 모두 아이 앞으로 해두었습니다. 관련 서류를 맡길 테니 보관해주시기 바랍니다. 조카를 계모의 손에 맡길지 아니면 직접 키우시는 편이 나을지, 제 제안을 숙고해보시고 결정해주시기 바랍니다."

아버지는 한시도 망설이지 않고 곧장 이탈리아로 건너가 앞으로 엘리자베스의 집이 될 우리 집으로 엘리자베스를 데리고 왔다. 어머니는 종종, 엘리자베스를 처음 만났을 때 그 아이보다 더 예쁜 아이는 본 적이 없으며 그렇게 어린 나이에도 마음씨가 고운 게 다정한 사람으로 자랄 것 같다는 예감이 들었다고 내게 자주 말씀하셨다. 엘리자베스의 품성이 고왔던 데다, 가족의 사랑이라는 끈을 최대한 단단히 묶고자 했던 바람이 있었던 어머니는 엘리자베스를 장차 내 신붓감으로 점찍었다. 그 후로 어머니는 단 한 번도 자신의 결정을 후회하지 않았다. 그만큼 훌륭한 선택이었다.

이후로 엘리자베스 라벤차는 나와 함께 노는 사이가 되었고, 나이가 들면서는 친구가 되었다. 엘리자베스는 유순하고 마음씨가 고왔으며 동시에 여름철 곤충처럼 쾌활하고 장난기가 넘쳤다. 또 생기와 활력이 넘치면서도 마음은 강하고 사려 깊었다. 그리고 몹시 다정했다. 엘리자베스가 아니라면 그 누구도 자유를 그렇게 잘 누리지 못했을 것이다. 또 엘리자베스가 아니라면 그 누구도 억압과 변덕을 그토록 우아하게 따를 수 없었을 것이다. 엘리자베스는 상상력이 풍부하면서도 적응력 또한 훌륭했다. 생김새는 내면을 그대로 살려낸 듯했다. 새의 눈처럼 생기 넘치는 밤색 눈동자에는 사람의 마음을 끄는 부드러움이 있었다. 몸은 공기처럼 하늘거렸다. 아무리 피로해도 쓰러지지 않고 견딜 수 있을 듯하면서도 이세상에서 가장 섬세한 존재처럼 보이기도 했다. 나는 엘리자베스의 뛰어난 지성과 상상력을 흠모하면서도, 아끼는 동물을 돌볼 때처럼 엘리자베스를 보살피기를 좋아했다. 내면이든 외면이든 가식 없이 그토록 우아한 사람은 보지 못했다.

모두가 엘리자베스를 사랑했다. 하인들은 요청할 일이 있으면 항상 엘리자베스를 통했다. 우리는 불화나 반목을 몰랐다. 엘리자베스와 나는 성격이 완전히 달랐지만, 그 사이의 거리를 조화롭게 좁혔다. 나는 엘리자베스에 비해 더 차분하고 사색적이었지만 기질은 호락호락하지 않았고, 성실해서 인내심을 갖고 잘 견디는 편이었다. 인내심을 발휘해야 할 때도 그리 힘들게 여기지 않았다. 나는 현실 세계와 관련된 사실을 즐겨 탐구했다. 한편 엘리자베스는 시인들이 창조한 꿈결 같은 세상을 좇느라 바빴다. 내게는 그 세상이 비밀스러운 곳이었기에 그곳을 꼭 찾아내고 싶었다. 엘리자베스에게 그 세상은 텅 빈 곳이어서, 자신의 상상력으로 만들어낸 사람들로 그곳을 채우려고 했다.

동생들은 나보다 많이 어렸다. 하지만 나는 동급생 한 명과 친구가 되었기에 그가 또래 형제가 없는 나의 결핍감을 채워주었다. 앙리 클레르발은 아버지의 절친한 친구인 제네바 상인의 아들이었다. 뛰어난 재능과 상상력을 갖춘 친구로, 내 기억에 그는 아홉 살에 동화를 썼고, 친구들은 그 동화를 재미있게 읽었다. 그는 기사도와 로맨스를 다룬 책을 읽을 때 제일 좋아했다. 아주 어렸을 때부터 그는 이런 책들을 바탕으로 희곡을 써서 연극놀이를 했는데, 주요 등장인물은 올랜도와 로빈 후드, 아마디스, 세인트 조지였다는 사실이 아직도 기억이 난다.

어린 시절을 나보다 더 행복하게 보낸 사람도 없을 것이다. 부모님은 너그러우셨고 친구들은 쾌활했다. 억지로 공부를 강요하는 사람도 없었다. 어떤 식으로든 우리는 언제나 어떤 목표를 품었고 그 사실에 스스로 자극을 받아 그 목표를 달성하고자 노력했다. 이렇게 우리는 경쟁이 아니라 실력을 쌓고 싶다는 자극을 받았다. 엘리자베스가 그림을 배우고자 한 것은 친구들에게 처질까 조바심이 나서가 아니라 외숙모가 제일 좋아하는 명화 속 장면들을 직접 재현해 외숙모를 즐겁게 해드리고 싶었기 때문이다. 우리는 라틴어와 영어로 된 글을 읽기 위해 두 언어를 배웠다. 벌 받으며 공부하느라 공부가 싫어지는 상황 같은 건 알지도 못한 채, 공부를 무척 좋아했다. 다른 아이들이 고역이라고 생각하는 일을 정작 우리는 즐겁게 해치운 것이다. 아마도 평범한 교육 방식에 따라 배우는 아이들만큼 책을 많이 읽거나 언어를 빨리 배우지는 못했겠지만 우리가 공부한 내용은 기억 속에 더 깊이 새겨졌다.

우리 가족의 이야기를 하려면 앙리 클레르발을 빼놓으면 안 된다. 그도 그럴 것이 앙리는 늘 우리 형제와 함께 어울렸기 때문이다. 그는 나와 함께 학교를 다녔는데, 대체로 오후 시간은 우리 집에서 보냈다. 외동아들인 데다 집에도 친구가 될 만한 사람이 없었기에 앙리의 아버지는 앙리가 우리 집에서 아이들과 어울리자 몹시 기뻐했다. 우리도 앙리가 없을 때면 즐거울 때도 뭔가가 빠진 듯한 기분이 들곤 했다.

어린 시절을 떠올리면 늘 즐겁다. 불행이 내 마음을 더럽히고 세상에 큰 쓰임이 되겠다는 긍정적인 이상이 내게로만 파고든 우울하고 편협한 생각으로 바뀌기 전이기 때문이다. 하지만 어린 시절을 그리면 훗날 불행으로 점철된 이야기로 나도 모르게 한 발씩 다가가게 된다. 그때 겪었던 사건들을 빠트려서는 안 될 것이다. 후에 내 운명을 결정지은 열정이 생겨난 과정을 되짚을 때면, 강물이 산에서 시작되듯 그 열정도 소소하고 아무도 기억하지 않는 근원에서 샘솟았다는 사실을 깨닫기 때문이다. 거기서 솟아난 물은 점점 불어나 급기야 급류가 되더니 물길에 놓인 내 희망과 즐거움을 모두 쓸고 가버렸다.

자연철학은 내 운명을 조종한 힘이었다. 그러므로 나는 이 이야기에서 이 학문에 관심을 가지는 계기가 된 사건들을 먼저 밝혀두고 싶다. 내가 열세 살이었을 때 토논 근처 온천 장으로 가족 여행을 간 적이 있었다. 하필 날씨가 궂어서 온 종일 여관에 틀어박혀 있어야만 했다. 이 여관에서 나는 우 연히 코르넬리우스 아그리파의 책 한 권을 찾아냈다. 나는 심드렁하니 책을 펼쳤다. 그러나 아그리파가 증명하려는 이 론과 그가 기술한 놀라운 사실들을 읽은 순간, 내 마음은 열 정으로 가득 찼다. 새로운 빛이 나타나 내 지성을 밝히는 것 같았다. 기쁨으로 날아갈 듯한 기분에 막 알아낸 사실을 아 버지께 들려드렸다. 나는 이 대목에서, 스승에게는 제자들이 유용한 지식으로 관심을 돌리게 할 기회가 수없이 많지만 정 작 그 기회를 무용지물로 만들곤 한다는 사실을 지적하고 싶 다. 내 아버지는 무관심한 눈빛으로 책 표지를 보더니 이렇 게 말했다. "아하! 코르넬리우스 아그리파구나! 사랑하는 빅 토르야, 이런 책에 시간을 허비하지 말아라. 한심한 쓰레기 일 뿐이니까."

만약 그때 아버지가 이렇게 대꾸하는 대신 아그리파의 이론은 완전히 논파되었다고, 현대의 과학 체계가 새롭게 도

입되었다고, 고대 과학은 터무니없는 주장인 반면 당대 과학은 현실적이고 실용적이기 때문에 훨씬 더 큰 힘을 지니고 있다고 열심히 설명을 해주셨다면 어땠을까. 그런 상황이었다면 나는 아그리파를 곧장 던져버렸을 것이다. 그리고 한층 달구어진 상상력을 발휘해 현대의 과학적 발견들로 거둔, 좀 더 논리적인 화학 이론을 파고들었을 것이다. 꼬리를 물며 이어지는 내 발상들이 훗날 나를 파멸로 몰아간 치명적인 열정을 불러내지도 않았을 것이다. 그 책을 바라보는 아버지의 무심한 눈빛을 본 순간 나는 아버지가 그 책을 잘 모른다는 인상만 받았다. 그래서 그 어느 때보다 열정적으로 그 책을 계속 읽었다.

집으로 돌아오자마자 나는 코르넬리우스 아그리파의 책을 모두 구했으며 그 후에는 파라셀수스와 알베르투스 마그누스의 저술도 모두 찾아보았다. 나는 이 저술가들의 대담한 가설을 신이 나서 읽고 연구했다. 그 책들은 나 외에는 아는 사람이 거의 없는 보물처럼 보였다. 종종 비밀스러운 지식의 보고를 아버지에게 들려드리고 싶다고 생각하다가도, 내가 가장 좋아하는 아그리파를 막연하게 비난하는 아버지의 태도에 그런 마음을 접었다. 그 대신, 절대 아무에게도 발설하지 않겠다는 약속을 받은 후 엘리자베스에게 내가 알아낸 사실을 들려주었다. 하지만 엘리자베스는 이런 주제에 통 관심이 없었다. 나는 그의 곁에서 홀로 내 연구를 계속했다.

알베르투스 마그누스의 제자가 18세기에 나타나다니 희한한 일도 다 있다 싶을 것이다. 하지만 우리 가족은 과학적인 분위기가 아니었다. 게다가 나는 제네바의 어느 학교에서도 전문적인 수업을 들은 적이 없었다. 그런 연유로 현실이 내 꿈을 훼방할 일은 없었다. 나는 전심전력으로 철학자의 돌과 불멸의 묘약 연구에 몰두하다가 어느새 불멸의 묘약에 온전히 관심을 집중했다. 그 약으로 부富를 일구는 것은 하찮은 목적일 뿐이었다. 반면 내가 인간의 몸을 좀먹는 질병을 몰아내고, 가차 없는 죽음 외에 어떤 것도 상처 입히지 못하는 인간을 만들 수 있다면 그러한 발견으로 얼마나 대단한 영광을 누리겠는가!

이런 것은 오로지 나만의 이상이 아니었다. 유령이나 악마를 불러내는 일은 내가 가장 좋아하는 저술가들이 그 가능성을 이야기하며 장려했고 나는 그 가능성을 현실로 만들 방법을 무엇보다 열심히 탐색했다. 그리고 실패할 때마다 내 스승들의 기술이나 정확도가 부족하다고 여기기보다 내가 경험이 부족해 미욱한 실수를 저질렀다며 자책했다.

매일 우리 눈앞에서 벌어지는 자연현상도 내 연구 대상이었다. 내가 가장 좋아하는 저술가들은 증류와 증기가 놀라운 효과를 일으키는 과정을 전혀 몰랐지만 나는 이런 것들에 감탄을 금치 못했다. 특히 내가 경이로움을 느낀 주제는 공기 펌프에 관한 여러 실험이었는데, 우리 가족이 자주 찾아갔던 어느 신사가 공기 펌프를 쓰는 모습을 보았다.

이런 주제와 여타 다른 것들에 대해 초기 과학자들이 무지했다는 사실을 알게 되자 그들을 향한 맹목적인 믿음에도 금이 가기 시작했다. 그러나 다른 과학 체계가 내 관심을 독차지하기 전에는 그것들이 내 관심사에서 완전히 사라지지는 않았다.

내가 열다섯 살이었을 즈음 우리 가족은 벨리브 근처로 이사갔는데, 그때 나는 몹시 강력하고 무시무시한 폭풍을 목격한 적이 있다. 그 폭풍은 쥐라산맥 너머에서 다가왔다. 폭풍이 가까워지자 하늘 여기저기에서 우레 같은 무시무시한 소리가 울리며 천둥이 쳤다. 나는 태풍이 몰아치는 동안 호기심과 기쁨에 사로잡힌 채 그 태풍이 지나가는 모습을 관찰했다. 문가에 서 있는데 아름다운 늙은 떡갈나무에서 기다란 불길이 훅 치솟았다. 그 나무는 우리 집에서 약 20미터가량 떨어진 곳에 서 있었다. 넋이 나갈 정도로 매혹적인 불길이 사라지는 순간 그 나무는 온데간데없고 그 자리에는 불에 타고 남은 그루터기만 보였다. 이튿날 아침 그곳에 가보니 나무가 특이한 형태로 파괴되어 있었다. 충격으로 산산조각이 났을 줄 알았는데, 얇고 가느다란 나무 띠처럼 변해 있었다.

나는 물체가 그렇게까지 완전히 파괴된 경우는 처음 봤다.

이 나무가 맞은 재앙에 경악하다시피 한 나는 당장 아버지에게 달려가 천둥 번개의 성질과 발생에 대해 질문을 던졌다. 아버지는 이렇게 대답했다. "전기란다." 아버지는 전기라는 힘이 만들어내는 다양한 효과도 설명해주었으며, 자그마한 전기기계를 만들어 몇 가지 실험을 보여주기도 했다. 그때 아버지는 철사와 끈이 달린 연도 만들었는데, 그 연이 구름에서 전기를 끌어냈다.

이 경험이 최후의 타격이 되어 내 상상력을 지배하던 군주들이었던 코르넬리우스 아그리파와 알베르투스 마그누스, 파라셀수스는 완전히 권좌를 잃게 되었다. 하지만 나의 운명 탓에 현대적인 과학 지식에 선뜻 마음을 주지 못했다. 다음과 같은 상황이 내게 영향을 미쳤기 때문이다.

아버지는 내게 자연철학 수업을 들어보면 어떻겠냐고 하셨고 나는 기꺼이 아버지의 뜻을 받아들였다. 그런데 어떤 사정이 생겨 나는 학기가 거의 끝날 때까지 제대로 수업을 듣지 못했다. 그런 연유로 학기 막바지에 이런저런 강의를 들어봤는데, 어떤 강의는 전혀 이해가 되지 않았다. 교수는 포타슘과 붕소, 황산염과 산화물에 대해 대단히 자연스럽게 강의를 진행했지만 나는 이런 전문용어들을 전혀 알지 못했다. 대大 플리니우스와 뷔퐁 같은 저술가들의 글은 흥미롭고 즐겁게 읽으면서도 정작 자연철학은 싫어하게 되었다.

　이 무렵 나는 특히 수학과 수학에서 갈라져 나온 다른 학문에 매달렸다. 외국어 공부도 열심히 했다. 라틴어는 이미 유창했고 쉬운 수준의 그리스 책은 사전을 보지 않고 읽을 수 있었다. 영어와 독일어도 완벽하게 구사했다. 이것이 내가 열일곱 살이 될 때까지 거둔 성과이다. 이것만 봐도 내가 여러 문헌에서 지식을 습득하고 유지하기 위해 얼마나 내 시간을 온전히 쏟았는지 짐작될 것이다.

　내게는 해야 할 일이 하나 더 있었는데, 바로 동생들을 가르치는 일이었다. 에르네스트는 나보다 여섯 살 아래였으며 가장 중요한 제자였다. 에르네스트는 어릴 때부터 몸이 허약했기에 엘리자베스와 내가 늘 그 아이를 보살폈다. 다정한 아이였지만 어려운 공부를 할 재주는 없었다. 우리 집에서 가장 어린 윌리엄은 아직 아기였다. 세상에서 가장 사랑스러운 아기였다. 생기로 반짝이는 푸른 눈동자와 보조개 팬두 볼, 귀엽고 사랑스러운 모습을 볼 때마다 질리지도 않고 애정이 샘솟았다.

　여기까지가 우리 가족의 이야기이다. 그 어떤 걱정과 고통도 내 가족은 건드리지 못할 줄 알았다. 아버지는 우리의 공부를 봐주셨고 어머니는 우리가 즐겁게 지내도록 돌봐주셨다. 우리는 그 누구도 자신이 다른 사람보다 조금이라도 우월하다고 여기지 않았다. 아무도 서로에게 명령조로 말하지 않았으며 서로에게 애정을 품고 있었기에 상대가 조금이라도 뭔가 원하는 게 있으면 기꺼이 들어주었다.

2장

내가 열일곱 살이 되자 부모님은 나를 잉골슈타트대학교(지금의 뮌헨대학교-옮긴이)에 보내기로 정했다. 그때까지 나는 제네바에서만 학교를 다녔다. 하지만 아버지는 내가 교육을 완전히 마치기 위해 내 조국이 아닌 다른 곳의 풍습도 접해봐야 한다고 생각했다. 그리하여 나는 일찌감치 떠날 수 있도록 출발 날짜를 잡았다. 하지만 그날이 오기도 전에 내 인생의 첫 번째 불행이 찾아왔다. 말하자면 그 일은 앞으로 일어날 불행의 전조였다.

내가 출발하기 전 엘리자베스가 성홍열에 걸렸다. 병세가 그리 심각하지 않았기에 금세 회복되었다. 그런데 격리 기간 동안 조카를 직접 돌보겠다는 어머니를 말리기 위해 수없이 언쟁이 오갔다. 어머니는 처음에는 우리의 간청을 듣고 마음을 돌렸다가 사랑하는 엘리자베스가 회복되고 있다는 소식을 듣자 조카를 한시라도 빨리 만나고 싶은 마음에 덜컥 그의 방으로 들어갔다. 그때 그곳은 감염 위험이 여전히 남아 있었다. 경솔하게 행동한 결과는 치명적이었다. 사흘째 되던 날 어머니는 앓아눕게 되었다. 열이 나는 양상이 매우 위중하고 불길했다. 어머니를 치료하는 사람들의 표정은 최악의 결과를 준비하라고 말하는 듯했다. 임종의 순간에도 존경을 금할 길 없을 만큼 어머니의 의지는 굳건했고 인자함은 조금도 빛을 잃지 않았다. 어머니는 엘리자베스와 내 손을 함께 맞잡았다. "내 아이들아, 나는 앞으로 우리 가족의 행복은 너희 두 사람의 결혼에 달려 있다고 굳게 믿었단다. 이제 네 아버지는 그 희망에 위안을 얻으실 거야. 사랑하는 엘리자베스, 너는 어린 사촌들에게 내 빈자리를 메워주렴. 아! 이렇게 너희 곁을 떠나다니 한스럽구나. 사는 동안 모두에게 사랑을 받으며 행복을 누렸으니 너희를 두고 어찌 발이 떨어지겠니? 아니다, 이런 생각들은 내게 어울리지 않아. 지금은 기꺼이 죽음을 받아들이기 위해 마음을 다잡아야 하니까. 다른 세상에서 너희를 만날 날만 생각할 거야."

어머니는 평온하게 숨을 거두었다. 돌아가시는 순간에도 어머니의 모습에서 애정이 느껴졌다. 되돌릴 수 없는 불행의 결과로 가장 사랑하는 사람을 빼앗긴 사람들의 심정을 일일이 기록할 필요는 없으리라. 영혼에 생긴 빈자리, 그로 인해 드러난 절망감이었다. 매일 얼굴을 마주했으며 우리 존재의 일부분이나 다름없던 어머니가 우리 곁을 영원히 떠났다는 사실을 마음으로 받아들이기까지 오랜 시간이 걸렸다. 사랑스러운 두 눈에 깃든 빛이 꺼졌으며 우리 귀에 다정하게 울렸던 익숙한 음성이 점점 작아져 더 들을 수 없게 되었다는 사실을 말이다. 어머니가 돌아가신 후 며칠 동안 이런 생각에만 빠져 있었다. 그렇지만 우리에게 일어난 불행이 비로소 생생하게 느껴지고 쓰라린 비통함이 찾아온 건 어느 정도 시간이 흐른 후였다. 하지만 그토록 무례한 강탈자의 손에 사랑하는 이를 빼앗기지 않은 사람이 어디 있으랴. 그러니 우리 모두가 겪었고 앞으로도 겪을 그 비통함을 구구절절이 설명할 필요도 없을 것이다. 그때가 오면, 슬픔은 필연이라기보다 사치스러운 감정이 된다. 설령 신성모독으로 여겨지더라도 입술에 드리운 미소를 얼른 지우지 않아도 된다. 내 어머니는 돌아가셨다. 남은 우리는 여전히 짊어지고 있는 의무가 있었다. 무엇보다 우리는 남은 사람들과 남은 인생을 살아가며, 강탈자의 손에 잡혀가지 않고 살아남았으니 운이 좋다고 생각하는 법을 배워야 했다.

　이런 일들로 잉골슈타트로의 출발이 연기되었지만, 다시 출발 날짜가 정해졌다. 나는 아버지에게 출발을 몇 주 더 미뤄도 된다는 허락을 받았다. 나는 그 시간을 슬픔에 빠져

보냈다. 어머니의 죽음과 내가 서둘러 떠나게 된 상황이 모두의 마음을 무겁게 짓눌렀다. 하지만 엘리자베스는 우리 가족에게 다시 활기를 불어넣으려고 노력했다. 외숙모를 잃은 후로 엘리자베스는 전에 없이 강인하고 활기찬 사람이 되었다. 엘리자베스는 한 치의 어긋남도 없이 자신의 의무를 지기로 마음먹었다. 자신이 가장 중요한 의무를 부여받았고 그것이 외삼촌과 사촌들을 행복하게 만들어주는 일이라고 느꼈다. 그는 나를 위로하고, 외삼촌의 심기를 살피고, 내 동생들을 가르쳤다. 자신은 아랑곳하지도 않고 오로지 타인의 행복을 위해 헌신하는 이때만큼 엘리자베스가 매혹적으로 보인 적이 없었다.

마침내 떠나는 날이 왔다. 나는 떠나기 전 친구들 모두에게 작별을 고했다. 앙리는 우리와 함께 마지막 밤을 보냈다. 그는 나와 함께 떠날 수 없는 처지를 몹시 애통해했다. 나와 함께 떠나고 싶어 했지만, 그의 아버지를 설득할 수 없었다. 평범한 상인의 삶에 배움은 불필요하다는 그분의 지론에 따라 아들을 자신의 동업자로 삼을 작정이었다. 앙리는 교양과 지성을 갖추었다. 그는 나태하게 삶을 허비할 생각도 없었기에 기꺼이 아버지의 동업자로 상인이 될 작정이었다. 하지만 상인으로서 뛰어난 수완을 발휘하면서 동시에 교양 있는 지성인도 될 수 있다고 믿었다.

우리는 늦도록 마주 앉아 석별의 정을 나누었다. 나는 그의 한탄을 들어주었고 앞으로 이렇게도 하고 저렇게도 하자며 사소한 약속을 수없이 했다. 이튿날 아침 나는 일찍이 출발했다. 엘리자베스는 연신 눈물을 흘렸다. 내가 떠나게 되어 슬프기도 하지만, 석 달 전만 해도 어머니의 축복을 받으며 이 길을 떠나려 했다는 사실을 떠올리자 눈물을 참을 수 없었기 때문이다.

나를 멀리 데려갈 마차에 몸을 던지듯 올라탄 후 쓸쓸한 생각에 빠져들었다. 지금껏 서로 행복하게 만들어주기 바빴던 다정한 가족과 친구들에게 둘러싸여 살았는데 이제 혼자였다. 대학교에 도착하면 나는 친구를 사귀고 내 한 몸을 알아서 건사해야 했다. 지금까지 나는 사람들을 별로 사귀지 않으며 가족이라는 울타리를 여간해서 벗어나지 않았다. 그래서 새로 만나는 얼굴에 강한 반감을 느끼게 되었다. 나는 내 동생들과 엘리자베스, 앙리를 사랑했다. 이들은 '오래된 친숙한 얼굴'이었다. 하지만 낯선 이들과의 생활에는 도저히 적응하지 못할 것 같았다.

갓 출발했을 때만 해도 이런 생각으로 머리가 복잡했다. 그러나 차츰 마음이 가벼워지고 더불어 희망도 솟았다. 나는 지식을 쌓고 싶다는 열망으로 가슴이 뜨거워졌다. 집에 있을 때는 종종 한곳에 묶인 채 청춘을 보내야 한다는 생각에 견디기 힘들어지곤 해서 세상으로 나가 다른 사람들과 부대끼며 그곳에서 내 자리를 찾고 싶다는 생각을 간절하게 한 적이 있었다. 드디어 소원이 이루어졌으니 후회를 한다면 그처럼 어리석은 행동이 어디에 있겠는가.

잉골슈타트로 가는 동안 이런저런 생각에 푹 빠져 있을 시간은 충분했다. 그만큼 이 여정은 길고 사람을 녹초로 만들었다. 마침내 잉골슈타트의 높이 솟은 하얀 첨탑이 눈에 들어왔다. 나는 마차에서 내려 혼자 쓰게 될 거처로 안내받은 후 느긋하게 저녁 시간을 보냈다.

이튿날 아침 소개장을 챙겨서 중요한 교수 몇 분을 찾아갔다. 특히 자연철학 전공 크렘페 교수를 잊지 않고 찾아갔다. 그분은 나를 정중하게 맞아주며 자연철학의 관련 분야에 대해 내가 얼마나 알고 있는지 보려고 여러 질문을 했다. 나는 잔뜩 긴장해서 벌벌 떨며 그 분야에 대해 지금까지 읽은 책의 저자들을 언급했다. 그러자 그는 나를 빤히 바라보며 물었다. "정말로 자네의 시간을 그런 허무맹랑한 소리를 공부하는 데 쏟았단 말인가?"

나는 그렇다고 했다. 크렘페는 따뜻한 어조로 말을 이었다. "자네가 그 책에 허비한 매분 매 순간이 아무 소용도 없다네. 자네는 완전히 무너진 과학 이론과 쓸모없는 이름들만 기억에 집어넣었군. 맙소사! 도대체 얼마나 외진 황무지에 살았기에, 자네가 그토록 탐욕스럽게 머리에 집어넣은 이 헛소리가 천년 전 것이며 퀴퀴한 냄새가 날 정도로 구닥다리 이론이라는 사실을 알려줄 만큼 친절한 사람 한 명 없었나? 이렇게 계몽되고 과학적인 시대에 알베르투스 마그누스와 파라셀수스의 신봉자를 만날 줄은 꿈에도 몰랐군. 이보게, 자네는 완전히 공부를 다시 해야겠네."

그는 그렇게 말하며 옆으로 가 자연철학을 다룬 참고서를 몇 권 적어 내게 준비하라고 했다. 그리고 다음 주 초에 자연철학의 일반적인 원리에 관한 강의를 시작할 예정이라고 알려주었다. 또 그가 강의를 하지 않는 날에는 동료 교수인 발트만이 화학 수업을 진행할 것이라고 덧붙인 후 내게 가보라고 했다.

나는 교수의 말에 별로 실망하지도 않은 채 그길로 집으로 돌아갔다. 어차피 그가 그토록 강하게 반감을 드러냈던 저자들은 나도 쓸모가 없다고 생각했기 때문이다. 그렇다고 해서 그의 추천으로 준비한 참고 서적을 공부할 마음이 선뜻 든 것도 아니었다. 크렘페 교수는 자그마하고 땅딸막한 체구에 목소리는 걸걸하고 외모가 형편없었다. 게다가 나는 그의 연구 노선에 아무런 매력을 느끼지 못했다. 심지어 당시 나는 현대 자연철학의 용도에 경멸을 품고 있었다. 과거 자연철학의 스승들이 불멸과 힘을 추구한 시절에는 상황이 매우 달랐다. 그들의 견해는 비록 헛되었을지라도 원대했다. 이제 과학의 무대는 변했다. 현대의 과학자들은 내가 과학에 대해 관심을 가지는 계기가 된 그 견해들을 소멸시키려는 꿈을 키우는 듯했다. 끝없는 영광을 좇으려는 희망 대신 아무 가치도 없는 현실을 받아들이라고 등을 떠미는 것만 같았다.

처음 이삼일은 거의 아무도 만나지 않은 채 이런 생각만 줄곧 했다. 하지만 그다음 주가 시작되자 크렘페 교수가 말한 강의가 생각났다. 그 오만한 남자가 교단에서 떠드는 소리를 듣기 위해 고분고분하게 수업에 나가기는 싫었지만, 그가 발트만 교수의 이야기를 지나가듯 꺼낸 기억이 났다. 발트만 교수가 그때까지 잉골슈타트에 없었기 때문에 나는 그를 한 번도 만나지 못했다.

호기심이 동하기도 하고 어차피 할 일도 없었기 때문에 강의에 나갔다. 내가 강의실에 들어간 직후 발트만 교수가 들어왔다. 이 교수는 동료인 크렘페 교수와 완전히 달랐다. 그는 쉰 살 정도로 보였고 매우 자애로운 분위기가 느껴졌다. 관자놀이에는 희끗희끗한 머리 몇 가닥이 보였지만, 뒤통수에는 흰머리가 거의 없었다. 키는 작아도 자세가 눈에 띌 정도로 곧았다. 한편 음성은 지금껏 들은 그 누구의 것보다 부드러웠다. 그는 강의를 시작하자 화학의 역사와 여러 과학자가 거둔 다양한 성과를 간략하게 설명하며 사이사이

가장 뛰어난 발견자들의 이름을 열띤 목소리로 거명했다. 다음으로는 과학의 현 상황에 대해 흥미진진한 의견을 들려준 후, 화학에서 사용하는 기본적인 용어들을 설명했다. 예비 실험을 몇 가지 진행한 후 그는 현대 화학에 대한 찬사로 강의를 끝맺었는데, 그때 들은 말을 절대 잊지 못할 것이다.

"고대에 이 학문을 가르쳤던 스승들, 그들은 불가능한 것을 약속했습니다. 그 결과 아무것도 실행에 옮기지 못했죠. 현대의 스승들은 약속을 하지 않습니다. 그들은 금속을 다른 것으로 바꿀 수 없으며 불멸의 묘약이 터무니없는 발상이라는 사실을 알기 때문입니다. 이들의 두 손은 흙을 만지고 두 눈은 현미경이나 도가니를 뚫어져라 바라보려고 만들어진 듯하지만, 정작 이들이야말로 기적을 행했습니다. 그들은 구석에 있어서 눈에 잘 띄지 않는 자연을 들여다보며 그런 곳에서 자연이 어떤 작용을 하는지 보여주었습니다. 피가 순환하는 법이며 우리가 호흡하는 공기의 성질을 알아낸 그들은 이제 하늘 높은 곳에서 새롭고 무제한에 가까운 힘을 얻었습니다. 하늘의 천둥을 마음대로 다스리고, 지진을 일으키고, 심지어 제 그림자에 가려 우리 눈에 보이지 않는 세상을 흉내 낼 수 있습니다."

나는 이런 스승을 만났다는 사실과 강의 내용에 한껏 들떠서 강의실을 나선 후 저녁이 되자마자 그를 찾아갔다. 사석에서 만난 그는 공적인 자리에서보다 훨씬 더 온화하고 사람의 마음을 끌었다. 강의 중에는 표정에서 위엄이 느껴졌지만, 집에서는 그런 위엄을 벗어던진 채 더할 나위 없이 친절하고 상냥한 모습을 보여주었기 때문이다. 그는 내가 그간 독학을 한 이야기를 짧게 들려주자 주의 깊게 들어주었다. 코르넬리우스 아그리파와 파라셀수스의 이름이 나올 때는 미소를 짓기도 했다. 하지만 크렘페 교수처럼 무시하는 기색은 전혀 없었다. 발트만 교수는 이렇게 말했다. "현대의 과학자들도 그분들이 보여준 지칠 줄 모르는 열정에 힘입어 지식의 토대를 쌓았다네. 그리고 자신들이 새로운 사실을 밝혀내는 수단이 되었던 여러 사실에 새 이름을 부여하고 분류하는 작업을 우리의 몫으로 남겼지. 그분들이 해낸 일에 비하면 아주 쉬운 과제야. 그런 천재들의 노고는 처음에는 방향을 잘못 잡더라도 끝에 가서는 인류에게 공고한 이익이 되는 법일세." 허세를 부리거나 가식적인 태도 없이 담담하게 전하는 그 말에 나는 귀를 기울였다. 그런 후에 그의 강의 덕분에 현대 화학자들에 대한 편견을 지울 수 있었다고 털어놓았다. 동시에 내가 어떤 책들을 공부해야 할지 조언을 청했다.

발트만 교수가 대답했다. "제자가 생기다니 기쁘군. 자네가 타고난 재능만큼 노력을 아끼지 않는다면 반드시 성공할 걸세. 화학은 자연철학 분야 중에서도 가장 위대한 성과를 거두었고 앞으로도 그러할 분야라네. 내가 전공을 화학으로 정한 것도 바로 그런 이유 때문이지. 그렇다고 다른 분야를 무시한다는 건 아닐세. 인간이 거둔 지식 중에서도 화학만 파고든다면 형편없는 화학자밖에 되지 못할 걸세. 그저 실험이나 하는 별 볼 일 없는 연구원이 아니라 진심으로 명실상부한 과학자가 되고 싶다면 수학을 포함해 모든 과학 분야를 공부하게. 그게 내 조언일세."

그런 후 그는 나를 연구실로 데려가 갖가지 기계의 용도를 알려주었다. 앞으로 공부를 위해 무엇을 준비해야 하는지 알려주고, 기계를 망가뜨리지 않을 정도로 실력을 쌓는다면 그 장치들을 사용해도 좋다고도 말했다. 그는 또 내가 요청한 참고 도서 목록도 주었다. 잠시 후 나는 인사를 하고 그곳을 나섰다.

내가 영원히 기억할 만한 그날은 이렇게 끝이 났다. 그날 이후 내 운명은 결정되었다.

3장

이날부터 자연과학과, 특히 가장 광범위한 의미로서의 화학이 거의 유일한 탐구 대상이 되었다. 나는 동시대의 과학자들이 이 주제로 쓴 저술을 열심히 읽고 공부했다. 글들은 천재성과 분별력이 가득했다. 강의에 나가 대학에서 연구를 하는 과학자들과 친분도 쌓았다. 건전한 판단과 실용적인 정보를 얻을 수 있다면 크렘페 교수의 도움도 마다하지 않았다. 물론 추한 외모와 불쾌한 태도는 여전했지만, 그렇더라도 그에게서 얻은 지식은 가치가 있었다. 한편 발트만 교수와 교류할 때는 진정한 친구를 얻은 기분이었다. 그의 점잖은 태도는 조금도 독선에 물들지 않았다. 솔직하고 선한 태도로 진행하는 강의에는 어디에도 현학적인 기색이 느껴지지 않았다. 그가 강의하는 화학에 내가 그렇게까지 마음이 기운 까닭은, 과학 그 자체를 향한 근본적인 사랑이라기보다 그의 따뜻한 인간성 때문이었을 것이다. 그렇지만 이런 생각도 지식을 향해 첫걸음을 내디뎠을 때뿐이었다. 과학을 점점 더 충실하게 파고들수록 나는 오로지 지식을 추구하기 위해 그것을 광범위하게 탐구하게 되었다. 처음에는 의무적으로 해야만 한다는 생각에 과학을 공부했지만, 어느새 열과 성을 다하게 되어 연구실에서 한참 연구를 하다 보면 어느새 아침 햇살에 별들이 사라지기 일쑤였다.

　　이토록 한결같이 열심이었으니 내가 얼마나 빨리 학업에 진전을 보였을지 쉽게 상상이 될 것이다. 동급생들은 내 열정에 감탄했다. 단숨에 발전한 내 기량에 교수들도 놀라움을 금치 못했다. 종종 크렘페 교수는 장난스러운 미소를 지으며 코르넬리우스 아그리파는 어떻게 지내는지 묻곤 했다. 반면 발트만 교수는 내 성취에 진심으로 기뻐했다. 이렇게 2년이 순식간에 흘러갔다. 그동안 나는 한 번도 제네바에 가지 않고 새로운 과학적 사실을 찾아내기 위해 몸과 마음을 다 바쳤다. 그런 성취를 경험할 정도로 연구에 매진해보지 않은 사람은 과학의 매력을 결코 이해할 수 없다. 다른 학문이라면 당신은 앞서간 사람들이 다다른 곳까지만 갈 수 있어서 그 이상은 배울 것이 없다. 반면 과학의 길에는 새로운 발견과 경이감을 느낄 일이 끊임없이 일어난다. 적절한 재능을 지닌 사람이 한 연구에 전념해 노력하면 언젠가는 반드시 그 분야에서 뛰어난 실력을 쌓게 된다. 그런데 나는 하나의 목적을 달성하기 위해 끊임없이 매진하고 그 연구에 완전히 푹 빠져 있었기에 성장 속도가 너무 빨랐다. 그래서 2년이 다 되어갈 무렵, 어떤 화학 기구들의 성능을 개선할 수 있는 발견을 해내기에 이르렀다. 그 결과, 나는 대학에서 대단한 존경을 받고 모두에게 선망을 받는 주인공이 되었다. 이런 수준에 다다르자 강의에서 듣는 자연철학 이론과 그 이론을 응용하는 방법까지도 훤하게 꿰뚫게 되었다. 학교에 있어 봐야 더는 내 발전에 도움이 되지 않아 슬슬 가족이 기다리는 고향으로 돌아가자고 생각할 즈음, 좀 더 그곳에 머물러보자고 마음먹게 된 사건이 일어났다.

내가 유난히 끌렸던 자연현상은 인체, 특히 살아 있는 동물의 신체 구조였다. 생명의 원리는 어디에서 비롯되었을까. 나는 종종 이렇게 자문했다. 대담한 질문이었으며 그 해답은 지금까지 불가사의로 간주되었다. 우리가 비겁함이나 경솔함 때문에 연구의 발목이 잡히지 않는다면 지금쯤 얼마나 많은 성과를 눈앞에 두고 있겠는가. 나는 속으로 이런 상황을 계속 고민하고 곱씹다가 마침내 자연철학의 여러 분야 중에서도 생리학과 관련된 분야를 더 공부하기로 했다. 거의 초자연현상이나 다름없는 열정으로 마음이 동하지 않았다면 나는 공부가 너무 지겨워서 참고 지속하기 힘들었을 것이다. 생명의 근원을 알아내려면 먼저 죽음에 대해 알아야 한다. 그 결과 나는 해부학을 통달하게 되었다. 물론 그것만으로는 충분하지 않았다. 인간의 몸이 자연스럽게 부패하고 분해되는 과정도 관찰해야 했다. 아버지는 내가 초자연적인 공포에 휘둘리지 않도록 확실하게 가르쳤다. 나는 미신에 관한 이야기에 벌벌 떨거나 유령이 된 영혼이 눈앞에 나타나도 겁을 먹은 기억이 없다. 그런 어둠은 내 상상력에 아무 영향도 미치지 못했다. 내게 묘지는 생명을 박탈당한 채 아름다움과 힘의 자리에서 벌레의 먹잇감이 되어버린 시신들이 누워 있는 그릇에 불과했다. 나는 자연스럽게 이런 부패를 일으키는 원인과 과정을 알아내려는 탐구에 착수했고, 밤낮으로 지하 납골당과 시체 안치소에서 시간을 보내야 했다. 내 관심은 섬세한 인간의 감정이 도저히 견딜 수 없을 만한 것들에 집중되었다. 나는 아름다운 인간의 육체가 분해되어 흙으로 돌아가는 과정을 지켜보았다. 발그레하게 생기가 돌던 볼이 죽음으로 썩어가는 모습도 보았다. 벌레가 경이로운 두 눈과 뇌를 먹어 치우는 것도 보았다. 나는 관찰을 잠시 멈추고 생명이 죽음으로 그리고 죽음이 다시 생명으로 변화하는 과정에서 나타나는 인과작용의 모든 순간을 검토하고 분석했다. 그 노력 끝에 마침내 암흑 속으로 느닷없이 빛 한 줄기가 쏟아졌다. 그 빛은 너무나 찬란하고 경이로우면서 동시에 너무나 단순해서 그것이 보여준 어마어마한 가능성에 머리가 아득해질 정도였다. 수많은 천재가 같은 주제로 연구를 진행했는데 오직 나만이 그토록 굉장한 비밀을 발견할 자격을 갖추었다는 사실이 놀라울 따름이었다.

명심하라. 이 이야기는 광인의 망상이 아니다. 하늘에서 태양이 환히 빛나듯이 내가 단언하는 이 이야기도 사실이다. 무슨 기적이 일어났는지 모르겠지만 여러 단계에서 거둔 발견의 내용은 명확하고 개연성도 있었다. 며칠 밤낮을 연구에 매달리다 지쳐 나가떨어질 정도로 모든 노력을 기울인 끝에 나는 마침내 생명의 발생과 그 근원을 규명하는 데 성공했다. 아니 더 정확하게 말하자면, 나는 무생물에 생기를 불어넣을 수 있게 되었다.

이런 발견을 하자마자 느낀 놀라움은 어느새 기쁨과 황홀감으로 바뀌었다. 고난으로 점철된 연구에 엄청난 시간을 쏟아부어 기어이 정상에 오르다니, 그간의 내 노고로 거둘 수 있는 최고로 근사한 결과였다. 그러나 이 성과가 어찌나 위대하고 압도적이었는지 그곳에 도달하기까지 거쳐온 모든 과정은 기억에서 희미해지고 오직 결과만 눈에 들어왔다. 세상이 창조된 이래 가장 현명한 사람들이 꿈꾸고 연구한 결과가 내 손에 있었다. 마법이 이루어지듯 그것이 단숨에 내 앞에 활짝 열린 것은 아니다. 내가 얻어낸 정보는 이미 이뤄낸

성과를 보여준다기보다, 연구의 목표를 달성하려면 어느 방향으로 노력을 기울여야 하는지 알려주는 성질에 가까웠다. 나는 망자들과 함께 매장되었다가, 곧 꺼질 것처럼 명멸하는 빛에 의지해 산 자의 세상으로 돌아가는 길을 찾아낸 아라비아 사람 같았다.

열의와 경이로움, 기대감으로 반짝거리는 당신의 두 눈을 보아하니 내가 알아낸 비밀을 알려주기를 바란다는 것을 알겠다. 그렇게는 할 수 없다. 인내심을 갖고 내 이야기를 끝까지 들어보면 왜 내가 그 주제에 대해 말하기를 주저하는지 알게 될 것이다. 당시의 나처럼 무방비하며 열정에 불타는 당신을 파멸과 지독한 불행만이 기다리고 있는 길로 인도하지 않을 것이다. 내 경고를 듣지 않더라도 적어도 나를 본보기로 삼아 맹목적인 지식의 습득이 얼마나 위험하며, 자신의 본성으로 정해진 한계를 벗어나면서까지 위대해지려는 사람보다 자신의 고향이 온 세상이라고 믿을 뿐인 사람이 얼마나 행복한지 부디 깨닫기를.

나는 나 자신이 얼마나 대단한 힘을 손에 넣었는지 알아차리고는 그 힘을 어떤 식으로 사용할지 한참을 망설였다. 물론 내가 생명을 불어넣는 힘을 손에 넣기는 했지만, 그 힘을 사용하려면 조직과 근육, 혈관 등 복잡한 구성 성분을 모두 갖춘 인체를 준비해야 하는 문제가 있었고 그 일은 상상할 수 없을 만큼 어렵고 힘들었다. 처음에는 나와 같은 존재나 더 단순한 생물 가운데 무엇을 만들지 선뜻 정하지 못했다. 그렇지만 내 상상력은 처음으로 거둔 성공에 과도하게 의기양양해진 나머지, 인간처럼 복잡하고 경이로운 동물에게 생명력을 불어넣을 능력이 내게 과연 있는지 의심할 생각조차 하지 않았다. 지금 당장 내가 구할 수 있는 재료로는 그렇게 힘든 과업을 해낼 수 있을 것 같지 않았지만 그래도 언젠가는 꼭 성공하리라 믿어 의심치 않았다. 나는 수없이 좌절하고 실패하리라 각오했다. 내 수술은 끝없이 실패할지도 몰랐다. 게다가 결국 내 연구는 불완전할 수도 있었다. 하지만 매일 과학과 기계학 분야가 발전하고 있다는 사실을 떠올리면, 현재의 시도들이 적어도 언젠가 거둘 성공의 토대가 되리라 희망을 품을 수 있었다. 무엇보다 내 계획이 아무리 웅대하고 복잡하다고 한들 실행에 옮길 수 없는 근거라고 여길 필요는 없었다. 이런 마음가짐으로 나는 인간을 창조하기 시작했다. 신체의 각 부위가 미세하면 작업이 매우 지체될 것이므로, 나는 처음에 의도한 바와 정반대로 거대한 체구의 인간을 만들기로 했다. 다시 말해서 키가 대략 2미터 40센티며 그에 맞춰 다른 신체 부위도 모두 큰 인간을 말이다. 이렇게 결심한 후 몇 달 동안 필요한 재료를 성공적으로 모으고 실험에 사용할 수 있도록 손을 본 후 마침내 작업에 들어갔다.

처음으로 거둔 성공으로 열광적인 기분이 된 나머지 폭풍처럼 휘몰아친 온갖 감정을 그 누가 상상이라도 할 수 있으랴. 나는 생명과 죽음이 이상적인 경계로 보였다. 내가 제일 먼저 그 경계를 돌파해 암흑에 찬 우리의 세상으로 빛이 격류처럼 쏟아지게 해야 한다고 여긴 것이다. 새로 창조된 종種들이 나를 창조주이자 생명의 근원으로 축복할 것이다. 행복하고 빼어난 자질을 지닌 존재가 수도 없이 내 노력에 힘입어 세상에 탄생할 것이다. 세상에 나만큼 자식에게 완전한 감사를 받을 자격이 있는 아버지가 또 있을까. 이런 생각에 계속 몰두한 끝에, 무생물에 생명을 불어넣을 수 있다면, (지금은 불가능해도) 언젠가는 죽음으로 육신이 부패하기 시작한 생명체에도 새로운 삶을 줄 수 있으리라 생각하기에 이르렀다.

　　이 생각을 하면 절로 기운이 샘솟았기에 나는 꺼지지 않는 의욕으로 연구에 매진할 수 있었다. 그렇게 일에 매달리니 두 볼에서는 핏기가 사라지고, 두문불출하는 바람에 점점 여위기 시작했다. 때때로 거의 다 되었다고 생각한 순간 실패하기도 했다. 그러면 나는 하루 뒤, 아니 한 시간 뒤면 성공할 수 있다는 희망에만 매달렸다. 나만 간직한 비밀이 있기에 희망을 놓지 않고 헌신적으로 연구에 몰두할 수 있었다. 그리하여 분투하는 나를 달이 환히 비추는 한밤중이면,

숨 쉬는 시간도 아까워 자연이 숨긴 은신처를 쉬지 않고 찾아다녔다. 더럽혀진 무덤의 안개 사이를 돌아다니고, 생명이 없는 점토가 살아 움직이게 만들려고 산짐승을 고문할 때 내 비밀스러운 연구가 얼마나 무시무시한지 어느 누가 상상이나 했을까? 지금이야 그것을 떠올리면 온몸이 부들부들 떨리고 시선이 어느새 기억 속을 헤엄치지만, 그때는 저항할 수 없고 거의 광기나 다름없는 충동이 나를 밀어붙였다. 내게는 영혼이나 감각은 모두 사라지고 연구를 향한 일편단심만 남은 것 같았다. 초자연적인 자극이 없어지고 내가 예전의 습관으로 돌아가면 일시적인 무아지경이 새롭게 각성한 상태로 나를 몰아갔다. 나는 시체 안치소에서 유골을 모았고, 신성모독을 마다하지 않는 손가락으로 인체의 엄청난 비밀들을 뒤적거렸다. 꼭대기 층인 데다가 복도와 계단으로 다른 집에서 분리된 고독한 내 방, 아니 감옥의 독방에 나는 추악한 창조에 몰두하기 위한 실험실을 만들었다. 세세한 작업을 하느라 눈이 빠질 것 같았다. 해부실과 가축 도살장에서 재료를 잔뜩 구했다. 지금 하는 일에 나의 인간적인 본성은 혐오감을 느끼기도 했지만, 점점 커지는 열망에 힘입어 마침내 작업을 마무리 단계까지 올려놓았다.

그렇게 내가 모든 것을 바쳐서 연구에 매진하는 동안 여름이 지나갔다. 그해 여름은 유난히 아름다웠다. 들판에서는 여느 해보다 훨씬 풍작을 거뒀으며 포도밭에서도 평소보다 훨씬 많은 포도를 수확했다. 그러나 내 눈은 자연의 매력을 보아도 무감각했다. 주위의 풍경을 무시해버리게 만든 그 감정들에 홀려 멀리 떨어져 있느라 오랫동안 만나지 못한 사랑하는 이들마저 잊고 지냈다. 내가 소식을 전하지 않으면 그들이 얼마나 불안해할지 모르는 바 아니었다. 게다가 아버지의 말씀도 잘 기억했다. "혼자 지내는 삶이 편해도 우리를 생각하면 가족의 정이 새삼 그리울 거다. 그러니 정기적으로 소식을 전해주려무나. 혹시라도 편지가 오지 않으면 네가 다른 의무도 똑같이 소홀히 하는 걸로 생각할 테니 명심하거라."

그렇게까지 말씀하셨으니 아버지가 어떤 심정이실지 잘 알았지만, 나는 도저히 연구에서 눈을 떼고 다른 것을 생각할 여력이 없었다. 이 연구가 너무나 혐오스러웠지만, 어느새 거부할 수 없을 정도로 내 상상력을 꽉 움켜쥐고 있었다. 그래서 본래의 내 천성을 모두 집어삼킨 위대한 목표를 이룰 때까지 가족과 관련된 것을 모두 미루고 싶었다.

그때는 소식을 잘 전하지 않는다고 그것을 비행이나 결점으로 간주하는 아버지가 부당하다고 생각했다. 그러나 이제는 내가 비난을 받아야 한다고 여긴 아버지의 판단이 옳았다고 생각한다. 완벽한 경지에 오른 인간은 언제나 차분하고 평화로운 마음을 유지해야 하며, 결단코 평정심을 어지럽

히는 열정이나 일시적인 욕망에 마음을 빼앗겨서는 안 된다. 지식을 추구한다는 변명도 예외일 수는 없다고 생각한다. 만약 당신이 지금 매달린 연구 탓에 주위 사람들에게 무심해지고 불순물이 전혀 섞여들 수 없는 순수한 즐거움을 추구하는 마음조차 사라진다면, 그 연구는 확실히 부도덕하다. 다시 말해 인간의 정서에 절대 도움이 되지 않을 것이다. 이 규칙을 늘 지켰다면, 그러니까 누구라도 가족의 사랑이 주는 평정을 깨트리는 짓을 하지 않았다면 그리스는 노예국가가 되지 않았을 것이다. 카이사르는 로마를 파괴하지 않았을 것이며 아메리카는 좀 더 늦게 발견되어 멕시코와 페루의 제국들이 멸망하지도 않았을 것이다. 아차, 내 이야기에서 가장 흥미진진한 부분에 이르러 설교만 늘어놓고 있구나. 당신의 표정을 보니 어서 이야기를 계속해야겠다.

　아버지는 편지에서 나를 조금도 꾸짖지 않으셨다. 다만 내 연구에 대해 전보다 더 구체적으로 질문을 하며 내 무심한 침묵에 대해 신경을 쓰고 있다고 넌지시 나무라기만 했다. 연구에 빠져 있는 동안 겨울과 봄, 여름이 차례로 지나갔다. 나는 꽃이 활짝 만개하는 모습이나 잎사귀가 커가는 모습을 보지 못했다. 예전에는 그런 풍경을 보고만 있어도 최고의 기쁨을 누릴 수 있었는데 그때만큼은 연구에 너무 깊이 빠져 있었다. 그해 낙엽이 다 시들고 난 후에야 연구는 막바지에 다다랐다. 이제 내가 얼마나 성공할지 하루하루 더 명료하게 보였다. 한편으로는 걱정과 불안이 내 열정을 갉아먹었다. 어느덧 나는 가장 좋아하는 일에 열중하는 예술가라기보다 광산에서 광석을 채굴하거나 건강을 해치는 일을 하는 노예로 몰락한 사람과 가까운 몰골이 되었다. 밤마다 미열이 올랐다. 고통스러울 정도로 신경이 예민해졌다. 지금껏 누구 못지않게 건강했으며 신경이 쇠심줄처럼 튼튼하다고 자랑해왔기에 이런 증세가 더 견디기 힘들었다. 그래도 나는 운동을 하고 즐길 거리가 생기면 이런 증세도 금방 사라지리라 믿었다. 그래서 성공리에 창조 연구를 마치면 꼭 운동과 오락을 즐기겠다고 다짐했다.

4장

11월의 어느 음울한 밤, 나는 마침내 그간의 난고難苦가 결실을 거두는 모습을 보았다. 고통에 가까워져가는 불안과 걱정에 휩싸인 채 나는 생명을 불어넣을 주위의 도구들을 모아 배치했다. 그 후 내 발치에 놓여 있는 무생물에 존재의 불꽃을 일으키려고 했다. 어느새 새벽 한 시가 되었다. 후드득 소리를 내며 빗방울이 요란하게 유리창을 두드렸다. 양초가 다 타들어갈 즈음, 반쯤 사위어가는 빛 속에서 나는 그 피조물이 누런 눈을 천천히 뜨는 모습을 보았다. 그것이 힘겹게 숨을 쉬자 사지가 경련으로 뒤틀렸다.

　이 재앙이 벌어지는 순간 내가 어떤 심정이었는지 어떻게 묘사할 수 있을까? 끝도 없는 노력과 애정을 기울여 만든 그 악마 같은 존재를 어떻게 설명할 수 있을까? 그 피조물의 팔다리는 비율이 잘 맞았다. 이목구비 또한 아름다운 것으로 모았다. 아름답다고! 그런데, 맙소사! 그 누런 피부로도 근육과 동맥이 기능하는 모습은 가려지지 않았다. 윤기가 흐르는 검은 머리카락이 사르르 흘러내렸다. 치아는 진주알처럼 희었다. 하지만 이렇게 아름다운 부분들은, 허여멀건 눈구멍과 거의 비슷한 색인 젖은 두 눈과 쭈글쭈글한 피부, 곧고 검은 입술과 대조를 이루어 더 무시무시해 보이기만 했다.

　　인간사 온갖 일이 다 일어나지만, 인간의 감정만큼 변덕스러운 것도 없다. 나는 생명이 없는 신체에 생명을 불어넣는다는 일념으로 2년에 가까운 시간을 연구에만 매달렸다. 이 목적을 위해 스스로 휴식을 포기하고 건강도 희생했다. 적당한 선을 훌쩍 넘어서는 열의로 목표가 이루어지기를 욕망했다. 그런데 막상 모든 것이 끝나고 나니 아름다운 꿈은 온데간데없고 숨도 쉴 수 없는 공포와 혐오감이 내 심장을 가득 채웠다. 내 손으로 창조한 존재의 외모를 차마 볼 수가 없어서 실험실을 뛰쳐나갔다. 침실로 가 한참을 서성거려도 마음이 진정되지 않고 잠도 오지 않았다. 겨우 심란한 기분이 잦아들자 이번에는 오래전 겪었던 무기력감이 엄습해왔다. 나는 잠시라도 모든 것을 잊고 싶어서 옷도 벗지 않은 채 침대로 몸을 던졌다. 하지만 소용없었다. 잠이 들기는 했지만 지독한 악몽에 잠을 설쳤다. 그 어느 때보다 건강해 보이는 엘리자베스가 잉골슈타트의 거리를 걷는 모습을 본 것 같았다. 나는 너무나 반갑고 놀라워서 엘리자베스를 안았다. 하지만 그의 입술에 첫 키스를 남기자 그 입술은 죽음의 빛깔로 변하며 생생해졌다. 엘리자베스의 얼굴도 변하기 시작했다. 나는 돌아가신 어머니의 시신을 품에 안은 줄 알았다. 어머니는 수의에 싸여 있는데, 플란넬로 만든 수의의 주름마다 꾸물거리는 무덤 벌레가 보였다. 나는 기겁하며 잠에서 퍼뜩 깼다. 이마에 식은땀이 맺히고, 이가 덜덜 떨렸으며, 팔다리는 경련을 일으켰다. 바로 그때 덧창의 틈새로 새어 들어온 희미하고 누런 달빛에 그 괴물이 보였다. 내가 창조한 그 비참한 괴물 말이다. 그는 침대에 쳐놓은 커튼을 걷었다. 그걸 눈이라고 부를 수 있을지 모르지만, 두 눈이 나를 빤히 바라보았다. 그의 턱이 떡 벌어졌다. 그가 알아듣지도 못할 소리를 낸 후 활짝 웃자 볼에 주름이 졌다. 그 괴물이 무슨 말을 하려고 한 것 같지만 내 귀에는 들어오지 않았다. 나를 잡으려는지 한 손을 쑥 내미는 통에 나는 얼른 몸을 피해 계단을 후다닥 내려갔다. 그리고 내가 사는 집에 딸린 마당에 몸을 숨겼다. 그곳에서 남은 밤이 다 지나가도록 지독한 불안에 휩싸여 서성거렸다. 내가 그토록 형편없이 생명을 준 악마 같은 시체가 다가오는 기척이라도 들릴까 싶어 귀를 쫑긋 세우고 소리가 들릴 때마다 벌벌 떨었다.

아! 그 누구도 그렇게 무시무시한 얼굴을 견디지 못할

것이다. 되살아난 미라라고 해도 그 괴물처럼 흉측하지는 않
으리라. 나는 그를 만드는 동안에도 그를 줄곧 바라보았다.
그때도 흉측했다. 하지만 그 근육과 관절이 마침내 움직이기
시작하자 그는 단테조차 상상할 수 없는 모습으로 변했다.

나는 폐인처럼 그날 밤을 지새웠다. 가끔은 맥박이 너무
빠르고 거세게 뛰어서 모든 동맥의 고동이 고스란히 느껴졌
다. 또 어떤 때는 나른하고 극도로 피로해 그만 땅바닥으로
주저앉을 뻔하기도 했다. 이런 공포 속에서 나는 씁쓸한 실
망감을 느꼈다. 그 오랜 시간 동안 나의 양식이며 유쾌한 휴
식이 되어주었던 꿈들이 이제 지옥이 된 것이다. 지옥으로의
추락은 너무나 순식간이었고 철저했다.

음울하고 눅눅한 느낌의 아침이 마침내 밝았다. 밤새 잠
을 이루지 못해 따끔거리는 두 눈에 잉골슈타트 교회와 그곳
의 하얀 첨탑과 시계가 들어왔다. 시계는 6시를 가리키고 있
었다. 문지기는 지난밤 내가 수용된 정신병원이나 다름없었
던 그 마당의 문을 열었다. 나는 그길로 밖으로 뛰쳐나가 잰
걸음으로 걷기 시작했다. 모퉁이를 돌 때마다 그 괴물이 튀
어나올 것만 같아 두려워 도망치듯 말이다. 집으로는 도저히
돌아갈 수 없었다. 시커멓고 쓸쓸한 하늘에서 쏟아지는 비에
흠뻑 젖더라도 어딘가로 서둘러 가자는 생각만 들었다.

몸을 바삐 움직이면 한없이 가라앉은 마음이 가벼워질

85

지 모른다는 생각에 한동안 발걸음을 재촉하며 걸었다. 정확히 내가 어디에 있는지 무엇을 하는지도 모른 채 거리를 정처 없이 쏘다녔다. 공포라는 병에 심장이 쿵쿵거렸다. 그렇게 감히 주위를 돌아볼 엄두도 내지 못하고 비틀거리며 급히 걸었다.

> 외로운 길을 두려움과 고통에 잠긴 채
> 걸음을 내딛는 사람처럼
> 한 번 주위를 둘러본 후에는
> 다시는 고개를 돌리지 않는다.
> 무시무시한 악마가
> 뒤를 바짝 따라온다는 사실을 알기에
> (새뮤얼 테일러 콜리지의 「늙은 수부의 노래」-원주)

계속 걷다 보니 어느새 나는 평소 승합마차와 온갖 마차들이 멈춰서는 여인숙의 맞은편에 와 있었다. 이유는 모르겠지만 그곳에서 발걸음이 멎었다. 어쨌든 나는 거리의 반대편 끝에서 나를 향해 다가오는 사륜마차를 뚫어져라 바라보며 잠시 서 있었다. 점점 가까워지는 마차를 가만 보니 스위스의 승합마차였다. 그 마차는 내가 서 있는 곳에 멈췄다. 이윽고 문이 열리자 내 눈에는 앙리의 얼굴이 들어왔다. 그는 나를 보자마자 얼른 마차에서 내렸다. "프랑켄슈타인!" 그가 소리쳤다. "자네를 여기서 만나다니 정말 반갑네! 때마침 자네가 바로 여기 있다니 하늘이 도왔군!"

그 순간 앙리를 만난 기쁨은 그 무엇에도 비할 수 없었다. 그를 본 순간 아버지와 엘리자베스, 너무나 정다운 집의 정경이 눈앞에 떠오르는 것 같았다. 나는 그의 손을 덥석 잡았다. 그 순간만큼은 지금까지 사로잡혀 있던 공포와 불행한 기분을 잊었다. 몇 개월 만에 처음으로 문득 차분하고 평온한 기쁨을 느꼈다. 그리하여 나는 친구를 그 어느 때보다 정겹게 환영했다. 이윽고 우리는 학교를 향해 발걸음을 옮기기 시작했다. 앙리는 서로 아는 친구들의 근황을 한동안 들려주더니 잉골슈타트대학교에 입학하게 된 자신의 행운에 대해 털어놓았다. "너도 쉽게 상상이 될 거야." 그가 말문을 열었다. "상인이라고 부기만 알면 되는 게 아니라고 아버지를 설득하기가 얼마나 힘들었는지 몰라. 실은 말이야, 마지막 떠나는 날까지 아버지는 내 말을 반신반의하시는 것 같았어. 내가 아무리 끈질기게 말씀을 드려도 아버지의 대답은 한결같았거든. 『웨이크필드의 목사』에 등장하는 네덜란드인 교장 그대로였어. '나는 그리스어를 몰라도 일 년에 만 플로린(영국의 옛 화폐 단위-옮긴이)을 벌고 있어. 그리스어를 몰라도 잘만 먹고 산다'라고 하셨지만 결국 나에 대한 아버지의 애정이 교육에 대한 반감을 이겼지. 그러니 지식의 땅으로 발견의 항해를 떠나라고 허락을 해주신 거야."

"네 얼굴을 보니 너무나 기뻐! 그나저나 네가 출발할 무렵 내 아버지와 동생들, 엘리자베스는 어떻게 지내고 있었어?"

"모두 건강하게 잘 지내고 있어. 네가 통 소식을 전하지 않아 걱정이 많지만. 그렇지 않아도 말이야, 네 가족을 대신해서 내가 잔소리를 할 작정이야. 그런데, 프랑켄슈타인."그는 말없이 내 얼굴을 물끄러미 바라보더니 다시 말을 이었다."그 잔소리를 하기 전에 네가 지금 얼마나 아파 보이는지부터 말해야겠다. 살이 쏙 빠지고 얼굴에 핏기도 없어. 꼬박 며칠 밤을 자지 않은 몰골이야."

"네 말대로야. 최근에 어떤 연구에 완전히 매달려 있었어. 보다시피 충분히 쉬지도 못했지. 이 연구가 얼른 다 끝나서 자유의 몸이 되기를 진심으로 바라고 있어."

나는 몸이 벌벌 떨렸다. 전날 밤 있었던 일을 입에 담는 것은 고사하고 머릿속에 떠올릴 수도 없었다. 나는 발걸음을 재촉했고 우리는 곧 학교에 도착했다. 그제야 기숙사 방에 두고 온 그 괴물 생각이 났다. 숨이 붙어 있는 채 그곳에 있고 주위를 돌아다닐지 모른다는 생각에 오금이 저렸다. 나는 너무 무서워서 그 괴물을 똑바로 볼 자신이 없었다. 하지만 앙리가 그놈과 마주치는 사태가 더 두려웠다. 그런 이유로 나는 앙리를 잠시 계단 아래에 세워둔 후 날 듯이 내 방으로 뛰어올라갔다. 마음을 차분하게 가라앉히기도 전에 내 손은 이미 자물쇠 위로 가 있었다. 나는 잠시 가만히 서 있었다. 한기가 온몸을 휩쓸고 지나갔다. 문 너머에 유령이 기다리고 서 있을 것이라 생각하는 아이들처럼 문을 확 열어젖혔다. 아무것도 나타나지 않았다. 나는 두려움에 떨며 안으로 들어갔다. 텅 비어 있었다. 침실에도 그 흉측한 손님은 보이지 않았다. 이토록 수월히 상황이 돌아가다니 믿기지 않았다. 그래도 내 적이 정말 도망쳤다는 생각에 나는 기쁨에 차 손뼉을 치며 서둘러 아래층에 있는 앙리에게 갔다.

우리는 함께 내 방으로 올라갔다. 잠시 후 하인이 아침을 가져왔다. 그래도 나는 좀처럼 마음이 가라앉지 않았다. 내 마음을 사로잡은 것은 기쁨만이 아니었다. 피부가 너무 예민해서 조그마한 자극에도 따끔거리는 것 같고, 맥박이 미친 듯이 뛰었다. 잠시도 가만히 있을 수 없었다. 나는 의자 위를 풀쩍풀쩍 뛰어다니는가 하면 손뼉을 마주치고 큰소리로 웃음을 터트리기도 했다. 앙리는 처음에는 자신이 찾아와 기쁜 나머지 내가 평소와 달리 감정이 격해졌다고 생각했다. 그러나 나를 좀 더 주의 깊게 지켜보더니 내 눈에서 그로서는 까닭을 알 리 없는 광기를 알아보았다. 내가 온기도 느껴지지 않는 웃음을 참을 수가 없다는 듯 요란하게 터트리자,

그는 깜짝 놀라고 이내 두려움마저 느꼈다.

"세상에, 빅토르. 맙소사, 무슨 일이야? 그런 식으로 웃지 마. 얼마나 아픈 거야! 대체 이러는 이유가 뭐야?"

"묻지 마." 내가 양손으로 눈을 가리며 소리쳤다. 방 안으로 그 끔찍한 유령이 미끄러지듯 들어오는 모습을 본 것 같았기 때문이다. "저놈이 말해줄 거야. 오, 살려줘, 나를 살려달라고!" 나는 그 괴물에게 붙잡힌 줄 알았다. 그래서 격렬하게 저항을 하다가 그만 발작을 일으키며 쓰러졌다.

불쌍한 앙리! 그런 나를 본 심정이 어땠을까! 친구와 다시 만날 날만을 기쁜 마음으로 고대했을 텐데, 이렇게 기묘할 정도로 서글픈 해후가 되어버렸으니 말이다. 하지만 나는 그 슬픔을 내 눈으로 지켜보지 못했다. 그대로 정신을 잃은 채 아주 오랫동안 의식을 회복하지 못했기 때문이다.

이 일로 나는 신경성 열병을 앓기 시작했는데, 그 탓에 몇 달을 자리보전해야 했다. 병석에 있는 동안 나를 돌본 사람은 앙리뿐이었다. 나중에 알게 되었는데, 아버지는 연로해서 장기 여행을 버틸 수가 없었으며 내 상태를 알고 엘리자베스가 얼마나 슬퍼할지 잘 알았기에 앙리는 내 병세가 어느 정도인지 가족에게 알리지 않는 것으로 슬픔을 덜어주었다. 앙리는 자신보다 더 성실하게 나를 보살필 사람이 없다는 사실을 알았다. 내가 반드시 회복되리라는 희망을 절대 버리지 않았기에 그는 내 가족에게 야박한 짓을 하기는커녕 그들에게 할 수 있는 가장 친절한 일을 했다고 믿어 의심치 않았다.

실제로 나는 몹시 아팠다. 앙리가 쉬지도 않고 보살펴주지 않았다면 나는 결코 건강을 회복하지 못했을 것이다. 내가 만들어낸 괴물의 모습이 항상 눈앞에 어른거렸다. 그러니 쉴 새 없이 그에 대해 헛소리를 떠들었다. 분명히 앙리는 내 헛소리에 깜짝 놀랐을 것이다. 처음에는 그 헛소리가 뒤죽박죽인 상상력의 산물이라고 생각했다. 그러나 내가 지치지도 않고 똑같은 주제로 되돌아가자 앙리도 범상치 않은 끔찍한 사건이 일어난 바람에 내가 병에 걸린 것이라 짐작할 수 있게 되었다.

회복 속도가 너무 느린 데다가 걸핏하면 재발해 내 친구를 걱정과 슬픔에 잠기게 했지만 다행히 나는 건강을 되찾았다. 앓아누운 후 처음으로 미미하게나마 즐거움을 느끼며 바깥의 사물을 관찰하게 된 때를 지금도 기억한다. 그때 나는 낙엽들이 자취를 감추고, 내 창문에 그림자를 드리운 나무에서 봄눈이 새로 자라는 중이라는 사실을 알아차렸다. 아름다운 봄이었다. 마침 봄이라는 사실도 회복에 큰 도움이 되었다. 가슴에서 다시 기쁨이나 애정 같은 감정이 솟아나는 기분을 실감했다. 우울한 기운도 사라졌고 어느새 치명적인 열정에 사로잡히기 전처럼 쾌활한 성격으로 되돌아갔다.

"앙리." 내가 탄성을 지르듯 말했다. "다정하게 날 보살 펴줘서 고마워. 이번 겨울은 서재에서 공부를 하지 않고 병 실이 된 내 방에서 보내겠다는 네 말은 빈말이 아니었구나. 이 은혜를 어떻게 갚을 수 있을까? 내게 일어난 일 때문에 네 가 느꼈을 실망을 생각하면 너무 미안해. 그래도 너라면 나 를 용서해줄 테지."

"다시 아프지 말고 어서 자리에서 홀홀 털고 일어나는 게 내게 은혜를 갚는 길이야. 그나저나 기분이 그렇게 좋아 보이니 내가 한 가지 이야기를 해도 될까?"

나는 몸이 떨려왔다. 한 가지 이야기라고? 대체 무슨 이 야기일까? 혹시 내가 감히 생각조차 하지 못하는 그 피조물 의 이야기를 꺼내려는 걸까?

"흥분하지 말고 진정해." 내 안색이 변하는 모습을 보더 니 앙리가 나를 달랬다. "네가 그렇게 힘들다면 말하지 않을 게. 다만 네 아버지와 사촌이 네 편지를 받는다면 정말 반가 워하실 거라는 말만 할게. 그분들은 그동안 네가 얼마나 아 팠는지도 모른 채 오랫동안 소식을 받지 못해서 전전긍긍하 고 있어."

"그게 다야? 앙리, 내가 기운을 회복하고 제일 먼저 떠올 린 사람들이, 너무나 사랑하고 사랑하는 나의 가족이 아니라 면 대체 누구였겠니?"

"지금 네 심정이 그렇다면, 친구, 며칠 동안 네가 읽어줄 날만 손꼽아 기다린 이 편지를 어서 읽어봐. 네 사촌의 편지인 것 같으니까."

5장

그러더니 앙리가 내 손에 다음 편지를 쥐여주었다.

프랑켄슈타인에게

사랑하는 빅토르,

우리가 네 건강에 대해 얼마나 걱정을 하며 전전긍긍하는
지 필설로 다 할 수가 없어. 병이 얼마나 위중한지 네 친구
앙리가 사실을 숨기고 있다는 생각밖에 들지 않아. 네가 직
접 쓴 편지를 받은 지도 벌써 몇 달이 흘렀으니 당연하잖
아. 게다가 그동안 편지는 앙리에게 받아쓰게 한 것들이었
고. 빅토르, 너는 분명히 중병에 걸린 거야. 이런 생각을 하
면 우리는 몹시 우울해져. 사랑하는 네 어머니가 돌아가신
직후와 분위기가 거의 비슷할 정도야. 외삼촌은 네가 목숨

이 위태로울 정도로 아프다고 거의 믿고 계셔. 그래서 잉골슈타트로 당장 떠나시겠다는데 우리는 도저히 만류할 수가 없어. 앙리는 편지마다 네가 계속 좋아지고 있다고 해. 조만간 네가 그 소식을 직접 쓴 편지로 확인해주기를 간절히 바라. 빅토르, 우리 모두 네 건강 때문에 너무 힘든 시간을 보내고 있으니까 이 두려움에서 우리를 구해줘. 그러면 우리는 세상에서 가장 행복한 사람들이 될 거야. 요즘 외삼촌은 아주 정정하셔. 지난겨울 이후로 10년은 젊어지신 것 같아. 에르네스트도 부쩍 컸어. 이제 네가 그 애를 봐도 못 알아볼지 몰라. 에르네스트도 곧 열여섯 살이잖아. 게다가 몇 해 전처럼 병약하던 모습은 온데간데없고 지금은 몸도 꽤 튼튼하고 성격도 활발해졌어.

어젯밤에는 에르네스트가 어떤 직업을 가지면 좋을지 외삼촌과 한참 이야기를 나눴어. 어린 시절은 늘 병약했으니 공부하는 습관을 제대로 들일 수 없었잖아. 그렇지만 지금은 어느 때보다 튼튼해져서 늘 야외로 나가서 구릉을 오르거나 호수에 나가서 노를 저으며 배를 타고 놀아. 그래서 나는 에르네스트가 농부가 되면 좋겠다고 했어. 빅토르, 너도 알다시피 농부가 되는 건 내가 제일 좋아하는 인생 계획이잖아. 농부는 건강하고 행복한 삶을 살아. 그리고 남에게 해를 가장 덜 끼치는 일이고. 세상에 가장 도움이 되는 직업이기도 해. 외삼촌은 에르네스트가 변호사 교육을 받았으면 하시더라. 그 애가 관심이 있다면 판사가 되어도 좋겠다고 하셔. 하지만 그 애는 그런 직업에 조금도 맞지 않아. 게다가 범죄와 가깝거나 때로는 공모자가 되느니 땅을 경작해 인간을 먹여 살리는 일이 훨씬 더 훌륭하고 말이야. 법조인은 범죄와 가깝거나 공모자가 되는 사람이잖아. 그래서 이렇게 말씀드렸어. 법조인만큼 명예로운 직업은 아니라고 해도, 농사를 잘 지어서 부유한 농부가 되는 편이 어두운 인간 본성을 다루는 불운을 겪는 판사에 비하면 적어도 더 행복할 거라고 말이야. 그랬더니 외삼촌이 빙그레 웃으시면서 이렇게 말씀하셨어. 변호사가 되어야 할 사람은 나인 것 같다고. 그렇게 그 이야기는 끝이 났어.

지금부터는 네가 듣고 즐거워할 소소한 이야기들을 들려줄게. 재미도 있을 거야. 혹시 유스틴 모리츠를 기억하니? 기억이 안 날지도 모르겠구나. 그러니까 잠시 그 아이에 대해 들려줄게. 그 애의 어머니인 모리츠 부인은 남편을 여의고 네 아이를 키우셨는데, 유스틴은 그중에서 셋째였어. 유스틴은 아버지가 살아 계실 때 가장 귀여움을 받았어. 무슨 비뚤어진 묘한 심리인지 모리츠 부인은 그 애를 견디지 못했고 모리츠 씨가 돌아가신 후로 몹시 못됐게 굴었지 뭐야. 외숙모는 이런 사정을 줄곧 지켜보셨어. 그래서 유스틴이 열두 살이 되자 모리츠 부인을 설득해서 그 애를 우리 집으로 데려오셨어. 우리나라는 공화국이라 단순하고 지키기도 편한 풍습이 퍼져 있어. 주변의 여러 군주국가에서 만연한 풍습과는 정반대인 셈이지. 덕분에 우리나라는 국민이 여러 계급으로 나뉘었어도 계급의 차이가 두드러지지 않아. 하층계급이라고 해도 그렇게 빈곤하거나 멸시를 받지 않는 거야. 그들의 예의범절은 훨씬 더 세련되고 도덕적이기까지 해. 하인이라고 해도 제네바의 하인과 프랑스나 영국의 하인은 달라. 우리 집에서 지내게 된 유스틴은 하인의 의무를 배웠어. 우리나라처럼 운 좋은 곳에서는 하인이 무식하다는 인식도 없고 인간의 존엄을 희생할 일도 없지.

여기까지 읽었다면 이제 너도 내가 할 이야기의 주인공이 기억났겠지. 너는 유스틴을 아주 좋아했으니까. 언젠가 기분이 나쁠 때 유스틴의 눈길 한 번이면 그런 감정이 눈 녹듯 사라진다고 한 말을 나는 지금도 기억해. 아리오스토가 안젤리카의 미모를 봤을 때와 같은 이유에서였지. 유스틴은 솔직하고 행복해 보인다고 말이야. 외숙모는 그 아이를 무척 아끼셨어. 그래서 처음에 생각했던 것보다 훨씬 더 수준 높은 교육을 받게 해주셨어. 유스틴은 자신이 받은 은혜를 전부 다 갚았어. 그 애는 이 세상에서 누구보다 은혜를 아는 사람이거든. 그렇다고 그 애가 대놓고 그런 말을 했다는 뜻은 아니야. 그 애가 그런 말을 하는 걸 한 번도 들은 적이 없어. 하지만 그 애의 눈을 들여다보기만 해도 보호자였던 외숙모를 얼마나 흠모했는지 알 수 있단다. 성격이 쾌활하고 여러 면에서 경솔하게 행동하기도 하지만 유스틴은 늘 관심을 가지고 외숙모의 몸짓 하나하나를 눈여겨보았어. 유스틴은 외숙모를 가장 뛰어난 모범으로 여겼거든. 그분의 말투와 몸가짐을 열심히 흉내 내려고 할 정도였지. 그래서인지 지금도 그 애를 보면 외숙모가 문득 떠오를 정도야.

사랑하는 외숙모가 돌아가시고 저마다 슬픔에 빠져 허우적거린 탓에 우리는 가여운 유스틴을 살피지 못했어. 외숙모가 돌아가시는 순간까지 애타서 발을 동동 구르며 온 마음을 다해 병석을 지켰는데 말이야. 그때 불쌍한 유스틴은 결국 앓아눕기까지 했어. 그런데 또 다른 시련이 그 아이를 기다리고 있었지 뭐야.

유스틴의 형제자매가 차례차례로 세상을 떠났어. 모리츠 부인은 자신이 방치하다시피 한 딸을 제외하면 자식을 모두 잃은 거야. 그분은 양심의 가책으로 괴로워했어. 사랑했던 자식이 모두 세상을 뜬 건 자식을 편애해서 천벌을 받은 것일지 모른다고 생각하기 시작했어. 가톨릭 신자였거든. 고해신부님도 그 생각이 옳다고 맞장구를 치셨나 봐. 그래서 네가 잉골슈타트로 떠난 지 몇 달 후 유스틴은 잘못을 뉘우친 어머니가 불러서 집으로 돌아갔어. 그때 얼마나 애처롭던지. 우리 집을 떠나면서 펑펑 울더라. 유스틴은 외숙모가 돌아가신 후로 많이 변했어. 그전에는 그렇게 까불거리고 쾌활했던 아이였는데, 크나큰 슬픔을 겪은 후 진지하면서 온화해졌거든. 그런데 낳아준 어머니의 집으로 돌아간 후에도 그 아이는 쾌활했던 옛 모습으로 돌아오지 못했어. 그 가여운 부인은 잘못을 뉘우치다가도 변덕을 부렸거든. 가끔은 딸을 박정하게 대한 자신을 용서해달라고 매달리다가도 걸핏하면 유스틴 때문에 자식들이 다 죽었다고 원망을 했어. 그렇게 계속 마음을 끓이던 모리츠 부인은 급기야 건강을 해쳤어. 앓아누운 후로 짜증만 늘다가, 지금은 영원한 안식을 취하고 있어. 지난겨울이 시작되면서 혹한이 들이닥쳤을 때 돌아가셨어. 마침내 유스틴은 우리 집으로 돌아왔고. 나는 그 애를 정말 아껴. 무척 영리하고 마음씨도 고운데다 또 얼마나 예쁜지. 아까도 썼지만 유스틴의 행동거지와 얼굴을 보고 있으면 자꾸 외숙모가 생각나.

사랑하는 빅토르, 어린 윌리엄의 소식도 알려줄게. 네가 그 아이를 보면 얼마나 좋을까. 윌리엄은 나이에 비해서 키가 커. 사랑스러운 웃음기가 깃든 푸른 두 눈동자 위로 새까만 속눈썹이 나 있고 곱슬머리야. 윌리엄이 미소라도 지으면 튼튼하고 발그레한 두 볼에 작은 보조개가 패어. 그 애는 벌써 어린 '아내'가 한 명인가 두 명이 있지만, 이제 다섯 살이 된 작고 사랑스러운 루이자 바이런을 가장 좋아한대.

음, 사랑하는 빅토르, 제네바의 선한 사람들이 어찌 지내는지 소소한 일들도 궁금하지 않니? 어여쁜 맨스필드는 영국인 향사 존 멜번과 결혼을 앞두고 있어. 벌써 몇 번이나 결혼을 축하하는 손님들의 방문을 받았어. 맨스필드의 언니인 마농은 지난가을에 부유한 은행가 뒤비야르와 결혼했어. 네가 좋아하던 동창생인 루이 마누아르는 앙리가 제네바를 떠난 후로 몇 가지 불운으로 고생을 하다가 다행히 요즘 기운을 차렸어. 게다가 활달하고 아름다운 프랑스인 타베르니에와 결혼을 할 거라는 이야기가 들려. 타베르니에는 남편을 먼저 보내고 홀로 지내고 있지. 마누아르보다 훨씬 연상이고. 하지만 모두 타베르니에를 흠모해. 다들 그를 좋아하거든.

이렇게 글을 쓰니 기분이 좋아졌어. 하지만 네 건강이 걱정돼. 그걸 묻기 전에는 이 편지를 끝맺을 수 없어. 사랑하는 빅토르, 네가 그리 많이 아프지 않으면 편지를 보내줘. 그래서 네 아버지와 우리 모두를 기쁘게 해줘. 반대의 상황은 생각조차 못 하겠어. 벌써 눈물이 흐르는걸. 안녕, 사랑하는 빅토르.

엘리자베스 라벤차
17XX년 3월 18일 제네바에서

"오, 다정한 엘리자베스!" 나는 편지를 다 읽는 순간 소리쳤다. "지금 당장 편지를 쓸 거야. 내 가족이 느끼고 있을 불안을 말끔히 없애줘야지." 나는 편지를 썼다. 그러나 고작 그것만으로도 녹초가 되었다. 그래도 요양을 하면서 건강을 조금씩 회복하는 중이었기에 다시 2주가 흐르자 방을 나설 수 있을 정도로 몸이 좋아졌다.

몸이 회복된 후 나는 대학의 몇몇 교수에게 앙리 클레르발을 소개했다. 그 과정에서 마음에 남은 상처를 다시 헤집는 힘든 일을 겪었다. 그 끔찍한 밤, 내 연구가 끝나고 불행이 시작된 후로 나는 자연철학이라는 이름만 들어도 격렬한 반감을 느끼게 되었다. 건강이 회복되기는 했지만, 화학 도구를 보면 내 신경에 온갖 고통이 되살아나곤 했다. 앙리는 이 사실을 알고 내 눈에 띄지 않도록 실험 도구를 모두 치워버렸다. 집도 다른 곳으로 옮겨주었다. 내가 예전에 실험실로 쓰던 방을 몹시 꺼린다는 사실을 알아차렸기 때문이다. 그러나 앙리가 아무리 신경을 써주어도 교수와 만나는 자리에서는 아무 소용이 없었다. 발트만 교수가 나를 아끼는 마음에 내가 그동안 과학 분야에서 거둔 놀라운 성취를 따뜻하게 칭찬했다. 그러나 정작 나는 칭찬을 들을 때마다 고문을 당하는 기분이었다. 그는 내가 그런 이야기를 불편해한다는 사실을 금방 알아차렸다. 하지만 진짜 이유는 모른 채 내가 겸손해서 그렇다고 넘겨짚고는 나의 성과에서 과학으로 대화 주제를 바꿨다. 내 기분을 북돋아서 대화에 끌어들이고 싶었으리라. 내가 어떻게 그 장단에 맞출 수 있었겠는가? 그는 모두가 좋아하는 대화 주제라고 여겼지만, 내게는 고통일 뿐이었다. 마치 고통스럽고 느리게 숨통을 끊어놓는 도구를 내 눈앞에 하나씩 내려놓는 것 같았다. 그가 하는 말 한마디 한마디에 나는 고통으로 몸부림쳤지만, 그 괴로움을 겉으로 드러낼 수는 없었다. 앙리는 보고 느낀 것으로 타인의 감정을 금방 알아차렸기에 자신은 아무것도 모른다는 핑계로 일부러 이야기를 다른 방향으로 돌렸다. 마침내 우리는 좀 더 일반적인 주제로 이야기를 나누기 시작했다. 나는 진심으로 친구가 고마웠지만, 말로 전하지 못했다. 내가 보기에 그는 나를 보며 분명 많이 놀랐을 텐데 한 번도 내게서 비밀을 캐내려고 하지 않았다. 나는 무한한 애정과 존경심이 뒤섞인 마음으로 그를 아꼈지만 아무리 해도 문득 떠오르는 그 일에 대해서는 차마 입이 떨어지지 않았다. 다른 사람에게 세세하게 그 일을 털어놓으면 내 상처만 더욱 깊어질 것 같았다.

한편 크렘페 교수는 그렇게 호락호락하지 않았다. 당시

견딜 수 없을 정도로 예민했던 나는 발트만 교수의 자애로운 칭찬보다 크렘페 교수의 거칠고 퉁명스러운 칭찬이 훨씬 더 고통스러웠다. "이런 발칙한 친구를 봤나!" 그가 소리쳤다. "앙리 군, 이 친구가 우리 모두를 뛰어넘었다고 내가 장담하네. 그렇고 말고, 이 친구를 잘 봐두게. 사실은 사실이니까. 몇 년 전만 해도 코르넬리우스 아그리파를 복음처럼 신봉하던 젊은이가 이제는 대학을 이끌 수재가 되었지. 어서 이 친구를 끌어내리지 않으면 우리 교수들 체면이 말이 아니게 될걸세. 그렇고말고, 그렇고말고." 그는 고통에 물든 내 표정을 지켜보더니 말을 이었다. "프랑켄슈타인 군은 겸손해. 젊은이에게 필요한 뛰어난 품성이지. 젊은이는 겸손해야 한다네, 앙리 군. 나도 젊었을 때야 그랬지. 그런데 그런 태도는 금방 사라져버린다네."

크렘페 교수가 어느새 자기 자랑을 늘어놓기 시작했기에 천만다행으로 대화는 나를 그리 괴롭히지 않는 주제로 넘어갔다.

앙리는 자연철학을 전공하지 않았다. 그의 상상력은 이런 정밀한 과학을 공부하기에는 너무 활발했다. 그의 전공은 언어였다. 그는 언어의 기본 지식을 습득한 후 제네바로 돌아가 독학으로 새로운 분야를 개척할 작정이었다. 그는 그리스어와 라틴어를 완벽하게 구사하게 되자, 이번에는 페르시

아어와 아랍어, 히브리어에 관심을 보이게 되었다. 나는 할 일 없이 빈둥거리니 짜증만 치솟았다. 자꾸 떠오르는 상념에서 도망치고 싶은 데다 지금까지 몰두한 공부가 너무 싫었기 때문에 친구와 함께 공부하는 데서 크나큰 위안을 얻었다. 동양학 학자들의 저술에서도 지식만이 아니라 위안을 얻었다. 그들의 우수憂愁가 마음을 어루만져주었으며 그들은 내가 어느 나라의 저술가를 공부할 때도 경험하지 못한 수준의 기쁨을 선사해주었다. 그들의 저술을 읽으면 삶이란, 장미가 만발한 정원에서 따스한 햇볕을 받으며 사는 것 같았다. 또 삶은 정정당당한 적수의 미소와 찌푸린 얼굴, 심장을 불태우는 불길 속에 있는 것 같기도 했다. 그리스와 로마의 남성적이고 영웅적인 서사시와 어찌나 다르던지.

이렇게 공부에 빠져 있다 보니 여름이 지나갔다. 나는 가을이 끝날 즈음 제네바로 돌아가기로 했다. 그러나 몇 가지 사건으로 출발이 자꾸 미뤄지면서 겨울이 시작되었고, 첫눈이 내리자 길이 막혀버리는 바람에 결국 봄이 올 때까지 귀향을 미루기로 했다. 자꾸 귀향이 늦춰지니 계속 조바심이 나고 애석했다. 고향과 사랑하는 사람들을 보고 싶은 마음이 간절했다. 내 귀향이 이렇게까지 늦어진 까닭은, 앙리를 낯선 곳에 홀로 두고 떠나기 싫어서 그가 잉골슈타인에서 사람들을 사귈 때까지 기다렸기 때문이다. 어쨌든 겨울은 그래도 유쾌하게 보냈다. 다음 해 봄이 유난히 늦게 왔지만, 일단 봄이 시작되자 늦은 것을 보상하듯 세상은 찬란하기만 했다.

어느새 5월이 찾아왔다. 출발할 날짜를 정해줄 편지를 매일 기다리는데 앙리가 잉골슈타트 근교로 도보 여행을 떠나자고 권했다. 이렇게 오랫동안 살았던 나라를 둘러보며 개인적으로 작별을 고하면 좋지 않겠냐고 말이다. 나는 친구의 제안을 기꺼이 받아들였다. 원래 운동을 좋아하는 데다 고국에서 여러 풍경을 보러 다니며 여행을 할 때면 앙리가 언제나 가장 좋은 길동무였기 때문이다.

우리는 2주 동안 느긋하게 도보 여행을 했다. 나는 심신의 건강을 벌써 회복한 데다, 여행을 하며 좋은 공기를 맘껏 마시고, 이런저런 경험을 하고, 친구와 즐거이 대화를 나누면서 더 큰 힘을 얻었다. 대학을 다니는 동안에는 그 연구에 매진하느라 동기들과 제대로 사귀지 못해 고립되었고 그로 인해 더 비사교적인 사람이 되고 말았다. 앙리는 그런 내 심장에서 긍정적이고 밝은 감정들을 끌어내주었다. 그는 자연의 풍경과 아이들의 명랑한 얼굴을 사랑하는 법을 다시 가르쳐주었다. 이보다 더 좋은 친구가 있을까! 진심으로 나를 사랑해주며 자신만큼 내 마음도 고양되도록 얼마나 노력하던지. 나는 이기적인 연구에 빠져 있느라 마음에 경련이 온 듯 편협한 인간이 되었지만, 친구의 상냥함과 애정 덕에 굳었던 내 감각에 온기가 돌며 세상을 향해 활짝 열렸다. 나는 몇 해 전처럼 모두에게 사랑받고 모두를 사랑했으며 슬픔이나 걱정이라고는 몰랐던 행복한 사람으로 되돌아갔다. 행복해지니 무생물인 자연을 보아도 즐거워 가슴이 벅차올랐다. 눈이 시리도록 푸른 하늘과 파릇파릇한 들판을 보면 내 가슴도 황홀한 기분으로 가득 찼다. 그 계절은 실로 환상적이었다. 사방의 울타리에 봄꽃이 활짝 피어 있는데 어느새 여름꽃들도 꽃송이를 피우려 하는 중이었다. 아무리 해도 내려놓을 수 없는 무거운 짐처럼 나를 짓눌렀던 작년의 일이 불쑥 떠올라도 더는 마음이 혼란스럽지 않았다.

앙리는 내가 밝은 기운을 되찾자 기뻐하며 내 감정에 진심으로 공감했다. 나를 즐겁게 해주려고 이런저런 궁리를 하며 자신의 영혼을 채운 여러 느낌을 표현했다. 이럴 때 그의 마음에 담긴 감정은 놀랄 정도로 다채롭고 풍부했다. 그의 대화는 상상력으로 충만했다. 페르시아와 아랍 작가들을 모방해 환상과 열정이 넘치는 놀라운 이야기를 만들어낸 경우는 또 얼마나 많았던가. 어떨 때는 내가 가장 좋아하는 시를 암송하거나 나를 논쟁으로 끌어내기도 했는데, 그가 논쟁을 이끌어가는 방법은 놀랍도록 참신했다.

일요일 오후 우리는 학교로 돌아왔다. 농부들이 춤을 췄고 우리가 만나는 사람마다 쾌활하고 행복해 보였다. 내 기분도 한껏 고조되어, 고삐가 풀린 듯 몰려오는 기쁨과 흥거움에 발걸음이 덩달아 가벼워졌다.

6장

여행에서 돌아오니 아버지에게서 다음과 같은 편지가 도착해 있었다.

프랑켄슈타인에게

사랑하는 빅토르,
네가 집으로 돌아올 날을 정해줄 편지를 이제나저제나 기다리고 있겠구나. 원래 네가 도착할 날짜만 알려주고 간단하게 몇 줄만 적으려고 했단다. 하지만 잔인한 친절을 베푼 셈이 되겠더구나. 그래서 그러지 않기로 했다. 아들아, 행복하고 즐거운 분위기에서 가족의 환영을 받으리라 기대하며 돌아온 네가 눈물과 비탄에 잠긴 우리를 보면 얼마나 놀라겠니. 빅토르, 우리에게 닥친 이 불행을 어떻게 전해야 할까? 아무리 집을 떠나 있어도 남은 가족의 기쁨과 슬픔에 너도 무감할 수는 없겠지. 그렇지만 집을 떠나 있는 아이에게 어떻게 이런 고통을 알릴 수 있을까. 이 비통한 소식을 알리기 전에 마음의 준비를 시키고 싶지만 불가능하다는 걸 나는 안단다. 어느새 네 두 눈은 편지를 훑어 내리며 끔찍한 소식을 전하는 말을 찾고 있겠구나.

윌리엄이 죽었어! 그 사랑스러운 아이가. 늘 내 마음을 즐겁고 따스하게 만드는 미소를 짓던 아이, 그렇게 사랑스럽고 그렇게 명랑했던 그 아이가 말이야.

너를 위로하려고 하지 않겠다. 다만 어떻게 된 일인지만 간략하게 전하마.

지난 목요일(5월 7일) 나는 조카와 네 두 동생과 함께 플랭팔레 공원으로 산책을 나갔단다. 저녁이 되어도 따뜻하고 평화로웠지. 그래서 우리는 평소보다 더 멀리 나갔어. 슬슬 돌아가야겠다고 생각했을 때는 이미 주위가 어둑어둑했단다. 그런데 그제야 우리보다 앞서가던 윌리엄과 에르네스트가 보이지 않는 거야. 우리는 두 아이가 돌아올 때까지 앉아서 기다리기로 했다. 잠시 후에 에르네스트가 오더니 제 동생을 보지 못했는지 우리에게 묻지 뭐니. 그 애 말이, 둘이 함께 놀다가 윌리엄이 숨바꼭질을 한다며 어딘가로 달려갔대. 에르네스트가 열심히 찾았지만 소용이 없어서 동생이 오기를 한참이나 기다렸는데 나타나지 않았다는 거야.

이 이야기를 듣고 우리는 깜짝 놀랐지. 그래서 밤이 되도록 윌리엄을 찾아다녔어. 그때 엘리자베스가 윌리엄이 벌써 집으로 돌아갔을지 모른다는 거야. 하지만 집에도 없었어. 우리는 다시 공원으로 돌아갔단다. 이번에는 횃불을 들고서. 내 사랑하는 아들이 길을 잃고 한밤의 한기와 밤이슬을 맞고 있는데 내가 어찌 쉴 수 있겠니. 엘리자베스도 걱정이 되어 안절부절못했단다. 그런데 새벽 5시 무렵, 내가 사랑스러운 그 아이를 찾았어. 전날 밤만 해도 누구보다 건강하고 명랑했던 아이가 푸르죽죽하게 변한 채 풀밭에 쓰러져서 미동도 하지 않았어. 아이의 목에는 살인자가 낸 손가락 자국이 남아 있었어.

윌리엄을 집으로 옮겼단다. 비통함에 젖은 내 얼굴을 본 순간 엘리자베스는 무슨 일이 벌어졌는지 알아차렸어. 그 아이는 윌리엄을 꼭 보겠다고 하더구나. 그러지 말라고 말렸지만, 엘리자베스는 뜻을 굽히지 않았어. 이윽고 윌리엄을 뉜 방으로 들어가 그 아이의 목을 서둘러 살펴보더니 양손을 맞잡고 이렇게 소리쳤어. "세상에, 제가 사랑하는 아기를 죽였어요!"

엘리자베스는 그대로 기절했어. 좀처럼 의식을 회복하지

못했단다. 그리고 깨어난 후로는 탄식을 하며 울기만 해. 그 애가 그러는데, 그날 저녁에 윌리엄이 네 어머니의 유품인 매우 값비싼 초상화 목걸이를 걸고 싶다고 졸랐다는 거야. 그런데 윌리엄의 목에는 그 목걸이가 없었어. 분명히 살인자가 목걸이가 탐이 나서 그런 범행을 저질렀겠지. 범인을 잡으려고 백방으로 힘쓰고 있지만, 아직 아무런 흔적도 찾아내지 못했단다. 하지만 그놈을 잡아본들 사랑하는 윌리엄이 살아오지 않겠지.

어서 오거라, 빅토르. 엘리자베스를 위로할 수 있는 사람은 너뿐이야. 그 아이는 울음을 멈추지 않고 자신 때문에 윌리엄이 죽었다며 말도 안 되는 자책을 하고 있어. 그 아이의 말이 내 심장을 갈가리 찢는 것 같아. 지금 우리 가족은 불행에 빠져 있단다. 아들아, 돌아와서 이런 우리를 위로해주어야 한다는 것 말고 더 무슨 이유가 필요하니? 네 어머니! 맙소사, 빅토르! 네게나 하는 말이지만, 살아서 그렇게나 사랑했던 막내아들이 맞이한 잔인하고 비참한 죽음을 네 어머니가 목격하지 않아도 된다니 차라리 감사하구나.

어서 오거라, 빅토르. 살인자를 향한 복수심에 찬 마음이 아니라 평화롭고 관대한 마음으로 와. 그런 마음이 우리의 상처를 곪아 터지게 만드는 대신 치유해줄 테니까. 아들아, 애도에 잠긴 이 집으로 들어오려무나. 다만 네 적들을 증오

하지 않고 너를 사랑하는 사람들을 아끼고 사랑하는 마음
으로 와야 한다.

17XX년 5월 12일, 제네바에서

알퐁스 프랑켄슈타인

편지를 읽는 동안 내 기색을 살피던 앙리는 깜짝 놀랐
다. 가족의 소식을 접하자마자 내 얼굴을 환히 밝혔던 기쁨
이 절망으로 바뀌었기 때문이다. 나는 탁자에 편지를 던지며
양손에 얼굴을 파묻었다.

"프랑켄슈타인." 서럽게 우는 나를 앙리가 불렀다. "너는
늘 불행할 운명인 걸까? 친구, 대체 무슨 일이야?"

나는 그에게 편지를 읽어보라는 몸짓을 했다. 그런 후
극도로 동요하며 방 안을 서성거렸다. 내 불행의 이유가 적
힌 편지를 읽는 앙리의 눈에서도 눈물이 비 오듯 쏟아졌다.

"지금 네게 무슨 위로의 말을 할 수 있겠니." 그가 말했
다. "이 변고로 인한 슬픔을 무엇으로 덜 수 있을까. 이제 어
떻게 할 거야?"

"당장 제네바로 가야지. 앙리, 마차를 빌려야 하는데 같
이 가줘." 가는 동안 앙리는 내가 기운을 차리도록 신경을 써
주었다. 그는 뻔한 위로의 말이 아니라 진심으로 내 마음에

공감했다. "가여운 윌리엄! 사랑스러운 아이였는데. 이제는 천사가 된 제 엄마와 함께 잠들어 있겠구나. 가족과 친구들은 모두 슬픔에 잠겨 흐느끼지만 아이는 편히 쉬고 있어. 더는 살인자의 손아귀를 느끼지 못해. 흙이 그 아이의 보드라운 몸을 덮고 나면 아무런 고통도 느끼지 못할 거야. 윌리엄은 이제 동정의 대상이 아니야. 대신 살아남은 사람들이 크나큰 고통을 받겠지. 그들에게 유일한 위로는 시간뿐이야. 스토아학파에서는 이렇게 가르쳐. 죽음은 악이 아니라고. 사랑하는 사람들이 영원히 떠나갔을 때 절망하지 않도록 마음을 단련해야 한다고. 하지만 그걸 어떻게 강요하겠어. 카토조차 형제의 시신 앞에서 눈물을 흘렸는데."

우리가 발걸음을 재촉해 여러 거리를 지나는 동안 앙리는 이런 이야기를 계속 들려주었다. 그의 이야기는 내 마음에 깊은 인상을 남겼기에 후에 혼자가 되었을 때 나는 그 말을 다시 떠올려보았다. 그러나 당장은 말이 도착하자마자 캐브리올(말 한 마리가 끄는 이륜마차—옮긴이)에 훌쩍 타며 친구에게 작별을 고했다.

집으로 돌아가는 길은 우울하기 짝이 없었다. 처음에는 한시바삐 집에 도착하고 싶었다. 사랑하는 가족과 슬픔에 잠긴 친구들을 어서 위로하고 함께 슬픔을 달래고 싶었기 때문이다. 하지만 고향이 가까워지자 속도를 늦추었다. 내게 몰려오는 온갖 감정을 도저히 견딜 수가 없었다. 어린 시절에는 흔히 봤지만 6년이 다 되어가도록 한 번도 못 본 풍경을 차례로 지나쳤다. 그 시간 동안 모든 것이 어떻게 변했을까? 모두를 슬픔에 빠트린 변화 하나가 갑작스럽게 일어나기는 했다. 하지만 천 가지나 되는 소소한 사건들이 차츰차츰 또 다른 변화를 만들어냈을지 모른다. 그 한 가지 변화보다 더 고요하게 진행되었을지는 몰라도 그렇다 해서 덜 결정적이었다고는 볼 수 없으리라. 두려움이 엄습해왔다. 나를 벌벌 떨게 만드는 이름 없는 천 가지 악의 정체가 뭔지는 알 수 없었지만, 막연히 두려움에 몸이 떨려 앞으로 나갈 수 없었다.

나는 이런 고통스러운 심경으로 이틀 동안 로잔에 머물렀다. 호수를 물끄러미 바라보았다. 수면은 잔잔했다. 주위는 고요하고 '자연의 궁전'인 눈 덮인 산은 조금도 달라지지 않았다. 천상에 온 것 같은 평온한 풍경에 마음을 추스른 나는 다시 제네바로 길을 떠났다.

호수를 따라 나 있는 길은 고향과 가까워질수록 점점 좁아졌다. 어느새 쥐라산맥의 검은 경사면과 빛나는 몽블랑 정상이 점점 더 또렷하게 시야에 들어왔다. 그 모습에 나는 아이처럼 목놓아 울었다. "사랑하는 산들아! 조국의 아름다운 호수여! 방랑자를 이렇게 따뜻하게 맞아주는구나. 네 봉우리는 깔끔하고 하늘과 호수는 푸르고 잔잔하구나. 평온을 예언

하는 것이냐, 아니면 내 불행을 조롱하는 것이냐?"

친구여, 내 이야기의 배경을 이렇게 되짚느라 지겨움을 주었다면 미안하다. 하지만 그때야말로 내가 비교적 행복하던 시절이라 떠올리는 것만으로 즐거워진다. 내 조국, 내 사랑하는 조국이여! 조국의 하천과 산줄기, 무엇보다 아름다운 호수를 다시 보았을 때 내가 느낀 반가움은 이곳에서 나고 자란 사람이 아니면 누구도 모르리라.

그러나 집에 가까워질수록 나는 슬픔과 두려움에 짓눌렸다. 사방에 다시 밤이 내려앉았다. 사위가 어둑어둑해 산줄기는 잘 보이지도 않았다. 그러자 나는 더욱 우울해졌다. 눈에 보이는 곳마다 거대하고 흐릿해 악에 물든 풍경 같았다. 게다가 나는 나 자신이 세상에서 가장 불행한 사람이 될 운명인 것만 같았다. 이럴 수가! 내 예감은 그대로 들어맞았다. 다만 한 가지 상황만은 빗나갔다. 온갖 불행을 상상하고 두려움에 떨었지만 정작 나는 앞으로 꿋꿋이 감내해야 할 고통을 백 분의 일도 몰랐다.

제네바 근교에 도착했을 때는 주위가 완전히 어두워진 후였다. 도시로 들어가는 관문들은 다 닫혀 있었다. 어쩔 수 없이 제네바에서 동쪽으로 약 4킬로미터 정도 떨어진 세슈롱에서 하룻밤을 묵어야 했다. 하늘은 청명했다. 도무지 잠을 이룰 수 없어 가여운 윌리엄이 목숨을 잃은 곳을 가보기로 했다. 도시를 통해 갈 수 없으므로 나룻배를 타고 호수를 가로질러 플랭팔레로 가야 했다. 잠시 항해를 하는 중에 몽블랑 정상에서 아름다운 모습으로 현란하게 노니는 듯한 번개 줄기들이 번쩍거렸다. 배를 호숫가에 대자마자, 폭풍우가 이동하는 모습을 볼 수 있을까 싶어서 야트막한 언덕으로 올라갔다. 폭풍우는 전진하고 있었다. 하늘이 먹구름으로 뒤덮이나 싶더니 어느새 굵은 빗방울이 툭툭 떨어지기 시작했다. 빗줄기가 순식간에 거세졌다. 어둠과 폭풍우는 매 시각 기세를 더해가고 머리 위에서는 천둥이 우레와 같은 굉음을 터트렸지만 나는 아랑곳하지 않고 계속 걸었다. 살레브와 쥐라, 사부아의 알프스산맥에서 천둥이 메아리쳤다. 강렬하게 번쩍이는 번개에 눈이 부셨다. 이 불빛이 호수를 비추자 수면 위로 불이 활활 타오르는 것처럼 보였다. 다음 순간, 세상은 칠흑 같은 어둠으로 변했고 두 눈은 번개 불빛에서 막 회복되었다. 스위스에서 으레 그렇듯이 폭풍우는 사방에서 한꺼번에 몰려왔다. 가장 강력한 폭풍우가 정확하게 도시의 북쪽 하늘에 걸려 있었다. 벨리브곳과 코페 마을 사이에 있는 호수 위였다. 다른 것들은 흐릿한 번갯불로 쥐라를 밝혔다. 또 다른 폭풍우는 호수 동쪽에 솟은 뾰족한 봉우리인 몰산에 어둠을 드리웠다가 가끔 번개로 어둠을 걷었다.

　　너무나 아름다우면서도 무시무시한 폭풍을 지켜보면

서 나는 비틀거리는 발걸음을 이리저리 옮겼다. 하늘에서 벌어지는 이 웅장한 전쟁에 내 기분은 고양되었다. 나는 박수를 치며 외쳤다. "이제 천사가 된 윌리엄! 이것이 네 장례식이야, 널 위한 장송곡이라고!" 이렇게 소리치는데, 옹기종기 모여 있는 근처 나무들 뒤의 어둠 속에서 슬그머니 움직이는 형체가 보였다. 나는 그 자리에 못 박힌 듯 서서 그것을 뚫어져라 보았다. 내가 착각했을 리 없었다. 한 줄기 번개가 비추자 그 모습이 선명하게 눈에 들어왔다. 거인 같은 체구와 인간의 것이라기에는 너무나 흉측한 외모를 본 순간, 그 괴물, 내가 생명을 불어넣은 더러운 악마라는 사실을 깨달았다. 저놈은 저기서 무엇을 했을까? 혹시 그가 내 동생을 죽인 범인일까?(이 생각에 몸서리가 쳐졌다) 나는 곧바로 확신하게 되었다. 이가 위아래로 딱딱 부딪쳤고 금방이라도 쓰러질 것 같아서 나무에 몸을 기댔다. 그 형체가 나를 재빨리 지나가는 바람에 어둠 속에서 그의 모습을 놓쳤다. 인간의 탈을 쓰고 그 사랑스러운 아이를 죽일 수 있는 존재는 없다. '그놈'이 살인자였다! 나는 그 사실을 한 치도 의심할 수 없었다. 그런 생각이 들었다는 것이 바로 반박할 수 없는 증거였다. 나는 그 악마를 뒤쫓으려고 했다. 하지만 부질없는 짓이었다. 다시 번쩍 번개가 치자 플랭팔레의 남쪽 경계를 이루는 능선인 몽살레브의 깎아지른 듯한 절벽에 매달려 있는 그놈이 눈에 들어왔기 때문이다. 그놈은 순식간에 정상에 오르더니 그대로 사라졌다.

나는 그 자리에서 한 발자국도 움직일 수 없었다. 천둥이 멈췄지만, 빗줄기는 여전했다. 사방이 칠흑 같은 어둠에 휩싸여 있었다. 나는 지금껏 잊으려고 애썼던 일들을 차례대로 되짚었다. 그놈을 만들기까지 모든 과정부터 내 손으로 만든 존재가 침대 곁에서 생명을 얻은 후 자취를 감춘 일까지. 그가 생명을 얻은 밤 이후로 거의 2년이 흘렀다. 그동안 그가 저지른 범죄가 이번이 처음이었을까? 맙소사! 내가 이 세상에 학살과 불행에서만 기쁨을 느끼는 타락한 괴물을 풀어놓았다니. 이미 이놈이 내 동생을 죽이지 않았는가.

밤이 다 가도록 내가 겪은 고통을 어느 누가 짐작이나 할 수 있을까. 나는 한데서 추위와 습기를 견디며 밤을 지새웠다. 날씨가 아무리 나빠도 느낄 수가 없었다. 내 상상력은 악과 절망의 장면을 자꾸 그려댔다. 나는 내 손으로, 지금 저지른 짓거리와 같은 무시무시한 일을 벌일 수 있는 의지와 힘을 부여한 존재를 만들어 세상에 내놓았다. 그런데 그 존재가 내 피를 빠는 흡혈귀이자 무덤에서 풀려나온 내 영혼이라도 된 듯 이제 내게 소중한 것을 모두 파괴할 것만 같았다.

서서히 날이 밝아왔다. 나는 도시를 향해 발걸음을 옮겼다. 관문은 열려 있었다. 나는 발걸음을 재촉해 집으로 향했다. 처음에는 살인자에 대해 내가 아는 사실을 다 밝힌 후 즉시 그놈을 추적하게 할 생각이었다. 하지만 내가 사람들에게 해야 할 이야기를 생각하다가 우뚝 멈춰 섰다. 내가 만들어 생명을 준 존재를 사람의 발길이 닿을 수 없는 산의 절벽에서 한밤중에 마주쳤다고 해야 할까? 그놈을 만든 그날 내가 앓게 된 신경성 열병도 생각났다. 안 그래도 현실성이 전혀 느껴지지 않는 이야기인데 정신착란 상태에서 주절대는 헛소리로 들을 터였다. 나도 누군가에게 그런 이야기를 들었다면 정신병자의 헛소리로 치부했을 테니 말이다. 게다가 어떻게든 친지를 설득해 추적에 나선다고 해도, 그놈이 워낙 기묘한 힘을 지니고 있어서 추적의 손길을 용케 벗어날 것이 분명했다. 무엇보다 뒤를 쫓아간들 무슨 의미가 있겠는가. 몽살레브의 깎아지른 듯한 경사면을 타고 오를 줄 아는 놈을 어떻게 체포하겠는가. 이런 생각이 들자 나는 그냥 입을 다물기로 했다.

새벽 5시 무렵 마침내 집에 도착했다. 하인들에게 식구들을 깨우지 말라고 이른 후 서재에 가서 식구들이 평소 일어나는 시간이 되기를 기다렸다.

집을 떠난 지 6년이 흘렀다. 지울 수 없는 흔적 하나를 남긴 채 그 시간은 꿈결처럼 흘러갔다. 나는 잉골슈타트로 떠나기 전에 마지막으로 아버지와 포옹했던 자리에 섰다. 사랑하고 존경하는 아버지! 아버지는 여전히 내게 그런 분이었다. 내 시선은 벽난로 선반에 놓여 있는 어머니의 초상화로 향했다. 그 초상화는 아버지의 바람대로 어머니의 과거에 있었던 일을 재현하고 있었다. 절망에 빠져 돌아가신 아버지의 관 옆에서 무릎을 꿇고 있는 카롤린 보포르가 그려져 있었다. 어머니의 옷차림은 수수했고 두 볼은 창백했다. 하지만 아름답고 기품이 느껴지는 그 모습에서 동정심을 절대 허락하지 않겠다는 강인함이 엿보였다. 그 아래로 윌리엄의 작은 초상화가 놓여 있었다. 윌리엄을 보는 순간 눈물이 흘러나왔다. 그때 에르네스트가 들어왔다. 내가 도착했다는 소식을 전해 듣고 얼른 나를 맞이하러 온 것이었다. 에르네스트는 슬픈 와중에도 나를 보고 반가운 기색을 숨기지 않았다. "잘 왔어, 빅토르 형." 그가 말했다. "아! 석 달만 일찍 왔다면 얼마나 좋았을까. 그랬다면 우리가 얼마나 즐겁고 행복하게 지내는지 봤을 텐데. 지금은 불행하기만 해. 미소가 아니라 눈물로 형을 맞이할 수밖에. 아버지는 상심이 너무 크셔. 어머니가 돌아가셨을 때의 슬픔이 이 끔찍한 사건으로 아버지의 가슴에 되살아난 것 같아. 가여운 엘리자베스 누나도 상심이 너무 커서 아무도 달래줄 수 없어." 에르네스트는 흐느끼는 중간중간 가족의 상황을 알려주었다.

"이러지 마. 눈물로 나를 반기지 마. 이제 진정해. 오랜 시간 집을 떠나 있던 내가 집으로 들어오자마자 불행하고 비참한 기분이 들지 않게. 자, 이제 말해봐. 아버지는 어떻게 견디고 계시니? 나의 가여운 엘리자베스는?"

"누나는 정말 위로가 필요해. 자신이 윌리엄을 죽인 거나 마찬가지라고 내내 자책만 하는 통에 폐인이 되다시피 했어. 하지만 살인자가 잡혔으니."

"살인자를 찾았다고? 세상에! 어떻게 잡았어? 누가 그놈을 추적할 수 있었던 거야? 그건 불가능해. 차라리 바람을 앞지르거나 지푸라기 하나로 계곡의 물줄기를 가로막아보려는 편이 낫지."

"지금 무슨 소리를 하는 거야. 어쨌든 그 애가 범인으로 드러났을 때 우리 모두 충격을 받았어. 처음에는 아무도 그 사실을 믿지 않았어. 엘리자베스 누나는 증거가 다 나왔는데도 여전히 현실을 받아들이려고 하지 않아. 그렇게 상냥하고 우리 모두를 좋아하는 유스틴 모리츠가 그토록 사악한 인간이었다니, 어느 누가 그 말을 곧이곧대로 믿겠어?"

"유스틴 모리츠! 가엽고도 가여운 아이 같으니라고, 그 아이가 지금 혐의를 받고 있다고? 하지만 그건 오판이야. 모두가 다 알잖아. 누가 그 말을 믿겠니, 에르네스트?"

"처음에는 아무도 안 믿었어. 그렇지만 여러 가지 정황이 드러나서 우리도 그 사실을 받아들이지 않을 수 없었어.

유스틴의 행동도 몹시 혼란스러웠고. 이미 드러난 사실 증거에 무게를 실어줄 정도야. 그러니 아무래도 의심의 여지가 없는 것 같아. 마침 오늘 그 아이에 대한 재판이 있으니 재판정에서 형도 사건에 대해 듣게 될 거야."

에르네스트는 자초지종을 설명하기 시작했다. 불쌍한 윌리엄이 살해되었다는 사실이 밝혀진 날 아침 유스틴은 몸이 아파서 일어나지 못했다. 그로부터 며칠 후 하인 한 명이 우연히 사건이 일어난 밤 유스틴이 입었던 옷을 살펴보다가 어머니의 초상화 목걸이를 주머니에서 찾았다. 범인이 범행을 저지를 빌미를 제공했다고 추측했던 바로 그 목걸이였다. 그 하인은 즉시 그것을 다른 하인에게 보여주었고, 그 하인은 우리 가족에게 알리지도 않고 곧장 치안판사에게 달려갔다. 그 두 하인의 증언에 따라 유스틴은 체포되었다. 이렇게 기소를 당한 그 불쌍한 소녀는 극도로 횡설수설하는 바람에 자신의 혐의를 확인해주는 꼴이 되어버렸다.

정말 이상한 이야기였지만 그렇다고 해도 내 믿음은 흔들리지 않았다. 나는 진심으로 말했다. "너희 모두 실수하고 있는 거야. 나는 진범이 누구인지 알아. 유스틴, 그 가엾고 선한 유스틴은 결백해."

바로 그 순간 아버지가 들어왔다. 나는 아버지의 얼굴에 깊이 새겨진 불행을 보았다. 그런데도 아버지는 애써 반갑게 나를 맞아주려 했다. 우리는 슬픔을 억누르며 안부를 주고받은 후 가족의 불행한 사건이 아닌 다른 이야기를 꺼내려고 했다. 하지만 에르네스트가 이렇게 소리쳤다. "세상에, 아버지! 빅토르 형이 불쌍한 윌리엄을 죽인 진범을 안대요."

"애석하게도 우리도 안단다." 아버지가 대답했다. "내가 그렇게 소중하게 여겼던 아이가 그렇게 타락하고 배은망덕한 인간이라는 걸 알게 되다니, 차라리 영원히 모르는 편이 나았을 거다."

"아버지, 잘못 알고 계시는 거예요. 유스틴은 결백해요."

"만약 그 말대로라면 신께서 그 아이가 죄인으로 고통받지 않도록 막아주시겠지. 오늘 그 아이의 재판이 있어. 그 아이가 무죄로 풀려나면 정말 좋으련만."

아버지의 이 말씀에 나는 마음이 차분히 가라앉았다. 유스틴과 사실상 모든 인간이 이 범죄에 결백하다는 사실을 나는 굳게 확신했다. 유스틴이 유죄를 선고받을 만큼 강력한 정황증거가 제시될 리 없다고 생각했다. 이렇게 확신했기에 나는 마음을 가라앉히고, 나쁜 결과는 조금도 예상하지 않은 채 마음을 졸이며 재판이 열리기를 기다렸다.

곧 엘리자베스가 왔다. 내가 엘리자베스를 마지막으로 본 이후 시간은 그의 용모를 많이 바꾸어놓았다. 6년 전 그는 예쁘장하고 마음씨 고운 소녀로 모두에게 총애를 받았다.

지금 그는 키와 표정을 보면 어엿한 성인으로 용모 또한 유달리 아름다웠다. 넓고 반듯한 이마에서 그가 솔직한 성격에 더해 뛰어난 이해력의 소유자임을 짐작할 수 있었다. 녹갈색 눈동자는 최근에 일어난 비극에 대한 자책감으로 인해 부드러운 눈빛이었다. 짙은 적갈색 머리카락은 풍성하고 안색은 투명하고 날씬한 몸매는 우아한 자태가 돋보였다. 그는 그 어느 때보다 따뜻하게 나를 맞았다. "마침내 돌아왔구나, 빅토르." 엘리자베스가 말문을 열었다. "너를 보니 드디어 희망이 생겨. 너라면 결백한 나의 유스틴을 변호할 수단을 찾아낼 거야. 어떻게 이런 일이! 그 애가 유죄라면 이 세상 사람들 모두가 유죄일 거야. 내가 결백한 만큼 그 아이의 무죄를 믿어. 우리에게 일어난 불행이 두 배로 가혹해진 것 같아. 사랑스러운 윌리엄을 잃은 것도 모자라서 내가 진심으로 아끼고 사랑했던 이 불쌍한 아이가 지독한 운명의 손에 갈가리 찢기게 되었으니. 유스틴이 유죄 선고를 받는다면 나는 다시는 기쁨을 느끼지 못하게 될 거야. 하지만 그렇게 되지 않는다면, 물론 그렇게 되지 않을거라 나는 확신해. 그렇다면 비록 가여운 윌리엄이 비극적으로 죽었지만, 나는 다시 행복해질 수 있을 거야."

"유스틴은 결백해, 엘리자베스." 내가 말했다. "무죄가 꼭 증명될 거야. 걱정할 거 없어. 그저 그 아이가 무죄방면이 될 거라 믿고 기운을 내."

"너는 정말 상냥하구나! 다른 사람들은 모두 그 아이가 유죄라고 생각해. 그 사실이 너무 괴로워! 그런 일은 불가능하다는 걸 나는 아니까. 게다가 사람들이 너무나 지독한 편견에 사로잡힌 걸 보니 내게는 희망이 다 사라지고 이제 절망뿐이야." 엘리자베스가 흐느꼈다.

"마음씨 고운 엘리자베스." 아버지가 말했다. "눈물을 거두거라. 네 믿음대로 유스틴이 무죄라면 판사들의 정의를 믿어보자꾸나. 나도 조금이라도 편견이 개입되지 않도록 노력할 테니."

7장

우리는 재판이 시작되는 11시까지 몇 시간을 슬픔에 잠겨 기다렸다. 아버지를 포함해 우리 가족은 증인으로 참석해야 했기에 나는 가족과 함께 법정으로 갔다. 정의를 지독하게 조롱하는 듯한 재판이 진행되는 내내 나는 고문을 당하는 것처럼 고통스러웠다. 호기심을 이기지 못하고 무법자를 만들어낸 결과로 내가 사랑하는 두 사람을 죽이게 될지 말지, 여부가 곧 결정될 것이다. 한 명은 순수함과 기쁨으로 가득한 미소짓는 아기이고, 다른 한 명은 공포 속에서 살인을 저질렀다는 오명을 쓴 채 그보다 더 끔찍하게 살해될 참이었다. 유스틴은 어딜 보나 반듯한 소녀였으며 앞으로 행복한 삶을 살만한 훌륭한 품성을 지니고 있었다. 그러나 이제 그 모든 것들이 수치로 얼룩진 무덤에서 스러져갈 운명이었다. 그리고 그럴 빌미를 만든 사람이 바로 나다! 유스틴이 누명을 쓴 범죄를 저지른 사람이 바로 나라고 천 번이라도 자백할 수 있었다. 하지만 그 범죄가 벌어진 순간 나는 그곳에 없었다. 그러므로 그런 자백을 해봐야 광인의 헛소리로 치부될 것이며 나로 인해 고통받고 있는 유스틴의 무죄를 입증할 수도 없을 것이다.

유스틴은 차분했다. 소녀는 수의를 입고 있었는데, 언제나 호감을 주었던 그 아이의 표정에 침통한 분위기가 더해지자 더없이 갸륵해 보였다. 그는 자신의 결백을 확신하는 것처럼 보였다. 증오에 찬 수천 명의 시선을 한몸에 받으면서도 전혀 떨지 않았다. 다른 때였다면 유스틴의 아름다움에 사람들이 품었을 호의도, 그 아이가 저질렀다고 짐작되는 극악무도한 범죄를 마음대로 상상한 탓에 방청객들의 마음에서 자취를 감추었다. 유스틴은 평온했지만 그런 평온함도 분명히 흔들리고 있었다. 유스틴은 갈팡질팡하는 태도가 유죄의 증거로 여겨졌으므로 이번에는 정신을 차리고 다부지게 보이려고 했다. 유스틴은 재판장에 들어온 후 주위를 둘러보고 그곳에 앉아 있는 우리를 찾아냈다. 우리를 보는 그 아이의 눈에 눈물이 차올라 시야가 흐려진 것 같았다. 하지만 재빨리 냉정함을 되찾았다. 슬픔에 젖은 다정한 표정이 그 아이의 무죄를 증명하는 것 같았다.

재판이 시작되었다. 검사가 유스틴에게 제기된 혐의를

낭독한 후 증인 몇 명이 호명되었다. 몇 가지 기묘한 사실이 이러저리 얽히며 유스틴에게 불리하게 작용했는데, 나처럼 그 아이가 결백하다는 증거가 없는 사람이라면 누구라도 충격을 받을 내용이었다. 유스틴은 살인이 벌어진 날 밤 집을 비웠다. 아침이 다 되어서, 후에 살해된 윌리엄의 시신이 발견된 곳에서 그리 멀지 않은 곳에서 여자 상인에게 목격되기까지 했다. 그 상인은 유스틴에게 그곳에서 무엇을 하고 있는지 물었다. 유스틴은 몹시 수상쩍어 보였으며 횡설수설하며 말이 안 되는 대답을 했다. 유스틴은 8시경 집으로 돌아왔다. 밤새 어디에 있었냐는 물음에 유스틴는 윌리엄을 찾으러 다녔다며 혹시 새로 들은 소식이 있는지 진지하게 물었다. 윌리엄의 시신을 보여주자 유스틴은 격렬한 히스테리를 일으켜 며칠 동안 자리에서 일어나지도 못했다. 그때 하인이 그의 주머니에서 발견한 초상화 목걸이가 증거물로 제시되었다. 엘리자베스가 떨리는 목소리로, 아이가 실종되기 한 시간 전에 목에 걸어준 바로 그 목걸이가 맞다고 증언을 하자 방청객들이 공포와 분노에 차 두런거리는 소리가 재판정을 가득 채웠다.

변호를 위해 유스틴이 호명되었다. 재판이 진행됨에 따라 그 아이의 표정은 변해갔다. 놀라움과 공포, 비참함이 짙게 드러났다. 가끔 유스틴은 애써 눈물을 참기도 했다. 그러나 변론을 하라고 하자 유스틴은 마음을 다잡고 떨리기는 했지만 또박또박하게 말을 시작했다.

"신께서는 아실 겁니다. 제가 결백하다는 사실을요. 하지만 제가 항변한들 무죄로 풀려날 것이라고 생각하지 않습니다. 다만 제게 불리하게 제시된 사실들을 단순명료하게 설명하는 것으로 제 결백을 주장합니다. 여러 정황이 의심스럽거나 미심쩍게 보이신다면 부디 평소 제 성품을 고려해 판사님들이 그 정황을 제게 유리하게 해석해주시기를 바랍니다."

그리고 유스틴은 이렇게 말했다. 유스틴은 엘리자베스의 허락을 받고 살인이 일어난 날 저녁에 제네바에서 8킬로미터가량 떨어진 마을인 셴에 사는 친척 아주머니의 집에 갔다. 9시경, 돌아오는 길에 어떤 남자와 마주쳤고 그 남자는 유스틴에게 행방불명인 아이를 보았냐고 물었다. 그 말에 깜짝 놀라 몇 시간 동안 윌리엄을 찾아다니다 보니 어느새 제네바로 들어가는 관문이 닫혀버렸다. 하는 수 없이 유스틴은 날이 밝을 때까지 몇 시간 동안 어느 시골집에 딸린 헛간에 있었다. 유스틴은 그 집에 사는 사람들을 잘 알았지만, 괜히 깨우기 싫었기 때문이다. 쉴 수도 잠을 잘 수도 없었던 유스틴은 새벽에 일찌감치 그곳을 나와 다시 윌리엄을 찾아다녔다. 혹여 시신이 있던 곳에 가까이 갔더라도 그건 모르고 한 행동이었다. 여자 상인이 말을 걸었을 때 횡설수설한 것은 놀랄 일이 아니었다. 밤새 한숨도 자지 못한 데다 가여운 윌리엄이 어떻게 되었는지 아직 알아내지 못했기 때문이었다. 그러나 초상화에 대해서는 아무런 설명도 하지 못했다.

"저도 압니다." 불운한 희생자인 유스틴이 말을 이었다. "이 상황이 얼마나 중대하고 결정적으로 제게 불리하게 작용할 지를요. 하지만 저도 어떻게 된 일인지 해명할 수가 없습니다. 이 일에 대해서는 전혀 아는 바가 없으니, 제 주머니에 누군가 목걸이를 넣어뒀으리라 짐작만 할 뿐입니다. 하지만 이번에도 알 길이 없습니다. 저는 이 세상에 적이 없습니다. 저를 파멸시킬 정도로 사악한 사람도 없을 것입니다. 그 살인자가 넣어둔 걸까요? 제가 알기로 그자는 그런 짓을 할 기회가 없었습니다. 그렇다면 그자는 왜 금방 돌려놓을 보석을 굳이 훔쳤을까요?

저는 판사님들의 정의로운 판단에 맡기겠습니다. 희망을 품을 여지가 보이지 않으니까요. 간청드리니, 증인들을 불러서 평소 제 성격을 확인해주십시오. 그들의 증언으로도 유죄 판결을 뒤엎을 수 없다면 결국 유죄 판결을 받겠지요. 결백하니 구원받으리라는 맹세에도 불구하고 말입니다."

이윽고 증인들이 호명되었다. 그들은 유스틴을 오랫동안 알았기에 좋게 말해주었다. 하지만 그가 저질렀다고 생각하는 범죄를 너무나 증오하고 두려워한 나머지 선뜻 앞으로 나서려 하지 않았다. 엘리자베스는 유스틴의 뛰어난 성품과 나무랄 데 없는 행실 같은 마지막 수단조차 유스틴을 구하지 못할 것 같자, 몹시 동요하면서 증언대에 서겠다고 했다.

"저는 살해당한 가여운 아이의 사촌입니다. 아니 친누나나 다름이 없습니다. 그 아이가 태어나기 오래전부터, 물론 태어난 후로도 그 아이의 부모님이 저를 키워주셨기 때문입니다. 그러므로 제가 이렇게 나서는 것이 온당치 못한 것처럼 보일 수 있습니다. 하지만 친구인 척했던 사람들의 비겁함 때문에 피고가 파멸하게 된 지금, 유스틴의 성격에 대해 제가 아는 것을 말할 수 있게 허락해주시기 바랍니다. 저는 피고를 아주 잘 압니다. 피고와 같은 집에서 살았습니다. 처음에는 5년 동안, 그다음에는 거의 2년을 같이 살았지요. 그동안 피고는 누구보다 다정하고 선한 사람이었습니다. 제 외숙모님이셨던 프랑켄슈타인 부인의 마지막 병상을 정성과 애정을 다해 지켰습니다. 후에는 오랜 지병을 앓았던 자신의 친어머니도 돌보았는데, 유스틴을 아는 사람들은 모두 칭찬을 했습니다. 그 후에 유스틴은 다시 제 외삼촌의 집으로 돌아와 온 가족의 사랑을 받으며 함께 지냈습니다. 유스틴은 지금은 죽고 없는 윌리엄을 몹시 따뜻하게 보살폈고 어머니처럼 애정을 듬뿍 주었습니다. 유스틴에게 제시된 모든 불리한 증거에도 불구하고 저는 유스틴의 완벽한 결백을 믿는다고 조금도 망설이지 않고 말씀드릴 수 있습니다. 그런 짓을 할 리가 없으니까요. 주요 증거로 제시된 목걸이에 대해서는, 만약 유스틴이 꼭 갖고 싶어 했다면 저는 기꺼이 주었을 겁니다. 그만큼 유스틴을 깊이 생각하고 소중하게 여기니까요."

훌륭하디훌륭한 엘리자베스! 여기저기서 칭찬하는 말이 들려왔다. 하지만 그것은 엘리자베스의 너그러운 증언 때문이었지 가련한 유스틴을 향한 호의에서가 아니었다. 오히려 유스틴에 대한 사람들의 분노는 더욱 강렬하게 타오르며 유스틴을 은혜도 모르는 사악한 인간이라고 비난하기에 이르렀다. 유스틴은 엘리자베스가 증언을 하는 동안 계속 울기만 할 뿐 아무 대답도 하지 않았다. 재판이 진행되는 내내 내가 얼마나 불안하고 비통했는지 모른다. 나는 유스틴의 결백을 믿었다. 아니 알았다. 내 동생을 살해한 (나는 한순간도 그 사실을 의심하지 않았다) 그 악마가 지옥처럼 지독한 장난으로 죄 없는 사람을 죽음과 오욕으로 몰아넣었다는 것을 말이다. 나는 내가 처한 무시무시한 상황을 견딜 수 없었다. 사람들이 웅성거리는 말소리와 판사들의 표정으로 불운한 희생자의 유죄가 확정되었다는 사실을 알아차린 순간, 더는 고통을 견디지 못하고 재판장을 뛰쳐나갔다. 피고도 나만큼은 고통스럽지 않을 것이다. 유스틴은 자신이 결백하다는 사실로 버텼다. 하지만 회한의 송곳니가 내 가슴을 갈가리 찢어발기고 절대 뽑히지 않도록 이를 박아 넣었다.

나는 지독한 고통 속에서 밤을 보냈다. 아침이 되자 나는 재판정으로 갔다. 입술과 목이 바싹 타들어갔다. 생사와 관련된 질문을 하려니 차마 입이 떨어지지 않았다. 하지만 그곳 사람들이 나를 알고 있어서 경관은 내가 찾아온 이유를 이미 짐작했다. 투표 결과 모두 검은 표였기 때문에 유스틴에게 유죄가 선고되었다.

그때의 심정은 설명하는 시늉조차 할 수 없다. 나는 전에도 공포라는 감정을 느꼈다. 그럴 때면 그 감정을 적절하게 표현하려고 했지만, 그때 내가 느꼈던 심장을 찢을 듯한 절망감은 어떤 말로도 표현할 수 없다. 내가 말을 건 경관이 유스틴이 이 죄를 자백했다고 덧붙였다. "그 증거 말입니다." 그가 말했다. "이렇게 확실한 사건에는 그런 건 거의 필요하지 않지만, 그래도 기쁩니다. 아무리 결정적이어도 정황증거만으로 범죄자에게 유죄 선고를 내리고 싶어 하는 재판관은 없거든요."

집으로 돌아오자 엘리자베스가 초조해하며 재판 결과를 물었다.

"엘리자베스." 내가 대답했다. "네가 예상한 대로 결정이 났어. 모든 판사가 죄인 한 명을 풀어주느니 결백한 사람 열 명을 희생시키려고 해."

이 소식에 가여운 엘리자베스는 큰 충격을 받았다. 그도 그럴 것이 엘리자베스는 유스틴의 결백을 믿어 의심치 않았기 때문이다. "세상에!" 엘리자베스가 소리쳤다. "앞으로 인간의 선의를 어떻게 믿을 수 있을까? 동생처럼 아끼고 소중하게 여겼던 유스틴이 어떻게 순진무구한 미소를 지으면서 우리를 배신할 수 있을까? 그 아이의 다정한 두 눈을 보고 있으면 잔인하거나 고약한 짓은 절대 할 수 없을 것 같았는데, 그런 살인을 저지르다니."

얼마 후 가여운 희생자가 엘리자베스에게 면회 와주기를 바란다는 소식이 전해졌다. 아버지는 엘리자베스가 가지 않기를 바랐으나 잘 생각해서 마음이 가는 대로 하라고 말할 뿐이었다. "갈래요." 엘리자베스가 말했다. "그 아이가 유죄라고 해도 저는 갈 거예요. 빅토르, 나와 함께 가줘. 혼자는 도저히 못 가겠어." 면회 생각에 다시금 고통이 찾아왔지만 차마 거절할 수가 없었다.

우리는 음울한 감방으로 들어가 맞은편 지푸라기 위에 앉아 있는 유스틴을 보았다. 그는 수갑을 차고 고개를 무릎에 파묻고 있었다. 그러다가 감방으로 들어온 우리를 보자 벌떡 일어났다. 우리 세 사람만 남게 되자 유스틴은 서럽게 울며 엘리자베스의 발치에 몸을 던졌다. 엘리자베스도 같이 울었다.

"오, 유스틴! 왜 나의 마지막 위안마저 앗아간 거니. 네 결백을 굳게 믿었는데. 그때도 고통으로 가슴이 찢어지는 듯했지만, 지금처럼 비참하지 않았어."

"아가씨마저 저를 그런 악한이라고 생각하세요? 저를 으스러뜨리려 드는 적들과 한편이세요?" 유스틴은 흐느끼느라 목이 메었다.

"일어나렴, 내 가여운 아이야. 결백하다면 왜 무릎을 꿇는 거니? 나는 네 적이 아니야. 그 모든 증거에도 나는 네 무죄를 믿었어. 그런데 네가 스스로 죄를 인정했다잖아. 그 말이 거짓이라는 거니? 사랑하는 유스틴, 너를 향한 믿음은 잠시도 흔들리지 않았어. 하지만 네가 한 자백으로 내 마음이 바뀐 거야."

"제가 자백을 했어요. 하지만 거짓으로 자백한 거예요. 자백을 한 건, 그렇게 하면 용서를 받을 수 있을 줄 알았기 때문이에요. 지금은 그 거짓말이 제가 저지른 다른 어떤 죄악보다 더 무겁게 제 심장을 짓눌러요. 하늘에 계신 하느님은 저를 용서하실 거예요! 유죄 판결이 난 후 신부님이 저를 계속 협박하셨어요. 어찌나 저를 위협하고 겁을 주시는지 그분이 말씀하신 대로 제가 괴물일지도 모른다는 생각이 들기 시작할 정도였어요. 제가 계속 고집을 피우면 마지막 순간에 저를 파문하고 지옥 불에 고통받게 하겠다고 위협하셨어요.

아가씨, 아무도 제 편을 들어주지 않았어요. 모두 오욕을 뒤집어쓰고 지옥에 떨어질 운명의 악인을 보듯 저를 바라보았어요. 제가 무엇을 할 수 있었겠어요? 그 지옥 같은 순간에 저는 거짓말을 해버렸어요. 이제 오로지 비참할 따름이에요.”

유스틴이 말을 멈추고 흐느끼더니 다시 말을 이었다. “아가씨, 아가씨의 은혜로우신 외숙모님이 그렇게 소중히 대해주시고 아가씨가 그토록 사랑해주셨던 제가, 악마라도 되어야 저지를 수 있을 범죄를 저질렀다고 믿으실 거라 생각하면 무서워서 견딜 수가 없었어요. 사랑스러운 윌리엄! 천사 같은 아이! 곧 천국에서 널 다시 만나겠구나. 그곳에서 우리는 행복할 거야. 이렇게 생각하면 지금은 오욕을 뒤집어쓰고 죽지만 그래도 위안이 되어요.”

“오, 유스틴! 한순간이라도 너를 의심했던 나를 용서해줘. 왜 자백을 했어? 그래도 슬퍼하지 마. 이제부터 나는 어디든 찾아가서 네 결백을 주장하고 설득할 거야. 하지만 네가 죽어야 한다니. 너는 내 소꿉친구이자 동료이자 자매보다 더 가까운 사람이야. 이렇게 끔찍한 불행을 이겨낼 자신이 없어.”

“엘리자베스 아가씨, 울지 마세요. 아가씨는 더 좋은 삶이 있다고 저를 격려해주셔야죠. 부당함과 고통에 물든 이 세상의 번잡한 고민거리를 벗어던지고 더 높이 가라고 말이에요. 둘도 없는 친구라면 저를 절망으로 몰고 가지 마세요."

"나도 네 마음을 달래주고 싶어. 하지만 이 지독한 상황은 너무 가슴 아프게 사무쳐서 도저히 위로의 말이 나오지 않아. 희망이 없잖아. 사랑하는 유스틴, 하늘이 세상을 초월할 수 있다는 확신과 체념으로 너를 축복해주시기를. 오, 이 가식과 조롱이 얼마나 증오스러운지! 한 사람은 살해당하고 다른 사람은 천천히 고통을 당하며 목숨을 잃게 되었는데, 손에서 무고한 사람의 피비린내가 나는 사형집행인들은 대단한 일을 한다고 믿고 있다니. 그 사람들은 이 일을 '응징'이라고 부르겠지. 혐오하지 않을 수 없는 말! 그 말을 누군가 입에 올릴 때마다 지독한 폭군이 복수심을 채우려고 만들어낸 것보다 더 지독한 벌을 내리려 한다는 걸 나는 알아. 하지만 나의 유스틴, 네가 이 비참한 굴에서 벗어나는 영광스러운 일이 벌어지지 않는다면 이런 이야기가 네게 무슨 위로가 되겠니. 어쩌면 좋담! 외숙모와 사랑스러운 윌리엄과 함께 나도 편히 잠들고 싶어. 그러면 이렇게 증오스러운 세상이며 혐오스러운 사람들의 얼굴을 보지 않아도 될 테니까."

유스틴이 무기력하게 미소를 지었다. "아가씨, 그런 마음은 체념이 아니라 절망이에요. 아가씨가 가르쳐주시는 교훈은 듣지 말아야겠어요. 다른 이야기를 해주세요. 제가 자꾸 비참해지지 않고 희망을 품을 만한 이야기를 해주세요."

이런 이야기가 오가는 동안 나는 구석으로 물러나 나를 짓누르는 지독한 고통을 애써 감추었다. 절망이라니! 누가 감히 절망에 대해 말할 수 있을까? 다음 날이면 생과 사의 무시무시한 경계를 지나가게 될 가련한 피해자인 그 아이도 나만큼 마음 깊이 사무친 고통에 몸부림치지는 않았을 것이다. 나는 이를 악물고 갈아대며 가장 내밀한 영혼이 내뱉는 신음을 냈다. 유스틴이 움찔 놀랐다. "도련님, 이렇게 저를 찾아와주시다니 정말 따뜻하시네요. 부디 제가 유죄라는 말은 믿지 마세요."

나는 차마 대답도 할 수 없었다. 엘리자베스가 대신 대답했다. "당연하지, 유스틴. 빅토르는 나보다도 더 네 결백을 믿는걸. 네가 자백을 했다는 말을 들었을 때조차 네 결백을 확신했어."

"정말 감사해요. 생의 마지막 순간까지 따스한 마음으로 저를 떠올려주시는 분들에게 진심으로 고마움을 느껴요. 저처럼 불행한 사람에게 타인의 애정이 얼마나 달콤한지요! 그 마음만으로도 제가 겪는 불행은 반이 넘게 사라져요. 아가씨, 도련님. 두 분이 제 결백을 믿어주시니 저는 비로소 평화롭게 죽을 수 있을 것 같아요."

그 가련한 아이는 이런 말로 오히려 다른 사람과 자신을 위로하려고 애를 썼다. 유스틴은 소망했던 체념을 얻은 것이다. 하지만 진짜 살인자인 나는 절대 죽지 않는 벌레가 내 가슴에서 꿈틀대는 것만 같았다. 그 벌레는 어떤 희망도 위로도 허락해주지 않았다. 엘리자베스도 흐느끼며 가슴 아파했다. 하지만 그의 슬픔 또한 죄 없는 자의 불행이었다. 밝은 달을 지나가는 구름 한 점처럼, 그 불행이 잠깐 마음의 빛을 가릴 수 있어도 완전히 가릴 수는 없듯이 말이다. 고통에 물든 절망감이 내 심장을 꿰뚫었다. 내 안에는 그 무엇으로도 걷잡을 수 없는 지옥 불이 활활 타올랐다. 우리는 몇 시간을 유스틴과 머물렀다. 엘리자베스는 차마 유스틴과 떨어질 수 없어 쉬이 그곳을 떠나지 못했다. "나는" 그가 울부짖었다. "너와 함께 죽고 싶어. 이 불행한 세상에서 더 버틸 수가 없어."

그러자 유스틴이 짐짓 명랑한 척 비통한 눈물을 억눌렀다. 유스틴은 엘리자베스를 껴안으며 반쯤 감정에 복받친 목소리로 말했다. "엘리자베스 아가씨, 제가 사랑했던 유일한 친구였던 아가씨, 이제 작별을 고할게요. 하느님이 아가씨를 한없이 축복하고 지켜주시기를 기도할게요. 이것이 아가씨가 겪을 마지막 불행이 되기를 기도할게요. 오래오래 행복하게 사세요. 그리고 다른 사람들도 행복하게 만들어주세요."

돌아오는 길에 엘리자베스는 이렇게 말했다. "빅토르, 내가 얼마나 마음이 놓이는지 너는 모를 거야. 이제는 이 가여운 아이의 결백을 믿을 수 있으니까. 그 아이를 향한 내 믿음이 배신을 당했다면 나는 두 번 다시 평온을 얻지 못했을 거야. 한순간이었지만 그 아이가 유죄라 믿었을 때 나는 너무나 고통스러워서 더 버틸 수 없을 것 같았어. 이제 마음이 가벼워졌어. 무고한 사람이 고통을 받고 있어. 하지만 선량하고 다정한 사람이라고 믿었던 유스틴은 내 믿음을 절대 배신하지 않았어. 그 사실이 그나마 위안이 돼."

다정한 엘리자베스! 너는 그렇게 생각했지. 네 다정한 눈빛과 음성처럼 온화하고 상냥하게 말이야. 하지만 나는, 나는 비참한 인간일 뿐이었다. 내가 그때 얼마나 고통스러웠는지 아무도 상상하지 못할 것이다.

제2권

1장

짧은 기간 동안 여러 사건이 잇달아 벌어졌다. 감정이 격렬해졌다가 필연적으로 뒤따르는 무기력한 죽음 같은 차분함으로 인해, 영혼에서 희망과 두려움이 사라졌다. 이보다 인간의 정신에 더 고통스러운 일이 또 있을까. 유스틴은 죽어 안식에 들었다. 그리고 나는 살아 있었다. 피가 혈관을 따라 자유롭게 흘렀다. 그러나 내 심장을 무겁게 누르는 절망과 슬픔은 도저히 내려놓을 수 없었다. 두 눈에서 잠이 달아났다. 나는 사악한 영혼처럼 떠돌았다. 말로 다 할 수 없는 끔찍한 짓을 저질렀고 그보다 더 지독한 일들(나는 그렇게 생각했다)이 아직 남아 있기 때문이었다. 내 심장에도 상냥하고 미덕을 사랑하는 마음이 흘러넘쳤던 때가 있었다. 나는 선을 베풀겠다는 마음을 타고났다. 선을 실제로 베풀고 인류에 도움을 줄 수 있는 순간을 목마르게 기다렸다. 그러나 이제 모든 것이 끝났다. 스스로에 흡족해 과거를 되돌아보고 그로부터 새로운 희망을 기약할 수 있는 잔잔한 양심 대신, 비탄과 죄책감에 사로잡혔다. 그 감정들이 그 어떤 언어로도 설명할 수 없는 고통만이 가득한 지옥으로 나를 끌고 들어갔다.

이렇게 곪아가는 마음 상태로 인해, 최초의 충격에서 완전히 회복되었던 건강마저 다시 나빠졌다. 그리고 사람을 피하게 되었다. 사람들이 기뻐하거나 만족스러워 내는 소리는 내게 고문이나 다름없었다. 고독만이 유일한 위안이었다. 깊고, 어둡고, 죽음과도 같은 고독 말이다.

아버지는 내 성격과 습관이 티 나게 변해가는 모습을 고통스럽게 지켜보셨다. 보다 못한 아버지는 터무니없을 정도로 슬퍼하는 태도는 어리석은 것이라고 타일렀다. "애야, 빅토르. 나라고 고통스럽지 않을 것 같니? 나보다 네 동생을 더 사랑한 사람은 없었다(이 말씀을 하시며 아버지는 눈물을 글썽거렸다). 누를 수 없는 슬픔을 드러내서 고통이 더 커지지 않도록 참고 견디는 태도가 살아남은 사람들에 대한 우리의 의무 아니겠니? 너에 대한 의무이기도 해. 과도한 슬픔은 네게서 성장이나 즐거움을 앗아갈 테니까. 심지어 유용한 삶을 살아갈 수도 없고. 그래서야 사회에 적합한 사람이라고 할 수나 있겠니?"

아버지의 충고는 지당했지만, 당시의 내게는 그런 충고

가 무용지물이었다. 여러 감정이 딸려 오는 쓰라린 고통 없이 그저 슬프기만 했더라면, 나는 누구보다 먼저 내 슬픔을 감추고 사랑하는 이들을 위로했을 것이다. 하지만 그 순간은 절망에 찬 표정으로 아버지에게 적당한 대답을 하며 넘어가고, 앞으로는 아버지와 자주 마주치지 않도록 조심하는 수밖에 없었다.

이 무렵 우리는 벨리브로 거처를 옮겼다. 이로 인해 달라진 생활이 나는 마음에 들었다. 도시로 들어가는 관문이 매일 10시면 닫혀 제네바의 성벽 안에서 사는 게 불편했다. 10시 이후로는 호수에 머물고 싶어도 그럴 수 없었기 때문이다. 이제는 그런 불편이 사라졌다. 가끔 가족이 모두 잠자리에 들면 나는 나룻배를 타고 몇 시간이고 호수에서 머물렀다. 호수로 배를 몰고 나가 바람이 이끄는 대로 떠돌거나, 노를 저어 호수 한가운데로 가 배가 마음대로 흘러가도록 내버려 둔 채 지난날을 떠올리며 불행을 곱씹기도 했다. 가끔 만물이 평화로울 때, 호숫가 근처에서 귀에 거슬리는 울음소리를 내는 개구리나 박쥐를 제외하면 천국처럼 아름다운 풍경 속에 정처 없이 주위를 배회하며 동요하는 영혼이 나뿐일 때, 유혹에 빠질 뻔한 적도 있었다. 고요한 호수, 나와 내 재앙을 영원히 집어삼켜버릴 그 물속으로 몸을 던지고 싶은 유혹 말이다. 그렇지만 영웅적으로 고통을 견뎌내고 있는 엘리자베스, 내가 깊이 사랑하고 내 존재와 하나로 이어져 있는 그 엘리자베스를 생각하며 유혹을 물리쳤다. 아버지와 하나 남은 동생도 떠올렸다. 그러니 어찌 내가 풀어놓은 악마의 악의에 사랑하는 이들을 무방비 상태로 내버리고 부도덕하게 떠날 수 있겠는가?

이런 생각을 할 때면 나는 비통하게 울었다. 제발 내 마음에 다시 평화가 깃들어 그들을 위로하고 행복하게 만들어 줄 수 있기를 빌었다. 그러나 그렇게 될 리 만무했다. 회한이 희망의 불씨를 모두 꺼트렸다. 나는 되돌릴 수도, 고칠 수도 없는 악을 만들어냈다. 혹시나 내가 창조한 그 괴물이 어디선가 악행을 저지르지나 않을지 매일 두려움에 떨었다. 아직 다 끝나지 않았다는 느낌이 막연히 들었다. 그 괴물이 과거에 저지른 악행의 기억이 무색해질 정도로 엄청난 범죄를 저지를 것만 같았다. 내가 사랑하는 사람이 살아 있는 한 나는 항상 두려움에 갇혀 살아야 했다. 그자를 떠올릴 때면 이가 갈렸고 불이라도 난 듯 눈이 뜨거워졌다. 내가 경솔하게 불어넣은 그 생명이 어서 꺼지기를 열렬하게 빌었다. 그자가 지은 죄와 악의를 떠올릴 때마다 내 속에서 증오와 복수심이 한없이 터져 나왔다. 안데스산맥의 가장 높은 봉우리로 올라가 그놈을 까마득한 아래로 밀어버릴 수만 있다면 그곳으로 기꺼이 순례길을 떠나고 싶었다. 그놈을 꼭 다시 만나기를 빌었다. 그래서 그놈의 머리에 엄청난 분노를 쏟아내어 윌리 엄과 유스틴의 죽음을 복수하고 싶었다.

내 가족은 초상집의 비통한 분위기에서 좀처럼 헤어나 오지 못했다. 최근의 일들로 아버지는 건강이 몹시 상했다. 엘리자베스는 줄곧 슬픔과 실의에 빠져 지냈다. 더는 평소의 일상에서 기쁨을 느끼지 못했다. 자신이 즐거워하면 망자를 모독하는 행동이라고 느끼는 듯했다. 엘리자베스는 영원히 비통해하고 눈물을 흘리는 것만이 그토록 잔인하게 목숨을 잃은 순수한 두 사람에게 바쳐야 할 조의라고 생각했다. 이 제 엘리자베스는 어렸던 시절 나와 함께 호숫가 둑을 돌아다 니며 희열에 휩싸여 장밋빛 미래를 이야기하던 행복한 사람 이 아니었다. 침울한 사람으로 변해 운명이 변덕스럽고 인간 의 생명이 덧없다는 이야기를 수시로 했다.

"빅토르, 이제 와서 유스틴의 비참한 죽음을 생각하면 나는 이 세상의 만물과 만사를 예전처럼 볼 수가 없어. 전에 는 악행과 불의에 대한 이야기를 책에서 읽거나 남에게 들으 면 아주 오래전 이야기이거나 상상의 산물로 여겼어. 적어도 나와는 아주 먼 이야기였어. 마음이 아니라 머리로만 이해되 는 이야기이기도 했지. 그런데 이런 불행을 겪고 나니 사람 들이 서로 피에 굶주린 괴물처럼 보여. 불의를 따지자면, 나 도 예외가 아니야. 모든 사람이 그 가여운 아이가 유죄라고 믿었어. 그 아이가 그런 벌을 받아 마땅한 죄를 지었다면, 그건 분명 인간성을 잃고 타락한 탓이었겠지. 고작 보석 몇 점에 아이의 목숨을 제 손으로 앗았으니까! 후원자이자 친구였던 분의 아들이었고 태어난 순간부터 직접 보살폈기에 우리는 유스틴이 그 애를 친자식처럼 사랑하는 줄 알았으니까! 그 누구의 죽음에도 동의할 수 없지만, 인간 사회에 그런 부적절한 인간이 있어서는 안 된다고 생각했을 거야. 하지만 그 아이는 결백해. 나는 알아, 나는 그 아이가 무죄라고 느껴. 너도 나와 같은 생각이잖아. 너도 그렇게 생각한다는 사실에 나는 더욱 확신하게 되었어. 아! 빅토르, 거짓이 진실과 똑같이 생겼다면, 어느 누가 자신이 행복하다고 확신할 수 있을까. 절벽의 가장자리를 따라 위태롭게 걷고 있는데 사람들이 떼를 지어 몰려와 나를 저 아래 심연으로 던져버리려는 것만 같아. 윌리엄과 유스틴은 살해당했어. 그런데 살인자는 도주했지. 그자는 자유의 몸으로 세상을 활보해. 아마 존경받는 인물일지도 몰라. 하지만 내가 같은 죄목으로 교수대에 서게 되더라도 그 악마와 내 자리를 바꾸지 않을 거야."

나는 그런 말을 듣고 있으면, 가슴이 찢어지는 것 같았다. 직접 범죄를 저지르지 않았으나 그 씨앗을 뿌렸다는 점에서 진짜 살인자는 바로 나였다. 엘리자베스는 내 표정에서 고통을 읽자 상냥하게 내 손을 잡으며 말했다. "사랑하는 빅토르, 마음을 가라앉혀. 나는 이 사건들에 너무나 깊은 충격을 받았어. 그 깊이가 어느 정도인지 신만 아시겠지. 이런 나도 너만큼은 비참한 심경이 아닌 듯해. 네 얼굴을 보고 있으면 절망감이 드러날 때가 있어. 가끔은 복수심에 불타는 듯보일 때도 있고. 그럴 때면 나는 몸이 덜덜 떨릴 정도로 불안해져. 감정을 가라앉혀, 빅토르. 네 마음의 평화를 위해서라면 나는 목숨을 걸 수도 있어. 우리는 꼭 행복해질 거야. 세상과 어울리지 않고 고향에서 조용히 지낸다면 그 무엇도 우리의 평온한 일상을 휘저을 수 없을 거야."

엘리자베스는 내게 건넨 위로의 말에 정작 자신이 확신이 서지 않는 듯 눈물을 떨구었다. 그래도 눈물 젖은 얼굴로 미소를 지었다. 내 가슴에 웅크리고 있는 그 악마를 멀리 몰아내려는 듯 말이다. 아버지는 내 얼굴에 아로새겨진 비통함이 당연히 느끼는 슬픔이 과장되게 드러난 것이라 보셨기에, 익숙한 평정을 회복하는 데는 내 취향에 맞는 소일거리가 최선이라고 생각하셨다. 그런 연유로 아버지는 시골로 이사를 결정했다. 또 같은 이유로 우리에게 샤모니 계곡으로 여행을 떠나자고 했다. 나는 예전에 그곳을 둘러본 적이 있지만, 엘리자베스와 에르네스트는 아니었다. 두 사람은 그 풍광이 너무나 아름답고 장엄하다는 이야기를 들었다며 그곳의 풍경을 꼭 직접 보고 싶다고 했다. 그리하여 우리는 유스틴이 죽은 지 거의 두 달 후인 8월 중순 무렵에 제네바를 떠나 여행 길에 올랐다.

날씨는 유달리 화창했다. 내 슬픔이 일상을 잠시 벗어난 환경으로 잊을 수 있는 것이었다면, 아버지의 짐작대로 이 여행이 좋은 효과를 미쳤으리라. 솔직히 말하자면 나도 주위의 풍경에 어느 정도 매료되었다. 아름다운 풍경을 본다고 슬픔이 사라지지는 않았지만 때로는 위로가 되었다. 첫날 우리는 마차로 이동했다. 아침 무렵에는 저 멀리 산줄기가 눈에 들어왔다. 우리는 그곳을 향해 차츰차츰 다가갔다. 우리가 가는 구불구불한 길은 아르브강을 따라 나 있고, 그 강줄기에 의해 형성된 골짜기가 우리를 포위하듯 서서히 다가왔다. 해가 질 무렵이 되자 비로소 웅장한 산줄기와 사방에 깎아지른 듯 서 있는 절벽이 보였다. 바위들 사이를 질주하듯 흘러가는 물소리며 기세 좋게 떨어지는 폭포 소리도 주위에서 들렸다.

다음 날 우리는 노새로 갈아타고 다시 길을 떠났다. 더 높이 올라갈수록 계곡은 더 장엄하고 놀라운 풍광을 뽐냈다. 소나무가 우거진 산속 절벽의 폐허가 된 성들이며 웅장한 아르브강, 나무들 사이에서 바깥을 몰래 훔쳐보듯 여기저기 자리한 시골집들이 어우러져 매혹적인 풍경이 완성되었다. 거기에 거대한 알프스산맥이 웅장한 분위기를 더했다. 주위를 압도하듯 우뚝 솟은 뾰족하고 둥근 봉우리들이 눈에 덮여 반짝거리는 모습은 흡사 다른 지구의 지형이며 다른 종족이 사는 곳처럼 보였다.

펠리시에 다리를 지나자 그곳에서부터 강줄기가 만들어 낸 협곡이 우리 앞에 활짝 펼쳐졌다. 우리는 그 협곡 위로 높이 솟은 산을 오르기 시작했다. 얼마 후 샤모니 계곡으로 들어섰다. 이 계곡도 굉장하고 아름다웠지만, 막 지나온 세르보 계곡만큼 그림 같은 풍경은 아니었다. 눈이 덮인 채 하늘 높이 뻗어 있는 산줄기가 경계처럼 서 있었다. 이곳에서는 허물어져가는 성이나 비옥한 들은 더는 보이지 않았다. 대신 어마어마하게 거대한 빙하가 길로 밀려오는 중이었다. 그때 천둥이 몰려오는 듯한 눈사태 소리가 들리나 싶더니 고갯길에서 피어오르는 연기가 보였다. 몽블랑, 장엄하고 찬란한 몽블랑이 주위에 둘러선 첨봉들 사이에서 힘차게 솟아 있었고, 돔 지붕 같은 엄청난 봉우리가 계곡을 굽어보았다.

여행을 하는 동안 나는 가끔 엘리자베스와 나란히 걸으며 주위 풍경에서 마주치는 다양한 아름다움을 그에게 알려주었다. 그러다가 내가 탄 노새를 천천히 끌어 일행의 꽁무니를 따라가며 슬픔에 차 과거를 곱씹기도 했다. 때로는 박차를 가해 일행을 앞서나가며 그들은 물론, 온 세상, 무엇보다 나 자신을 잊으려 하다가도, 일행과 거리가 꽤 멀어지면 두려움과 절망감의 무게를 이기지 못한 채 노새에서 내려 풀밭에 몸을 던졌다.

나는 저녁 8시에 샤모니에 도착했다. 아버지와 엘리자베스는 녹초가 되었다. 한편 에르네스트는 기분이 한껏 고조되어 즐거워했다. 동생의 즐거움을 앗아가는 유일한 상황은 남풍이었다. 그도 그럴 것이 그 바람은 이튿날의 비 소식을 알리는 전령이었기 때문이다.

우리는 일찌감치 숙소로 돌아갔지만, 곧장 잠을 청하지 않았다. 적어도 나는 그랬다. 나는 몇 시간이고 창가를 떠나지 않은 채, 몽블랑 위의 하늘에서 서로 희롱하듯 번쩍거리는 흐릿한 번개를 지켜보고 그 창문 아래로 아르브강이 질주하듯 흘러가는 소리를 무심히 들었다.

2장

길잡이의 예상과 달리, 이튿날은 구름이 끼기는 했어도 날이 좋았다. 우리는 아르베롱강의 발원지를 찾아갔다가 저녁이 될 때까지 계곡 주변을 돌아다녔다. 주위에 펼쳐진 웅장하고 장엄한 자연을 둘러보며 나는 내가 받을 수 있는 최고의 위안을 느꼈다. 자연을 보고 있으면 내가 쓸모없는 존재라는 느낌이 사라졌다. 내 슬픔을 다 지울 수는 없어도, 어느새 그런 감정이 엷어지고 잔잔하게 가라앉았다. 자연의 아름다움을 만끽하느라 지난달 내내 나를 떠나지 않았던 생각에서 벗어날 수도 있었다. 그날 저녁 나는 기진맥진한 몸을 끌고 돌아왔다. 우울한 기색이 많이 줄어들고 예전에 흔히 보였던 쾌활한 모습을 더 많이 보이며 가족과 이야기꽃을 피웠다. 아버지는 흐뭇해했고 엘리자베스는 기쁨을 감추지 못했다. "사랑하는 빅토르. 네가 행복하면 다른 사람들도 덩달아 행복해지는 걸 봐. 다시는 슬픔에 너를 맡기지 마."

　다음 날 아침, 비가 억수같이 쏟아졌고 짙은 안개에 산
봉우리가 자취를 감추었다. 나는 일찍 일어났는데, 그날따라
유난히 울적했다. 비 때문에 기분이 가라앉았다. 옛 감정이
살아나자 다시 비참한 기분이 들었다. 아버지는 갑자기 달라
진 내 모습에 분명 실망할 터였다. 그래서 나를 압도하는 이
감정을 숨길 수 있을 정도로 기분이 나아질 때까지 아버지를
피하고 싶었다. 가족은 온종일 여관에 머무를 게 분명했다.
나는 비와 습기, 추위에 익숙했기에 몽탕베르산의 정상까지
홀로 등반하기로 했다. 거대한 빙하가 계속 움직이는 모습을
처음 보았을 때, 그 장관에 얼마나 감격했는지 기억났다. 그
때 나는 숭고한 황홀경 속으로 완전히 빠져들었다. 그 황홀
경 속에서는 날개가 돋은 영혼이 모든 것이 흐릿한 세상에서
빛과 기쁨을 향해 날아오르는 것만 같았다. 원래 나는 경외
심을 부르는 장엄한 자연을 보고 있으면 진지해지고 잡다한
일상의 걱정을 잊을 수 있었다. 그래서 홀로 가기로 했다. 어
차피 길은 잘 알았으며, 다른 사람이 곁에 있으면 그 웅장한
풍경을 홀로 음미할 수 없을 테니 말이다.

　산길은 가파르지만 길이 계속 구불거리며 이어져 수직
절벽이나 다름없는 산을 올랐다. 무시무시할 정도로 황량한
풍경이 펼쳐졌다. 지난겨울 일어난 눈사태의 흔적이 남아 있

는 곳이 수도 없었는데, 그런 곳에는 나무가 쓰러져 땅바닥에 널려 있었다. 어떤 나무는 완전히 뽑혔고 어떤 나무는 툭 튀어나온 바위나 다른 나무를 가로지르듯 기대 버티고 있었다. 산을 오를수록 눈이 덮인 골짜기가 길을 가로막고, 돌이 쉴 새 없이 떨어져 내렸다. 그런 골짜기 중 어디는 유독 위험해서, 사람의 말소리처럼 아주 미미한 소리조차 머리 위로 돌이 떨어지기 충분한 공기 진동을 만들어냈다. 소나무는 높이 자랐거나 생김새가 화려하지 않았다. 오히려 침울한 분위기로 주위를 더 살풍경하게 만들었다. 나는 저 아래 골짜기를 내려다보았다. 그곳을 흘러가는 강물에서 피어오른 짙은 안개가 맞은편 산줄기를 무성한 화환처럼 휘감으며 올라갔다. 한편 산줄기 봉우리들은 구름 뒤로 모습을 감추었다. 시커먼 하늘에서는 비가 줄기차게 쏟아져 주위를 둘러보며 받았던 음울한 인상이 짙어지기만 했다.

아! 어째서 인간은 짐승보다 감성이 더 우월하다고 자랑을 할까? 그로 인해 사람은 더 의존적으로 되지 않았는가. 우리의 충동이 허기와 갈증, 성욕만 자극한다면 우리는 완벽할 정도로 자유로울 것이다. 하지만 우리는 바람만 불어도 감동을 하고 우연히 들은 말이나 말로 전해진 풍경에도 마음이 움직인다.

우리는 쉰다. 잠에 독을 타는 힘을 가진 꿈.

우리는 일어난다.

머릿속을 자꾸 맴돌며 하루를 오염시키는 상념.

우리는 느끼거나 생각하거나 논리적으로 추론한다.

웃거나 울거나.

절대 버리지 못하는 근심을 끌어안거나 던져버린다.

똑같다. 기쁨이든 슬픔이든.

떠나는 길은 여전히 자유롭기 때문이다.

사람의 어제는 내일과 결코 같지 않다.

끝내 남는 것은 무상함뿐.

(퍼시 셸리의 시 「무상」을 일부 인용함—옮긴이)

　나는 정오가 거의 다 되어 정상에 도착했다. 그리고 얼음 바다를 굽어보는 암반 위에 잠시 앉았다. 얼음 바다도, 그 주위를 에워싼 산들도 모두 안개에 잠겨 있었다. 미풍 한 줄기가 구름을 날려주기에 그제야 빙하로 내려갔다. 빙하 표면은 몹시 울퉁불퉁해서 거칠게 출렁이는 바다의 파도처럼 높이 치솟거나 낮게 파여 있었으며 깊은 곳에는 균열이 얼기설기 얽혀 있었다. 얼음 들판은 폭이 8킬로미터 정도였지만, 그곳을 가로지르는 데 두 시간 가까이 걸렸다. 맞은편 산은 깎아지른 듯한 수직 암벽이었다. 내가 서 있는 곳에서 보면 몽탕베르산은 정확하게 반대편에서 그곳까지 8킬로미터 정도였다. 그 위로 몽블랑이, 보는 이에게 경외심을 자아내며 위풍당당하게 서 있었다. 나는 암반이 쑥 들어간 곳에서 이 장엄하고 거대한 풍경을 응시했다. 바다, 어쩌면 드넓은 얼음의 강이라 해야 할 듯한 빙하는 산과 산 사이를 구불거리며 흘러갔다. 그 위로 우뚝 솟은 산들은 하늘 높이 걸린 봉우리를 자랑하며 저 아래 골짜기를 내려다보았다. 구름 위로 쏟아지는 햇빛에 산봉우리를 뒤덮은 매끈한 얼음이 반짝거렸다. 그전까지 슬픔에 차 있던 내 심장은 어느새 희열 같은 감정으로 부풀어 올랐다. 나는 솟구치는 감정을 이기지 못해 소리쳤다. "떠도는 정령들이여, 만약 당신들이 방랑하느라 좁은 침대에서 편히 쉴 수 없다면, 대신 내가 그 희미한 행복감을 맛보게 해다오. 아니면 나를 네 길동무로 삼아 삶의 기쁨으로부터 멀리 데려가다오."

이렇게 소리치는데 느닷없이 멀리서 초인적인 속도로 나를 향해 다가오는 사람의 형체가 눈에 들어왔다. 그 사람은 내가 조심스럽게 걸어 다녔던 빙하의 틈새들을 훌쩍훌쩍 뛰어넘었다. 내게 가까워질수록 그 사람의 체격이 평균적인 남자의 체격보다 훨씬 큰 것이 보였다. 불안이 스멀스멀 몰려왔다. 안개가 내 눈을 가리자 정신이 몽롱해졌다. 하지만 산에서 내려온 세찬 바람에 정신이 번쩍 들었다. 그 형체가 점점 다가오자 나는 그것이 내가 창조한 괴물이라는 사실을 알아차렸다(그 광경이 얼마나 무시무시하고 혐오스러웠던지!). 온몸이 분노와 공포로 부들부들 떨리는 와중에 나는 그놈이 가까이 다가올 때까지 기다렸다가 목숨을 걸고 사투를 벌이리라 마음을 먹었다. 그놈이 다가왔다. 그의 외모는 경멸과 원한이 뒤섞인 씁쓸한 괴로움을 대변해주었지만, 지상의 존재가 아닌 것 같은 추한 외모는 너무 흉측해서 인간의 눈으로는 도저히 볼 수가 없었다. 그러나 그때 내 눈에는 그 추악함이 제대로 들어오지 않았다. 분노와 증오로 가득 차 처음에는 말을 할 수조차 없었다. 잠시 후 어느 정도 충격에서 벗어나 불같은 증오와 경멸의 말을 그놈에게 마구 퍼부었다.

"이 악마! 네놈이 감히 나를 찾아와! 격렬한 증오심에 휩싸인 내 팔에 그 비참한 머리통이 박살이 날까 두렵지도 않더냐! 꺼지거라, 잔악한 벌레 같은 놈아! 아니 그대로 있어. 내 이 두 다리로 너를 먼지가 되도록 짓밟아줄 테니! 오, 그 비루한 육신을 소멸시켜 네놈의 손에 잔인하게 살해된 희생자들을 되살려낼 수만 있다면!"

"당신이 이런 식으로 나올 줄 알았어." 그 악마가 말했다. "사람들은 누구나 괴물을 증오하지. 그러니 살아 있는 그 어떤 생물보다 더 비참하게 사는 이 몸이 미움을 받는 건 당연해! 하지만 내 창조자인 당신마저 나를 미워하고 내치려

들다니. 나의 창조자여, 둘 중 하나가 죽어야만 비로소 끊어지는 단단한 끈에 당신과 함께 묶여 있는 이런 나를! 당신은 나를 죽일 작정이지. 감히 어떻게 당신이 생명으로 장난을 치려는 거지? 나에 대한 의무를 해. 그러면 나도 당신과 나머지 인류에 대한 의무를 할 테니. 당신이 내 조건을 받아들여주면 나도 당신과 다른 인간들이 맘 편히 살도록 떠나주겠어. 만약 거절한다면 나는 남아 있는 당신 친구들의 피를 배가 터질 때까지 마실 테다."

"혐오스러운 괴물아! 네놈이 얼마나 끔찍한 악마인지! 네가 저지른 범죄를 복수하려면 지옥의 고통도 약소해. 악독한 악마! 지금 너는 내가 네놈을 창조했다고 나를 비난하는 거냐. 그렇다면 어서 와라. 내가 너무나 경솔하게 불어넣은 생명의 불꽃을 지금 당장 꺼버릴 테니."

한없는 분노가 나를 덮쳤다. 나는 다른 존재에게 느낄 수 있는 모든 감정에 이끌려 그놈에게 달려들었다.

그놈은 나를 손쉽게 피하며 말했다.

"진정해! 다짜고짜 내 소중한 머리에 증오를 쏟아붓기 전에 내 말부터 들어봐. 당신이 나를 더욱 불행하게 만들려고 하지 않아도 나는 지금도 충분히 고통을 겪고 있잖아. 설령 나날이 고통이 쌓여가는 것이 삶이라고 해도 내게는 그 삶이 소중해. 그러니 내 삶을 꼭 지킬 거야. 명심해, 당신은 나를 당신 자신보다 더 강하게 만들었다는 사실을. 나는 당신보다 키가 더 크고 내 관절은 당신보다 더 유연해. 그렇다고 해서 당신과 맞설 생각은 없어. 나는 당신의 피조물이야. 그러니 당신이 당신의 역할, 그러니까 내게 빚진 것만 갚아준다면 나를 창조한 조물주이자 왕인 당신에게 훨씬 더 유순하고 고분고분하게 굴 거야. 오, 프랑켄슈타인, 모두를 공평하게 대하면서 나만 짓밟으려 하지 마. 당신의 정의와 심지어 당신의 관용과 애정을 가장 많이 누려야 할 존재가 바로 나 아닌가. 기억해. 나는 당신의 피조물이야. 나는 당신의 아담이 되어야 했어. 그런데도 타락 천사가 되었지. 아무 잘못도 하지 않았건만 당신이 기쁨을 앗아가버리고 말았어. 어딜 봐도 행복이 흘러넘치지만 나 혼자만 그 행복을 영원히 누릴 수 없어. 나는 따뜻하고 착한 사람이었어. 불행이 나를 악마로 만든 거야. 나를 행복하게 해줘. 그러면 나도 다시 선해질 거야."

"꺼져! 네 말은 듣지 않을 거니까. 너와 나를 이어주는 것이 있을 리 없어. 우리는 서로가 적이야. 썩 꺼져. 아니면 우리 중 하나가 먼저 쓰러질 때까지 있는 힘을 다해 싸워야 할 테니까."

"어떻게 하면 당신의 마음을 움직일 수 있을까? 선의와 연민을 보여달라고 이렇게 간청하는 당신의 피조물을 호의에 찬 눈빛으로 봐줄 수는 없는 걸까. 아무리 애원해도 안 되는 걸까. 나를 믿어줘, 프랑켄슈타인. 나는 선량한 사람이었어. 내 영혼은 사랑과 인간애로 빛이 났지. 하지만 나는 이제 혼자야. 비참할 정도로 고독하지, 안 그런가? 내 창조주인 당신조차 나를 혐오해. 그러니 내게 아무런 빚도 없는 다른 사람들에게는 내가 뭘 바랄 수 있겠나. 그들은 나를 경원시하고 증오해. 황량한 산악지대와 음울한 빙하만이 내 피난처야. 수많은 나날을 이곳에서 떠돌았어. 얼음 동굴을 두려워하지 않는 존재는 나뿐이라고. 그러니 이곳이 내 거처야. 내가 무언가를 가져도 배 아파할 사람이 없는 곳은 그 동굴이 유일해. 나는 이 우울한 하늘을 쌍수를 들어 환영하지. 당신네 인간들보다 저 하늘이 더 친절하거든. 수많은 사람이 내 존재에 대해 알게 되면 그들도 당신과 똑같이 행동할 거야. 나를 파괴하기 위해 무기를 들겠지. 그런데도 나를 혐오하는 그들을 미워하지 말아야 할까? 나는 내 적들과 절대 화해하지 않을 거야. 나는 지금 불행해. 그러니 그들도 내 고통을 나눠서 져야만 해. 하지만 아직은 이런 내게 보상해줄 힘이 당신에게 있어. 그러니 악의가 거대하게 자라서 그 악의가 분노의 소용돌이처럼 당신과 가족만 아니라 수많은 사람을 삼켜버리기 전에 그들을 구해. 내게 동정심을 보여줘. 그리고 나를 그만 멸시해. 내 이야기를 제발 들어달라고. 그 이야기를 듣고 나서 나를 내치든지 위로하든지 해. 그때 가면 나를 어떻게 대해야 할지 판단할 수 있을 테니까. 지금은 내 이야기를 들어봐. 인간의 법에 따라서, 아무리 잔혹한 범죄를 저질렀다고 해도 피고는 선고를 받기 전에 자신을 변호할 기회를 얻잖아. 내 말을 들어봐, 프랑켄슈타인. 당신은 내가 사람을 죽였다고 비난하겠지. 그런데 그런 당신이 제 손으로 만든 피조물을 기꺼이 죽일 작정인가. 오, 인간의 영원한 정의를 찬양하라! 내 목숨을 부지하게 해달라는 말이 아니야. 내 말을 들어봐. 그러고 나서 할 수 있다면, 하고 싶다면, 네 손으로 직접 만든 작품을 파괴해!"

"어째서 네놈은 생각만으로도 몸이 부들부들 떨리는 그 일을 떠올리게 만드는 거지? 내가 그 불행한 괴물을 만든 장본인이라는 사실을! 빌어먹을 악마, 네가 처음으로 빛을 본 그날을 저주해! (설령 나 스스로를 저주한다 하더라도) 네놈을 만든 내 손을 저주해! 네놈은 형언할 수 없을 정도로 나를 고통스럽게 만들었어. 네놈이 정당한지 아닌지 생각해볼 힘조차 이젠 조금도 남아 있지 않아. 바로 네놈 때문에! 꺼져버려! 네 추한 몰골을 더는 보지 않게 꺼지라고!"

"그렇다면 당신의 고통을 덜어주지, 창조주여." 괴물은 이렇게 말하며 증오스러운 양손으로 내 눈을 가렸다. 나는 그 손을 난폭하게 치워버렸다. "이러면 당신이 혐오하는 내 모습이 보이지 않겠지. 그래도 내 목소리는 들릴 테니 내게 동정을 보여줘. 과거에 내게도 있었던 미덕을 걸고 당신에게 이 한 가지만 요구하지. 내 이야기를 들어줘. 기묘한 긴 이야 기야. 이곳 기온이 당신의 섬세한 감각에는 맞지 않을 거야. 그러니 산 위에 있는 오두막으로 가지. 아직 해가 높이 떠 있 어. 해가 눈 덮인 낭떠러지 뒤로 넘어가 다른 세상을 환하게 비추기 전에 내 이야기를 다 듣고 나면, 결정을 내릴 수 있어. 내가 이 세상을 영원히 떠나서 모두에게 해를 주지 않는 삶 을 살지, 아니면 인간을 괴롭히고 순식간에 당신을 파멸시키 는 존재가 될지는 당신에게 달렸어."

그놈은 이렇게 말하며 나를 인도해 얼음을 가로지르기 시작했다. 나는 가슴이 답답하고 터질 것만 같아 아무 대답 도 하지 않았다. 하지만 걸음을 옮기면서 그가 말했던 다양 한 주장의 경중을 따져보았다. 그 결과, 일단 이야기는 들어 보기로 했다. 호기심도 어느 정도 동했지만 그의 말을 따르 기로 마음을 먹은 이유는 연민 때문이었다. 지금까지 나는 그놈이 내 동생을 죽인 범인이라고 생각했기에, 그가 내 주 장에 시인을 할지 부인을 할지 궁금했다. 그와 더불어 나는 처음으로 피조물에게 창조주는 어떤 의무가 있는지 생각해 보았다. 악마 같은 놈이라고 불평을 하기 전에 먼저 행복을 느끼게 해주어야 하지 않을까. 이런 이유로 나는 그의 요구를 받아들이기로 했다. 우리는 얼음장을 건넌 후 맞은편 암벽을 올라갔다. 공기가 싸늘해지며 비가 다시 쏟아졌다. 마침내 오두막으로 들어서자 악마는 기쁨을 감추지 못하는 기색이었다. 반면 나는 가슴에 큰 돌을 얹은 것 같았고 기분은 한없이 가라앉았다. 꾹 참고 이야기를 들어보기로 했다. 이 혐오스러운 길동무가 피워놓은 불가에 내가 자리를 잡고 앉자 그놈은 자신의 이야기를 시작했다.

3장

"나라는 존재가 처음 태어난 순간은 좀처럼 떠오르지 않아. 당시 일어난 일들이 온통 혼란스럽고 불투명하거든. 수많은 감각이 뒤섞여서 묘한 느낌만 들었어. 보고, 느끼고, 듣고, 냄새를 맡는데 그 모든 일이 동시에 벌어지는 거야. 사실 감각을 구별하게 된 건 그로부터 한참 후였어. 점점 더 강한 불빛이 내 신경을 눌렀고 그에 나는 어쩔 수 없이 눈을 감았던 기억이 나. 눈을 감자 사방이 깜깜해져서 덜컥 불안해졌지. 불안이 몰려오자마자 눈을 떴더니 다시 빛이 쏟아지더군. 나는 걷기 시작했어. 아마 내려갔던 모양이야. 그 무렵 내 감각에 엄청난 변화가 일어났다는 사실을 알겠더라고. 전에는 시커멓고 흐릿한 형체에 둘러싸인 느낌에 앞도 보이지 않고 촉감도 느낄 수 없었어. 그런데 이제 내가 자유롭게 돌아다니는 거야. 앞에 장애물이 있어도 훌쩍 뛰어넘거나 피해 갔어.

빛이 점점 더 강하게 내리쬐었어. 열기 속에서 걸으니 지쳐서 빛을 피할 그늘이 있는 곳으로 갔지. 그곳이 바로 잉골슈타트 근처의 숲이었다네. 개울가에 드러누워서 지친 몸을 쉬다 보니 어느새 배가 고프고 목도 말랐어. 이 감각들 덕분에 나는 동면이나 다름없는 상태에서 깨어날 수 있었지. 나무에 열려 있거나 땅에 떨어진 열매를 먹었어. 개울물로 목도 축이고. 다시 누웠더니 이번에는 무섭게 몰려오는 졸음이 나를 집어삼켰어.

눈을 떠보니 주위가 컴컴했어. 춥기도 했고, 그렇게 적막한 곳에 홀로 있다는 사실을 깨닫자 본능적으로 겁도 좀 나더군. 냉기가 느껴져 당신 집에서 나오기 전에 옷을 주섬주섬 걸쳤어. 하지만 그 정도로는 밤이슬의 한기를 피하기에는 역부족이었지. 나는 수중에 돈도 없고, 무기력하고, 비참한 괴물일 뿐이었어. 아무것도 몰랐고 사리분간도 제대로 못했어. 그저 사방에서 고통이 나를 공격해오니 주저앉아 울기만 했지.

곧 어둑한 빛이 하늘로 퍼져나갔어. 그러자 기분이 좋아지는 거야. 나는 벌떡 일어나서 나무들 우듬지 사이로 올라오는 빛나는 형체를 바라보았어. 그걸 보고 있으니 경이로운 감정이 솟아나더라고. 그것은 천천히 이동했지만 내 길을 환히 밝혔어. 나는 다시 열매를 찾으러 돌아다니기 시작했지.

추위가 다 가시지도 않았는데 나무 아래에서 큼직한 망토를 하나 주웠어. 얼른 그걸 몸에 뒤집어쓰고 땅바닥에 주저앉았어. 마음속에서 두런거리는 생각들은 무엇 하나 또렷하지 않았어. 모든 게 혼란스럽기만 하고. 나는 빛과 허기, 갈증, 어두움을 느꼈어. 온갖 소리가 내 귀에 울렸고 온갖 냄새가 사방에서 내게 인사를 건네더군. 내가 분간할 수 있는 유일한 물체는 밝은 달뿐이었어. 나는 즐거운 마음으로 달을 바라봤지.

그렇게 낮과 밤이 번갈아 찾아오며 며칠이 흘렀어. 밤의 둥근 달이 아주 작게 줄었을 즈음 비로소 감각이 구별되기 시작했어. 내게 마실 물을 주는 맑은 개울물이며 잎사귀로 해를 가려주는 나무를 점점 잘 볼 수 있게 되었어. 종종 내 귀에 인사하는 듯한 유쾌한 소리가, 내 눈에 비치는 빛을 가로막던 날개 달린 작은 동물의 목에서 나왔다는 사실을 처음으로 깨달았을 때는 기분이 참 좋더군. 주위의 형체를 또렷하게 보고 내 머리 위 둥근 빛의 천장이 어디까지 퍼져 있는지 갈수록 더 잘 이해하게 되었어. 가끔은 새가 지저귀는 유쾌한 노래를 따라 하려고 했지만 안 되더군. 내가 느끼는 것을 나만의 방식으로 표현하고 싶다는 생각이 문득 들 때도 있었어. 그렇지만 내 입에서 나오는 투박하고 불분명한 소리에 나는 겁을 먹고 다시 입을 다물어버렸다네.

달이 하늘에서 자취를 감추었다가 다시 더 작아진 모습

으로 나타났지만, 나는 여전히 숲에 머물렀어. 그 무렵 내 감각은 한층 더 또렷해졌고 하루하루 지나면서 내 정신도 새로운 생각을 받아들였어. 내 눈은 빛에 익숙해져 물체를 제 모습 그대로 볼 수 있게 되었지. 벌레와 풀을 분간하고 서로 다른 풀도 서서히 구별할 수 있게 되었어. 참새는 귀에 거슬리는 노래밖에 못 부르지만, 찌르레기와 개똥지빠귀가 부르는 노랫소리는 달콤하고 매혹적이라는 사실도 알게 되었어.

어느 날 나는 추위에 벌벌 떨다가 떠돌이 거지들이 버리고 간 모닥불을 봤어. 그 모닥불의 온기를 느꼈을 때 나는 기쁜 마음을 억누를 수가 없었어. 흥에 겨운 나머지 불씨가 남아 있는 잉걸불에 손을 넣었다가 고통으로 비명을 지르며 얼른 손을 뺐지. '불은 그대로인데 결과는 정반대라니 정말 신기하구나.' 그런 생각이 들더군. 나는 당장 불을 만드는 모닥불의 재료를 살펴봤어. 재료가 나무라는 사실을 깨닫고 뛸 듯이 기뻤지. 얼른 나뭇가지를 모았어. 그런데 그 나뭇가지가 다 축축해서 불이 붙지 않는 거야. 그 사실에 쓰린 속을 부여잡고 이번에는 불이 어떻게 타오르는지 가만히 관찰했지. 불가에 놓아두었던 젖은 나무가 어느새 말라서 저절로 불타오르는 거야. 나는 그 일을 요모조모 생각해봤어. 나뭇가지를 여러 개 만져보고 원인을 파악한 후 열심히 돌아다니며 땔감으로 쓸 나무를 잔뜩 모았어. 그 나뭇가지를 잘 말리면 불을 실컷 피울 수 있겠더군. 드디어 밤이 찾아왔어. 잠을 자려는데 밤새 내가 피운 불이 꺼질까 걱정이 되는 거야. 나는 먼저 마른 나뭇가지와 잎들을 꼼꼼하게 불 위에 올린 후 다시 젖은 나뭇가지들을 그 위에 쌓았어. 그러고는 망토를 땅바닥에 펼치고 그 위에 누워서 눈을 붙였지.

눈을 떠보니 아침이었어. 일어나자마자 모닥불부터 살폈지. 불 위에 쌓아놓은 것들을 치우는데 마침 산들바람이 불어와서 불씨를 불로 키워주는 게 아니겠어. 나는 그 광경을 지켜본 후 나뭇가지로 부채를 만들었어. 그 부채로 불이 꺼지려고 하면 살려냈지. 다시 밤이 왔는데, 불이 추위를 쫓는 동시에 주위를 환하게 밝히기도 한다는 사실을 깨닫고는 너무 기뻤어. 게다가 불에 대한 지식은 식량 사정에도 도움이 되었어. 여행자들이 남기고 간 고기를 보니 불에 구워져 있더라고. 먹어봤더니 나무에서 딴 열매보다 훨씬 더 맛있는 게 아닌가. 그래서 내가 구한 먹거리를 같은 식으로 잉걸불에 올려놓고 구워봤어. 이렇게 구우니 열매는 먹을 수가 없게 되지만, 견과류와 뿌리채소는 맛이 훨씬 좋아지더군.

하지만 먹을 만한 것들은 점점 찾기 힘들어졌어. 배고픔의 고통을 달래보려고 종일 돌아다녀도 도토리 몇 알 밖에 손에 넣지 못하는 날이 잦았지. 이 사실을 깨닫자 나는 그때까지 살던 지역을 떠나기로 마음먹었어. 지금껏 경험한 욕구들을 더 쉽게 충족시킬 수 있는 곳을 찾으러 말이야. 이렇게 살던 곳을 떠나면서 내가 우연히 손에 넣은 불씨를 버리고 가야 한다는 사실이 아플 정도로 안타까웠어. 불을 다시 피우는 법을 몰랐으니까. 나는 이 문제를 어떻게 해결할지 몇 시간이나 골똘히 생각했어. 하지만 불을 피워보려는 시도는 전부 다 포기해야만 했지. 결국 나는 망토로 몸을 꽁꽁 감싼 채, 지는 해를 향해 숲을 가로지르기 시작했다네. 그렇게 정처 없이 떠돌기를 사흘, 마침내 탁 트인 시골에 도착했어. 전날 폭설이 와서 들판은 어딜 보나 하얀색이었어. 눈에 보이는 풍경은 음울하기 짝이 없고, 발가락은 온 대지를 뒤덮은 습하고 차가운 눈 때문에 꽁꽁 얼어버렸다네.

아침 7시 무렵이었을 거야. 허기를 채우고 쉴 곳이 간절했지. 마침내 작은 오두막이 눈에 들어왔어. 오르막길에 지어져 있었는데, 양치기들이 쉬려고 만든 집 같았어. 이런 오두막은 내게 생경한 풍경이었지. 나는 호기심에 눈을 빛내며 그 집을 살펴보았어. 문이 열려 있어서 안으로 들어가자 불가에 한 노인이 앉아서 불 위에 올려둔 아침을 준비 중이더군. 부스럭거리는 소리에 그 노인이 고개를 돌렸어. 노인은 나를 보더니 고막을 찢을 것처럼 비명을 질렀어. 그러면서 오두막을 뛰쳐나가 들판을 가로질러 도망을 치는 거야. 노인이 달리는 속도라고 믿어지지 않을 만큼 줄행랑을 치더라니까. 그의 용모는 내가 그때까지 봤던 누구와도 닮지 않은 데다 그렇게 잽싸게 도망을 치니 나도 기겁을 했어. 하지만 오두막은 내 마음에 쏙 들더군. 눈이 쏟아지고 비가 내려도 집으로 들이칠 리 없었어. 바닥은 건조했고. 지옥의 악마들이 불의 연못에서 고생한 후 펜데모니엄(밀턴의 『실낙원』에 나오는 악마의 소굴-옮긴이)을 봤을 때처럼, 그때 내 눈에는 그곳이 아름답고 성스러운 안식처럼 보였다네. 나는 목동이 아침으로 먹다 남긴 음식을 허겁지겁 먹어치웠어. 그는 빵과 치즈에 우유와 포도주를 먹고 있었더군. 포도주는 별로 입맛에 맞지 않았어. 배불리 먹자 피곤이 몰려와 나는 바닥에 깔린 짚단에 누워서 그대로 잠이 들었어.

　다시 눈을 떠보니 정오가 다 되어 있었어. 백설의 대지를 환하게 비추는 태양의 온기에 마음이 싱숭생숭해져서 여행을 다시 시작하기로 했지. 오두막에서 찾아낸 배낭에 목동의 남은 아침을 다 넣은 후에 들판을 가로지르며 몇 시간을 걷다 보니 해 질 녘에 어느 마을에 도착했어. 그곳이 얼마나 기적처럼 보였던지! 농가며 좀 더 깔끔한 시골집, 으리으리한 저택들에 나는 차례로 경탄을 보냈다네. 텃밭에서 자라는 채소들과 여기저기 시골집 창가에 놓여 있는 우유와 치즈를 보니 허기가 지더군. 마을의 집들 가운에 가장 좋아 보이는 곳으로 들어갔어. 하지만 안으로 발을 들이자마자 아이들이 꽥꽥 비명을 질러대고 어떤 여자는 기절까지 하는 게 아닌가. 온 마을에 소동이 벌어졌어. 어떤 사람들은 도망쳤고 어떤 사람들은 나를 공격했어. 그들이 던진 돌맹이와 온갖 물건에 멍만 든 채 침통하게 공터로 도망을 쳤어. 나는 완전히 겁을 먹고는 알몸이나 다름없는 꼴로 허름한 헛간으로 숨어들었다네. 내가 마을에서 본 집들이 궁궐 같았기에 헛간을 보니 더 초라해 보이더군. 그런데 이 헛간은 깔끔하고 아름답게 손질된 시골집에 딸려 있었어. 값비싼 경험을 한 직후였으니 그 집에는 들어가지 않았어. 은신처로 삼은 그 헛간은 나무로 지었는데 천장이 어찌나 낮은지 그 안에서는 똑바로 앉아 있기도 불편하더군. 바닥에 나무를 깔지 않아서 바닥은 맨땅이었어도 습하지는 않았지. 셀 수 없이 많은 틈으로 바람이 숭숭 들어오기는 했지만, 눈과 비를 피할 수 있는 정도만 되어도 쾌적한 요양원처럼 느껴졌지.

그래서 그곳으로 들어갔어. 아무리 누추해도 그 계절의 혹독한 날씨와 야만적인 인간들의 눈을 피해 은신할 곳을 찾아냈다는 기쁨에 들떠 몸을 뉘었어.

아침이 밝자마자 나는 은신처에서 기어 나왔어. 그 헛간에 붙어 있는 시골집을 보니 내가 찾아낸 은신처에 계속 머물러도 괜찮겠구나 싶더군. 그 헛간은 본채의 뒤쪽에 있었고 사방이 돼지우리와 맑은 연못으로 에워싸여 있었거든. 헛간

구석 하나가 트여 있었는데, 내가 기어서 들어간 틈이 바로 그곳이었어. 하지만 내가 틈이 보이는 대로 돌과 나무로 막아버렸어. 물론 그 구멍을 드나들 때를 대비해서 움직일 수 있도록 조치를 했지. 들어오는 빛이라고 해봐야 옆에 붙은 돼지우리로 드는 게 다였지만 그 정도로도 나는 충분했다네.

내 거처를 그렇게 정리하고 깨끗한 짚을 바닥에 깐 후에 얼른 들어갔어. 멀리서 남자의 형체가 보였는데, 지난밤 내가 어떤 대접을 받았는지 기억이 너무 생생해서 나를 그 사람의 처분에 맡길 수가 없더군. 하지만 거처로 들어가기 전에 먼저 그날 먹을 양식을 마련해뒀어. 거친 빵 한 덩어리. 훔친 거였어. 그리고 내 거처 옆으로 흐르는 깨끗한 물을 떠서 마실 수 있는 컵 하나. 손으로 뜨는 것보다 편하지 않겠나. 헛간 바닥은 땅보다 좀 더 높았어. 그 덕분에 절대 습하지 않게 유지되었고 시골집의 굴뚝도 근처에 있어서 온기가 전해져 견딜 만했어.

이렇게 거처를 마련한 후 나는 특별한 일이 일어나지 않는 한 그곳에서 지내기로 마음을 먹었어. 그전까지 지냈던 삭막한 숲이며 빗물이 뚝뚝 떨어지던 나뭇가지들, 축축한 흙바닥에 비하면 그곳은 천국이나 마찬가지였거든. 나는 만족스럽게 아침을 먹었어. 물을 뜨려고 구멍을 가린 널빤지를 치우는데 발걸음 소리가 들리지 뭔가. 작은 틈으로 밖을 내

다보니 젊은 아가씨가 머리에 물동이를 이고 내 거처를 지나가고 있더군. 그 아가씨는 그때까지 본 시골집 사람들이나 농장의 하인들과는 달리 젊고 상냥한 분위기가 느껴졌어. 하지만 옷차림을 보니 허름했어. 몸에 걸친 건 조잡스러운 푸른색 페티코트에 리넨 상의가 유일했어. 금발을 땋아 내렸는데 머리 장식은 보이지 않았어. 성정이 굳세 보였지만 슬픈 표정을 짓고 있었지. 이윽고 아가씨는 내 시야에서 사라졌어. 한 15분 후에 물동이를 이고 다시 돌아왔는데, 그 동이에는 다 채우지 못한 우유가 찰랑거리고 있었어. 아가씨가 무거운 동이 때문인지 불편해 보이는 자세로 걸어가고 있으니 젊은 청년이 마주 오더군. 그 청년도 어딘지 맥이 빠진 표정이었어. 울적하게 몇 마디를 건네더니 아가씨 머리에서 동이를 받아 내려 집으로 가져갔어. 아가씨가 그 뒤를 따르더니 이내 둘 다 보이지 않게 되었어. 잠시 후 그 청년이 다시 보였어. 손에 연장을 들고 집 뒤에 있는 들판을 가로질러 가더군. 그 아가씨도 분주한 것 같았어. 집과 마당을 들락날락하며 일하느라 말이야.

나는 임시 거처가 된 헛간을 여기저기 돌아보다가 창 하나를 찾아냈어. 원래는 본채의 창이지만 널빤지로 막아두었더군. 창을 막은 널빤지들 사이로 너무 작아 거의 보이지 않는 틈이 있어서 한 눈으로 그 집을 훔쳐볼 수 있었어. 틈새로 집을 살펴보니 좁은 실내가 보였어. 하얗게 칠한 깨끗한 방이었지만 가구는 거의 없었어. 구석의 작은 화덕에 한 노인이 양손에 고개를 받치고선 앉아 있었는데, 비탄에 잠긴 느낌이 역력했어. 아가씨는 집 안을 정리하고 있었어. 그러더니 서랍에서 뭔가를 꺼내 양손에 든 채 그 노인의 옆에 앉았어. 노인은 그것을 받아들더니 연주를 하기 시작했어. 그 악기에서 흘러나오는 소리는 개똥지빠귀나 나이팅게일이 지저귀는 소리보다 더 아름답더군. 사랑스러운 광경이었네. 아름다운 것을 한 번도 본 적 없는 비루한 괴물의 눈에도 말이지. 연로한 노인의 은빛 머리와 선량해 보이는 모습을 보니 존경의 마음이 샘솟더군. 한편 그 아가씨의 상냥한 모습에 나는 반하고 말았다네. 노인은 감미롭지만 구슬픈 느낌의 곡을 연주했어. 그런데 옆에서 듣고 있던 사랑스러운 아가씨의 눈에서 어느새 눈물이 흘러내리는 게 아닌가. 그런 줄 모르는 노인은 급기야 아가씨가 소리 내서 흐느낄 때까지 연주했어. 그제야 노인이 몇 마디를 건네자 아가씨는 일손을 멈추고 노인의 발치에 무릎을 꿇고 앉았어. 노인이 아가씨를 일으켜 세우며 미소를 지었는데, 그 표정이 어찌나 상냥하고 자애롭던지 북받치는 감정에 나는 압도되고 말았지. 허기나 추위로도, 온기나 음식으로도 한 번도 경험하지 못했던, 고통과 즐거움이 뒤섞인 묘한 느낌이었어.

이윽고 아까 본 청년이 어깨에 땔감을 한 짐 지고 돌아왔어. 아가씨가 문을 열어 그를 맞고는 나무를 내리는 걸 도왔어. 땔감을 얼마간 화덕으로 가져가 불에 넣었어. 잠시 후두 젊은이가 구석으로 갔어. 그곳에서 청년이 커다란 빵 한덩어리와 치즈 한 덩이를 꺼냈지. 아가씨가 기뻐하는 것 같더군. 그러더니 텃밭으로 가서 뿌리채소와 채소를 조금 뽑아와 물로 씻고 불에 올렸어. 아가씨는 하던 일을 마저 했고 청년은 텃밭으로 나가서 땅을 파서 뿌리채소를 캐느라 분주해보였어. 청년이 한 시간가량 밭일을 했을까. 아가씨가 그에게 와서 두 사람은 다시 집으로 들어가더군.

그동안 노인은 깊은 생각에 잠겨 있었어. 하지만 젊은이들이 들어오자 기분이 좋은 척하더군. 모두 식사를 하려고 둘러앉았어. 식사는 금방 끝났어. 아가씨는 다시 집 안을 정리했어. 노인은 젊은이의 부축을 받으며 집 앞을 거닐면서 잠시 햇볕을 쬐었고, 훌륭한 두 사람이 얼마나 대조적인지, 그 모습에서 피어나는 아름다움을 능가할 만한 것은 아무것도 없었어. 한 사람은 노인으로, 머리가 하얗게 세었고 얼굴은 선량함과 자애로움으로 환하게 빛났어. 젊은 쪽은 날씬하고 자태가 우아했어. 이목구비는 균형이 잡혀 반듯했고. 하지만 두 눈과 태도에서 깊은 슬픔과 수심이 드러나더군. 노인은 이내 집으로 들어갔어. 한편 청년은 아침에 사용했던 것과는 다른 연장을 챙겨 나와 들판을 가로질러 갔지.

　순식간에 밤이 되었어. 그런데 그 집 사람들이 빛을 연
장하는 수단을 가진 걸 보고 엄청난 경이로움을 느꼈지 뭔
가. 작은 초를 사용했거든. 덕분에 해가 지더라도 이웃 인간
들을 관찰하며 느꼈던 즐거움이 끝나지 않으리라는 사실을
깨닫고 얼마나 즐거웠는지 모른다네. 저녁이 되자 아가씨와
청년은 바쁘게 일을 했는데, 그들이 무슨 일을 하는지 나는
통 모르겠더군. 노인은 다시 악기를 연주하며 아침에 나를
매료시켰던 멋진 소리를 또 만들어냈어. 노인이 연주를 마치
자마자 이번에는 청년이 이어받았어. 그런데 연주를 하는 게
아니라 단조로운 소리를 입으로 내더군. 노인이 연주한 악기
의 선율이나 새들의 울음소리와는 전혀 비슷하지 않았어. 나
중에 나는 청년이 글을 낭독했다는 걸 알게 되었어. 하지만
그때만 해도 나는 단어나 글자로 된 학문에 대해서 아는 게
없었지. 이렇게 짧은 저녁 시간을 보낸 그 가족은 불을 껐어.
짐작건대 쉬러 가는 것 같았어.”

4장

"나도 짚단에 몸을 뉘었지만 잠이 오지 않았어. 그날 있었던 일들을 떠올려봤지. 그중에서 가장 인상적이었던 건 그 세 사람의 다정한 태도였어. 나도 그들과 함께 어울리고 싶더 군. 하지만 어림도 없는 일이었지. 전날 밤 야만적인 마을 사 람들에게 어떤 꼴을 당했는지 기억이 생생했어. 앞으로 어떻 게 행동하는 것이 좋을지 좀 생각해봐야겠지만, 당분간은 내 거처에서 조용하게 지내면서 무슨 마음으로 사람들이 그렇 게 행동했는지 지켜보며 알아내보자고 마음을 먹었다네.

그 집 사람들은 이튿날 동이 트기도 전에 일어났어. 아 가씨는 집 안을 정리하고 아침을 준비했어. 청년은 아침을 먹은 후 집을 나섰고. 이날도 전날과 똑같이 흘러갔어. 청년 은 늘 바깥일을 하고 아가씨는 집 안에서 이런저런 살림을 했지. 노인을 얼마간 지켜보니 앞을 못 본다는 사실을 알겠더라고. 그 사람은 느긋하게 몇 시간이고 악기를 연주하거나 사색에 잠기곤 했어. 그 집의 두 젊은이가 자애로운 노인에게 보여주는 사랑과 존경심을 능가할 것은 어디에도 없었어. 두 사람은 사랑과 의무감으로 노인의 온갖 사소한 일까지 다 보살폈고 늘 상냥하게 굴었지. 물론 노인은 두 젊은이에게 인자한 미소로 보답했고.

그들이 마냥 행복하지만은 않아. 두 젊은이는 따로 있을 때면 남몰래 흐느끼는 것 같더군. 그들이 왜 불행한지는 몰랐지만 나는 그 사실에 마음이 아주 아팠네. 그렇게 사랑스러운 사람들이 불행하게 산다면 나처럼 불완전하고 고독한 존재가 비참한 건 대수로운 일도 아니지 않겠나. 그런데 왜 이 다정한 사람들이 불행에 빠져 지냈을까? 그들의 가정은 화목하고 (적어도 내 눈에는 그렇게 보였으니까) 갖출 건 다 갖추고 살았어. 추위를 느낄 때면 몸을 녹일 불이 있었고, 배가 고프면 배를 채울 맛있는 음식이 있었어. 좋은 천으로 만든 옷도 입고 있었고. 게다가 서로 의지가 되고 이야기를 나누고 매일 애정과 따스한 마음이 담긴 미소도 주고받을 수 있잖은가. 그들이 흘린 눈물의 의미는 뭘까? 그 눈물은 고통을 드러내는 걸까? 처음에는 이 의문을 도저히 풀 수 없었어. 하지만 시간을 들여 꾸준히 지켜보자 처음에는 수수께끼처럼 보였던 상황이 마침내 제대로 이해되더군.

상당한 시간이 흐른 후에야 나는 비로소 이 사랑스러운 가족이 빠져 있는 불행의 원인 중 하나를 알게 되었어. 그것은 가난이었어. 그것도 가장 고통스러운 수준의 가난에 허덕이는 중이었지. 그들의 양식은 텃밭에서 거두는 채소와, 겨울이라 여물을 제대로 먹이지 못해 젖이 아주 조금밖에 나오지 않는 젖소 한 마리에게서 짠 우유가 다였다네. 그 가족은 지독한 배고픔의 고통을 견뎌야 할 때가 적지 않았어. 특히 두 젊은이가 힘들어했지. 음식을 노인 앞에만 차려놓는 경우가 몇 번이나 있었거든.

이런 마음 씀씀이에 나는 깊이 감동했어. 그 무렵 나는 그들이 먹으려고 보관해둔 음식을 한밤에 몰래 훔쳐 먹는 일에 익숙해져 있었거든. 그런 내 행동에 그 가족이 고통을 받았다는 사실을 깨닫고 더는 음식을 훔치지 않았어. 대신 근처 숲에서 모은 나무 열매며 견과류, 뿌리채소 같은 것으로 허기를 채웠다네.

나는 그들의 노동을 도울 수 있는 또 다른 방법도 찾아냈어. 지켜보니 그 청년은 가족을 위해 땔감을 모으느라 하루 중 대부분을 허비하더군. 밤새 나는 청년의 연장을 종종 가지고 나오곤 했어. 그것들을 어떻게 사용하는지 금세 알아내 며칠 버티기 충분할 정도로 땔감을 모아주었어.

지금도 기억해. 처음으로 땔감을 갖다 놓았던 날, 그 아가씨가 아침에 문을 열었다가 한 무더기 쌓인 땔감을 보고 깜짝 놀라던 모습 말이야. 그가 큰소리로 무슨 말을 하자 나와본 청년도 놀라움을 감추지 못했지. 나는 기분이 아주 좋아져서 그날 청년이 숲으로 가지 않고 집에서 밭일하는 모습을 지켜봤어.

어느새 나는 훨씬 더 중대한 깨달음을 얻게 되었어. 계속 그 가족을 지켜보던 중에 그들이 소리를 만들어서 서로에게 자신의 경험과 감정을 전한다는 사실을 깨달은 거야. 그들이 때때로 입에서 뱉는 단어들은 듣는 사람의 마음에는 즐거움이나 고통, 얼굴에는 미소나 슬픈 표정을 만들어낸다는 사실을 알아차렸어. 이런 것은 가히 신이나 할 법한 학문이었어. 그래서 나는 무슨 일이 있어도 이걸 습득하고 싶었어. 하지만 말을 배우려고 할 때마다 번번이 좌절했어. 그들의 말이 너무 빨랐거든. 게다가 그들이 발음하는 단어들과 눈에 들어오는 물체들 사이에 확실한 연관성이 전혀 보이지 않아서 그 단어가 무엇을 가리키는지 비밀을 풀 실마리를 도저히 찾을 수도 없었고. 그러나 달이 몇 번이나 이지러지고 다시 차오르는 동안 헛간에서 각고의 노력을 기울인 끝에, 비로소 그들의 대화에서 가장 빈번하게 등장하는 물건의 이름을 알아냈어. 우선 '불'과 '우유', '빵', '땔감'을 가리키는 단어를 익혔어. 그들의 이름도 알게 되었지. 두 젊은이에게는 이름이 여러 개 있었지만, 노인의 이름은 '아버지' 하나였어. 아가씨는 '누이'나 '애거사'로 불렸어. 그 젊은이는 '펠릭스'나 '오빠', '아들'로 불렸고. 이 단어들이 각각 의미하는 것과 그에 따라 발음하는 법을 깨우쳤을 때 내가 얼마나 기뻤는지 말로는 다 할 수 없어. 다른 단어들도 몇 가지 더 구별할 수 있게 되었어. '좋은'이나 '사랑하는', '불행한' 같은 단어들이었는데, 아직 뜻이나 쓰임새까지는 알 수 없었어.

나는 이렇게 말을 배우며 겨울을 보냈어. 그 가족의 다정한 태도와 아름다운 모습을 보고 있으니 그들이 더 좋아졌어. 그들이 불행하면 나는 우울해졌고, 그들이 기뻐할 때면 나도 덩달아 기분이 좋아졌지. 나는 그 가족 외에는 사람을 별로 보지 못했어. 누가 그 집에 오더라도 방문객의 거친 태도와 무례한 걸음걸이를 보면 내 친구들의 고상함이 새삼 돋보였지. 노인이 가끔 두 젊은이를 아이들이라고 부르면서 울적한 기분을 떨쳐내라고 격려한다는 걸 알게 되었어. 노인은 나조차도 기분이 좋아지게 만드는 따뜻한 표정을 지으며 쾌활한 말투로 이야기를 하곤 했어. 애거사는 존경의 마음을 가득 담아 귀를 기울였지. 가끔 눈물이 차오를 때면 몰래 눈물을 훔치려고도 했지만 아버지의 간곡한 충고를 듣고 나면 애거사의 표정과 어조는 훨씬 밝아졌어. 하지만 펠릭스는 그러지 않았지. 세 사람 가운데 가장 침통해 있는 사람은 늘 펠릭스였어. 아직 서툰 내 느낌에도 펠릭스가 다른 식구들보다 훨씬 더 마음 아파 보였어. 표정이 남들보다 더 슬퍼 보이긴 했지만 그래도 목소리만은 제 누이보다 더 밝았어. 특히 아버지에게 말을 건넬 때는 더욱 말이야.

사소하기는 해도 이 사랑스러운 세 식구의 성정이 드러나는 일은 수도 없이 말해줄 수 있어. 가난하고 궁핍한 와중에도 펠릭스는 눈 덮인 땅에서 제일 먼저 솟아난 작고 하얀 꽃을 꺾어 애거사에게 선물했지. 동생이 일어나기도 전인 이른 새벽에 그는 외양간으로 가는 길의 눈을 말끔히 치워놓고, 우물에서 물을 길어 왔고, 창고에서 땔감을 가져왔어. 그는 창고에 갈 때마다 보이지 않는 손이 가득 채워둔 땔감을 보며 놀라곤 했다네. 내 보기에 그는 이웃에 사는 농부의 일손을 거드는 것 같았어. 가끔 나가면 저녁을 먹을 때가 되어서야 돌아왔는데 땔감을 가져오지 않을 때가 있었거든. 어떤 때는 밭일을 했어. 하지만 서리가 내리는 계절에는 할 일이 별로 없어서 노인과 애거사에게 책을 읽어주었지.

처음에는 이 읽기라는 행위가 몹시 당혹스러웠어. 하지만 어느새 그가 말을 할 때처럼 글을 읽을 때도 같은 소리를 많이 낸다는 걸 알아차렸어. 그런데 펠릭스가 종이에 적힌 기호를 이해해서 읽는 것 같은 거야. 그러자 나도 그 기호를 이해하고 싶다는 마음이 간절해졌지. 하지만 그 기호들이 어

떤 소리를 내는지도 모르는데 어떻게 이해할 수 있겠나? 그
동안 나는 이 학문에서 상당한 성과를 거뒀어. 물론 전심전
력으로 말과 글을 익히고 싶어도 어떤 대화도 충분하게 알아
들을 수준이 되지는 않았어. 나는 먼저 그들의 말을 완벽하
게 구사하고 싶었어. 그때까지는 아무리 그들에게 나를 드러
내고 싶어도 그러면 안 된다는 사실을 쉽게 알 수 있었거든.
언어에 대한 지식이 있으면 그들이 내 추한 몰골을 보고도
그냥 넘어가줄 것 같았어. 내 눈에도 그들과 내가 확연하게
대조되는 모습을 보다 보니 그렇게 생각하게 된 거야.

　　나는 그 가족의 완벽한 외모를 흠모했어. 그들의 우아함
과 아름다움, 섬세한 안색. 맑은 물웅덩이에 비친 내 몰골을
보니 얼마나 무시무시하던지! 처음에는 기겁했어. 거울에 비
친 모습이 나라는 것을 도저히 믿을 수가 없었어. 내가 정말
괴물이라는 사실을 완전히 받아들이게 되자 좌절감과 치욕
스러운 기분에 휩싸이고 말았어. 아, 어리석도다! 이 비참하
고 추한 몰골이 얼마나 치명적인 결과를 초래할지 그때는 몰
랐다네.

　　햇볕이 점점 더 따뜻해지고 낮이 길어지자 눈이 사라졌
어. 그러자 헐벗은 나무들과 시커먼 땅이 보였지. 그때부터
펠릭스는 더 바빠졌어. 곧 굶어 죽기라도 할 것처럼 같은 가
슴 아파 보이던 모습은 다 사라졌어. 나중에 알게 되었는데,

그들의 음식은 거칠기는 해도 몸에 좋은 것들이었어. 게다가 먹을 것도 충분했지. 텃밭에 새로운 종류의 작물이 싹을 틔우자 그들은 이것들로 음식을 만들어 먹었어. 시간이 흐르면서 매일 조금씩 생활이 윤택해지는 것이 눈에 보였어.

비가 오지 않는 날이면 노인은 정오에 아들의 부축을 받으며 어김없이 산책했어. 하늘에서 물이 쏟아지면 그걸 비라고 부른다는 사실을 알게 되었지. 그 무렵 하늘에서는 자주 비가 쏟아졌어. 하지만 강풍이 불어 땅은 순식간에 건조해졌고 계절은 전보다 훨씬 더 안온해졌어.

헛간에서의 내 일과는 늘 똑같았다네. 아침에는 그 가족의 생활을 주의 깊게 지켜보았어. 그들이 각자 할 일을 하려고 흩어지면 나는 눈을 붙였지. 남은 시간도 내 친구들을 관찰하며 보냈어. 그들이 자러 가면, 나는 달이 환하거나 별이 총총 뜬 밤에 숲으로 들어가 내가 먹을 양식과 그 가족이 쓸 땔감을 구하러 다녔어. 숲에서 돌아와서는, 필요하다면 길에서 눈을 치우고 펠릭스가 하는 일을 했지. 보이지 않는 손이 일을 다 해놓은 것을 보고 그들이 대단히 놀랐다는 사실을 나중에 가서야 알게 되었어. 이 일에 대해서 그들이 '착한 정령'이나 '놀랍다'라고 하는 말을 한두 번 들었어. 그때는 그 단어들이 무슨 뜻인지 몰랐다네.

그 무렵 내 사고 능력은 점점 더 왕성해졌어. 그래서 이 사랑스러운 이들이 어떤 동기로 행동하고 무엇을 느끼는지 꼭 알아내고 싶었지. 나는 펠릭스가 왜 그렇게 불행해 보이며, 애거사는 왜 그렇게 슬퍼 보이는지 알고 싶었다네. 행복을 누려 마땅한 사람들에게 내가 행복을 되찾아줄 수 있을 거라고 생각했어(어리석은 괴물 같으니!). 잠을 잘 때나 멍하니 있을 때면 존경해 마지않는 눈먼 아버지와 상냥한 애거사, 훌륭한 펠릭스의 모습이 눈앞에 선했지. 나는 그들을 우월한 존재로 우러러보았어. 그들이 장차 내 운명을 결정지을 사람들이 되리라고 말일세. 상상 속에서 나는 그들에게 나를 소개하고 그들이 나를 맞아주는 모습을 천 번은 더 그려보았다네. 그들은 처음에는 나를 혐오하겠지만 내가 점잖은 태도와 온화한 말투를 보여주면 처음에는 호의를, 후에는 사랑을 얻을 거라고 상상했어.

이런 생각을 자꾸 하니 신이 나더라고. 그래서 새로운 각오로 언어의 기술을 익히려고 열심히 노력했어. 내 몸은 솔직히 조잡하기는 해도 유연했어. 내 목소리도 아름다운 음악 같은 그들의 목소리와는 전혀 안 닮았지만, 이해한 단어들을 꽤 수월하게 발음할 수도 있었어. 흡사 당나귀와 개와 같은 상황(개가 주인을 보며 기뻐서 꼬리를 흔들고 맞으러 나가 귀여움을 받는 모습에, 당나귀도 주인에게 뛰어갔지만 위협을 느낀 주인이 발로 걷어차 욕설을 듣고 매질을 당했다는 우화를 인용─옮긴이)이었지. 그렇지만 태도가 좀 거칠더라도 속마음은 따듯한 상냥한 당나귀라면, 매질과 욕설보다는 더 나은 대접을 받을 수 있지 않겠나.

봄이 되어 내리는 유쾌한 소나기와 다정한 온기 덕분에 땅의 모습이 완전히 변했어. 이런 변화가 일어나기 전만 해도 동굴에 숨어 있나 했던 사람들이 하나둘 밖으로 나오더니, 여기저기로 흩어져서 다양한 농사일을 하기 시작했어. 새들은 더 명랑하게 노래를 불렀고 나무에는 파릇파릇한 새잎이 돋아나기 시작했지. 행복하고 행복한 대지! 얼마 전만 해도 황량하고, 습하고, 해로웠던 땅이 어느새 신들이 살아도 될 만한 곳이 된 거야. 매혹적인 자연의 풍경을 볼 때마다 내 정신은 고양되었어. 과거는 내 기억에서 사라졌고 현재는 평온했어. 그리고 미래는 희망이라는 밝은 빛과 기쁨에 대한 기대감으로 금빛으로 빛났다네."

5장

"자, 이제 내 이야기에서 더 감동적인 부분으로 서둘러 가볼까. 과거의 나에서 지금의 내가 된 계기이자, 깊은 인상을 받았던 사건들을 들려주겠네.

순식간에 봄기운이 완연해졌어. 날씨는 청명하고 하늘에는 구름 한 점 없었지. 봄이 오기 전에는 황량하고 음울하기만 했던 곳이 화사하게 만개한 아름다운 꽃이며 신록으로 뒤덮인 걸 보며 나는 깜짝 놀랐어. 향긋한 천 가지 향기를 맡고 아름다운 천 가지 풍경을 음미하며 내 감각은 새로 태어난 것처럼 활기차고 신선해졌어.

그런 나날이 계속되던 어느 날이었어. 그 가족이 정기적으로 일을 쉬는 날이었지. 노인은 기타를 치고, 두 젊은이는 아버지의 연주에 귀를 기울였어. 그런데 펠릭스의 표정이 설명할 수 없을 정도로 음울해 보이는 거야. 자주 한숨을 쉬기도 했고. 아버지가 연주를 멈추더군. 그분의 태도로 보아하니 아들이 슬픔에 잠긴 이유를 묻는 것 같았어. 펠릭스가 짐짓 명랑한 어조로 대답을 하니까 노인은 연주를 다시 시작했어. 바로 그때 누가 문을 두드리는 소리가 났어. 촌부를 길잡이 삼아 말을 타고 온 어떤 여자더군. 그 여자는 짙은 색 옷차림에 얼굴은 두꺼운 검은 베일로 가리고 있었어. 애거사가 여자에게 누구인지 물었어. 그 질문에 낯선 여자는 감미로운 목소리로 펠릭스라는 이름만 대었지. 여자의 음성은 노랫가락 같았지만, 내 친구들 누구와도 비슷하지 않더군. 대답을 듣자마자 펠릭스가 한달음에 그 여자에게 달려가는 거야. 여자는 펠릭스를 보자마자 베일을 걷어 올렸어. 베일 아래에서 천사처럼 아름답고 풍부한 표정의 얼굴이 나타났어. 윤기 흐르는 머리카락은 까마귀처럼 까만색이었는데, 머리채를 기묘하게 땋아 내렸더군. 머리카락만큼이나 새까만 두 눈동자는 생기 넘치면서도 부드러운 눈빛을 하고 있었어. 반듯하게 균형 잡힌 이목구비는 수려하고, 놀랄 정도로 뽀얀 얼굴에 두 볼은 사랑스러운 장미처럼 발그레 물들어 있었어.

그 여자를 보자마자 펠릭스는 반가운 마음을 주체하지 못하는 듯했어. 그의 얼굴에 깃들어 있던 슬픈 기색은 자취를 감췄더군. 금방 희희낙락하는 표정이 되었어. 어떻게 그렇게 변할 수 있는지 도저히 믿기지 않을 정도였다니까. 그의 두 눈은 영롱하게 반짝이고 두 볼은 유쾌한 기분으로 붉게 달아올랐지. 그 순간 나는 펠릭스를 처음 본 것처럼 아름답다고 생각했어. 그 여자도 온갖 감정이 북받치는 듯 보였어. 사랑스러운 눈에서 눈물이 방울방울 흘러내리면서 펠릭스에게 한 손을 내밀었고, 그는 그 손에 열렬하게 입을 맞추며 여자를 이렇게 불렀어. 내가 알아들을 바로는, 사랑스러운 아라비아 여인이라고 했어. 여자는 그 말을 알아듣지 못한 것 같았지만 미소를 짓더군. 펠릭스는 여자에게 자꾸 말에서 내리라고 했어. 그리고 길잡이는 돌려보내고 여자를 안으로 들였지. 아버지와 아들 사이에 이야기가 잠시 오갔어. 낯선 여자는 노인의 발치에 무릎을 꿇고 그의 손에 입을 맞추려고 했다네. 그렇지만 노인은 여자를 일으켜 세우며 따뜻하게 안아주더군.

　그 낯선 여자가 또렷하게 소리를 냈고 자신의 언어가 있는 것 같았어. 하지만 그 가족에게 자신의 말을 이해시키지도 못하고 자신도 그들의 말을 이해하지 못한다는 사실을 나는 금방 알 수 있었어. 그들은 내가 이해할 수 없는 수많은 몸짓으로 대화했어. 그 여자가 있는 것만으로, 태양이 뜨면 아침 안개가 걷히듯이 그들의 슬픔이 사라지며 집안에 즐거운 분위기가 퍼져나가는 게 눈에 보이는 듯했지. 펠릭스가 유난히 행복해 보였어. 아라비아 친구를 반기는 미소가 얼굴에서 떠나지 않았어. 애거사, 늘 다정했던 애거사도 사랑스러운 여자의 두 손에 입을 맞추었어. 자신의 오빠를 가리키며 어떤 몸짓을 했는데, 내가 보기에 여자가 오기 전까지 그가 슬픔에 잠겨 있었다는 뜻인 것 같았어. 그렇게 몇 시간이 흘렀는데, 그 사람들은 내내 기쁜 표정을 지었어. 대체 왜 그렇게 기뻐하는지 영문을 모르겠더군. 그 무렵 나는 낯선 여인이 그들의 말을 몇 번이고 따라 하며 그들의 언어를 익히고 있다는 사실을 깨달았네. 그러자 나도 같은 목적을 위해 같은 방법을 써보자는 생각이 얼른 떠오르더군. 그 여자는 첫 번째 수업에서 스무 개 남짓한 단어를 배웠어. 대부분 내가 이미 익힌 단어들이었지만 몇 가지는 나도 모르던 단어였지.

밤이 되자 애거사와 아라비아 여인이 일찌감치 잠자리에 들었어. 펠릭스는 그들이 자러 가려고 하자 여자의 손에 입을 맞추며 이렇게 말했어. "잘 자요, 사랑하는 사피." 펠릭스는 좀 더 앉아서 아버지와 이야기를 나누었어. 그 여자의 이름이 자주 들리는 것으로 보아 두 사람이 사랑스러운 손님에 관한 이야기를 나눈다는 걸 짐작했지. 나는 어떻게든 그들의 이야기를 알아듣고 싶었기에 가진 능력을 다 발휘해봤지만, 역부족이라는 사실만 깨달았어.

이튿날 아침 펠릭스는 일을 나갔어. 애거사가 평소 아침에 하는 일을 다 끝내자, 아라비아 여인이 노인의 발치에 앉아서 그의 기타를 들더니 황홀할 정도로 아름다운 선율의 곡을 연주하기 시작했어. 그 노랫가락을 듣자 어느새 내 눈에는 슬픔과 기쁨이 뒤섞인 눈물이 흘렀지. 여자는 노래도 불렀는데, 그 음성은 숲속에서 나이팅게일이 지저귀는 소리처럼 한껏 커졌다가 작아지기를 반복하며 아름답게 울려 퍼졌어.

여자는 연주와 노래를 마치더니 기타를 애거사에게 건넸어. 애거사는 처음에는 사양하다가 단순한 가락을 연주했고, 그 곡조에 맞춰 감미로운 음성으로 노래를 불렀어. 하지만 낯선 방문객의 근사한 선율과는 달랐어. 음악에 도취된 기색이던 노인이 몇 마디를 건넸어. 애거사가 그 말을 사피에게 전하려고 애를 썼는데, 그 모습으로 보아 사피의 연주와 노래에 몹시 즐거웠다는 감상을 전하고 싶은 것 같았어.

그로부터 며칠이 전처럼 평화롭게 흘러갔어. 한 가지 차이가 있다면, 내 친구들의 얼굴에 내려앉았던 슬픔의 자리에 기쁨이 들어섰다는 것뿐이었어. 사피는 늘 명랑하고 행복해했어. 사피와 나는 빠른 속도로 언어 실력을 높여나갔지. 그렇게 두 달 후 나는 내 보호자들의 말을 거의 다 알아들을 수 있게 되었다네.

한편, 그동안 시커멓던 땅이 푸른 풀로 뒤덮이고 녹색의 강둑에는 수없이 많은 꽃이 피어 우리의 코와 눈을 즐겁게 해줬어. 꽃들은 마치 달빛이 은은한 숲에서 투명하게 빛나는 별들 같았지. 햇빛은 점점 따사로워지고, 밤은 청명하고 포근해졌어. 이제 해가 빨리 지고 일찍 뜨는 바람에 밤이 짧아졌지만, 밤에 돌아다니는 시간은 내게 크나큰 즐거움이 되었지. 하지만 예전에 처음으로 들어갔던 마을에서 겪은 일을 또 겪을까 겁이 나서 낮에는 감히 나갈 엄두도 내지 않았어.

나는 말을 더 빨리 배울 수 있도록 하루하루를 집중해서 관찰하며 보냈어. 자랑을 좀 하자면, 아라비아 여인보다 내가 말을 배우는 속도가 더 빨랐다네. 그 여자는 이해하는 부분도 매우 적었고 억양도 엉터리였지만, 나는 그들이 하는 말을 거의 다 이해하고 흉내 낼 수 있었거든. 말이 능숙해지면서 글이라는 학문도 공부했어. 그 가족이 사피에게 글도 가르쳐줬거든. 그 결과, 내 앞에는 경이로움과 기쁨으로 가득 찬 세상이 활짝 열렸어.

펠릭스가 사피에게 언어를 가르치기 위해 사용한 책은 볼네의 『제국의 몰락』이었어. 펠릭스가 이 책을 읽어주면서 자세하게 설명해주지 않았다면 나 혼자서는 절대 책의 내용을 이해하지 못했을 거야. 펠릭스는 이 책의 웅변조 문체가 동양 저술가들의 문체를 모방했기 때문에 교재로 골랐다고 하더군. 이 책 덕분에 나는 역사에 관해 피상적이나마 지식을 얻었어. 게다가 이 세상에 현존하는 여러 제국을 바라보는 견해도 갖게 되었지. 또한 지구에 존재하는 여러 나라의 풍습과 정부, 종교에 대해서 통찰력도 생겼어. 나는 나태한 아시아인들이며 그리스인들의 뛰어난 천재성과 정신 활동에 대해 들었네. 초기 로마인들이 벌인 여러 전쟁과 훌륭한 도덕성을 들었고, 훗날 찾아온 도덕적 타락과 강대한 제국의 몰락도 들었어. 기사도와 기독교, 여러 왕에 관한 이야기도 들었지. 아메리카 대륙을 발견했다는 이야기와 그곳 원주민들의 기구한 운명에 사피와 함께 눈물을 흘렸다네.

　　이런 놀라운 이야기를 듣다 보니 기묘한 느낌이 들더군. 인간은 그토록 강력하고 고결하고 위대하면서, 동시에 어떻게 그토록 사악하고 비열할 수 있을까? 어떤 때는 사악한 원칙을 물려받은 자손에 불과한 것 같다가도, 또 어떤 때는 고결하고 신성한 존재로 여겨지지 않나. 위대하고 도덕적인 사람이 되는 것이 인간이 거둘 수 있는 최고의 명예처럼 보이더군. 기록에 남아 있는 수많은 사람이 보여주듯이, 저열하고 사악한 인간이 되는 것은 최악의 타락으로, 눈먼 두더지나 해를 끼치지 않는 벌레보다 더 비참한 것처럼 보였지. 어떻게 사람이 동류를 죽일 수 있을까. 법과 정부가 왜 있는 걸까. 이런 것들을 이해하기까지 오랜 시간이 걸렸어. 그런데 악과 학살에 대해 자세히 들으니 더는 감탄이 나오지 않더군. 나는 혐오감과 분노로 고개를 돌려버렸어.

　　그들이 나누는 대화를 빠짐없이 듣고 있으니 또 다른 경이로운 세상이 내 앞에 펼쳐졌어. 펠릭스가 아라비아 여인에게 알려준 지시 사항을 잘 들어보니 인간 사회의 기묘한 체계가 이해되는 거야. 나는 재산의 분배며 막대한 부와 비루한 가난에 대해 들었어. 그뿐만 아니라 계급과 혈통, 고귀한 핏줄에 대해서도 들었지.

그들의 말을 들으며 나는 내 신세를 되돌아보았어. 당신네 인간들이 가장 높이 평가하는 부란, 고귀하고 순수한 혈통이 재산과 결합한 것이더군. 사람은 이 두 가지 중에 하나만 있어도 존경을 받을 수 있어. 하지만 둘 중 하나도 없다면 극히 드문 경우를 제외하고는 부랑자나 노예로 여겨져 선택받은 소수의 이득을 위해 자신의 힘을 허비할 운명으로 내몰리지. 그럼 나는 뭘까? 내가 창조된 과정이나 창조주에 대해 나는 아무것도 몰랐어. 하지만 돈도, 친구도, 어떤 종류의 재산도 없다는 사실은 잘 알지. 게다가 내 몰골은 소름이 끼칠 정도로 추하고 혐오스럽지 않다. 내가 타고난 특징은 인간과 전혀 비슷하지 않아. 나는 인간보다 더 날렵하고, 더 거칠고, 보잘것없는 먹거리로도 버틸 수 있어. 극도의 더위와 추위에도 내 몸은 인간보다 손상이 덜해. 내 키는 다른 사람들의 키를 훌쩍 뛰어넘지. 주위를 돌아봐도 나와 같은 사람은 듣도 보도 못했어. 그렇다면 나는 괴물인가? 누구든 보자마자 도망치고, 모두에게 거부당한 이 세상의 오점이란 말인가?

이런 생각을 하면서 얼마나 괴로웠는지 설명할 길이 없군. 나는 그런 생각들을 떨쳐버리려고 했지만, 지식이 늘어 갈수록 슬픔은 깊어져만 갔어. 오, 처음 몸을 숨겼던 그 숲을 떠나지 않았다면 좋았을 텐데. 차라리 허기와 갈증, 무더위 같은 감각밖에 몰랐다면 얼마나 좋았을까!

지식은 어찌 이다지도 기이한 걸까! 지식은 한번 손에 넣으면 바위에 붙은 이끼처럼 그 정신에 달라붙어버리지. 가끔 나는 머릿속에서 모든 생각과 감정을 지워버리고 싶었어. 하지만 그런 고통스러운 감정을 극복하는 방법은 단 하나밖에 없다는 사실을 배웠어. 그것은 죽음이었지. 두렵지만 이해할 수 없는 상태 말일세.

나는 미덕과 선량한 감정을 존경했네. 그 가족의 다정한 태도와 호감을 사는 성품을 사랑했지. 하지만 나는 그들에게 보이지도 알려지지도 않은 채 남몰래 손에 넣은 수단을 제외하면 그들과 교류할 길은 가로막혀 단절돼 있었어. 그런 상태는 그들 중 한 명이 되고 싶다는 욕망을 충족시켜 주기는커녕 더 자극하기만 했다네. 애거사의 상냥한 말과 매력적인 아라비아 여인의 생기에 찬 미소는 나를 위한 것이 아니었어. 노인의 온화한 훈계와 사랑받는 펠릭스와 생생하게 나누는 대화도 나를 향한 것이 아니었어. 비참하고 불행한 괴물인 나 말이야!

하지만 내 마음에 훨씬 더 깊게 아로새겨진 교훈들은 따로 있었어. 성별의 차이에 대해 들었거든. 아이의 탄생과 성장에 대해 들었지. 아버지는 갓난아기가 짓는 미소와, 커서 활기차게 뛰어노는 모습을 얼마나 사랑하며, 어머니는 아이를 잘 키우기 위해 어떻게 자신의 평생과 보살핌의 손길을 쏟아붓는지도 들었다네. 젊은이의 정신이 지식을 얻어 확장되는 이야기, 사람과 사람을 서로 하나로 이어주는 형제와 자매, 다양한 관계에 대해서도 들었고.

그렇다면 내 친구와 가족은 어디에 있을까? 내 어린 시절을 지켜봐준 아버지도 없고, 부드러운 손길과 미소로 내게 행운을 빌어준 어머니도 없어. 설령 그들이 있었다 하더라도 내 과거는 이제 오점일 뿐이야. 아무것도 구별할 수 없고 앞이 보이지 않는 텅 빈 곳이지. 최초의 기억을 더듬어봐도 나는 그때와 체격이 똑같아. 나와 비슷하거나 나와 사귀고 싶다는 사람도 보지 못했어. 나는 뭐란 말인가? 그런 의문이 다시 떠올랐지만, 대답으로 신음밖에 나오지 않았어.

내가 이런 감정을 어떻게 달랬는지 설명할 거야. 하지만 먼저 그 가족의 이야기로 돌아가겠네. 그들의 이야기가 내 마음에 분개와 기쁨, 경이로움이 뒤섞인 다양한 감정을 불러일으켰지. 한편으로는 그 감정이 내 보호자(순수하고 반쯤은 고통스러운 자기기만에 빠진 나는 그 가족을 그렇게 부르는 게 좋았어)들에 대한 사랑과 존경의 마음만 더 키워주곤 했어."

6장

"시간이 한참 흐른 후에야 나는 내 친구들의 사연을 알게 되었어. 그 이야기는 내 마음에 깊은 인상을 남겼는데, 인생 경험이랄 것이 특별히 없는 내게 그들이 겪은 다채로운 상황들은 하나같이 흥미진진하고 박진감이 있었거든.

노인의 이름은 드 라세였다네. 프랑스의 좋은 가문 출신이었어. 그 나라에서 노인은 오랫동안 유복하고, 윗사람에게 존중을 받고, 동료에게 사랑을 받으며 살았어. 그는 아들을 조국에 충성하도록 키웠지. 한편 애거사는 가장 지체 높은 여자들과 어울렸다네. 내가 도착하기 몇 달 전만 해도 그 가족은 파리라고 부르는 거대하고 화려한 도시에서 살았어. 친구들에게 둘러싸여, 상당한 재산에서 비롯된 미덕이나 세련된 지성, 취향 등이 있어야만 가능한 온갖 즐거움을 누렸지.

그랬던 그들의 몰락을 몰고 온 장본인이 바로 사피의 아버지였다네. 그는 튀르크 출신의 상인으로 오랫동안 파리에서 살았어. 알 수 없는 이유로 프랑스 정부의 눈에 나 있었던 그는 사피가 콘스탄티노플에서 파리로 온 날 체포되어 감옥에 구금되었지. 재판에서 사형을 선고받았어. 판결의 부당함은 명명백백했어. 모든 파리 시민들은 분노했어. 그는 정부가 기소한 범죄 혐의가 아니라 그의 종교와 재산 때문에 그런 판결을 받았다고 생각한 거야.

펠릭스는 재판에 참석했어. 재판부의 결정을 듣는 순간 그의 공포와 분노는 극에 치달았다네. 그 순간 그는 상인을 구해주겠다고 엄숙하게 맹세한 후 백방으로 방법을 알아보았지. 상인과의 면회를 수도 없이 시도했다가 실패한 후, 그는 경비가 없는 구역에서 쇠창살이 달린 창문을 하나 찾아냈어. 그 창문은 불행한 상인이 갇혀 있는 지하 감옥으로 가는 길을 밝혀주었어. 그 상인은 쇠사슬에 묶여 절망에 빠진 채 야만스러운 선고가 집행되기를 기다리고 있었지. 펠릭스는 야심한 시각에 그 창문으로 찾아갔어. 그리고 상인에게 탈옥시켜줄 계획이라고 알려주었지. 그는 놀랍고도 기뻐서 펠릭스의 의욕을 더 불붙이려고 자신을 구해주면 큰돈으로 보상을 하겠다 말했어. 펠릭스는 그런 제안을 경멸하며 거절했네. 그러다가 면회 허가를 받고 아버지를 만나러 온 사랑스러운 사피를 보게 되었지. 사피가 몸짓으로 감사를 전하자 펠릭스는 자신의 노고와 위험을 충분히 보상해줄 보물이 그 죄수에게 있다는 사실을 남몰래 인정하지 않을 수 없었다네.

상인은 자신의 딸이 펠릭스 마음에 깊은 인상을 남겼다는 사실을 순식간에 알아차렸어. 그래서 자신이 안전한 곳으로 가자마자 딸과의 결혼을 허락하겠다는 약속으로 펠릭스의 의지에 더 불을 붙였지. 하지만 펠릭스는 고결한 사람이라 그 제안을 덥석 받아들이지 않았네. 물론 사피와 결혼을 하면 자신의 행복이 완전해질 거라고 기대한 것은 사실이야.

그 후로 며칠 동안 펠릭스는 그 상인을 탈옥시키기 위한 준비 작업에 몰두했어. 사랑스러운 사피가 보낸 편지 몇 통으로 그의 열정은 계속 불타올랐지. 사피는 자기 생각을 연인의 언어로 전할 수 있는 수단을 찾은 거야. 아버지의 늙은 하인의 도움을 받은 걸세. 그 노인은 프랑스어를 알았거든. 사피는 자신의 아버지를 도와주려는 펠릭스에게 그 무엇보다 열렬한 표현으로 감사를 전했어. 그리고 동시에 자신의 운명에 대해서도 은근히 한탄했지.

나는 그 편지들의 사본이 있어. 그 헛간에서 지내는 동안 글을 배우는 데 도움이 될 만한 자료로 찾아낸 거야. 펠릭스나 애거사는 그 편지를 종종 손에 들고 있었어. 내가 떠나기 전에 그 사본을 당신에게 주지. 그러면 내 이야기가 진실인지 아닌지 증명될 거야. 그나저나 지금은 해가 꽤 많이 기울어 여유가 없으니 편지의 요점만 전하겠네.

사피가 털어놓은 사연에 따르면, 사피의 어머니는 아랍인이지만 기독교인이었어. 어머니는 튀르크인들에게 잡혀 노예가 되었는데, 아름다운 미모 덕에 사피 아버지의 마음을 얻었고 그의 아내가 되었어. 사피는 감정이 격앙되어 열정적으로 자신의 어머니에 대해 들려주었어. 어머니는 자유인으로 태어났지만 노예로 속박된 신세가 되었다며 한탄을 했지. 어머니는 딸에게 기독교의 교리를 가르쳤어. 게다가 마호메트를 믿는 여자들에게는 금지된, 지성의 고귀한 힘과 독립적인 정신을 갖도록 가르쳤어. 그리고 어느덧 그는 숨을 거두었어. 하지만 그의 가르침은 딸인 사피의 정신에 오롯하게 새겨져 있었지. 사피는 다시 아시아로 돌아갈 생각에 지긋지긋했어. 사피는 위대한 사상과 미덕을 쌓기 위한 고결한 경쟁에 더 익숙해져버렸어. 사피의 영혼에 전혀 맞지 않는 유치한 오락거리 말고는 아무것도 허용되지 않는 하렘의 담장 안에서 갇혀 살 생각을 하니 욕지기가 치밀어 올랐던 거지. 사피는 여자도 사회에서 지위를 가질 수 있는 나라에 남아 기독교도와 결혼을 할 수 있다는 생각에 매력을 느꼈어.

그 튀르크인의 사행 집행일이 마침내 정해졌어. 하지만 전날 밤 그는 탈옥에 성공해 날이 밝기도 전에 이미 파리에서 멀리 떨어진 곳까지 도주했지. 펠릭스는 자신과 아버지, 여동생의 이름으로 여권을 장만했어. 펠릭스는 자신의 계획을 아버지에게 미리 알렸어. 그의 아버지는 멀리 여행을 떠난다는 핑계로 집을 비우고 아들의 계획을 도왔네. 그는 딸과 함께 파리에서도 사람들이 잘 모르는 지역에 몸을 숨겼어.

펠릭스는 도망자들을 데리고 프랑스를 통과해 리옹으로, 다시 몽스니를 지나 리보르노까지 갔어. 그곳에 당도하자 상인은 튀르크령인 지역으로 숨어들기에 적당한 기회를 기다리기로 했지.

사피는 아버지가 안전한 곳으로 출발하는 날까지 곁을 지키기로 마음을 먹었어. 그 시간이 오기 전 사피의 아버지는 펠릭스에게 딸과 맺어주겠다는 약속을 다시 했지. 펠릭스는 사피와 결혼할 날을 고대하며 그들 곁에 머물렀어. 그때까지 펠릭스는 사피와의 생활을 즐겁게 보냈네. 사피 또한 그에게 순수하고도 따스한 애정을 보여주었고. 두 사람은 통역의 도움으로 대화를 나누었어. 가끔은 서로의 표정으로 마음을 읽을 수 있었지. 사피는 고향의 아름다운 노랫가락을 그에게 불러주었어.

그 튀르크인은 딸과 펠릭스가 서로를 향한 마음을 키워가도록 두었어. 그것도 모자라 젊은 연인들의 희망을 자꾸 부추기기까지 했지. 하지만 그는 꿍꿍이가 있었어. 사실 그는 자신의 딸이 기독교인과 결혼을 한다는 생각이 이가 갈리도록 싫었어. 그렇지만 약속을 지킬 생각이 없는 속내를 들켰다가는 펠릭스의 분노를 살까 무서웠어. 그들이 머무르는 이탈리아 주정부에 펠릭스를 넘겨도, 여전히 자신이 펠릭스의 영향력 아래에 있다는 사실을 알았거든. 그는 자신의 속내를 숨길 필요가 없어질 때까지 계속 펠릭스에게 시치미를 떼다가 출발할 때 딸도 데려갈 계획을 잔뜩 세워뒀어. 그런데 파리에서 날아온 소식 덕분에 그의 계획은 날개를 달았지.

프랑스 정부는 튀르크인의 탈옥에 몹시 분노했어. 어떤 수를 써서라도 그를 탈옥시킨 범인을 추적해 벌을 내리려고 했지. 펠릭스의 계획은 이내 발각되었어. 그 결과 드 라세와 애거사가 감옥에 투옥되고 만 거야. 그 소식이 펠릭스에게도 전해졌어. 꿈결 같은 생활을 즐기던 그는 정신이 번쩍 들었어. 자신이 사랑하는 여자와 함께 자유의 공기를 마시는 동안, 연로하고 눈까지 먼 아버지와 착한 누이는 고약한 지하 감옥에 갇혀 있었으니 오죽했겠나. 생각만으로도 그는 가슴이 찢어질 듯 고통스러웠어. 그는 튀르크인과 의논을 해서 이렇게 정했어. 펠릭스가 이탈리아로 다시 오기 전에 무사히 도주할 기회가 생긴다면 사피는 리보르노의 경계에 있는 수녀원에 남아 기다리기로 말일세. 그렇게 펠릭스는 사랑스러운 연인을 남겨둔 채 파리로 서둘러 출발했네. 그리고 아버지와 애거사가 자유의 몸이 될 수 있도록 자신이 법의 복수를 달게 받겠다고 나섰네. 그는 뜻을 이루지 못했어. 그 가족은 재판이 열릴 때까지 무려 5개월 동안 투옥되어 있었어. 그리고 모든 재산을 몰수당하고 고국에서 영원히 추방되는 판결이 내려졌지.

그들은 독일에서 시골집을 구해 그곳을 비참한 피난처로 삼았네. 바로 그 집에서 내가 그들을 알게 된 거야. 펠릭스는 기만을 일삼았던 상인이 무슨 짓을 했는지 금방 알아차렸어. 그와 가족이 꿈에도 생각하지 못한 박해를 받아가며 도와주었던 그 상인은 펠릭스가 재산과 지위를 모두 잃게 되었다는 사실을 알자마자, 그간의 호의와 명예를 배신한 채 딸을 데리고 이탈리아를 떠나버린 거야. 게다가 앞으로 먹고살 길을 도모하라며 펠릭스에게 돈 몇 푼을 보내는 모욕까지 했지.

바로 이런 연유로 펠릭스의 마음이 고통스러웠던 거라네. 내가 그를 처음 보았을 때 그가 아버지와 누이보다 더 불행한 사람처럼 보였던 이유이기도 했어. 그는 궁핍한 생활은 견딜 수 있었어. 도덕적인 행동을 한 결과로 이런 고통을 겪고 있다면 오히려 영광스러웠을 걸세. 하지만 그 상인의 배은망덕한 행동과 사랑하는 사피를 잃었다는 사실은 그 무엇으로도 보상할 수 없고 고통스러운 불행이었어. 그런데 사피가 그를 찾아온 덕분에 그의 영혼에 새로운 생기가 깃들게 된 거야.

펠릭스가 재산과 지위를 모두 잃었다는 소식이 리보르노까지 전해지자 그 상인은 딸에게 연인은 그만 잊고 함께 고향으로 돌아갈 준비를 하라고 일렀어. 선량하고 너그러운 성정의 사피는 아버지의 말에 화가 머리끝까지 났어. 처음에는 아버지의 마음을 돌려보려고 했지. 그런데 그 상인은 폭군과도 같은 명령을 한 후 딸의 화를 달래주지도 않고 그대로 가버렸어.

며칠 후 상인이 딸의 숙소로 찾아왔어. 그는 리보르노의 은신처가 발각되어 자신이 곧 프랑스 정부에 넘겨질 것이며, 이를 믿을 만한 이유가 있다고 알렸지. 그래서 그는 콘스탄티노플로 갈 배편을 구했어. 몇 시간 후면 배는 출발할 예정이었고. 그는 딸을 믿음직한 하인에게 맡겨둔 채 자신은 먼저 떠나기로 했어. 그리고 재산의 상당 부분이 리보르노에 아직 도착하지 않았으니 딸에게 그 재산을 챙겨 천천히 따라오라고 할 작정이었던 거야.

마침내 혼자가 되자 사피는 이렇게 긴급한 상황에서 자신이 어떻게 행동해야 할지 마음을 정했네. 사피는 튀르크에서의 삶이 혐오스러웠어. 종교와 사고방식 모두 그곳의 삶과 맞지 않았거든. 수중에 들어온 아버지의 서류를 본 사피는 연인이 추방을 당했다는 사실과 지금 추방 생활을 하는 장소도 알게 되었어. 처음에는 망설여졌어. 하지만 마음을 굳혔지. 사피는 자신의 보석 일부와 돈을 얼마간 챙겨서 리보르노 출신에 튀르크어도 구사하는 하인 한 명을 데리고 이탈리아를 떠나 독일로 향했어.

사피는 드 라세의 집에서 160킬로미터가량 떨어진 마을까지는 무사히 도착했어. 그런데 그곳에 당도했을 즈음 하인이 병에 걸려 위독한 상태가 된 거야. 사피는 지극정성으로 하인을 간호했어. 하지만 그 불쌍한 하인은 결국 숨을 거두었고, 사피는 언어도 모르고 생활 풍습마저 전혀 알지 못하는 낯선 곳에 홀로 남겨지게 되었지. 하지만 사피 주위에는 선한 사람들이 있었어. 하인이 생전에 행선지를 사람들에게 말한 적이 있었는데, 그 하인이 죽은 후, 사피 일행이 머물렀던 집주인이 사피가 연인의 집까지 안전하게 갈 수 있도록 손을 써준 거야."

7장

"이것이 내가 사랑하는 가족의 사연일세. 나는 깊은 감명을 받았다네. 그들의 사연을 들으면서 생겨난 사회에 대한 인식을 통해 이 가족의 고결한 도덕성은 흠모하되 인류의 악덕에는 맞서야 한다는 사실을 깨달았지. 그때까지 나는 범죄를 저 멀리 있는 악으로 생각했어. 내 앞에는 선의와 관용이 퍼져 있었지. 저렇게 존경스러운 자질이 수도 없이 펼쳐져 전시되는 분주한 무대에 나도 한번 배우가 되어보고 싶다. 이런 욕심이 자꾸만 켜졌네. 그런데 내 지성이 무르익어가는 과정을 설명하면서 꼭 빼놓을 수 없는 상황이 있어. 같은 해 8월 초에 일어난 일이었지.

어느 날 밤 평소처럼 근처 숲을 돌아다닐 때였어. 나는 그 숲에서 양식이 될 만한 것을 모으고, 내 보호자들에게 챙겨줄 땔감을 구했지. 그런데 그날 그 숲에서 가죽으로 만든 커다란 여행 가방을 주웠어. 그 가방에는 옷가지며 책이 몇 권 들어 있더군. 나는 잔뜩 신이 나서 전리품을 집어 들고 내 헛간으로 돌아왔네. 운 좋게도 그 책은 그 가족의 집을 지켜보며 익힌 언어로 쓰여 있었어. 『실낙원』과 『플루타르크 영웅전』, 『젊은 베르테르의 슬픔』이었지. 이런 보물을 손에 넣고 얼마나 기뻤는지 몰라. 내 친구들이 평소와 다름없이 생활하는 동안, 나는 쉴 없이 이 책들을 읽으며 열심히 공부를 했네.

이 책들이 내게 어떤 영향을 미쳤는지 쉽게 설명하기 힘들어. 그 책들을 읽으면 내 속에서 끝도 없이 새로운 이미지와 감정이 생겨났고, 때로는 그것들이 나를 무아지경의 경지로 이끌었어. 하지만 절망감에 휩싸여 한없이 가라앉는 경우가 더 잦았다네. 『젊은 베르테르의 슬픔』를 읽어보면 그 줄거리가 단순하면서 가슴이 메어오지. 이 작품에는 수많은 의견이 등장하고 그때까지 내가 명료하게 이해하지 못한 주제들을 밝혀주는 통찰력도 품고 있었어. 그러니 그 소설은 내게 절대 마르지 않는 사색과 놀라움의 원천이 되었어. 그 소설에서, 자신에게서 벗어나려는 고귀한 감상과 감정을 다정하고 소박하게 그려낸 묘사는 내 보호자들을 지켜본 내 경험은 물론이고 내 가슴에 깃들어 있는 욕구와도 잘 맞았어. 내 눈에 베르테르는 그때까지 내가 봤거나 상상한 그 어떤 존재보다 신성했어. 그는 허세를 부리는 성격이 아니었어. 오히려 자신의 내면으로 깊이 침잠해 들어갔지. 죽음과 자살에 대한 웅변은 어찌나 정밀하게 짜여 있는지 나는 감탄을 금할 수가 없었네. 나는 그 주장이 훌륭한지 어떤지 따져볼 엄두도 나지 않았어. 그런데 주인공의 주장에 마음은 끌리더군. 그가 죽었을 때는 그것이 정확히 어떤 의미인지 알지도 못하면서 눈물을 흘렸지.

하지만 책을 읽으면서 책의 내용과 내가 처한 개인적인 상황과 감정을 자꾸 비교하게 되었어. 그리고 깨달았어. 내가 책에서 본 인물들이나 대화를 엿들은 인물들과 나는 닮았으면서도 동시에 기묘할 정도로 다르다는 사실을 말이야. 나는 그들에 공감하고 부분적으로 이해도 했어. 하지만 내 지성은 아직 여물지 못했지. 나는 의지할 사람도 없고 관계된 사람도 없었어. '내가 떠나는 길은 자유로웠네.'(퍼시 셸리의 시 「무상」의 한 구절—옮긴이) 내가 이 세상에서 사라져도 슬퍼할 사람도 없었지. 내 몰골은 추하고 거대해. 이게 무슨 뜻일까? 나는 누구일까? 무엇일까? 나는 어디에서 왔을까? 내 목적지는 또 어디일까? 이런 질문이 계속 떠올랐지만, 그 무엇에서도 답을 찾을 수 없었어.

내가 손에 넣은 『플루타르크 영웅전』에는 고대 공화국을 처음으로 건립한 사람들의 이야기가 쓰여 있었어. 이 책은『젊은 베르테르의 슬픔』과는 완전히 다른 영향을 내게 미쳤다네. 베르테르의 상상력에서 나는 실의와 우울을 알게 되었다면 플루타르크에게는 고상한 사상을 배웠네. 그는 내가 빠져 있던, 자기연민에 불과한 사고 수준을 끌어올려 과거의 영웅을 흠모하고 사랑하게 했다네. 내가 읽은 내용은 대부분 나의 이해 능력과 경험의 수준을 훌쩍 뛰어넘었어. 나는 왕국과 국가의 방대한 영토, 거대한 강줄기, 경계가 없는 대양에 관해 뒤죽박죽이나마 어느 정도 지식을 갖고 있었어. 하지만 도시나 수많은 사람이 모여 있는 상태에 대해서는 전혀 몰랐어. 내 보호자들의 집이 내가 인간의 본성을 배우는 유일한 학교였던 셈이야. 그런데 이 책은 인간이 활동하는 더 강력하고 새로운 무대를 보여주었어. 나는 공직에 종사하는 사람들이 자신과 같은 사람들을 지배하거나 학살하는 이야기를 읽었어. 내 안에서 미덕을 향한 열의와 악을 향한 혐오감이 최고조로 차오르더군. 그러니까 나는 이 두 단어의 의미에 대해서, 미덕은 즐거움으로 악은 고통으로 대응하는 식으로 이해했어. 이런 감정에 이끌려서 로물루스와 테세우스보다 뉘마와 솔론, 리쿠르고스 같은 평화적인 입법자들이 더 좋았어. 내 보호자들의 가부장적인 삶이 내 마음에 이런 인상을 확고히 뿌리내리게 했어. 만약 내가 처음으로 접한 인간이 영광과 학살을 향한 일념을 불태우는 젊은 군인이었다면 완전히 다른 감정을 품게 되었겠지.

　그런데 『실낙원』은 한층 더 심오한 또 다른 감정을 불러일으키더군. 내 수중에 들어온 다른 책들과 마찬가지로 그 책을 실제 역사처럼 읽었다네. 그 책에서 나는 놀라움과 두려움을 동시에 느꼈어. 전능한 신이 당신의 피조물과 전쟁을 벌이는 이야기는 흥분 그 자체였어. 나는 그 책에 나오는 몇몇 상황을 내 경우와 비교해봤는데, 어찌나 닮았는지 정말 놀랍더군. 아담처럼 나도 이 세상에 사는 다른 누구와도 이어지지 않은 채 창조되었어. 하지만 그의 신체는 모든 면에서 나와 완전히 달랐어. 그는 신의 손으로 완벽하게 빚어진 피조물로 태어났지. 창조주의 특별한 보살핌을 받으며 행복을 누리며 번영할 수 있었어. 아담은 우월한 존재와 대화를 나누고 지식을 얻을 수 있었지. 하지만 나는 비참하고, 무기력하고, 혼자였어. 내 상황을 상징하는 존재로는 아담보다 사탄이 더 들어맞지 않을까 수도 없이 고민했어. 내 보호자들의 행복한 삶을 보면서, 질투라는 쓸쓸한 분노가 사탄처럼 솟아오르는 것을 느낀 적이 한두 번이 아니었으니까.

　또 다른 상황이 벌어지면서 이러한 감정은 더 강해지고 더 깊이 뿌리를 내리게 되었어. 그 헛간에 자리를 잡은 직후, 나는 당신의 연구실에서 입고 나왔던 옷의 주머니에서 서류 몇 장을 찾았어. 처음에는 내용 따위에 관심이 없었어. 그런데 나도 서류에 적힌 글자를 해석할 수 있으니 내용을 열심히 읽어보기 시작했지. 그 서류는 내가 탄생하기까지의 4개월 동안을 기록한 당신의 일지였어. 어떤 식으로 연구를 진행했는지 그 서류에 차곡차곡 상세하게 기록되어 있고, 당신의 가정사까지 가끔 등장했어. 당신, 그 일지를 기억하겠지. 자, 여기 있어. 나의 저주받은 기원과 관련된 내용이 빠짐없이 적혀 있다고. 생명을 창조하는 역겨운 상황들이 적나라하게 드러나 있지. 나라는 흉측하고 혐오스러운 인간의 몸이 세세할 정도로 기록되어 있어. 당신의 공포를 낱낱이 드러내고, 나를, 지울 수 없는 무시무시한 존재로 만들어버린 언어로 말이야. 기록을 읽을수록 역겨워 견딜 수가 없더군. '내가 생명을 받은 증오스러운 날이여!' 나는 고통 속에서 절규했지. '저주받을 창조주여! 어째서 이토록 흉측한 괴물을 창조해 당신마저 혐오감을 이기지 못하고 눈을 돌리고 말았소?' 신은 피조물을 가엾게 여겨 자신의 모습을 본떠 사람에게 아름답고 매력적인 형상을 선사했건만. 내 몰골은 당신의 더러운 모습이야. 아니, 당신을 너무나 닮았기 때문에, 더욱 흉측한 몰골이 되어버렸지. 사탄은 자신의 동료들, 동료 악마들이라도 있어. 그를 존경하고 격려하는 동료들 말이야. 하지만 나는 고독하게 홀로 혐오를 받는 신세지.

나는 고독 속에서 실의에 빠져 이런 생각을 곱씹고 곱씹었어. 그러다가도 그 가족이 지닌 미덕, 그러니까 다정하고 선량한 성격을 곰곰이 생각하며, 내가 그 미덕을 얼마나 흠모하고 있는지 그들이 알게 된다면 분명히 나를 동정하고 추한 외모도 신경 쓰지 않을 거라고 자신을 다독였어. 동정과 우정을 청하는 사람이 문을 두드렸는데, 그 모습이 추하다고 어찌 등을 돌리겠나. 나는 적어도 섣불리 절망부터 하지는 말고 내 운명을 결정지을, 그 가족과의 만남에 모든 면에서 어울리는 사람이 되기로 했다네. 그래서 그 가족 앞에 모습을 드러낼 시기를 몇 달 후로 미뤘어. 이 계획의 성공이 내게 너무 중요해서 혹시라도 허사가 될까 두려웠기 때문이야. 게다가 매일의 경험과 더불어 내 이해력이 나날이 향상되고 있었기 때문에 몇 달 더 노력해 내 지혜를 더 키운 후에 그들을 만나보고 싶기도 했지.

그동안 몇 가지 변화도 있었어. 일단 그 가족의 집에서 변화가 일어났어. 사피가 함께 살기 시작한 후로 그 가족은 행복에 들떴다네. 게다가 생활이 더 풍족해진 것도 알겠더군. 펠릭스와 애거사는 즐겁게 시간을 보내며 대화를 나누는 일이 더 많아졌어. 일을 도와주는 하인들도 생겼지. 부유해 보이지는 않았지만 현재에 만족하며 행복하게 살더군. 그들이 매일같이 평온하고 평화로운 기분을 느낄수록 내 마음속에서는 폭풍우가 더 거세졌다네. 지식이 쌓일수록 내가 얼마나 비참하게 추방된 자인지 더 확실하게 자각할 수 있었기 때문이야. 나도 희망을 소중히 품고 싶었어. 정말 그랬어. 하지만 물에 비친 내 외모나 달빛에 비친 내 그림자를 볼 때면 희망은 연기처럼 사라졌지. 언제든 깨질 수 있는 수면에 비친 모습이고 금세 모습을 바꾸는 그림자인데도 말이야.

나는 이런 공포를 극복하고 몇 달 후 내가 받기로 다짐한 심판에 대비해 마음을 독하게 먹으려고 노력했어. 가끔 이성으로 재단하지 않은 채, 내 생각들이 낙원의 들판을 마음대로 돌아다니며 상상에 빠지도록 내버려 두기도 했다네. 사랑스럽고 다정한 사람들이 내 감정에 공감하고 내가 우울해할 때면 격려해주는 상상 말이야. 그들의 천사 같은 얼굴은 나를 위로하는 듯한 미소를 늘 짓고 있었어. 하지만 다 꿈이었어. 내 슬픔을 어루만져주거나 나와 생각을 같이하는 이브는 어디에도 없었어. 나는 혼자였어. 아담이 자신의 창조주에게 간청한 일이 기억났지. 내 창조주는 어디에 있을까? 그는 나를 버렸어. 나는 비참하기 짝이 없는 심정으로 그를 저주했지.

이렇게 가을이 흘러갔어. 나는 나뭇잎이 시들어 떨어지는 모습이며, 내가 숲과 아름다운 달을 처음 보았던 때처럼 자연이 다시 황량하고 삭막한 풍경으로 돌아가는 모습을 놀라움과 서글픔에 잠겨 지켜보았지. 황량한 날씨는 크게 신경이 쓰이지 않았어. 내 신체는 더위보다 추위에 더 강하니까. 그래도 꽃이나 새, 여름이 되어 화사한 옷으로 갈아입는 자연을 볼 때는 무척 즐거웠어. 그런 즐거운 풍경을 못 보고, 못 듣게 되자 오두막 사람들에게 더 관심이 갔지. 여름이 가 버렸어도 그들의 행복마저 사그라지지는 않았어. 그들은 서로 사랑하고 공감했지. 서로를 의지하는 그들의 기쁨은 주위에서 일어나는 불상사에도 조금도 방해받지 않더군. 그들을 볼수록 그들에게 보호를 받고 친절한 대접을 받고 싶다는 내 욕망은 커져만 갔어. 정 많은 이 가족에게 나라는 존재를 알리고 사랑을 받고 싶어 애가 탔지. 이 상냥한 사람들이 애정 어린 표정으로 나를 돌아보는 것, 그것이 내가 품은 야망의 궁극적인 목표였다네. 그들이 나를 거부하고 공포에 떨며 등을 돌릴지도 모른다는 생각은 감히 할 수도 없었네. 그들이 문 앞에 당도한 가여운 사람을 결코 내칠 리 없었어. 나는 얼마간의 음식이나 휴식보다 더 큰 보물을 원할 거야. 친절과 동정심 말이야. 그 정도도 받을 가치가 없는 존재라는 생각은 절대 하지 않았어.

겨울이 찾아왔어. 마침내 내가 생명을 얻은 후 사계절의 주기가 한 번 돌아갔어. 이 시기에 나는 내 보호자들에게 나를 어떻게 소개할지 계획을 짜느라 여념이 없었다네. 이런저런 계획을 떠올렸어. 하지만 최종적으로는 앞이 보이지 않는 노인이 혼자 있을 때 그 집을 찾아가기로 했어. 예전에 사람들이 평범하지 않은 흉측한 내 몰골에 가장 겁을 먹었다는 사실을 알아차릴 정도의 머리는 있었으니까. 내 목소리는 외모와 달리 거칠기는 해도 무시무시한 정도는 아니었어. 그래서 노인의 자녀들이 없는 상황이라면, 드 라세 노인의 선의와 중재는 얻을 수 있을 듯했어. 그렇게만 된다면 젊은 보호자들도 나를 받아줄지 모른다고 생각했다네.

어느 날, 온기를 거부한 태양이 땅을 뒤덮은 채, 유쾌함을 퍼트리는 붉은 낙엽들을 환하게 비추던 날이었어. 사피와 애거사, 펠릭스가 멀리 산책을 하러 갔고 노인은 가고 싶지 않다며 홀로 집을 지키게 되었네. 아이들이 출발하자 그는 기타를 들고 구슬프지만 감미로운 음악 몇 곡조를 연주했네. 그때까지 들어본 그의 연주 중에서 가장 감미로우면서도 구슬픈 곡조들이었지. 처음에는 그의 얼굴이 즐거움으로 환하게 빛이 났어. 하지만 연주를 하면 할수록 그의 표정은 생각에 잠긴 듯 무겁고 서글픈 기색을 띠기 시작했다네. 마침내 그는 악기를 옆에 내려놓고 깊은 사색에 빠져들었어.

심장이 거세게 뛰기 시작했어. 드디어 심판의 순간이 찾아온 거야. 내가 희망을 품을지 아니면 두려움이 현실이 될지 결판이 날 터였어. 하인들은 이웃 축제에 가고 없었어. 주위는 고요했다네. 더할 나위 없이 좋은 기회였어. 하지만 막상 계획을 실행에 옮기려고 하자 팔다리가 말을 듣지 않는 거야. 그만 땅바닥에 철퍼덕 주저앉아버렸지. 나는 다시 일 어났어. 내게 있는 모든 힘을 끌어모아, 은신처를 감추려고 헛간 앞에 놓아두었던 널빤지들을 치워버렸어. 신선한 공기 가 들어오자 힘이 솟았어. 다시 각오를 다지고는 그 집의 문 으로 다가갔어.

노크했지. '거기 누구시오? 들어오시오.'

나는 들어가 말했어. '갑자기 찾아와 죄송합니다. 잠시 휴식을 취하고 싶은 여행객입니다. 불 앞에서 몸을 녹이게 해주신다면 정말 감사하겠습니다.'

'들어오시게. 필요한 게 있다면 최대한 도와드리리다. 그 런데 애석하게도 내 아이들이 지금 집에 없다오. 보시다시피 나는 앞이 보이지 않아서, 아무래도 먹을 것을 내어드리기는 힘들겠구려.'

'그런 수고는 하지 않으셔도 됩니다, 친절하신 주인어른. 먹을 거라면 제게 있습니다. 몸을 녹이며 쉴 수만 있으면 됩 니다.'

나는 자리에 앉았어. 침묵만이 감돌았지. 일분일초가 내 게 소중하다는 사실을 잘 알았지만, 이야기를 어떤 식으로 시작하면 좋을지 몰라 우물쭈물했어. 그때 노인이 먼저 말을 걸어주더군.

'이방인이여, 말씀을 들어보니 당신도 내 동향인인 것 같구려. 프랑스인이신가요?'

'아닙니다. 하지만 프랑스인 가족에게서 자랐기 때문에 프랑스어밖에 모릅니다. 지금은 제가 진심으로 사랑하고 내게 호의를 보내주기를 바라는 친구들에게 몸을 의탁하려고 가는 중입니다.'

'그분들은 독일인인가요?'

'아닙니다, 프랑스인들입니다. 다른 이야기를 할까요. 저는 불행하고 모두에게 버림받은 존재입니다. 주위를 둘러봐도 이 세상에 친척도 친구도 아무도 없답니다. 제가 지금 만나러 가는 분들은 저를 본 적도 없을뿐더러 저를 잘 알지도 못합니다. 그곳에서 저를 받아주지 않으면, 저는 이 세상에서 영원히 추방자가 될 겁니다.'

'절망하지 마시오. 친구가 없다는 건 참으로 애석한 일이라오. 하지만 사람의 심장은 명백한 자기애로 인해 편견에 사로잡히지만 않으면 형제애와 자비심으로 가득 차 있어요. 그러니 당신의 희망을 믿으시오. 그 친구분들이 선하고 속 깊은 사람들이라면 지레 절망하지 말아요.'

'그분들은 친절해요. 세상에서 가장 훌륭한 사람들일 겁니다. 하지만 안타깝게도 저를 향한 편견을 갖고 있답니다. 저는 성격이 좋습니다. 이제껏 누구도 해한 적이 없고 적잖이 도움마저 주었습니다. 하지만 끔찍한 편견이 구름처럼 그들의 눈을 가리고 있으니, 다정하고 상냥한 친구를 보아야 하는 곳에서도 오로지 혐오스러운 괴물만 본답니다.'

'그것참 안타깝구려. 그렇지만 당신이 정말 비난을 받을 일이 없다면 그들에게 진실을 일깨워줄 수 있지 않겠소?'

'저도 그렇게 해볼 작정입니다. 그 때문에 몇 번이나 두려움에 압도되었죠. 저는 그 친구들을 진심으로 사랑합니다. 그들은 모르지만 저는 여러 달 동안 그들이 모르게 친절을 베풀었답니다. 하지만 그분들은 제가 그분들을 해치려 한다고 믿고 있습니다. 이런 선입견을 저는 어떻게든 깨보려고 하는 겁니다.'

'그 친구분들은 어디에 사시오?'

'이 근처입니다.'

그러자 노인은 잠시 말문을 닫더니 다시 말을 이었어. '당신이 지금까지 살아온 이야기를 추려서 솔직하게 들려준다면, 내가 그분들에게 진실을 전하는 데 도움이 될지도 모르겠소. 내가 앞을 보지 못해 당신의 외모를 판단할 수는 없지만, 당신의 말에는 진심을 전하는 뭔가가 있어요. 나는 가난한 데다 추방을 당한 몸이라오. 하지만 어떻게든 힘이 닿는 한 다른 사람을 도울 수 있다면 진심으로 기쁠 거외다.'

'훌륭한 분이시여! 감사합니다. 너그러운 당신의 제안을 받아들이겠습니다. 당신이 친절을 베풀어주신 덕에 저는 굴욕에서 벗어났습니다. 당신이 도와주신다면 저는 분명히 사회에서 추방되지도 않고 사람들의 이해를 받을 수 있으리라 믿습니다.'

'세상에! 설령 당신이 진짜 범죄자라고 해도 그래서는 안 되오! 그랬다가는 끝내 자포자기해 선한 사람이 되려 하지 않을 거요. 나도 불행한 인간이외다. 나와 내 가족은 아무 죄가 없는데도 유죄 판결을 받았다오. 그러니 내가 당신의 불행에 공감하지 않는다면 심판을 받아야 할 거요.'

'저의 유일한 최고의 후원자시여, 이 은혜를 어떻게 갚을 수 있을지요? 당신의 입술에서 처음으로 저를 향한 친절한 말을 들었습니다. 영원히 감사할 겁니다. 지금 당신이 제게 보여주신 인간적인 태도 덕분에 곧 만날 그 친구들과도 잘되리라는 생각이 듭니다.'

'그 친구분들의 이름과 주소를 알려줄 수 있소이까?'

나는 잠시 말을 잇지 못했어. 문득 지금이 바로 결정적인 순간이라는 생각이 들더군. 지금, 이 순간에 내가 영원히 행복을 누릴지 박탈당할지 정해질 테니까 말이야. 나는 그분의 질문에 대답하려고 각오했지만, 소용이 없었어. 그렇게 용을 쓰다 보니 남은 힘까지 몽땅 빠져버린 거야. 나는 의자에 무너지듯 앉아 큰소리로 흐느끼기 시작했다네. 그 순간 젊은 보호자들이 돌아오는 발소리가 들리더군. 더 허비할 시간이 없었어. 그래서 그 노인의 손을 잡고 외쳤다네. '지금이 바로 그 순간입니다! 저를 구하고 보호해주세요! 당신과 당신의 가족이 제가 그토록 찾아다닌 친구들입니다. 제발 저를 시련 속으로 내치지 말아주세요.'

노인이 소리쳤어. '맙소사! 당신은 누구요?'

바로 그때였어. 문이 열리더니 펠릭스와 사피, 애거사가 들어왔어. 나를 본 순간 그들의 얼굴에 서린 공포를 어느 누가 설명할 수 있을까. 애거사는 바로 기절을 해버렸어. 사피는 자신의 친구를 내버려 둔 채 그대로 집을 뛰쳐나가더군. 펠릭스는 냉큼 내게로 달려와서는 초인적인 힘으로 제 아버지에게서 나를 잡아뗐어. 나는 노인의 무릎을 붙잡고 늘어졌지. 분노로 눈이 뒤집힌 펠릭스는 나를 땅바닥으로 때려눕히고 지팡이로 마구 때렸어. 나는 사자가 영양을 물어뜯듯 그의 사지를 찢어놓을 수도 있었어. 하지만 내 심장은 중병을 안고 있는 것처럼 한없이 깊이 가라앉았어. 그래서 도망쳤다네. 그가 나를 다시 때리려는 것 같았어. 고통과 불안한 마음에 압도된 채 냉큼 그 집을 나왔어. 그리고 큰 혼란에 빠져서 사람들의 눈을 피해 얼른 헛간으로 도망쳤지."

8장

"저주받을, 저주받을 창조주여! 왜 내가 살아 있지? 당신이 제멋대로 불어넣은 생명의 불꽃이 왜 그 순간 꺼지지 않았을까? 나는 모르겠어. 그러나 그때까지도 절망하지는 않았어. 그때 나를 사로잡은 감정은 분노와 복수심이었지. 나는 기꺼이 그 집을 파괴하고 그곳에 사는 사람들의 목숨을 앗아 그들의 비명과 불행으로 내 배를 채울 수도 있었어.

　밤이 찾아오자 나는 은신처에서 빠져나와 숲을 정처없이 돌아다녔어. 발각될까 두려워하는 마음조차 더 이상 들지 않았기에 무시무시하게 울부짖으며 고통스럽고 혼란한 감정을 마음껏 발산했어. 나는 올가미를 부숴버린 야수와 다르지 않았지. 내 앞을 가로막는 것은 다 부수며 수사슴처럼 빠르게 숲을 쏘다녔어. 오! 그날 밤 내가 얼마나 비참했던가! 냉담한 별들이 나를 비웃듯 빛났고 헐벗은 나무들은 내 머리 위에서 나뭇가지를 흔들어댔어. 사방이 적막한 가운데 간간이 감미로운 새의 노랫소리가 터져 나왔어. 나를 제외한 모두가 쉬고 있거나 즐거워하고 있었어. 나만이 대악마처럼 안에서 지옥이 활활 타올랐지. 아무도 내게 공감하지 않는다는 사실을 깨닫고 나니, 나무를 잡아 뽑고 파괴와 혼돈을 주위로 퍼트린 후 주저앉아 그 폐허를 음미하고 싶은 마음뿐이었어.

하지만 이런 기분조차 오래갈 수 없는 사치스러운 감상에 불과했어. 마구잡이로 힘을 썼더니 피로가 몰려왔어. 무기력한 절망감에 빠져 축축한 풀밭으로 빨려들 듯 쓰러졌지. 이 세상에 사는 그 많은 사람 가운데 나를 동정하거나 지지해줄 사람이 단 한 명도 없었어. 그런데도 적들에게 내가 친절을 베풀어야 하나? 그 순간 나는 인간과 끝까지 싸우겠다고 선포했어. 무엇보다 나를 창조하고 견딜 수 없을 정도로 비참한 지경으로 몰아넣은 장본인에게 말이야.

해가 떠올랐어. 사람들의 목소리가 들렸지. 그날은 내 은신처로 돌아갈 수 없다는 사실을 깨달았어. 그래서 무성한 덤불에 몸을 숨기고 온종일 내가 처한 상황을 고민해보기로 했네.

상쾌한 햇빛과 한낮의 신선한 공기를 마시니 마음이 한결 안정되더군. 그 집에서 벌어진 일을 곱씹을수록 내가 너무 성급하게 결론을 내렸다는 생각을 하지 않을 수가 없었어. 확실히 내가 경솔하게 행동을 했더군. 내 이야기를 듣고 그 노인은 분명히 나에 관해 관심을 품게 되었어. 그런데 내가 바보같이 노인의 자식들에게 섣부르게 모습을 드러내 두려움만 일으키고 만 거야. 먼저 드 라세 노인에게 천천히 다가갔어야 했어. 그런 후에 나머지 가족에게도 조금씩 나를 드러내야 했고. 그래야 그들도 내가 다가갈 때를 대비해 마음의 준비를 할 여유가 있었을 테니까. 그래도 내가 돌이킬 수 없는 실수를 저질렀다고 생각하지는 않았어. 깊이 생각하고 고민한 끝에, 그 집으로 다시 돌아가 노인을 만나고 이야기를 나누면서 그를 내 편으로 만들겠다고 결심했어.

이렇게 마음먹으니 평온해지더군. 오후에 나는 깊은 잠에 빠졌어. 그렇지만 피가 뜨겁게 끓어올랐기 때문에 평화로운 꿈은 찾아올 수 없었지. 전날 벌어진 끔찍한 일들이 내 눈앞에서 계속 벌어지더군. 사피와 애거사는 도망을 쳤고 분노에 사로잡힌 펠릭스는 나를 노인의 발치에서 끌어냈어. 잠에서 깼을 때 나는 완전히 지쳐 있었어. 정신을 차려 보니 어느덧 밤이었기에 기어 나와 먹을 것을 찾으러 갔지.

어느 정도 허기를 채운 후에야 그 집으로 난 익숙한 길로 발길을 옮기기 시작했네. 그곳은 평화로웠어. 나는 내 헛간으로 살며시 들어가 평소에 그 가족이 일어나는 시간이 되기를 조용하게 기다렸네. 그 시간이 지나가고 어느새 해가 하늘 높이 걸렸지만, 그들은 보이지 않더군. 끔찍한 불행이 찾아올 것 같은 예감에 온몸이 벌벌 떨렸어. 집은 어두컴컴했고 아무런 기척도 들리지 않는 거야. 그 긴장되는 순간 내가 얼마나 고통스러웠는지 이루 말할 수가 없어.

이윽고 동네 사람 두 명이 그 집을 지나갔어. 그런데 그 집 앞에 멈춰 서더니 격렬한 몸짓까지 써가며 이야기를 나누는 거야. 그들은 내 보호자들과 달리 그 나라의 말로 이야기했기 때문에 나는 한마디도 알아들을 수 없었다네. 잠시 후 펠릭스가 다른 남자와 함께 그들에게 다가가는 게 아닌가. 나는 깜짝 놀랐어. 아침 내내 펠릭스가 집에 있었다고 생각했거든. 느닷없이 사람들이 나타난 게 무슨 상황인지 알아내려고 펠릭스의 이야기에 귀를 쫑긋 세웠어.

펠릭스의 동행이 펠릭스에게 이렇게 묻더군. '석 달 치 집세를 내고 텃밭에 키운 작물을 다 버려야 한다는 사실은 생각해봤나? 나는 그런 부당한 이득은 보고 싶지 않네. 그러니 결정을 내리기 전에 며칠 더 고민을 하면 어떻겠나.'

'다 소용없습니다.' 펠릭스가 대답했지. '우리는 이제 이 집에서 살 수가 없습니다. 내가 말했던 그 끔찍한 사건 때문에 아버지의 목숨이 경각에 달렸습니다. 아내와 누이도 그 충격에서 좀처럼 회복될 기미가 없고요. 그러니 더는 설득하려 들지 마십시오. 이 집을 다시 가져가세요. 그리고 제발 우

리가 이 집에서 나가게 해주세요.'

이 말을 하는 내내 펠릭스는 격렬하게 몸을 떨더군. 그와 동행은 그 집으로 들어가 잠시 머무른 후 다시 떠났어. 나는 그 후로 드 라세 가족을 두 번 다시 보지 못했고.

나는 어리석은 자신에게 지독하게 절망한 채, 그날 하루를 헛간에서 꼼짝도 하지 않았어. 내 보호자들이 떠났어. 나와 이 세상을 이어주던 단 하나의 연결고리가 박살이 난 거야. 처음으로 복수심과 증오가 내 가슴을 가득 채웠지. 굳이 그런 감정을 억누르려고 하지도 않았어. 오히려 강물에 휩쓸려 떠내려가듯 내 마음은 상처와 죽음으로만 기울었지. 내 친구들이 생각나더군. 노인의 다정한 음성이며 애거사의 상냥한 눈빛, 아라비아 아가씨의 섬세한 아름다움을 생각할 때면 어두운 생각들은 흔적도 없이 사라졌어. 한 줄기 눈물이 내 마음을 어느 정도 달래주기도 했지만 그들이 나를 어떻게 외면하고 내쳤는지 떠올리면 분노가 되살아났어. 엄청난 분노가 폭발했지. 차마 사람을 해칠 수는 없어서 주체할 수 없는 분노를 무생물에 풀었어. 밤이 깊어가자 불에 탈 만한 물건들을 그 집 주위에 쌓기 시작했어. 텃밭에 자라는 농작물을 몽땅 파헤쳐놓은 후 달이 져서 내가 계획한 일을 시작할 수 있는 시간이 될 때까지 초조하게 기다렸지.

밤이 더욱 깊어지면서 매서운 바람이 숲에서 불어와 하

늘을 어슬렁거리던 구름을 얼른 쫓아버렸어. 광풍이 어마어마한 눈사태처럼 불어오자 내 마음속에도 광기가 휘몰아쳐 이성과 사고 사이의 경계를 모두 날려버렸어. 나는 마른 나뭇가지에 불을 붙이고 그토록 헌신했던 집을 빙빙 돌며 분노에 찬 춤을 추었어. 내 눈은 내내 서쪽 지평선에 고정되어 있었고 그 지평선의 가장자리에 달이 휘영청 걸려 있더군. 마침내 둥근 달의 일부가 모습을 감추자 나는 그 나뭇가지를 흔들었어. 달이 지평선 너머로 완전히 넘어가자, 나는 고함을 지르며 밀짚이며 히스, 덤불 등 모아둔 땔감에 불을 질렀어. 바람이 불에 풀무질을 하니 그 집은 순식간에 화마에 휩싸이더군. 집에 찰싹 달라붙은 불길은 모든 것을 파괴하는 두 갈래 혀가 되어 집을 마구 핥아댔어.

어떻게 해도 그 집을 절대 구할 수 없다는 확신이 들자 나는 얼른 그곳을 떠나 숲에 몸을 숨겼어.

자, 내 앞에 세상이 펼쳐져 있는데 나는 어디로 가야 했을까? 내가 불행을 경험한 그곳에서 멀리 떨어진 곳으로 가리라 마음먹었어. 하지만 사람들에게 증오와 경멸을 한몸에 받는 나는 어느 나라를 가든 똑같이 끔찍할 것이 분명했어. 그러다가 당신이 언뜻 생각나더군. 나는 당신의 서류를 읽고 당신이 내 아버지이자 창조주라는 사실을 알았어. 누군가에게 의지해야 한다면 내게 생명을 준 당신보다 더 적합한 사람이 어디에 있겠나? 펠릭스가 사피에게 가르쳐준 과목에는 지리학도 있었어. 나는 지리학을 공부하면서 세상에 존재하는 여러 나라의 상대적인 위치에 대해 배웠어. 당신은 고향이 제네바였지. 그래서 나는 제네바로 가기로 했어.

그런데 제네바에 가려면 방향을 어떻게 찾아야 할까? 남서쪽으로 방향을 잡아야 한다는 사실은 알고 있었어. 내길잡이는 태양뿐이었지. 나는 통과해야 할 도시의 이름도 몰랐고, 궁금한 것을 물어볼 사람도 없었어. 그래도 절망하지 않았네. 당신에게는 오로지 증오밖에 느껴지지 않았지만, 내가 도움을 기대할 만한 사람도 당신밖에 없었으니까. 무정하고 무자비한 창조자! 내게 통찰력과 열정을 불어넣고는 그대로 내팽개쳐 나를 사람들에게 경멸과 두려움을 받는 대상이 되도록 했어. 하지만 나는 오직 당신에게만 동정을 바라고 이 상황을 바로잡을 보상을 요구할 수 있지 않은가. 그래서 인간의 형상을 한 다른 존재에게 요구했다가 결국 손에 넣지 못한 정의를 당신에게 받기로 했어.

내 여정은 몹시 길었다네. 게다가 얼마나 고생스러웠는지 몰라. 늦은 가을이 되어서야 나는 오랫동안 살았던 그 마을을 마침내 떠났네. 이동은 밤에만 했어. 사람과 마주쳐 험한 꼴을 당할까 두려웠거든. 내 주위의 자연은 썩어가고 있었어. 햇빛은 점점 온기를 잃어갔지. 비와 눈이 사정없이 퍼부었어. 거세게 흐르던 강물은 꽁꽁 얼어붙었고, 땅은 딱딱하고 싸늘하고 삭막했기에 쉴 곳 하나 찾을 수 없었지. 오, 대지여! 나라는 존재의 근원에 얼마나 저주를 빌었던가! 본래 있던 부드러운 성정은 사라지고 내 가슴에 든 것은 전부 분노와 괴로움으로 변해버렸어. 당신이 사는 곳에 가까워질수록 내 심장 속에서 활활 타오르는 복수의 불길이 더 사무쳤지. 눈이 내렸고 강물은 단단하게 얼어붙었어. 그래도 나는 멈추지 않았네. 가끔씩 내가 어디로 가야 할지 짐작할 수 있는 사건이 일어났어. 마침내 그 나라의 지도도 구했지. 그렇다고 해도 길에서 멀리 벗어나 헤매는 때가 잦았어. 몸이 어떻든 고통에 빠진 마음은 나를 쉬게 두지 않았어. 사건이 일어날 때마다 내가 품은 분노와 고통은 살찌울 양식을 얻게 되었지. 마침 스위스의 국경에 도착했을 때 또 사건이 일어났어. 태양은 어느새 온기를 되찾았고 대지는 다시 푸르게 변해가기 시작할 즈음이었지. 그 사건을 계기로 특별한 방식으로 내가 느꼈던 원통함과 공포가 더 확고해졌어.

나는 대체로 낮에는 쉬고, 사람의 눈을 피할 수 있는 밤에만 이동을 했어. 그런데 어느 아침, 내가 가야 할 길이 숲속 깊이 이어진 걸 알고 해가 뜬 후로도 계속 걷기로 했어. 그날은 봄이 막 시작된 때였기에 사랑스러운 봄볕이며 부드러운 봄바람에 나조차도 기분이 들뜨더군. 예전에 죽어버린 줄 알

왔던 상냥하고 유쾌한 감정이 내 안에서 되살아났어. 이런 감정이 얼마나 신선한지 반쯤 놀란 나는 그 감정을 실컷 만끽했어. 내가 얼마나 고독하고 추악한 몰골인지 망각한 채 감히 행복해지려고 한 거야. 부드러운 눈물이 다시 내 볼을 따라 흘렀어. 심지어 감사의 마음이 담겨 촉촉해진 두 눈을 들어 이런 기쁨을 보내준 은혜로운 태양을 바라보기까지 했지.

　　나는 숲으로 꼬불꼬불 난 길을 따라 계속 걸었네. 걷다 보니 숲이 끝이 났어. 숲이 끝나는 그 지점에서 물살이 거세고 수심이 깊은 강물이 흐르고 있더군. 그 강물 위로 늘어져 있는 나뭇가지마다 신선한 봄의 새싹이 솟아나고 있었어. 이제 어느 쪽으로 가야 할지 몰라서 나는 그곳에서 발길을 멈췄어. 그런데 어디선가 사람들 말소리가 들리는 거야. 그 소리에 나는 사이프러스 그늘 속으로 얼른 몸을 숨겼어. 막 몸을 숨기자마자 어린 소녀가 누군가와 술래잡기를 하며 도망치기라도 하듯 깔깔 웃으면서 내가 숨어 있는 곳으로 달려오는 게 아닌가. 그 소녀는 가파른 절벽 같은 강둑을 따라 내달렸어. 그런데 어느 순간 발이 미끄러져서 급류에 빠지고 말았어. 나는 몸을 숨긴 곳에서 얼른 뛰어나왔어. 억세게 흘러가는 급류 속에서 온 힘을 끌어모아 그 소녀를 구해 강둑으로 끌어올렸어. 소녀는 의식이 없더군. 나는 내가 할 수 있는 온갖 방법으로 소녀가 의식을 되찾도록 도왔어. 그런데 어디선가 갑자기 시골 청년이 나타나는 바람에 놀란 나는 몸이 그대로 굳어버렸어. 그 청년은 소녀와 함께 놀던 사람이 분명했어. 그는 나를 보자마자 득달같이 달려들더니 소녀를 내 품에서 뺏어 안고는 숲속 더 깊은 곳으로 황급히 도망쳤어. 나는 영문도 모른 채 서둘러 그를 따라갔어. 그런데 그 청년은 바짝 쫓아온 나를 보고는 가지고 있던 총을 내 몸에 겨누고 쏘지 뭔가. 나는 그대로 쓰러졌어. 내게 상처를 입힌 청년은 더욱 속도를 내어 숲속으로 도주했지.

선의를 베푼 보답이 고작 이런 신세인가! 나는 생사의 기로에 선 인간을 구해주었어. 그런데 그 보답으로 뼈와 살이 흩어지는 상처의 고통으로 몸부림쳐야 했어. 고작 몇 분 전까지만 해도 상냥하고 다정한 기분에 흠뻑 취해 있었건만. 이제 내 마음은 이가 갈리도록 분통이 터지는 지옥의 분노가 차지해버렸어. 고통으로 눈에 보이는 게 없어진 나는 모든 인간을 영원히 증오하고 반드시 복수하겠다고 맹세했어. 하지만 상처로 인한 고통이 의식을 때려눕혔고 맥박이 멈추면서 나는 그대로 기절을 해버렸어.

몇 주 동안 나는 숲에서 비참하기 짝이 없는 생활을 하며 총상에서 회복하려고 노력했어. 어깨에 총을 맞았는데, 총알이 그 자리에 박혀 있는지 그대로 관통했는지 알 수가 없었지. 설령 그대로 박혀 있다고 해도 빼낼 방법이 없었어.

내가 받은 부당한 대접과 그들의 배은망덕한 행동을 생각하면 치미는 분노로 고통이 더 극심해졌네. 나는 매일 복수를 다짐했어. 내가 겪은 고통과 분노가 충분히 보상받을 만큼 처절하고도 확실하게 복수하리라 맹세했지.

몇 주 후 상처가 다 아물자 나는 다시 길을 떠났네. 봄의 햇빛이 아무리 찬란하고 봄바람이 부드러워도 내가 겪는 고통은 줄어들지 않았어. 모든 기쁨은 조롱일 뿐이었어. 비참한 내 신세를 모욕하는 조롱 말일세. 그리고 내가 즐겁게 살 운명이 아니라는 사실을 더욱 사무치게 만드는 것만 같았네. 그러나 내 고통도 서서히 종착역을 향해 다가가는 중이었어. 그로부터 두 달 후, 마침내 제네바 근교에 도착했어.

도착했을 땐 저녁 무렵이었지. 제네바를 에워싼 들판에서 찾아낸 은신처에 몸을 숨긴 채 어떻게 당신에게 내 요구 사항을 전해야 할지 고민을 하기 시작했어. 극도의 피로와 주린 배는 견디기 힘들더군. 어찌나 불행한지 저녁의 미풍이나 웅장한 쥐라산맥으로 해가 넘어가는 장관조차 음미할 수 없었어.

그때 얕은 잠이 든 덕분에 내 처지를 곱씹으며 느끼는 고통에서 잠시 벗어났다네. 그런데 어떤 아름다운 아이가 다가오는 바람에 평온한 잠에서 퍼뜩 깨어났어. 그 아이는 어린아이 특유의 장난기로 인해 내가 숨어 있던 으슥한 곳으로 달려 들어온 거였어. 그 아이를 본 순간 어떤 생각이 문득 떠오르더군. 이 어린 생명은 어떤 선입견도 없고 아직 살아온 기간이 짧으니 추한 외모를 봐도 두려워해야 한다는 생각에 물들 틈이 없었을 거라고 말이야. 그러니 내가 아이를 잡아서 내 동료이자 친구로 잘 가르친다면 인간으로 가득한 이 세상에서 더는 홀로 고독하지 않을 거라고.

나는 이런 충동에 사로잡혀서 내 곁을 지나가는 아이를 낚아챘어. 그리고 내 쪽으로 잡아당겼어. 아이는 내 몰골을 보자마자 두 손으로 눈을 가리며 고막을 찢을 듯 비명을 질러댔어. 나는 아이의 손을 얼굴에서 억지로 잡아떼며 말했어. '아이야, 왜 그러는 거니? 나는 너를 해치지 않을 거야. 내 말을 한번 들어봐.'

아이는 격렬하게 저항하더군. '놔줘.' 아이가 울부짖었어. '이 괴물아! 추악한 악마! 너는 나를 잡아먹고 갈기갈기 찢어버리고 싶은 거야. 너는 사람 먹는 거인이야. 놓아달란 말이야. 안 그러면 아빠에게 다 이를 거야!'

'아이야, 너는 다시는 네 아버지를 볼 수 없을 거야. 나와 함께 가야 하니까.'

'이 사악한 괴물! 나를 놓아줘. 우리 아빠는 행정장관이야. 바로 프랑켄슈타인 장관님이라고. 아빠가 네게 벌을 내릴 거야. 나를 데리고 있을 수 없어.'

'프랑켄슈타인이라고? 너는 내 원수의 식솔이로구나. 영원한 복수를 맹세했던 바로 그놈 말이야. 그렇다면 네가 내 첫 번째 희생자가 되어야겠다.'

아이는 계속해서 발버둥을 치며 내 심장을 절망에 빠트릴 욕설을 마구 퍼부었어. 나는 아이를 조용히 시키려고 목을 움켜쥐었어. 그러자 순식간에 숨이 끊어진 채 내 발치로 쓰러졌어.

나는 내 희생자를 가만히 바라보았네. 내 심장은 환희와 지옥을 얻은 듯한 승리감으로 한껏 부풀어 올랐어. 박수를 치며 탄성을 질렀어. '나도 슬픔을 만들어낼 수 있어. 내 원수는 더는 난공불락이 아니야. 이 아이의 죽음에 그는 절망하겠지. 앞으로 천 번은 더 그를 괴롭히고 무너뜨릴 거야.'

그 아이를 빤히 바라보는데 가슴팍에서 뭔가가 반짝거리더군. 나는 그것을 챙겼어. 그건 세상에서 가장 사랑스러운 여자의 초상화였어. 원한으로 불타오르는 와중에도 그 초상화를 보니 마음이 부드럽게 풀어지고 그 여자에게 마음이 끌렸어. 풍성한 속눈썹으로 둘러싸인 검은 눈동자에 깃든 유쾌함이며 사랑스러운 입술을 잠시 가만히 응시했어. 그러자 분노가 다시 되살아나더군. 나는 이렇게 아름다운 사람이 주는 즐거움을 영영 누리지 못할 운명이라는 사실이 떠올랐거든. 누군가를 닮았다는 생각이 자꾸 드는 그 여자도, 나와 마주친다면 성스럽고 자애로운 태도는 사라지고 경멸과 공포가 깃든 표정을 지을 것이라는 생각이 고개를 쳐들더라고.

그런 생각에 잠겨 있으면서도 분노에 사로잡혔다는 사실이 놀랍나? 오히려 그 순간 비명을 지르고 고통을 마구 발산하는 대신 사람들 사이로 뛰어들어 그들을 죽이려다 내가 죽지 않은 것이 신기할 따름이었어.

나는 이런 감정에 압도된 채 살인을 저지른 곳을 떠나 좀 더 으슥한 은신처를 찾으려고 돌아다니기 시작했어. 바로 그때 어떤 소녀가 내 곁을 지나쳤어. 그 소녀는 어렸어. 내가 가지고 있는 초상화 속 여자만큼 아름답지는 않지만 상냥한 인상이었고 젊고 건강한 사람에게서 느껴지는 사랑스러움이 활짝 만개해 있었다네. 하지만 저 소녀도 세상 모든 사람에게 미소를 보내도 내게는 미소 짓지 않겠구나 싶더군. 그 소녀가 도저히 도망칠 수 없게 만들어야겠다는 생각이 불쑥 들었어. 펠릭스를 잘 보고 배운 데다 피를 좋아하는 인간의 본성 때문에 나는 비행을 저지르는 법을 익혔어. 나는 몰래 뒤따라가서 그 소녀의 드레스 주름 속에 초상화를 슬쩍 끼워 넣었지.

그로부터 며칠 동안 나는 살인을 저지른 장소를 유령처럼 헤매고 다녔다네. 어떨 때는 당신과 만나고 싶었고, 어떨 때는 이 세상과, 이 세상의 불행을 전부 떠나겠다고 결심을 했어. 그러다 마침내 이 산맥으로 흘러들었어. 당신만이 만족시켜줄 수 있는 활활 타오르는 열정에 사로잡혀 이 장엄한 산맥을 돌아다녔지. 당신이 내 요청을 들어준다고 약속할 때까지 우리는 절대 헤어질 수 없어. 나는 혼자야. 비참한 신세이기도 하지. 사람들은 나와 어울리려 하지 않을 거야. 하지만 나처럼 추하고 끔찍한 몰골의 여자가 있다면 그 여자만큼은 나를 절대 거부하지 않을 거야. 내 동반자는 나와 같은 종족이어야 해. 결함도 나와 같아야 하고. 그런 존재를 당신이 만들어줘."

9장

그 괴물은 자신의 이야기를 마친 후 대답을 기대하는 눈빛으로 나를 지긋이 바라보았다. 하지만 나는 너무나 당황스럽고 황당하기도 해서 그의 제안이 품은 의미를 완전히 이해할 만큼 머릿속을 말끔하게 정리할 수 없었다. 그가 덧붙였다.

"나를 위해 여자를 만들어줘. 그러면 나는 그 여자와 함께 내 존재에 꼭 필요한 공감을 서로 나누면서 살 수 있을 거야. 당신이 절대 거부할 수 없는 권리를 가지고 당신에게 요구하는 거야."

그가 들려준 이야기의 후반부는, 프랑스인 가족과 함께 지냈던 평화로운 삶을 들려줄 때 사라졌던 내 분노의 불씨를 되살렸다. 그래서 나는 그의 요구에 속에서 활활 타오르는 분노를 더는 억누를 수가 없었다.

"거부한다. 어떤 고통을 가하더라도 내게서 승낙을 받아낼 수는 없을 거야. 네놈이 나를 세상에서 가장 비참한 사람으로 만들 수 있을지는 몰라도 가장 비열한 인간으로는 만들 수 없을 거야. 너와 같은 존재를 하나 더 창조한다면 사악한 괴물 둘이서 이 세상을 황폐하게 만들지도 모르잖나. 꺼져! 나는 분명 네게 대답을 했어. 나를 아무리 괴롭히더라도 제안에 동의하지 않을 테니까."

"당신은 지금 잘못 생각하고 있어." 악마 같은 그가 대꾸했다. "그러니 당신을 위협하는 대신 내가 이성적으로 당신이 알아듣게 말을 해주지. 내가 악의를 품은 건 내가 비참한 존재이기 때문이야. 모든 사람이 나를 피하고 증오하잖아? 내 창조주인 당신마저 나를 갈가리 찢어서 승리감에 도취되려고 하지. 그 사실을 떠올려봐. 다른 사람의 동정도 제대로 못 받는 내가 사람을 동정해야 하는 이유가 있다면 말해봐. 당신이 그 두 손으로 직접 만든 작품인 나를 저 얼음의 틈새로 밀어 넣고 내 몸을 부숴도 당신은 그걸 살인이라고 하지 않겠지. 이렇게 경멸을 당하는데도 내가 다른 사람을 존중해야 하나? 상처 대신 정을 주고받으며 나와 함께 사는 쪽을 택한다면, 나도 누군가에게 받아들여졌다는 사실에 감사의 눈물을 흘리며 내게 있는 모든 선의를 베풀 거야. 하지만 그런 일은 일어날 리 없어. 사람의 감각은 우리의 화합을 가로막는, 도저히 넘을 수 없는 장애물이거든. 그렇다고 내가 비굴

한 노예제도에 굴복할 일은 없을 거야. 나는 내가 입은 상처에 모두 복수할 거야. 사랑을 불러일으킬 수 없다면 공포를 자아내주지. 그것도 나의 철천지원수인 바로 당신의 마음속에 말이야. 창조주, 당신을 향해 태우는 증오의 불길을 절대 꺼트리지 않기로 맹세할 거야. 그러니 조심해. 나는 당신이 파멸을 맞이하도록 갖은 수를 다 쓸 거야. 아니 당신의 마음이 피폐해질 때까지, 당신이 태어난 날을 저주하게 만들 때까지 절대 멈추지 않을 거야."

이런 저주를 퍼붓는 동안 그는 분노를 먹고 힘이 펄펄 솟았다. 그의 얼굴이 어찌나 끔찍하게 일그러지는지 인간의 눈으로는 쳐다볼 수도 없을 정도였다. 그러나 그는 냉정함을 되찾고 말을 이었다.

"이성적으로 내 뜻을 전하려 했는데. 이렇게 열을 올려봐야 나만 손해겠지. 어차피 당신은 자신이 이토록 불타는 감정을 불러일으킨 당사자라는 인식조차 없을 테니. 누구라도 내게 자애로운 감정을 품는다면, 그에게 백배 천배로 은혜를 갚을 거야. 오직 그 한 사람 덕분에 나는 인류와 평화롭게 지낼 테니까! 하지만 내가 그런 생각을 해봤자 결코 이뤄질 수 없는 꿈에 불과해. 내가 당신에게 요구하는 건 합리적이고 온당한 거야. 나와 성별은 달라도 나처럼 흉측한 피조물을 만들어달라는 거잖아. 그리 만족스럽지는 않지만 나는 그 정도밖에 손에 넣을 수 없고 그 정도로 만족할 거야. 정말이야. 우리는 온 세상과 단절된 괴물로 지낼 거야. 그러니까 서로에게 더 애착을 느끼게 되겠지. 우리의 삶은 행복하지는 않겠지만 남에게 해를 끼치지 않을 테고, 내가 맛보고 있는 불행에서 벗어날 거야. 오, 나의 창조주여, 나를 행복하게 해줘. 당신이 내게 베풀 수 있는 단 하나의 은혜에 내가 고마움을 느끼게 해주게! 나도 다른 생명에 공감하고 연민을 느끼는 모습을 보게 해줘! 제발 내 부탁을 거절하지 마!"

나는 감동했다. 내가 그의 요청을 받아들였을 때 어떤 결과가 일어날지 떠올리자 진저리가 났지만, 그의 주장에도 일리가 있다고 생각하지 않을 수 없었다. 그의 이야기와 그가 지금 표현한 다양한 감정은 그가 섬세한 감정을 가진 존재라는 사실을 보여주었다. 게다가 나는 그를 만든 당사자로서 할 수 있는 한 그를 행복하게 만들어줘야 하는 건 아닐까? 내게서 심경의 변화를 알아차린 그는 계속 말했다.

"당신만 동의한다면 당신이든 누구든 우리를 다시는 볼 수 없을 거야. 나는 남미의 광활한 야생으로 떠날 작정이니까. 내 식생활은 평범한 인간과는 달라. 배를 채우겠다고 새끼 양과 염소를 잡아먹는 짓은 하지 않아. 도토리와 나무 열매만 먹어도 영양을 충분히 섭취할 수 있거든. 내 동반자도 나와 같은 체질일 테지. 그러니 같은 음식을 먹으면 될 거야.

우리는 마른 낙엽으로 잠자리를 만들 걸세. 태양은 사람을 비추듯 우리를 비출 거고, 그 햇빛을 받아 우리의 식량은 무르익어갈 거야. 내가 당신에게 보여주려는 건 오직 평화롭고 인간적인 그림이야. 그러니 이 부탁을 거절한다면 그건 당신이 권력과 잔인함을 멋대로 휘두른 결과라고 스스로 느낄 수밖에 없을걸. 방금까지도 당신은 내게 피도 눈물도 없는 사람처럼 굴었어. 그런데 지금 당신의 눈빛에서는 연민이 보여. 이 좋은 분위기로 당신을 설득해볼 테니 제발 이토록 간절한 내 소망을 들어주겠다는 약속을 해줘."

"너는 이렇게 말했어." 내가 말문을 열었다. "사람들이 사는 곳을 떠나 친구라고는 들판의 짐승밖에 없는 야생에서 살겠다고 말이야. 그런데 인간의 사랑과 공감을 그렇게 갈망하는 네가 그런 유배 생활을 얼마나 버틸 수 있을까? 너는 돌아와서 다시금 인간에게서 친절을 찾지 않을까? 그러다가 너를 증오하고 혐오하는 인간을 만나면 악의 열정이 되살아날 거야. 그러면 너는 인간을 파괴할 임무를 도와줄 동료까지 생기게 된 거잖아. 그런 일은 절대 일어나서는 안 돼. 그러니 이제 그런 말은 그만해. 나는 절대 받아들일 수 없으니까."

"당신의 감정은 어쩌면 그렇게 이랬다저랬다 하지? 바로 전에만 해도 당신은 내 이야기에 감동했어. 어째서 다시 마음이 돌처럼 단단해진 건가? 내가 사는 이 땅과 나를 만든 당신을 걸고 맹세하는데, 나는 당신이 만들어줄 내 동반자를 데리고 사람이 사는 땅을 떠나 가능한 한 가장 문명과 동떨어진 곳에서 살아가겠어. 그때면 내 악의 열정은 이미 사라지고 없을 거야. 내 동반자가 나에게 공감해줄 테니까. 내 삶은 죽는 날까지 조용하게 흘러가겠지. 내 창조주를 다시는 저주하지 않을 테고.”

그의 말 한마디 한마디가 기묘한 효과를 주었다. 그에게 동정이 들었다. 문득 그를 위로하고 싶은 마음마저 들었다. 하지만 그를 바라보면, 움직이고 말을 하는 추하고 거대한 살덩이 같아 넌더리가 났고 가슴에 솟은 연민의 감정은 증오와 공포에게 자리를 빼앗기고 말았다. 나는 이런 감정을 억누르려고 했다. 설령 그에게 공감할 수 없다고 해도 내가 줄 수 있는 작은 행복마저 막을 권리는 없다고 생각하게 된 것이다.

“너는 맹세하기를, 절대 해를 끼치지 않겠다고 했어. 하지만 너는 이미 믿음을 저버릴 만큼 악의를 표출하지 않았나. 더 큰 복수 후에 더 큰 승리감을 느끼려고 나를 속인 것일 수도 있잖아?”

“어떻게 이야기가 그렇게 되지? 나는 당신의 마음을 움직여 공감을 얻었다고 생각했어. 그런데도 당신은 여전히 은혜를 베풀려 하지 않는군. 내 마음을 부드럽게 만들어 아무도 해치지 않게 만들 수 있는 유일한 은혜 말이야. 내게 혈육이라 할 만한 사람도 애정을 쏟을 사람도 없다면, 내 곁에는 정말 증오와 악의만 남을 거야. 타인을 향한 사랑을 느낄 수 있다면 범죄를 저지르고 싶은 마음도 사라지겠지. 그러면 나는 아무도 모르는 존재가 될 거라고. 고독하게 지낼 수밖에 없는 상황을 혐오한 데서 나의 악의는 싹트게 되었어. 그러니 내가 나와 똑같은 존재와 살 수 있다면 반드시 미덕이 드러날 거야. 나는 감정이 있는 존재에 애정을 느낄 테고 그러면 지금은 거부당하고 있어도, 존재와 그 존재에서 빚어진 사건들이 이어진 사슬에 언젠가는 나도 고리가 되어 연결될 수 있을 거야."

나는 잠시 말을 멈추고 그가 털어놓은 이야기와 그가 제시한 여러 주장을 곰곰이 따져보았다. 그가 세상에 태어나고 얼마 후에 보여주었던 미덕을 다시 보여줄 가능성에 대해 생각했다. 그의 보호자들이 그에게 보여준 혐오감과 경멸 때문에 선한 감정이 모두 시들어버린 일도 떠올렸다. 물론 그의 완력과 그가 가한 위협도 배제하지 않았다. 그가 빙하의 얼음 동굴에서도 살 수 있고 접근할 수 없는 낭떠러지 같은 산등성이 사이에서 추격을 피해 몸을 숨길 수 있는 존재라면, 결코 맞설 수 없는 뛰어난 능력이 있는 것이다. 한참을 고민한 끝에 나는 그와 인간 모두에게 돌아갈 정의를 위해 그의 요청을 받아들여야만 한다는 결론을 내렸다. 그래서 그를 돌아보며 이렇게 말했다.

"내가 너의 추방 생활에 동행할 여자를 넘겨주면, 곧장 유럽은 물론, 사람이 사는 주변 모든 장소를 영원히 떠나겠다고 엄숙히 맹세해. 그렇게 한다면 네 요청을 받아들이겠다."

"맹세해. 해와 푸른 하늘을 걸고 맹세해. 내 기도를 제발 들어줘. 그러면 저 해와 하늘이 있는 한 나를 다시는 볼 수 없을 거야. 이제 집으로 돌아가서 작업을 시작해. 나는 말로 다 전하지 못할 간절한 마음으로 작업이 진행되는 상황을 지켜볼 거야. 당신이 준비되면 내가 모습을 드러낼 테니 걱정은 하지 말고."

그는 이 말을 끝으로 내가 마음을 바꿀까 걱정스러웠는지 나를 두고 훌쩍 가버렸다. 나는 그가 날아가는 독수리보다 더 빠르게 산등성이를 내려가는 모습을 지켜보았다. 이윽고 그는 물결치듯 이어진 얼음 바다 어딘가로 순식간에 모습을 감추었다.

그의 이야기를 다 듣는 데 꼬박 하루가 걸렸다. 그가 떠날 즈음엔 해도 지평선을 넘어갔다. 나는 서둘러 계곡으로 내려가야 할 때임을 직감했다. 곧 있으면 주위가 온통 캄캄해질 것이기 때문이다. 하지만 내 마음은 돌덩이처럼 무거웠기에 하산하는 발걸음에 속도가 붙지 않았다. 그날 있었던 일에 만

244

감이 교차하는 바람에, 산속으로 난 꼬불거리는 길 위에서 발을 헛디디지 않게 조심하며 내려가기가 쉽지 않았다. 밤이 한참 지난 후에야 나는 비로소 길의 중간 지점에 있는 쉼터에 도착해 샘가에 앉았다. 하늘에 총총 뜬 별들 위로 구름이 지나가 별빛은 간간이 보였다. 시커먼 소나무들이 내 앞에 우뚝 솟아 있고 땅바닥 여기저기에는 부러진 나무들이 쓰러져 있었다. 눈앞의 풍경은 경이로울 정도로 장엄했지만 내 마음에는 기묘한 생각들이 흔들리듯 떠올랐다. 나는 서럽게 울었다. 고통 속에서 두 손을 맞잡은 채 소리쳤다. "오! 별들이여. 구름과 바람이여. 모두 나를 비웃을 작정이로구나. 너희가 진정으로 나를 동정한다면 내 감정과 기억을 모두 부숴다오. 나를 아무것도 아닌 존재로 만들어줘. 그러지 않겠다면 떠나. 나를 이 어둠 속에 남겨둔 채 그냥 떠나버려."

터무니없고도 비참한 생각이었다. 영원히 반짝일 별들이, 나를 짓누르고 나를 소멸시키려고 다가오는 둔탁하고도 흉한 시로코라도 되듯 바람이 휘몰아칠 때마다 귀를 기울였던 그때를 차마 말로 설명할 수 없다.

샤모니에 도착하기도 전에 어느새 동이 터왔다. 내 가족은 밤이 새도록 내가 돌아오기만을 기다렸지만 정작 돌아온 내가 워낙 초췌하고 묘한 분위기에 사로잡혀 있었기에 마음의 평화는 전혀 얻지 못했다.

다음 날 우리는 제네바로 돌아갔다. 원래 아버지는 내 마음을 다른 곳으로 돌리고, 평온한 마음을 되찾아주려고 이곳으로 여행을 왔다. 하지만 그 처방은 치명적이었다. 내가 지독히도 불행한 것처럼 보이는 이유를 설명할 방도가 없자 아버지는 귀가를 서둘렀다. 무슨 연유로 고통스러워하건 집에서 차분하고 단순한 생활을 해 그 고통이 차츰 줄어들기를 바라는 마음에서였다.

정작 나는 가족이 무엇을 어떻게 하기로 정하건 신경을 쓰지 않았다. 사랑하는 엘리자베스의 다정한 관심도 깊디깊은 절망의 구렁텅이에서 나를 끌어올리기에 역부족이었다. 그 악마에게 해버린 약속이 마음을 무겁게 짓눌렀다. 지옥의 위선자들의 머리에 올려놓은 단테의 쇠 고깔처럼. 이 땅과 저 하늘의 즐거움은 모두 꿈결처럼 나를 스쳐 갔다. 그 생각만이 생생한 현실로 느껴졌다. 당신은 광기에 사로잡힌 내 모습이 상상이 가는가? 아니, 끊임없이 내게 고통을 가하는 끔찍한 동물들이 주위에서 계속 보여 걸핏하면 비명을 질러대고 거칠게 신음하는 내 모습이?

하지만 이런 감정들도 점차 가라앉았다. 나는 다시 일상으로 되돌아갔다. 흥미를 품은 채 적극적으로 돌아간 것은 아니지만 적어도 어느 정도 평정을 되찾았다.

제3권

1장

제네바로 돌아온 후 하루가 이틀이 되고, 한 주가 두 주가 되어갔다. 하지만 나는 작업을 시작할 엄두가 나지 않았다. 실망한 그가 복수를 하러 올지도 모른다고 생각하면 무서웠지만 꼭 해야만 하는 그 일에 대한 반감을 떨쳐낼 수가 없었다. 여자를 만들려면 다시 깊이 있는 연구와 골치 아픈 논문에 몇 개월을 꼬박 쏟아부어야 한다는 사실을 떠올렸다. 나는 영국 과학자가 거둔 몇 가지 발견에 대해 들었는데, 그 내용은 작업을 성공시키기 위해 꼭 필요했다. 그래서 이 발견 내용을 알아보기 위해 영국에 다녀오겠다고 아버지에게 말을 하면 어떨지 가끔 생각해보기도 했다. 그러나 나는 온갖 핑계를 들어 런던행을 계속 미루었다. 다시 찾은 마음의 평온을 깨트릴 결심은 좀처럼 할 수 없었다. 그때까지 좋지 않았던 건강은 이제 꽤 회복한 상태였다. 불쾌한 그 약속에 대한 기억이 떠오르지만 않으면, 나는 확실히 밝아졌다. 아버지는 내게 일어난 변화를 기쁜 마음으로 지켜보았다. 또 완전히 가시지 않은 우울한 기색까지 날려버릴 좋은 방법을 찾아내기 위해 고민을 했다. 그도 그럴 것이 때때로 우울감은 발작적으로 찾아와, 다가오는 햇살을 게걸스럽게 먹어치우는 암흑을 풀어놓았기 때문이다. 이럴 때면 그 무엇도 깰 수 없는 고독만이 내 피난처가 되어주었다. 나는 작은 나룻배를 타고 홀로 호수로 나가 구름을 보고 밀려오는 파도 소리에 귀를 기울이며 말없이 무기력하게 하루를 보내곤 했다. 그래도 신선한 공기를 마시고 화창한 햇빛을 쐬면 마음이 어느 정도는 평온해졌다. 그런 날이면 집으로 돌아와 언제라도 미소를 짓고 더 유쾌한 기분으로 가족의 인사를 받았다.

그날도 이렇게 온종일 쏘다니다 귀가를 한 참이었다. 마침 아버지가 나를 부르며 이렇게 말했다.

"사랑하는 아들아, 네가 예전처럼 유쾌한 기분을 되찾고 네 본모습을 되찾은 것 같아 기쁘구나. 그래도 너는 여전히 불행에 잠겨서 가족과 어울리려고 하지 않아. 한동안 네가 그러는 이유를 찾아 골몰했단다. 그런데 어제 한 가지 생각이 퍼뜩 떠오르더구나. 내가 이유를 제대로 찾았다면 그렇다고 말해다오. 이 이야기를 마음에 담아두면 부질없거니와 우리 모두에게 몇 배나 큰 괴로움을 불러오게 될 게다."

아버지가 이렇게 말문을 열자 나는 몸을 격렬하게 떨었다. 아버지는 이야기를 계속했다.

　"인제 와 하는 말이지만, 아들아. 나는 가정의 안정을 유지하고 내 여생을 지탱해줄 버팀목으로 너와 네 사촌이 결혼할 날만 고대했단다. 너희 둘은 아장아장 걷기 시작할 때부터 서로 사이가 좋았어. 함께 공부했고 성격과 취향이 서로에게 딱 맞아 보이더구나. 하지만 우리네 경험이란 코앞도 보지 못하기도 하지. 그래서 가장 도움이 되리라고 생각한 일 때문에 오히려 계획을 완전히 그르치기도 해. 어쩌면 너는 그 아이를 동생으로만 생각해서 아내로 맞이하면 좋겠다는 생각이 없을지도 몰라. 어쩌면 다른 여자를 마음에 두고 있는지도 모르지. 사촌과 결혼을 해야 한다는 생각에 고민이 많아져 지금처럼 괴로워하는 건 아니니?"

　"사랑하는 아버지, 걱정하지 마세요. 저는 사촌을 진심으로 사랑하고 있어요. 엘리자베스만큼 제게 가슴 뜨거운 흠모의 마음과 애정을 불러일으키는 여자는 없어요. 장래의 제 희망과 전망은 전적으로 결혼에 달려 있어요."

　"이 문제에 대한 네 마음을 듣고 나니 최근에 지금처럼 기쁜 적이 없었던 듯하구나. 네 생각이 그렇다면, 현재 벌어진 일들이 아무리 우리 위로 우울의 장막을 친다 해도 반드시 행복해질 거야. 네 정신을 그렇게까지 강하게 지배해버린 우울증을 얼른 없애주고 싶구나. 그러니 당장 식을 올리면 어떻겠니? 네 생각을 말해다오. 불행한 사건이 연달아 우리 가족을 덮쳤어. 최근에 일어난 사건들로 늙고 병든 내게 어울리는 일상적인 평온함이 무참히 깨졌지. 너는 아직 젊어. 가진 재산도 상당하고. 결혼을 일찍 한다고 해서 네가 세워놓았을 명예롭고 실용적인 장래의 계획이 어그러질 일은 없어. 물론 네게 행복을 강요하려는 건 아니야. 네가 결혼을 자꾸 미룬다고 해서 내가 심기가 불편할 거라고도 생각하지 말고. 내 말을 있는 그대로 받아들여. 부디 솔직하게 진심을 들려주면 좋겠구나."

　　나는 말없이 아버지의 말씀을 들었다. 다 듣고 난 후에도 아무런 대꾸를 할 수 없어 한동안 가만히 앉아 있었다. 머릿속에 떠오른 온갖 생각을 순식간에 정리해 어떻게든 결론을 내리려고 애썼다. 맙소사! 사촌과 바로 결혼을 하다니. 내게 이렇게 놀랍고 두려운 일이 또 있을까. 나는 엄숙한 약속에 매인 몸이었다. 게다가 그 약속은 아직 지키지도 못했으며 깨버릴 엄두도 나지 않았다. 내가 약속을 깨면 어떤 불행이 나와 내 사랑하는 가족을 덮칠지 몰랐다! 나를 땅바닥으로 주저앉히려는 이 죽음의 추를 목에 건 채 결혼식장으로 들어갈 수 있을까. 나는 약속대로 괴물과 그 짝을 먼저 떠나보내야 했다. 그래야 나도 평화로운 생활이 될 이 결혼의 기뺨을 만끽할 수 있을 테니 말이다.

한시바삐 영국으로 출발하거나 영국의 과학자들과 장기적으로 서신을 교류해야 한다는 사실을 기억했다. 그들이 아는 지식과 새로운 발견의 내용은 지금 진행해야 할 작업에 꼭 쓸모가 있기 때문이었다. 그러나 편지를 주고받아 원하는 지식을 손에 넣는 방법은 마음에 썩 들지도 않고 시간이 오래 걸릴 것이었다. 게다가 생활에 변화가 생기면 기분 전환에도 좋을 것이다. 앞으로 한두 해 장소를 바꾸어 가족이 없는 곳에서 다양한 일을 할 생각에 기분이 좋아졌다. 그동안에 내게 평화와 행복을 되살려줄 만한 사건이 벌어질지 몰랐다. 내가 약속을 지켜서 그 괴물이 영영 떠날 수도 있다. 아니면 괴물이 사고를 당해 생명을 잃게 될지도 모른다. 그렇게 되면 이 노예 생활에도 영원히 종지부를 찍을 수 있겠지.

이런 생각을 하니 아버지에게 어떤 대답을 할지 마음이 정해졌다. 나는 영국에 가보고 싶다고 했다. 물론 그런 말을 하는 진짜 이유는 숨긴 채, 고향의 품속에 정착하기 전에 세상을 여행하며 돌아보고 싶다는 핑계를 댔다.

진실한 태도로 아버지에게 런던에 가게 해달라고 하자 아버지도 쉽게 허락해주었다. 이 세상에 내 아버지보다 더 너그럽고 자식 위에 군림하려 하지 않는 부모는 없을 것이다. 우리는 금방 계획을 세웠다. 먼저 내가 슈트라스부르크까지 가 있으면, 그곳에서 앙리가 합류하기로 했다. 우리는 네덜란드로 가 여러 도시를 잠시 돌아본 후 주로 영국에서 지내기로 했다. 돌아올 때는 프랑스를 경유할 것이다. 여행 기간은 2년 정도로 정해두었다.

아버지는 내가 여행을 마치고 제네바로 돌아오자마자 엘리자베스와 부부가 되는 미래를 떠올리며 무척 즐거워했다. "2년이라고 해도 금방 지나갈 거야. 여행에서 돌아오면 네 행복을 가로막는 일은 더 없겠지. 어서 그날이 와서 우리 모두 함께 지내며 희망이고 두려움이고 그 무엇도 우리 가족의 안온한 삶을 뒤흔들지 않으면 좋겠구나."

내가 대답했다. "저는 아버지가 정해주신 계획이 마음에 들어요. 그 무렵이면 우리 두 사람 모두 더 현명해져 있을 거예요. 그리고 지금보다 더 행복해져 있기를 바라요." 내가 한숨을 쉬었다. 고맙게도 아버지는 내가 우울하게 지내는 이유를 더는 캐묻지 않았다. 아버지는 낯선 풍경을 보고 즐겁게 여행을 하면서 내가 다시 마음의 평온을 되찾기만 바랐다.

이제 여행을 떠나기 위한 준비는 다 했다. 다만 한 가지 감정이 계속 주위를 떠돌며 내 마음을 두려움과 불안으로 물들였다. 내가 여행을 떠나면 내 가족은 그들을 노리는 적이 있는 줄 꿈에도 모른 채, 내 여행에 화가 난 놈의 공격에 무방비 상태로 남게 될 터였다. 하지만 그는 내가 어딜 가든 따라

오겠다고 장담하지 않았는가. 그렇다면 영국까지라도 따라오지 않을까? 그 상황을 떠올리는 것만으로도 끔찍했지만, 한편으로는 내 가족이 안전하리라는 생각에 마음이 편해졌다. 그 반대의 상황이 벌어질지도 모른다는 생각을 하면 몹시 불안했다. 내 피조물의 노예였던 동안 나는 늘 그때그때 충동에 사로잡혀 행동했다. 지금은, 내 적이 나를 뒤따른다면 내 가족은 그의 간계에서 벗어나리라는 예감이 강하게 들었다.

드디어 8월 후반, 나는 2년간의 유배 생활을 하기 위해 여행길에 올랐다. 엘리자베스는 내가 떠나야 하는 이유를 받아들여주었다. 경험을 쌓고 세상에 대한 이해를 가꿀 기회를 자신은 얻을 수 없다는 사실을 아쉬워할 따름이었다. 하지만 내게 작별인사를 건넬 때는 눈물을 지으며, 행복하고 평온한 마음으로 돌아오라고 기원해주었다. "우리 모두 네게 의지하고 있어. 네가 불행하면 우리 심정은 어떻겠어?"

나는 나를 멀리 데려가줄 마차에 몸을 실었다. 그러나 나는 지금 마차가 어디로 가고 있는지도 몰랐고 무엇을 스쳐지나가는지도 관심이 없었다. 다만 실험 도구를 가져가야 하니 꼭 챙기라는 말을 해야 한다는 것만 기억해두었다. 실험 도구를 떠올리면 마음이 절로 무거워졌다. 외국에 있는 동안 그와의 약속을 지키고, 가능하다면 자유인으로 돌아오겠다고 결심을 했기 때문이다. 끝없이 이어지는 아름답고 웅장한 풍경을 지나쳤지만 정작 내 마음은 끔찍한 상상으로 가득했다. 내 시선은 아무것도 못 본 채 한곳에 못 박혀 있었다. 나는 오로지 여행의 목적지와 그곳에서 해치워야 할 일밖에 생각나지 않았다.

며칠 동안 수킬로미터를 달리면서 무기력감에 빠져 나태해져 있던 나는 슈트라스부르크에 도착했다. 그곳에서 이틀 동안 앙리가 오기를 기다렸다. 마침내 그가 도착했다. 맙소사, 우리가 얼마나 대조적이었던지. 그는 새로운 풍경을 볼 때마다 생기가 넘쳤다. 해가 지는 아름다운 풍경을 보며 기쁨에 넘쳤고, 해가 떠 또 하루가 시작되면 더 흥겨워했다. 그는 풍경이 색색으로 변해가는 모습이며 하늘의 변화를 가리키며 감탄했다. "이런 게 사는 거지. 지금 나는 살아 있다는 사실을 즐기는 중이야! 그런데 자네, 친애하는 프랑켄슈타인, 왜 그렇게 실의와 슬픔에 빠져 있어?" 그때 정말로 나는 우울한 생각에 사로잡혀 있었다. 그래서 저녁에 별이 지는 모습도, 황금색 아침 해가 라인강에 비치는 모습도 눈에 들어오지 않았다. 그러니 내 친구여, 이 여행에 대해서는 내 생각을 듣는 것보다 앙리의 일기를 읽는 게 더 재미있을 것이다. 그는 기쁨에 젖어 모든 감각을 느끼는 눈으로 풍경을 관찰했기 때문이다. 한편 불행한 인간이었던 나는 즐거움으로 난 문이 모두 닫혀버린 저주에 사로잡혀 있었다.

우리는 슈트라스부르크에서 배를 타고 라인강을 따라 로테르담까지 내려간 후, 그곳에서 런던행 배로 옮겨 타기로 했다. 이 항해를 하는 동안 우리는 버드나무가 우거진 섬을 수없이 지났고 아름다운 도시들도 보았다. 그리고 만하임에서 하루를 묵은 후, 슈트라스부르크를 떠난 지 닷새째 되는 날 마인츠에 도착했다. 마인츠 아래로 흘러가는 라인강 물줄기는 그림처럼 아름다웠다. 높지는 않아도 가파르며 경치가 아름다운 언덕들 사이를 강줄기가 굽이치며 거세게 흘러갔다. 우리는 낭떠러지 같은 강둑에 있는, 폐허가 된 성을 수없이 보았다. 검은 숲에 에워싸인 그 성들은 사람이 접근하기 어려운 높은 절벽에 세워져 있었다. 이 지역의 라인강은 특히 다양한 풍경을 선사하는데, 바위투성이 언덕과 무시무시한 낭떠러지에서 거세게 흘러가는 시커먼 라인강을 굽어보는 폐허의 성들이 보였다가도 낭떠러지를 돌아가면 느닷없이 완만하게 올라가는 푸르른 강둑에 들어선 번성하는 포도원, 구불거리며 흘러가는 강줄기, 사람들이 많이 사는 도시들과 강가의 풍경이 나타난다.

우리는 포도 수확기에 여행했기에 강을 따라가는 동안 일꾼들의 노래가 들렸다. 나는 기분이 많이 가라앉았고 내 정신은 음울한 감정에 지배당하고 있었지만, 그런 나조차도 즐거웠다. 나는 배에 드러누워 있었다. 구름 한 점 없는 하늘을 보니 오랫동안 낯설었던 평정을 들이마시는 것 같았다. 내가 이런 기분이 들 정도라면 앙리의 기분은 어느 누가 제대로 묘사할 수 있을까? 그는 요정의 나라로 가 사람은 맛볼 수 없는 행복을 누리는 중인 것 같았다. "나는 말이야." 그가 말문을 열었다. "내 나라에서 가장 아름다운 풍경을 봤어. 루체른이며 우리Uri에 있는 여러 호수를 돌아다녔지. 그곳에는 눈 덮인 산들이 호숫가까지 거의 수직으로 이어져 있어서 시커멓고 도저히 뚫고 들어갈 수 없는 그림자를 드리워. 유쾌한 풍광으로 눈을 편안하게 하는 신록이 우거진 섬들이 없었다면 대체로 음울하고 서글픈 풍경이 되었을 거야. 나는 폭풍우가 휘몰아쳐 호수를 뒤흔드는 광경도 본 적이 있어. 바람 때문에 수면에 회오리가 일었는데, 마치 큰 바다에서 물기둥이 솟구치는 것 같더군. 성난 파도가 산기슭으로 밀려들기도 하지. 언젠가 그곳에서 사제와 그의 정부가 산사태에 휘말려 목숨을 잃었는데, 밤바람이 멎는 틈에 그들이 죽어가는 소리가 들린다는 이야기가 아직도 전해져. 라발레산이며 페이드보드산도 가봤어. 하지만 빅토르, 이 나라는 지금까지 본 어떤 멋진 풍경보다 더 큰 즐거움을 줘. 스위스의 산들은 이곳에 비하면 훨씬 더 웅장하고 기기괴괴하지. 하지만 이 성스러운 강둑에는 내가 봐온 풍경들과는 다른 매력이 있어. 절벽 위에 걸려 있는 저 성을 한번 봐. 사랑스러운 나무들의 잎사귀 사이에 숨다시피 한 저 섬에도 성이 있지. 포도밭에서 오는 저 일꾼들 한 무리를 봐. 산의 후미진 곳에 반쯤 숨어 있는 듯한 마을도. 오, 우리나라에서 빙하를 쌓거나 도저히 접근할 수 없는 산봉우리에 은거하는 정령들에 비해 이곳을 지키며 사는 정령은 분명히 인간과 더 조화를 이루는 영혼을 소유하고 있을 거야."

앙리 클레르발! 사랑하는 친구여! 지금도 너의 말을 적어 내려가면서 네가 당연히 받아야 할 찬사를 생각하니 마음이 다시 즐거워지는구나. 앙리는 "몹시 시적인 자연"(레이 헌트의 「리미니」에서 인용—원주)으로 빚은 존재였다. 자유분방하고 열정적인 상상력은 감수성으로 섬세하게 다듬어졌다. 그의 영혼은 뜨거운 애정이 흘러넘쳤다. 그의 우정은 경이로울 정도로 헌신적이었다. 세속적인 사람은 상상에서나 볼 수 있다고 여길 만한 우정 말이다. 그러나 인간적인 공감과 연민으로도 그의 열렬한 마음을 충족시키기에는 역부족이었다. 다른 사람들은 감탄만 할 뿐인 자연의 풍경을 그는 뜨겁게 사랑했다.

핑음을 내는 폭포가
열정처럼 '그'를 사로잡았다.
높은 바위와

산, 깊고 음울한 숲,

그들의 색깔과 형태, 이 모든 것이 그에게는

욕망이었다. 느낌이며 사랑이었다.

여기에는 생각으로 주어지거나, 눈으로부터 빌리지 않은

여느 관심으로부터 비롯된

더 멀리 떨어진 매력은 필요하지 않았다.

(워즈워스의 「틴턴 애비」에서 인용-원주)

그런데 지금 그는 어디에 있나? 이 다정하고 사랑스러운 사람은 영원히 사라진 건가? 그의 정신은 온갖 발상으로 가득하고 상상력은 기발하고 어마어마해 하나의 세계를 창조하기에 이르렀다. 그러나 그 세계는 창조주가 살아있을 때만 존재할 수 있었다. 이런 정신이 사라진 건가? 이제 내 기억 속에서만 존재하나? 아니다, 그렇지 않다. 그렇게 성스럽게 빚어진 채 아름다움을 환히 뿜어내던 너의 육체는 썩어버렸지만 네 정신은 여전히 불행한 친구를 찾아와 마음을 어루만져준단다.

이렇게 슬픔을 토로하는 나를 용서해주시기를. 이런 부질없는 말은 비할 길 없이 소중한 앙리에게 시시한 찬사에 불과하지만 그래도 그를 기억할 때면 고통에 몸부림치는 내 마음을 어루만져준다오. 이야기로 다시 돌아가겠다.

우리는 쾰른을 지나 네덜란드의 평원으로 내려갔다. 그리고 역마로 남은 여행을 하기로 정했다. 역풍이 부는데 강물은 너무 잔잔해서 바람을 이기며 우리를 도와주지 못했기 때문이다.

이 구간을 여행하는 동안 우리 둘 다 아름다운 풍경에 대해 흥미를 잃었다. 그렇게 며칠 후 우리는 로테르담에 도착했고 그곳에서 바다를 건너 영국으로 향했다. 12월 후반의 어느 화창한 아침, 나는 처음으로 영국 해안의 하얀 절벽을 보았다. 템스강의 강둑은 새로운 풍경을 선사해주었다. 그곳은 평탄하면서 비옥했다. 그리고 거의 모든 도시마다 나름의 사연을 품고 있었다. 우리는 틸버리 요새를 보고 스페인 무적함대를 떠올리기도 했다. 또 그레이브젠드와 울리치, 그리니치. 이런 곳들은 내 고향에서도 들어본 적 있는 도시였다.

마침내 우리는 런던의 수많은 첨탑과 도시 위로 우뚝 솟은 세인트폴성당과 영국 역사에서 빼놓을 수 없는 런던탑을 보았다.

2장

런던은 우리가 당분간 쉬어갈 곳이었다. 우리는 이 유명하고 근사한 도시 런던에서 몇 개월 동안 머무르기로 했다. 앙리는 이 시기에 천재적이고 재능 있는 사람들과 너무도 교류를 하고 싶어 했지만 내게 그런 것은 부차적인 문제였다. 나는 무엇보다 약속을 지키기 위해 필요한 정보를 손에 넣는 방법을 찾는 데 정신이 팔려 있었다. 그리하여 도착하고 얼마 있지 않아, 미리 준비해온 소개장을 들고 가장 뛰어난 자연철학자들을 방문했다.

　행복하게 공부에 빠져 있던 시절에 이런 여행을 떠났다면 얼마나 즐거웠을까. 하지만 내 존재 위로는 어두운 그림자가 드리워져 있었다. 그래서 나는 내가 끔찍이 골몰해 있는 주제에 관해 좋은 정보를 알려줄 만한 사람들만 찾아다녔다. 사람들과 어울리는 일은 고역이었다. 혼자가 되면 하늘과 땅의 풍경들로 마음을 가득 채울 수 있었다. 앙리의 목소리가 위로를 주었기에 덧없는 평화를 그나마 누릴 수 있었지만 즐거워하는 듯 보이다가도 어수선하고 무심한 얼굴들을 보고 있으면 다시 절망이 찾아왔다. 나와 타인 사이에는 넘을 수 없는 장애물이 있었다. 그리고 이 장애물은 윌리엄과 유스틴의 피로 봉인되어 있었다. 유스틴과 관련된 사건을 생각하면 내 영혼은 고통으로 차올랐다.

그러나 앙리를 보고 있으면 예전 내 모습이 떠올랐다. 그는 탐구심이 넘쳤으며 경험을 쌓고 좋은 지도를 받고 싶어 안달했다. 풍습의 차이를 관찰할 때마다 지치지도 않고 배우며 즐거워했다. 그는 항상 분주했다. 즐겁게 지내는 그의 머리에 드리운 유일한 그림자가 있다면 그건 실의와 슬픔에 빠진 내 감정 상태였다. 나는 내 기분을 최대한 숨기려고 했다. 걱정도 없고, 고통스러운 기억도 없이 새로운 생활을 막 시작한 사람이라면 당연하게 느끼는 즐거움을 그에게서 빼앗을 수는 없었다. 나는 혼자 있고 싶어서 다른 약속을 핑계로 그와 함께 나가지 않는 일이 잦아졌다. 그 무렵 나는 새로운 생명을 만드는 데 필요한 재료를 수집하기 시작했다. 이 작업은 머리 위로 계속해서 물이 한 방울씩 똑똑 떨어지는 것처럼 은근하고 지속적으로 나를 괴롭혔다. 이 작업에 관한 생각을 할 때마다 지독한 고통이 뒤따랐으며 그 일을 암시하는 말만 해도 입술이 경련을 일으키고 심장이 쿵쾅거렸다.

런던에 온 지 몇 달이 되었을 즈음 예전에 제네바에서 만난 적이 있는 스코틀랜드 사람에게서 편지를 한 통 받았다. 그는 자신의 고향이 얼마나 아름다운지 이야기하며 자신이 사는 북쪽 퍼스까지 와보지 않겠느냐고 했다. 앙리는 이 초대를 몹시 받아들이고 싶어 했지만 나는 사람들과 어울리는 일이 너무 싫었다. 그래도 산천은 다시 보고 싶었다. 자연이 간택한 곳이 얼마나 경이롭게 장식되어 있는지도 궁금했다.

우리가 영국에 도착했을 때가 10월 초였는데, 어느새 2월이었다. 우리는 3월 말에 북쪽으로 여행을 떠나기로 했다. 이 여행에서 우리는 에든버러로 가는 주요 도로 대신 윈저와 옥스퍼드, 매틀록, 컴벌랜드 호수를 지나 7월 말에 여정을 마무리하기로 계획을 세웠다. 나는 실험 도구와 그동안 모은 자료를 챙기면서 스코틀랜드의 북부 고원 어딘가 외지고 조용한 곳에서 이 작업을 끝내야겠다고 마음먹었다.

우리는 3월 27일 런던에서 출발한 후, 윈저에서 며칠 동안 머무르면서 그곳의 아름다운 숲을 산책했다. 우리처럼 산악지대에 사는 사람들에게 이런 평지는 완전히 새로운 풍경이었다. 위풍당당하게 서 있는 떡갈나무들이며 수많은 사냥감, 우아한 사슴 떼 같은 풍경이 우리의 눈에는 너무 색달랐다.

윈저를 떠나 옥스퍼드로 향했다. 그곳에 발을 들여놓자 한 세기 반도 전에 일어났던 사건들에 대한 기억으로 머릿속이 가득 찼다. 찰스 1세가 자신의 군대를 모은 곳이 바로 이 옥스퍼드였다. 온 나라가 의회와 자유라는 기치를 따르려고 국왕의 명분을 저버린 후에도 이 도시는 여전히 그에게 충성을 다했다. 그 불운한 왕과 동지들, 쾌활한 포클랜드, 거만한 가워, 왕비와 왕세자에 대한 기억에 나는 한때 그들이 살았을 이 도시 곳곳에 유난히 흥미가 돋았다. 과거에 살았던 정령이 이 도시를 세웠으므로 우리는 기꺼이 그 발자취를 더듬어갔다. 설령 이런 감상적인 생각을 만족시켜줄 상상의 존재를 찾지 못한다고 해도 이 도시의 풍경은 우리가 탄복을 금치 못할 정도로 멋있었다. 학교는 고색창연했다. 거리는 아름답고 웅장했다. 도시 옆으로 푸른 초원을 유유히 흐르는 눈부신 이시스강의 잔잔한 수면에는 고목에 둘러싸인 채 웅장한 풍경을 완성한 첨탑과 돔이 비쳤다.

나는 이런 풍경을 즐겁게 감상했다. 그러나 이렇게 즐겁다가도 과거를 떠올리거나 미래를 그리면 쓸쓸해졌다. 나는 원래 어디서건 작은 행복을 잘 찾아내는 사람이었다. 유년기만 해도 한 번도 불만을 느낀 적이 없었다. 설령 '지루함'에 사로잡혀 있다가도 자연에서 아름다운 풍경을 보거나 인간이 만들어낸 뛰어나고 숭고한 학문을 공부하면 금세 재미를 느꼈고 기분이 좋아졌다. 그러나 지금 나는 시들어버린 나무나 다름이 없었다. 내 영혼에 벼락이 떨어졌다. 살아서 보여주어야 할 것이 있다면 그것은 바로 곧 목숨이 끊어질 마지막 순간이었다. 남에게는 한심하고, 스스로에게는 혐오스러운 망가진 인간의 비참한 말로 말이다.

우리는 옥스퍼드에서 꽤 오랜 시간을 머무르며 근교를 산책하거나, 영국사에서 가장 활기 넘쳤던 시대와 관계있을지 모를 장소를 직접 보고 싶어 차례차례 찾아다녔다. 우리의 소소한 발굴 여행은 유적지를 계속 찾아내는 바람에 자주 길어지곤 했다. 우리는 그 유명한 햄던(찰스 1세에 맞선 의회파 정치가-옮긴이)의 무덤과 그 애국자가 쓰러진 들판도 찾아갔다. 나는 잠깐이나마 비참하고 불행한 두려움에서 벗어나 자유와 자기희생 같은 고귀한 개념을 생각해보았다. 내가 보는 풍경이 바로 이런 고귀한 사상을 보여주는 기념비이자 기념물이었다. 나는 나를 속박하는 사슬을 잠시 벗어던지고 자유롭고 고귀한 정신으로 주위를 둘러보았다. 그러나 얼마 못가 쇠사슬이 내 살을 파먹었고, 나는 온몸을 부들부들 떨며 희망을 잃은 채 비참한 자아로 다시 추락했다.

우리는 아쉬움을 안고 옥스퍼드를 떠나 다음 휴식지인 매틀록으로 향했다. 이 마을을 둘러싼 풍경은 스위스와 매우 비슷했지만 어딘지 스위스보다 더 작고 낮았다. 푸르른 구릉

저 너머에는 하얀 알프스라는 왕관이 없었다. 소나무가 우거진 내 조국의 산들을 늘 보살펴주는 그 알프스 말이다. 우리는 근사한 동굴을 구경하러 갔다. 자연사 수집품을 모아둔 작은 진열실도 보러 갔는데, 세르보와 샤모니에서 수집품을 진열하는 방식대로 진기한 물건들이 늘어져 있었다. 앙리가 샤모니를 입에 담자 온몸이 부들부들 떨렸다. 그 이름을 들으면 끔찍한 장면이 떠올랐기 때문에 나는 서둘러서 매틀록을 떠났다.

더비에서 계속 북쪽으로 가는 길에 우리는 컴벌랜드와 웨스트모얼랜드에서 두 달을 지냈다. 이곳은 스위스의 산악지대에 있는 듯한 착각이 들 정도였다. 산의 북쪽 경사면에 여기저기 남아 있는 눈과 호수, 기세 좋게 흘러가는 험악한 물줄기는 너무나 친숙하고 정감이 가는 풍경이었다. 이곳에서도 우리는 여러 사람을 만났고 그들 덕분에 나는 행복하다는 허상에 잠시 취하기도 했다. 앙리는 나보다 훨씬 더 즐겁게 여행을 했다. 그의 정신은 유능한 사람들과의 교류로 원숙해졌다. 그 반대의 사람들을 만날 때도 자신에게 있다고 생각한 것보다 훨씬 더 많은 능력과 자원을 스스로 찾아냈다. "나는 여기서 평생 살아도 되겠어. 이 산을 보고 살면 스위스와 라인강도 별로 그립지 않을 거야."

그러나 앙리는 여행자의 삶이 마냥 즐겁지만은 않다는

걸, 수고롭기도 하다는 사실을 이내 깨달았다. 그는 새로운 경치가 나타날까 늘 긴장했다. 좀 쉬려다가도 새로운 것, 즉 그의 관심을 사로잡는 것이 나타나면 그것을 즐기기 위해 휴식을 포기했다. 또 다른 새로운 것이 나타나면 다시 직전까지 관심을 보였던 것을 이내 포기하고 떠났다.

컴벌랜드와 웨스트모얼랜드에 있는 여러 호수를 돌아다니며 그곳에 사는 사람들에게 정을 느끼기 무섭게 스코틀랜드 친구와 약속을 한 날짜가 코앞으로 다가왔다. 그래서 그들을 떠나 여행을 재개했다. 나로서는 전혀 서운하지 않았다. 나는 한동안 문제의 약속을 무시하고 있었으므로 그 악마가 실망해 무슨 짓이라도 하진 않을까 전전긍긍하던 차였다. 그가 스위스에 남아서 내 가족에게 복수할지도 모른다는 생각이 머릿속을 떠나지 않았다. 그것만 아니라면 평온하게 휴식을 취할 수도 있을 것 같아 매 순간 고통스러웠다. 나는 안절부절못하며 편지를 기다렸다. 편지가 늦어지면 자포자기해 수천 가지 두려움에 사로잡혔다가도 막상 편지가 도착해 편지봉투에 적힌 엘리자베스나 아버지의 이름을 보면 차마 편지를 읽어 내 운명을 확인할 엄두가 나지 않았다. 때로는 그 적이 나를 따라와 내가 더 빈둥거리지 않도록 내 길동무를 살해할지도 모른다는 생각이 들었다. 그런 생각에 사로잡힐 때면 나는 한시도 앙리 곁을 떠나지 않았다. 앙리를 죽이려는 괴물의 분노를 상상하며 그를 보호하기 위해 그림자처럼 따라다녔다. 심각한 범죄를 저질러 양심의 가책으로 괴로워하는 것과도 같았다. 아무런 죄도 저지르지 않았지만, 범죄만큼 용서받지 못할 끔찍한 저주가 내 머리로 내려진 것은 사실이었다.

나는 나른한 눈빛과 정신으로 에든버러를 방문했다. 그런데 그 도시는 세상에서 가장 불행한 사람조차 흥미를 느낄 만한 곳이었다. 앙리는 옥스퍼드만큼 반색하지는 않았다. 그는 옥스퍼드의 고색창연한 분위기를 더 마음에 들어 했다. 하지만 신도시 에든버러의 아름다움과 규칙성, 그곳의 낭만적인 성들, 쾌적하고 세상에서 가장 즐거운 곳인 아서스 시트(아서의 왕좌라는 이름의 언덕-옮긴이), 세인트버나드의 우물, 펜틀랜드 힐스를 보면서 아쉬움을 달랜 그는 다시 찬탄을 연발하며 유쾌한 기분으로 돌아갔다. 반면 나는 여행의 최종 목적지에 한시바삐 도착하고 싶어 초조하기만 했다.

우리는 일주일 후 에든버러를 출발해 쿠퍼와 세인트앤드루스를 지나 테이강 강둑을 따라 친구가 기다리고 있는 퍼스로 향했다. 나는 낯선 사람들과 웃고 떠들거나 여행객에게 기대하는 흥겨운 모습으로 그들의 감정이나 계획에 맞춰주고 싶은 기분이 아니었다. 그래서 앙리에게 스코틀랜드를 혼자 여행하고 싶다고 말했다. "여기서 즐겁게 지내고 있어. 여기서 다시 만나자. 한두 달 정도 떨어져 있겠지만, 내 말대로 해줘, 부탁이야. 잠시 나 홀로 조용하게 시간을 보내게 해줘. 돌아올 때면 지금보다 훨씬 가벼운 마음과 너와 같은 기분으로 너와 더 잘 어울릴 수 있을 거야."

앙리는 나를 만류했지만 내가 마음을 굳힌 것을 알고는 더는 붙잡지 않았다. 그는 자주 편지를 하라며 말했다. "너와 함께 있는 게 더 좋아. 잘 모르는 스코틀랜드 사람들과 어울리는 것보다 고독한 네 산책을 함께하고 싶다고. 그러니, 친구, 되도록 빨리 돌아와. 그래야 내 마음이 다시 편해질 거야. 네가 없으면 편히 지낼 수가 없어."

친구와 헤어진 후 나는 스코틀랜드에서 외진 곳을 찾아가 홀로 연구를 마치기로 결심했다. 그 괴물이 나를 따라 오리라 믿어 의심치 않았다. 분명 내가 작업을 끝내면 자신의 동반자를 만나기 위해 내게 모습을 보일 터였다.

이런 결심으로 북부 고원을 지나 오크니에서도 가장 외떨어진 곳에 자리를 잡았다. 그곳은 바위 말고는 아무것도 없고, 바위 절벽도 쉴 없이 파도가 부딪치는 곳이어서 내 작업에 더할 나위 없이 잘 어울렸다. 토양도 척박해서 목초지는 볼품없는 젖소 몇 마리만 풀을 먹을 정도였고, 고작 다섯 명인 주민들은 근근이 귀리를 키워 연명했다. 그들의 깡마른 몸을 보니 식사가 얼마나 형편없는지 알 것 같았다. 푸성귀와 빵은 그곳에서는 사치품이었다. 신선한 물조차 육지에서 실어 와야 했는데, 육지는 8킬로미터가량 떨어져 있었다.

섬 전체를 통틀어도 볼품없는 오두막 세 채가 전부였고, 내가 도착했을 때 그중 한 곳이 비어 있었다. 나는 그 오두막을 빌렸다. 방이 두 개였는데 그마저도 지독한 빈곤과 초라함을 보여주었다. 짚으로 이어 올린 지붕은 무너져 내렸고 벽에 바른 회반죽도 벗겨졌으며 문의 경첩도 빠져 있었다. 나는 집을 수리해달라고 한 후 가구를 몇 점 사 그 집으로 들어갔다. 이곳 주민들이 지독한 궁핍과 가난으로 무감각해지지 않았다면 내가 이곳으로 온 일은 깜짝 놀랄 만한 사건이었으리라. 아무튼 그렇게 나는 누구의 시선도 괴롭힘도 받지 않고 그곳에서 지내기 시작했다. 내가 옷가지와 먹을 것을 나누어주었지만 고맙다는 인사도 없었다. 고난은 인간이 지닌 가장 조잡한 감정조차 무디게 만드는 법이다.

이 은신처에서 나는 오전 내내 작업을 했다. 그러나 저녁이 되면 날씨가 허락하는 한, 바위투성이의 바닷가를 거닐며 으르렁대는 파도가 내 발치로 밀려오는 소리를 들었다. 이곳의 풍경은 단조로우면서도 시시각각으로 변했다. 스위스가 떠올랐다. 스위스는 이 황량하고 지독한 풍경과는 완전히 달랐다. 그곳의 언덕은 포도 넝쿨로 뒤덮여 있고 시골집들은 평지에 촘촘하게 자리 잡고 있었다. 그곳의 아름다운 호수에는 다정한 하늘이 파랗게 비쳤다. 바람에 수면이 일렁일 때도 있지만, 거대한 바다가 포효하는 것에 비하면 그 호수에서 벌어지는 소란스러움은 생기 넘치는 아기의 장난과도 같았다.

그곳에 처음 도착했을 때만 해도 내 하루는 이런 식으로 나뉘었다. 그러나 본격적으로 작업을 시작하자 일은 매일같이 더 끔찍하고 진저리가 났다. 때로는 마음을 잡지 못해 며칠 동안 실험실에 들어갈 엄두조차 내지 못했다. 또 어떤 때는 작업을 끝내려고 밤낮으로 매달리기도 했다. 내가 하는 작업은 정말 지저분하고 끔찍했다. 첫 번째 실험을 하는 동안은 광기에 가까울 만큼 열정적으로 매달렸기에 내가 하는 작업이 얼마나 무시무시한지 눈에 들어오지 않았다. 정신이 작업의 결과에만 초점이 맞춰져 있어 두 눈은 그 과정이 품고 있는 무시무시함을 보지 못했다. 그러나 이번에는 냉정한 정신으로 임했기에, 종종 내 심장은 손이 하는 작업에 역겨움을 느꼈다.

이런 곳을 근거지로 삼아, 잠시라도 관심을 돌릴 것 없이 고독하게 이 혐오스럽기 짝이 없는 작업을 꾸역꾸역하다 보니 감정은 어느새 균형감각을 잃게 되었다. 자꾸 불안하고 초조해졌다. 내 박해자와 마주칠까 늘 겁에 질려 있었다. 너무 무서워서 쳐다볼 수도 없는 그 존재와 마주칠까 무서워서 때로는 눈도 못 들고 바닥만 뚫어져라 바라보며 앉아 있었다. 혼자 있으면 그놈이 동반자를 어서 내놓으라고 찾아올까 인적이 없는 곳을 돌아다니는 것도 무서웠다.

그러는 동안에도 나는 계속 일을 했다. 작업은 이미 상당한 진척을 거두었다. 나는 달뜬 희망을 품은 채 작업이 완성되는 날을 고대했다. 작업이 끝나리라는 사실에 감히 의문도 품을 수 없었지만, 한편으로는 막연하게 불길한 예감이 찾아왔다. 그럴 때면 내 안의 심장이 먹먹하게 아팠다.

3장

어느 저녁 나는 실험실에 앉아 있었다. 해는 이미 서쪽으로 넘어갔고 달이 막 바다로 떠오른 참이었다. 작업을 더 하자니 주위가 그리 환하지 않았다. 그래서 하릴없이 앉아 이대로 작업을 끝낼지, 아니면 쉬지 않고 작업을 마치는 데 박차를 가해야 할지 잠시 고민을 했다. 그렇게 앉아 있자니 생각이 꼬리에 꼬리를 물고 이어져 급기야 내가 지금 하는 작업이 어떤 결과를 낳을지에까지 미쳤다. 3년 전에도 나는 똑같은 방식으로 작업을 했다. 그리하여 그 악마는 비교도 할 수 없는 야만성으로 내 심장을 황폐하게 만들고 그 자리를 쓰라린 비통함으로 채워버렸다. 그런데 지금 그런 존재를 하나 더 만들어낼 참이었다. 전과 마찬가지로 그 존재의 성격에 대해 짐작조차 할 수 없었다. 내가 만드는 여자는 자신의 짝보다 만 배는 더 사악할지 모르며 사람을 죽이고 비참하게 만드는 일에 무엇보다 기쁨을 느낄 수도 있었다. 그는 사람이 사는 곳을 떠나 황무지에서 죽은 듯이 살겠다고 맹세를 했지만 이 여자는 그런 맹세를 하지 않았다. 모든 것으로 미루어볼 때, 사고와 추론 능력을 갖추었을 이 여자가 자기 의사 없이 체결된 계약을 거부할 수도 있었다. 둘이 서로를 증오할 수도 있었다. 이미 태어난 그놈은 자신의 추한 몰골을 증오했다. 그렇다면 자신의 눈앞에 여자의 몸을 한 비슷한 존재가 나타났을 때, 자신을 봤을 때보다 더 혐오스러워할 수도 있지 않을까? 그 여자 또한 혐오감에 그를 외면한 채 훨씬 더 아름다운 인간으로 눈을 돌릴 수도 있다. 그를 떠날지도 모른다. 그러면 그는 또 혼자가 되어 자신과 똑같은 종족에게 버림을 받았다는 새로운 이유로 광분할지도 모른다.

그들이 유럽을 떠나 신세계의 어느 황무지에 정착했다고 하자. 그런데 그 악마가 그토록 갈구하던 공감과 연민을 누린 결과로 아이들이 태어날 수도 있다. 이윽고 악마의 종족이 온 세상으로 퍼져나가 인간 세상을 불안하고 위험으로 가득 찬 상태로 만들 수도 있지 않을까. 내가 살겠다고 앞으로 태어날 세대에게 이런 저주를 걸 권리가 있을까? 과거에 나는 내가 생명을 불어넣은 그놈의 현란한 말솜씨에 마음이 움직였다. 그의 악랄한 위협에 분별력을 잃었다. 그런데 이제 와서 나는 처음으로 내가 한 약속이 얼마나 사악한 것인지 실감이 났다. 나는 미래 세대가 인류에게 역병을 퍼트렸다며 나를 저주하는 상상에 진저리가 났다. 이기심에 눈이 멀어 제 마음의 평화만을 위해 인류의 존립을 위협하는 짓을 한 인물이라고 말이다.

몸이 벌벌 떨리고 금방이라도 심장이 멎을 것 같았다. 그런데 고개를 든 순간 달빛에 비친 악마가 창가에 서 있는 모습을 보았다. 그가 부여한 임무를 하느라 자리를 지키고 있는 나와 눈이 마주치자 그의 입술이 쪼글쪼글해지며 으스스한 미소가 걸렸다. 그랬다. 그는 내 여행길을 내내 뒤따라왔다. 그는 숲을 배회하거나 동굴에 몸을 숨기거나 드넓고 황량한 황야에 숨어 있다가 내가 얼마나 작업을 했는지 확인하고 약속을 지키라고 주장하기 위해 모습을 드러낸 것이다.

그는 나를 믿지 못해 극도로 악의를 품은 표정을 짓고 있었다. 그와 똑 닮은 생명체를 만들어주겠다는 약속을 떠올리자 광기에 사로잡힌 나는 휘몰아치는 감정을 이기지 못해 몸을 부들부들 떨며 만들고 있던 그것을 갈기갈기 찢어버렸다. 그 악마는 장차 자신의 행복이 달린 존재가 파괴되는 모습을 목격하더니 절망감과 복수심에 찬 악마처럼 울부짖다가 금세 자취를 감추었다.

나는 그곳을 나와 문을 잠갔다. 그리고 다시는 이 작업을 하지 않겠다고 마음속으로 엄숙하게 맹세를 했다. 그런 후에야 비틀거리며 내 거처로 발길을 옮겼다. 나는 혼자였다. 내 주위에는 우울한 기분을 날려주고 끔찍하기 짝이 없는 몽상에 짓눌리는 고통에서 벗어나도록 도와줄 사람이 아무도 없었다.

몇 시간이 흘렀다. 나는 창가에서 바다를 응시했다. 바람이 잦아들어 바다는 꼼짝도 하지 않는 것 같았다. 고요한 달빛 아래 만물이 편히 쉬고 있었다. 어선 몇 척만이 바다 위에 점점이 흩어져 있었다. 어부들이 서로를 부를 때면 가끔 미풍에 그들의 목소리가 실려 왔다. 정적이 얼마나 깊은지 미처 깨닫지도 못한 채 그저 고요하다고 느꼈다. 그런데 느닷없이 해안가에서 노를 젓는 소리가 들리나 싶더니 누군가 내 집 근처에 배를 대고 내리는 소리가 들렸다.

잠시 후 이번에는 문이 끼익 열리는 소리가 들렸다. 누군가 문을 아주 조심스럽게 여는 것처럼 말이다. 머리부터 발끝까지 덜덜 떨렸다. 누구인지 알 것 같았다. 근처 오두막에 사는 농부를 아무나 깨우고 싶었다. 하지만 무시무시한 악몽에서 자주 그러듯이 무력한 감각에 완전히 압도되었다. 곧 닥칠 위험에서 아무리 도망치려고 해도 그 자리에 못이라도 박힌 듯 얼어붙을 때처럼 말이다.

복도를 걸어오는 발소리가 들렸다. 문이 열리더니 내가 그토록 두려워하는 그 괴물이 나타났다. 그는 문을 닫고 내

277

게 다가와 잔뜩 억누른 목소리로 말했다.

"당신이 시작한 작업을 다 파괴해버리다니, 무슨 생각이야? 감히 약속을 깨려는 건가? 나는 온갖 고통과 비참함을 견디며 버텼어. 너와 함께 스위스를 떠났지. 버드나무가 우거진 섬을 지나고 언덕을 넘으며 라인강변을 기어서 지나갔어. 영국에 와서는 황야에서, 스코틀랜드에서는 황무지에서 몇 달을 버텼다고. 상상도 할 수 없는 피로와 추위, 배고픔을 참고 견뎠어. 어떻게 그런 내 희망을 산산조각낼 수 있지?"

"꺼져! 나는 약속을 파기한다. 너처럼 흉측하고 사악한 존재를 다시는 만들지 않을 거라고."

"이 노예여, 과거에 나는 이성으로 너를 설득했어. 그런데 너는 내가 겸손하게 대할 가치가 없는 인간이라는 사실을 몸소 증명했어. 내게는 힘이 있다는 사실을 명심해. 지금 자신이 비참하다고 생각하겠지. 하지만 나는, 네가 너무 불행하고 비참해서 한낮의 빛줄기도 증오하게 만들 수 있어. 너는 내 창조주야. 하지만 나는 네 주인이다. 그러니 복종해!"

"내가 나약했던 시절은 과거의 이야기야. 이제 네놈이 힘을 과시할 때가 왔구나. 네가 아무리 위협을 해도 내게 악행을 시킬 수는 없어. 오히려 악에 물든 동반자를 절대 만들지 않겠다는 내 결심만 더 확고하게 만들 뿐이지. 미치지 않고서야 사람에게서 목숨을 빼앗고 비참하게 만드는 데서 기

278

뺨을 느끼는 악마를 이 세상에 풀어놓는 일을 할 것 같나? 꺼져버려! 내 결심은 확고해. 네가 무슨 말을 하건 내 분노만 부채질할 뿐이야."

그 괴물은 결연한 내 표정을 보더니 자신이 할 수 있는 일이 없다는 사실에 분노로 이를 바득바득 갈았다. "사람이라면 누구나," 괴물이 울부짖었다. "함께할 반려자가 있고 한낱 짐승도 짝이 있어. 그런데 왜 나는 혼자여야 하나? 나도 애정이라는 감정을 느껴. 그런데 내가 받은 보답은 혐오와 경멸뿐이었어. 인간이여, 증오할 테면 해. 하지만 이것만큼은 알아둬! 네 시간은 고통과 불행 속에서 흘러갈 거야. 네게서 영원히 행복을 앗아갈 벼락이 떨어질 거야. 내가 지독한 불행 속에서 고통받는데 너만 행복할 작정이야? 네가 나의 온갖 열정을 다 파괴해도 복수심만큼은 건드리지 못해. 복수 말이야. 지금부터 내게 복수는 빛이나 음식보다 더 소중해! 나도 언젠가는 죽겠지. 하지만 그전에 나의 독재자이자 고문자인 너는 나락에 빠진 자신을 지켜보는 태양을 저주하게 될테니 조심해! 나는 무서운 게 아무것도 없어서 강력해. 뱀처럼 교활한 눈으로 너를 지켜볼 거야. 그러다가 독니로 물어버릴지 몰라. 인간이여, 네가 내게 입힌 상처를 후회하는 날이 올 거야."

"이 악마야, 닥쳐. 그런 악에 받친 소리로 이 공기를 오염

시키지 마. 나는 내 결심을 네게 확실히 밝혔어. 한번 한 말을 뒤집을 정도로 겁쟁이가 아니야. 떠나라, 내 결심은 확고하니까."

"좋아. 그렇다면 가주지. 하지만 기억해둬. 나는 네 결혼식 날 밤에 다시 나타날 거야!"

나는 깜짝 놀라 뛰쳐나가면서 소리를 쳤다. "이 악당! 내게 사형 집행장을 내밀기 전에 네 목숨이나 걱정해."

나는 그놈을 잡아보려고 했지만, 그놈은 용케 나를 피해 순식간에 집을 빠져나갔다. 그다음, 나는 그놈이 배에 타고 있는 모습을 보았다. 놈을 태운 배는 화살처럼 빠르게 바다를 헤엄쳐 나가더니 이내 파도 사이로 자취를 감추고 말았다.

다시 정적이 찾아왔다. 하지만 그의 말이 내 귓전을 계속 때렸다. 나는 분노로 활활 타올라 내 평화를 박살 낸 그 살인자를 추적해 바다로 처박아버리고 싶었다. 불안에 휩싸인 채 초조하게 방 안을 서성거렸다. 그러는 동안 내 머릿속에서는 나를 고문하고 괴롭히는 그림이 천 가지는 떠올랐다. 왜 놈을 뒤쫓아가서 목숨을 걸고 끝장을 보지 않았을까? 왜 그놈이 떠나도록 내버려 뒀을까? 그는 육지로 뱃머리를 향했다. 누가 그놈의 채울 수 없는 복수욕의 희생자가 될지 생각하자 몸이 벌벌 떨렸다. 그때 그놈의 말이 다시 생각났다. "나는 네 결혼식 날 밤에 다시 나타날 거야!" 그때가 바로 내 운명이 종말을 맞이하는 때일 것이다. 그때 나는 죽어야만 한다. 그러면 그놈도 악의를 만족시킨 후 사라질 것이다. 그런 미래는 전혀 두렵지 않았다. 하지만 사랑하는 엘리자베스를 떠올리자 몇 달 만에 처음으로 눈물이 쏟아졌다. 사랑하는 이가 너무나 야만적으로 자신에게서 떠나갔다는 사실을 알고 엘리자베스가 흘릴 눈물과 한없는 슬픔을 떠올랐기 때문이다. 그리하여 나는 처절하게 싸우지 않고는 결코 내 적 앞에 쓰러지지 않으리라 결심했다.

그렇게 밤이 지나가고 태양이 수평선 위로 떠올랐다. 나는 한결 평온해졌다. 분노로 폭발하는 폭력성이 한없이 깊은 절망감에 빠진 것을 평온이라고 부를 수 있다면 말이다. 나는 지난밤 언쟁을 벌인 끔찍한 무대였던 그 집을 나서 해변으로 향했다. 눈앞에 펼쳐진 바다는 나와 다른 사람들 사이를 가로막는 도저히 넘을 수 없는 장애물 같았다. 아니, 차라리 바다가 장애물이면 좋겠다는 생각이 마음을 훔쳤다. 이 황량한 돌섬에서 남은 생을 보내면 어떨까. 지치고 신물이 나는 삶이겠지만, 느닷없이 불행에 빠지는 운명은 피할 수 있지 않을까. 어차피 고향으로 돌아가봐야 나는 죽임을 당할 것이다. 아니면 내가 만들어낸 악마의 손아귀에 가장 사랑하는 사람들이 목숨을 잃는 모습을 지켜보게 될 것이다.

나는 사랑하는 이들과 멀리 떨어져 있다는 사실에 지독

한 비참함을 맛보며 불안에 싸인 유령처럼 섬을 배회했다. 정오가 되어 해가 더 높이 떠오르자 나는 풀밭에 드러누워 깊은 잠에 빠져들었다. 지난밤을 꼬박 뜬눈으로 지새운 데다 밤새 신경이 잔뜩 곤두선 상태였다. 비참한 기분에 휩싸여 잠을 자지 못한 탓에 눈은 타오르는 것처럼 화끈거렸다.

푹 자고 나자 몸이 개운해졌다. 눈을 뜨니 내가 다시 다른 인간과 동류가 된 느낌이 들었다. 그래서 지난밤에 일어난 일을 좀 더 침착하게 되짚어볼 수 있었다. 그 적이 내게 퍼부은 말이 여전히 죽음의 예고처럼 귓전에 울렸다. 꿈결에 들은 소리 같으면서도 여전히 현실처럼 뚜렷하고 내 목을 죄어오는 것 같았다.

해는 서쪽으로 더 기울었지만 나는 바닷가를 떠나지 않고 허기를 채웠다. 마침 배가 죽을 듯이 고팠기에 귀리 빵을 허겁지겁 먹고 있는데, 어선 한 척이 내가 있는 곳으로 다가와 정박했다. 어부가 내게 꾸러미 하나를 전해주었다. 제네바에서 온 편지들과, 나와 어서 합류하고 싶다는 앙리의 편지 묶음이었다. 앙리는 우리가 스위스를 떠난 지 1년이 다 되어 가는데도 아직 프랑스를 가지 못했다고 편지에 썼다. 그러니 어서 고독한 섬을 떠나 지금부터 일주일 후 퍼스에서 만나자고 했다. 얼른 만나서 앞으로의 여행 일정을 다시 짜보자고 말이다. 이 편지를 읽으면서 나는 어느 정도 현실감을 회복했기에 이틀 후에 섬을 떠나기로 했다.

그런데 출발하기 전에 내가 끝내야 할 일이 있었다. 그 사실을 떠올리고는 몸서리를 쳤다. 실험 도구들을 챙겨가야 했다. 그러려면 혐오스러운 작업의 현장이 되었던 실험실로 가, 보는 것만으로도 욕지기가 치밀어 오르는 도구들을 정리해야 했다. 이튿날 아침 동이 트자 나는 용기를 끌어모아 실험실 문의 자물쇠를 열었다. 반쯤 만들다 파괴해버린 생명체의 잔해가 사방에 흩어져 있었다. 살아 있는 인간의 살을 발기발기 찢은 듯한 기분에 사로잡혀 잠시 마음을 진정시킨 후 그 방으로 들어갔다. 부들부들 손을 떨며 간신히 도구들을 챙겨 나왔다. 그때 내가 연구를 진행한 흔적이 섬의 농부들에게 두려움과 의혹을 불러일으킬지 모른다는 데 생각이 미쳤다. 그래서 만들다 만 인간의 유해를 바구니에 담고 돌을 가득 채워 그날 밤 바다에 던져버리기로 했다. 적당한 때가 될 때까지 나는 해변에 앉아서 도구를 씻고 정리했다.

그 악마가 나타난 밤 이후, 내 감정은 더할 수 없을 정도로 전과는 확실히 달라졌다. 전에는 우울한 절망감에 휩싸여 그 약속을 바라보았다. 어떤 결과를 맞이하더라도 그 약속을 반드시 지켜야 한다고 생각했다. 이제 내 눈을 덮고 있던 막이 걷혀서 난생처음으로 이 세상이 또렷하게 보이는 것 같았다. 작업을 다시 시작하겠다는 생각은 한순간도 들지 않았다. 그놈의 협박이 내내 머릿속을 떠나지 않았지만, 인제 와 자발적으로 무엇을 한들 같은 결과를 피할 수는 없다는 생각이 들었다. 나는 확실하게 내 결심을 굳혔다. 내가 처음에 만들었던 그 괴물과 똑같은 것을 다시 만든다면 그보다 저열하고 형편없는 이기적인 행위는 또 없을 것이다. 그래서 나는 다른 결론으로 이어질 생각의 가닥을 머릿속에서 완전히 지워버렸다.

　　새벽 2시를 지나 3시로 가는 시간, 달이 휘영청 밝았다. 나는 마침내 바구니를 작은 배에 싣고 해변에서 6킬로미터 가량 떨어진 곳까지 노를 저어 나갔다. 사방 어디를 보나 고독한 풍경이었다. 배 몇 척이 섬으로 돌아오고 있어서 그들을 피해 배를 몰았다. 지독한 범죄를 막 저지르려는 듯한 기분에 몸이 덜덜 떨릴 정도로 불안해서 어떻게든 다른 사람들 눈에 띄고 싶지 않았다. 어느 순간 청명하게 보였던 달도 짙은 구름에 가려졌다. 나는 주위에 어둠이 내려앉은 순간을 놓치지 않고 바구니를 바다로 던져버렸다. 바구니가 꾸르륵거리며 물속으로 가라앉더니 멀어져버렸다. 하늘에는 어느새 구름이 잔뜩 몰려왔다. 공기는 맑고 깨끗했지만, 서서히 불어오기 시작한 북동풍으로 점점 쌀쌀해졌다. 하지만 그 한기에 나는 정신이 번쩍 들었고 기분도 적당히 좋아졌다. 그래서 바다에 좀 더 있기로 했다. 방향타를 정방향으로 고정한 후 바닥에 몸을 죽 펴고 누웠다. 달은 구름 뒤로 숨어 사방이 어슴푸레했다. 오로지 배의 용골이 파도를 가르는 소리만 내 곁에 머물렀다. 철썩거리는 파도 소리가 자장가처럼 나를 달래 순식간에 깊은 잠에 빠져들었다.

얼마나 그렇게 있었을까. 눈을 뜨자 해가 벌써 꽤 높이 떠 있었다. 바람이 거셌고 파도는 내 작은 배를 끊임없이 위협했다. 북동풍이 불고 있었다. 내가 배를 띄운 해안에서 상당히 멀리까지 떠내려왔다는 뜻이었다. 나는 항로를 바꾸려고 했지만 그랬다가 순식간에 배에 물이 차오를 게 분명했다. 그런 상황에서는 바람에 배를 맡기는 수밖에 없었다. 고백하건대 그 순간 나는 공포를 느꼈다. 나침반도 없고 이곳의 지리도 거의 알지 못했기 때문에 길잡이로 해를 이용할 수도 없었다. 이러다가 어쩌면 대서양 큰 바다로 떠내려가 굶주림에 고통을 받거나, 으르렁거리며 배를 흔들어대는 깊이를 헤아릴 수 없는 바다로 휩쓸릴지 몰랐다. 벌써 몇 시간 동안 바다를 떠돈 탓에 목이 타는 듯 말랐다. 이 또한 나를 기다리고 있는 고통의 전주곡이었다. 하늘을 올려다보니 구름이 가득 끼어 있었다. 바람에 구름이 밀려나면 또 다른 구름이 바람에 밀려오는 식이었다. 다시 바다를 바라보았다. 그곳이 내 무덤이 될 터였다. 나는 외쳤다. "적이여, 네 임무는 이미 완수되었구나!" 엘리자베스와 아버지, 앙리 클레르발을 떠올렸다. 나는 어느새 몽상에 빠져들었다. 그것이 어찌나 절망적이고 무시무시했던지, 곧 결말을 맞이할 상황인 지금도 그때를 떠올리면 몸서리가 난다.

그렇게 또 몇 시간이 흘렀다. 그런데 해가 수평선 너머로 사라지면서 서서히 바람이 잦아들고 바다도 잔잔해졌다. 그러자 이번에는 큰 너울이 일었다. 그 탓에 멀미가 나서 방향타를 제대로 붙잡고 있을 수도 없었다. 바로 그때, 남쪽에 길게 뻗어 있는 고원이 보였다.

이미 몇 시간 동안 잔뜩 긴장한 탓에 녹초가 된 상태였다. 그러나 느닷없이 살 수 있다는 확신이 뜨거운 기쁨의 물줄기처럼 심장으로 흘러들었고 눈에서는 눈물이 줄줄 흘러내렸다. 불행의 바다에서 허우적거릴 때조차 생에 이렇게 집착할 수 있다니, 우리의 감정이란 얼마나 덧없으며 얼마나 기이한가! 나는 곧장 입고 있던 옷으로 돛을 하나 더 만들어 달고 뭍을 향해 열심히 배를 몰았다. 멀리서 볼 때는 바위투성이의 거친 곳 같았다. 그러나 가까이 다가가자 농사를 짓고 있는 흔적이 눈에 들어왔다. 해안 근처에 떠 있는 선박 몇 척을 보자 그제야 나는 문명이 있는 지역으로 되돌아왔다는 사실을 깨달았다. 굽이굽이 이어지는 육지를 열심히 눈으로 뒤따르다 보니 마침내 작은 곶 너머로 솟아오른 첨탑이 보여 나는 환호성을 질렀다. 극도로 힘이 빠진 상태였지만 가장 수월하게 먹을 것을 구할 수 있을 그 마을을 향해 필사적으로 배를 몰았다. 다행스럽게도 수중에 돈이 있었다. 곶을 돌아가니 작고 깨끗한 마을과 잘 만들어놓은 부두가 눈에 들어왔다. 이렇게 목숨을 건지리라 기대도 하지 않았기에 주체할 수 없는 기쁨을 느끼며 그 부두에 배를 댔다.

배를 부두에 고정하고 돛을 정리하는데 마을 주민 몇 명이 내게로 다가왔다. 내 몰골에 상당히 놀란 기색이었다. 하지만 내게 도움의 손을 내밀기는커녕 서로 귓속말과 몸짓을 주고받는데, 다른 상황에서 그런 반응을 마주쳤다면 저절로 경계를 할 것 같았다. 그들이 영어를 쓰기에 영어로 말을 걸었다. "안녕하십니까, 여러분. 이 마을의 이름을 알려주시면 감사하겠습니다. 지금 내가 있는 곳이 어디입니까?"

목소리가 걸걸한 남자가 말했다. "그건 금방 알게 될 거요. 이곳이 당신의 기호에 맞을지 모르겠소. 어쨌든 내 장담하는데, 당신에게 묵을 곳을 내주려는 사람은 없을 거요."

나는 낯선 사람에게 그렇게까지 무례한 대접을 받았다는 사실에 놀랐다. 게다가 그와 함께 온 사람들이 눈살을 찌푸리고 화를 숨기지 못하는 표정을 보니 슬슬 불안했다. 내가 되물었다. "왜 그렇게 야박하게 구십니까? 낯선 사람에게 이런 푸대접을 하는 것이 영국인의 풍습이란 말입니까?"

"그건 나도 모르지." 그 남자가 말했다. "영국 놈들 풍습

287

따위 알 게 뭐요. 하지만 여기 아일랜드에서는 악당을 증오하는 게 풍습이오."

이렇게 기묘한 대화가 이어지는 동안 순식간에 사람들이 모여들었다. 그들은 호기심과 분노가 뒤섞인 표정을 지었다. 그런 모습을 보고 있자니 짜증이 났고 어느 정도 두렵기까지 했다. 나는 모인 사람들에게 여관이 어디에 있는지 물었다. 하지만 모두 입을 꾹 다물었다. 내가 앞으로 걸어가자 나를 에워싸듯 뒤를 따르던 사람들이 웅성웅성 떠들기 시작했다. 그때 험악한 인상의 남자가 다가오더니 내 어깨를 툭툭 치며 말했다. "이보시오, 지금 당장 나와 함께 커윈 씨 댁으로 갑시다. 거기서 진술을 해야 할 거요."

"커윈 씨가 누굽니까? 제가 왜 진술을 해야 한다는 거죠? 이곳은 자유로운 국가가 아닙니까?"

"그럼요. 정직한 사람들에게는 충분히 자유로운 곳이지요. 커윈 씨는 치안판사요. 당신은 지난밤 이곳에서 살해된 어떤 신사의 죽음에 대해 사실대로 이야기하면 되오."

이 대답에 나는 깜짝 놀랐다. 하지만 이내 침착함을 되찾았다. 나는 결백했다. 그것은 쉽게 증명할 수 있었다. 그래서 잠자코 그 사람을 따라 그 마을에서 가장 좋은 저택으로 안내받았다. 나는 피로하고 배가 고파 금방이라도 주저앉을 것만 같았다. 그렇지만 마을 주민들에게 에워싸여 있으니 어떻게든 힘을 내어 버티는 편이 현명한 대처다 싶었다. 육체적으로 쇠약한 상태를 드러냈다가 불안이나 죄책감의 증거라는 오해를 살 수도 있었다. 그때만 하더라도 꿈에도 몰랐다. 지독한 공포와 절망감에 휩싸인 채 수치스럽게 죽을지도 모른다는 압도적인 두려움마저 날려버릴 엄청난 재앙이 기다리고 있을 줄은.

　여기서 잠시 쉬어야겠다. 지금부터 털어놓으려는 그 무시무시한 사건들을 세세하게 기억해내려면 내가 가진 용기를 전부 긁어모아야 하기 때문이다.

4장

나는 곧장 치안판사에게 소개되었다. 그분은 차분하고 온화한 태도의 선한 노인이었다. 하지만 나를 바라보는 눈빛은 꽤 엄해 보였다. 그는 나를 데리고 온 사람들을 돌아보며 이 사건에 누가 증인이 될 것인지 물었다.

마을 사람 여섯 명이 앞으로 나섰다. 증인으로 뽑힌 남자가 치안판사에게 이렇게 증언했다. 그는 전날 밤 아들과 처남인 대니얼 뉴전트와 함께 바다로 나갔다. 10시경 북풍이 거세지자 세 사람은 서둘러 항구로 배를 돌렸다. 달이 아직 뜨지 않아 칠흑처럼 어두운 밤이었다. 그들은 항구에 배를 대지 않았다. 대신 늘 하듯이 항구에서 3킬로미터가량 떨어진 작은 만에 머물렀다. 그가 낚시 도구를 얼마간 들고 앞장을 섰고, 아들과 처남은 어느 정도 떨어져서 그를 뒤따랐다. 그가 모래사장을 걸어가는데, 뭔가에 발이 걸려 모래사

장으로 넘어졌다. 나머지 두 사람이 그를 일으켜주려고 얼른 왔다. 들고 있던 등불로 주위를 밝히자 그의 발에 걸린 것은 어떤 남자의 몸이었는데, 깔린 남자를 보니 이미 죽은 듯했다. 처음에는 남자가 익사했으며 파도에 해변으로 떠밀려 왔다고 짐작했다. 그런데 살펴보니 입고 있던 옷이 물에 젖지 않았고 남자의 몸도 아직 따뜻했다. 세 사람은 그 남자를 근처에 사는 노파의 집으로 옮긴 후, 어떻게든 살려보려고 했지만, 너무 늦었다. 사망자는 잘생긴 젊은이로 나이는 스물다섯 살가량으로 보였다. 겉보기에 목이 졸려 죽은 듯했다. 목에 시커먼 손가락 자국이 남은 것을 제외하면 폭행을 당한 흔적은 없었기 때문이다.

증언을 처음 들을 때만 해도 나는 아무 관심도 없었다. 그런데 손가락 자국이라는 말이 나오자 동생이 살해당한 일이 떠올라 마음이 극도로 흔들렸다. 온몸이 사시나무처럼 떨렸고 눈앞이 부옇게 흐려지는 바람에, 쓰러지지 않으려고 의자에 기대야 했다. 치안판사는 날카로운 눈빛으로 나를 지켜보았다. 내 태도가 어딘지 마음에 걸렸을 것이다.

증인의 아들은 아버지의 증언을 확인해주었다. 그런데 처남 대니얼 뉴전트는 호명되자, 증인이 넘어지기 전에 배 한 척을 보았다고 증언하는 것이 아닌가. 그는 해변에서 그리 멀리 있지 않았던 그 배에 남자가 한 명 타고 있었다고 증언했다. 드문드문 뜬 별빛으로 보건대, 내가 노를 저어 와 항구에 정박해둔 그 배인 것 같다고도 했다.

바닷가에 사는 어떤 여자도 증언했다. 여자는 시신이 발견되었다는 이야기를 듣기 약 한 시간 전, 바다로 나간 어부들을 기다리느라 문가에 서 있었다. 그때 배 한 척을 보았는데, 그 배에 탄 사람은 남자 한 명이었으며 후에 시신이 발견된 지점에서 배를 타고 떠났다고 했다.

또 다른 여자는 어부가 그 여자의 집으로 죽어가는 사람을 옮겨왔다는 증언을 확인해주었다. 그때까지는 아직 온기가 남아 있어 그들은 그 사람을 눕히고 몸을 문질렀다. 대니얼은 약제사를 데려오려고 마을로 달려갔지만 결국 숨이 끊어졌다고 했다.

내가 도착할 시점에 대해 몇 사람이 질문을 받았다. 그들은 지난밤 강한 북풍이 일어서 내가 몇 시간 동안 고군분투하다가, 떠났던 곳으로 다시 되돌아올 수밖에 없었을 것이라고 입을 모아 주장했다. 게다가 내가 시신을 다른 곳에서 가져온 것 같다고 했다. 내가 이 해안의 지리를 잘 모르기 때문에 시신을 버린 곳에서 마을까지의 거리를 미처 모르고 항구에 버린 것 같다고 말하기까지 했다.

커윈 씨는 이런 증언을 다 들은 후, 장례를 치르려고 시신을 안치해둔 방으로 나를 데려가게 했다. 시신을 보고 내가 어떤 반응을 보이는지 지켜보려는 것 같았다. 살해 방식을 설명할 때 내가 유난히 동요하는 모습을 보고 그런 생각을 떠올렸을 것이다. 나는 치안판사와 다른 사람들에 이끌려 고분고분하게 여인숙으로 향했다. 그 파란만장했던 밤에 일어난 기묘한 우연의 일치에 나는 놀라지 않을 수 없었다. 하지만 나는 내가 체류하던 섬의 주민들과 이야기를 나누던 시각에 이곳에서 시신이 발견되었다는 사실을 알고는 이 상황의 결과를 전적으로 차분하게 기다릴 수 있었다.

　나는 시신이 안치된 방으로 들어가 관으로 안내되었다. 그 시신을 보았을 때의 내 심경을 어떻게 필설로 다할 수 있을까? 나는 지금도 공포로 온몸의 피가 바싹 말라버린 기분이다. 그 끔찍한 순간을 떠올릴 때면 정신적 고통에 온몸이 벌벌 떨릴 지경이며 시신을 알아본 순간의 고통이 흐릿하게 떠오른다. 숨이 끊어진 채 내 앞에 누워 있는 앙리 클레르발을 본 순간 치안판사와 증인들이 참석한 재판은 꿈결처럼 의식에서 사라져버렸다. 나는 숨을 헉 들이쉬고는 친구에게 몸을 던지며 소리쳤다. "내가 만든 잔인한 책략으로 너마저 목숨을 잃다니, 사랑하는 앙리? 이미 두 사람이나 죽었는데 남은 사람들의 운명이 파멸을 기다리고 있다니. 클레르발, 내 친구여, 내 후원자여……"

　인간의 육체로는 그 끔찍한 고통을 견딜 수 없었기에 나는 지독한 발작을 일으켰다. 그러자 사람들이 나를 그 방에서 실어 갔다.

발작에 이어 고열이 났다. 그렇게 두 달 동안 사경을 헤맸다. 나중에 들은 바로는 내가 발광한 것처럼 날뛰어서 무시무시했다고 한다. 나는 내가 윌리엄과 유스틴, 앙리를 죽였다고 떠들었다. 가끔 나를 보살피는 사람들에게 나를 괴롭히는 적을 파멸로 몰아가도록 도와달라고 간청하기도 했다. 그 괴물의 손이 내 목을 움켜쥐고 있는 것 같아 고통과 두려움에 비명을 질러댔다. 다행스럽게도 내가 고향의 언어로 말을 했기에 커윈 씨만 내 말을 알아들을 수 있었다. 하지만 내 몸짓과 고통에 차 울부짖는 소리만으로도 다른 증인들이 겁에 질리기에 충분했다.

왜 나는 죽지 않았을까? 일찍이 이토록 불행한 상황에 처한 사람도 없었건만 나는 왜 모든 것을 잊어버리고 마음의 평온으로 빠져들지 않았을까? 죽음은 자식을 사랑하기에 여념이 없는 부모의 유일한 희망을, 이제 막 꽃처럼 피어오르려는 아이들을 수도 없이 낚아채 간다. 어제는 누구보다 건강하고 희망에 차 있던 신부들과 젊은 연인들이 다음날 무덤 속에서 벌레에 뒤덮여 썩어가는 일은 또 얼마나 비일비재한가! 대체 나는 무엇으로 만들어졌기에 그렇게 충격을 많이 받아도 멀쩡할까. 그 충격으로 바퀴가 돌아가듯 새 고통이 쉴 새 없이 몰려오는데 말이다.

　나는 살아남을 운명이었다. 두 달 후 꿈에서 깨어나보니 나는 감옥의 형편없는 침대에 누워 있었다. 주위에는 교도관과 간수, 빗장, 지하 감옥에서 사용하는 온갖 비참한 도구들이 있었다. 내 기억에, 내가 눈을 뜨고 정신을 차린 건 아침이었다. 나는 구체적으로 무슨 일이 있었는지 떠오르지 않았다. 오로지 끔찍한 불행이 나를 덮쳤다는 기억만이 막연하게 남아 있었다. 그런데 주위를 둘러보다가 철창이며 내가 누워 있는 누추한 방을 알아본 순간 모든 기억이 몰려왔다. 나는 쓰디쓴 신음을 할 뿐이었다.

　내 신음에 옆에 놓인 의자에서 잠들어 있던 노파가 몸을 뒤척이며 깼다. 그는 고용된 간호사로 간수의 아내였다. 그에게는 그 계급에서 주로 보이는 온갖 나쁜 특징이 다 드러났다. 주름살이 자글자글한 얼굴은 무뚝뚝하고 무례한 표정을 짓고 있었다. 불행한 사람을 보면서도 전혀 연민을 느끼지 않는 데 익숙한 것처럼 말이다. 그의 말투에서도 철저하게 무관심한 태도가 드러났다. 영어로 말을 걸었는데, 내가 생사를 넘나들며 누워 있는 동안 들었던 목소리 같다는 생각이 들었다.

　"이제 좀 정신이 드시오?" 그가 물었다.

　나는 힘없이 영어로 대답했다. "그런 것 같습니다. 이게

다 사실이라면, 내가 꿈을 꾸는 게 아니라면 아직도 죽지 않고 이런 비참함과 고통을 느껴야만 하다니 비통할 따름입니다."

"그게." 그 노파가 대답했다. "선생이 살해한 신사분을 말씀하시는 거라면, 차라리 그대로 눈을 뜨지 않는 게 나을 뻔했어요. 앞으로 더 힘든 일이 기다리고 있거든요. 다음 재판이 시작되면 교수형에 처해지겠지요. 어쨌든 그런 건 제가 신경 쓸 문제는 아니죠. 나야 선생이 기운을 차리게 하려고 고용된 사람입니다. 양심껏 제 의무를 다하고 있어요. 다른 사람들도 그렇게만 하면 좋으련만."

나는 죽음의 문턱에서 막 돌아온 사람에게 그토록 무정한 말을 하는 그 여자를 증오하며 돌아누웠다. 온몸이 나른하고 지금까지 벌어진 일이 도무지 기억나지 않았다. 지금까지 살아온 일들이 다 꿈만 같았다. 가끔 그것들이 전부 사실인지 의심스럽기까지 했다. 그도 그럴 것이 과거를 떠올려도 전혀 실감이 나지 않았기 때문이다.

눈앞에 둥둥 떠다니던 이미지들이 점점 또렷해지자 다시 열이 났다. 주위는 온통 컴컴했다. 아무도 내게 다가와 애정이 담긴 다정한 목소리로 위로해주지 않았다. 다정한 손길로 나를 부축해주는 사람도 없었다. 의사가 와서 약을 처방했고, 노파는 그 약을 내게 먹여주었다. 하지만 의사는 일말의 관심도 보이지 않았고 노파가 나를 보는 표정은 표독스럽기 그지없었다. 형을 집행하고 돈을 버는 사형집행인을 빼면 살인자의 운명에 어느 누가 관심이 있겠는가?

이런 것들이 처음 정신을 차렸을 때 든 생각이었다. 얼마 후 나는 커윈 씨가 나를 많이 배려해주었다는 사실을 알게 되었다. 그는 내가 감옥에서 제일 좋은 감방에 들어가도록 조치를 했다(제일 좋은 방도 그렇게 누추했지만 말이다). 의사와 간호사를 불러준 사람도 그였다. 그렇지만 그는 나를 거의 보러 오지 않았다. 인간이 겪고 있는 고통을 없애주고 싶은 마음이야 굴뚝같지만 정작 살인자가 고통스럽게 헛소리를 하고 발작하는 모습을 보고 싶지는 않았으리라. 그래서 그는 내가 혹시나 방치되고 있지는 않은지 확인하려고 들를 뿐이었다. 아주 가끔 나를 찾아왔다가 얼른 돌아갔다.

내가 점점 회복하고 있던 어느 날, 나는 눈을 반쯤 감은 채 시체 같은 낯빛으로 의자에 앉아 있었다. 우울함과 비참함에 빠져 허우적댔다. 비참하기만 한 세상에서 불행에 빠져 근근이 살아가느니 차라리 죽는 게 낫겠다는 생각을 자주 했다. 어떨 때는 죄를 인정하고 법이 정한 벌을 받아야 하지 않을까 싶었다. 가여운 유스틴보다 지은 죄가 크니 말이다. 그런 생각을 두서없이 하고 있는데 감방의 문이 열리고 커윈 씨가 들어왔다. 그는 연민과 동정심이 가득 찬 표정을 하고 의자를 끌어와 내 옆에 앉더니 프랑스어로 말을 걸었다.

"이곳이 당신에게는 매우 충격적일 것 같군요. 좀 더 편히 지낼 수 있도록 내가 더 신경을 써줬으면 하는 건 없소?"

"고맙습니다. 하지만 그렇게 신경을 써주셔도 제게는 의미가 없습니다. 세상에서 제가 누릴 수 있는 안식은 없으니까요."

"당신처럼 이해할 수 없는 불행에 처한 사람에게 낯 모를 이방인의 연민이 무슨 위안이 되겠습니까. 하지만 당신은 이 우울한 감방에서 곧 나가게 될 겁니다. 혐의를 벗겨줄 증거를 분명 쉽게 찾을 수 있을 테니까요."

"그런 건 아무래도 상관없습니다. 저는 잇달아 찾아온 기이한 일들로 세상에서 가장 불행한 사람이 되었습니다. 지금까지 박해받고 고통을 당했는데 인제 와 죽음이 대수겠습니까?"

"최근에 일어난 기이한 일들보다 더 불행하고 고통스러운 일도 없을 겁니다. 당신은 놀라운 우연으로 손님을 환대하기로 유명한 이 해변에 밀려왔습니다. 도착하자마자 살인 혐의로 체포되었죠. 당신에게 처음으로 보여준 모습은 기묘하게 살해된 친구의 시신이었어요. 당신의 적이 당신이 가는 곳을 미리 알고 그 시신을 갖다 놓은 듯했어요."

커윈 씨가 이런 말을 하며 내 고통을 다시 끄집어내는

바람에 마음이 힘든 와중에도, 나는 치안판사가 나에 대해 뭔가를 알고 있다는 사실에 적잖이 놀랐다. 내 표정에도 놀라움이 드러났으리라. 커윈 씨가 서둘러 이렇게 덧붙였으니 말이다.

"당신이 의식을 잃고 하루이틀 후에야 당신의 옷을 조사해야겠다는 생각이 들었습니다. 당신이 당한 불행과 병에 대해 친족에게 알릴 만한 정보를 알아낼 수 있을까 해서요. 편지가 몇 통 있더군요. 그중에는 당신 부친께서 보내신 편지도 있었습니다. 나는 곧장 제네바에 편지를 썼습니다. 편지를 보낸 지 거의 두 달이 되었지요. 하지만 당신은 건강이 나빠졌고 지금도 계속 떨고 있군요. 이런 상태로는 정신적인 충격을 견디지 못할 겁니다."

"이런 긴장과 불안이 가장 끔찍한 사건보다 천 배는 더 나쁠 겁니다. 혹시 또 누가 죽었습니까. 이제 또 누구의 죽음을 애도해야 하나요. 제발 말씀해주세요"

"당신의 가족은 모두 무사합니다." 커윈 씨가 상냥하게 말했다. "그리고 당신을 사랑하는 분이 곧 오실 겁니다."

그때 어떤 무의식이 연쇄적으로 이어져 그런 결론을 내리게 되었는지는 모른다. 하지만 나는 그 악마 같은 살인자가 내 불행을 조롱하고 앙리의 죽음으로 나를 괴롭히러 올 것이라는 생각이 퍼뜩 들었다. 그렇게 해서라도 자신의 악마 같은 욕망에 나를 다시 끌어들이려고 말이다. 나는 손으로 눈을 가리고 고통스럽게 소리쳤다.

"오! 그 사람을 데리고 가세요! 그자를 볼 수 없습니다. 제발 그자를 이곳에 들이지 마세요!"

커윈 씨는 나를 난처한 표정으로 바라보았다. 그는 내가 죄책감에 그렇게 반응한다고 여겼다. 그래서 좀 더 엄한 어조로 말했다.

"젊은이, 아버지를 보면 그렇게까지 격렬하게 거부하는 게 아니라 반갑게 맞을 거라 생각했소만."

"아버지라고요?" 내가 소리쳤다. 그 순간 내 얼굴과 몸의 모든 근육에서 괴로움이 사라지면서 기쁨이 들어섰다. "정말 아버지가 오셨습니까? 이렇게 감사할 데가. 이렇게 감사할 데가. 그런데 아버지는 어디에 계신가요? 왜 제게 오시지 않는 겁니까?"

내 태도가 갑자기 변하자 치안판사는 놀라면서도 기뻐했다. 아마도 그는 방금 내가 절규하는 소리에 다시 미쳐 헛소리를 한다고 생각했는지 이내 친절하게 굴었다. 그가 일어나서 간호사와 함께 감방을 나가자 잠시 후 아버지가 들어왔다.

이 순간 그 무엇도 아버지의 방문보다 더 나를 기쁘게 할 일은 없었다. 나는 아버지에 손을 내밀고 소리쳤다.

"아버지, 건강하시죠. 엘리자베스와 에르네스트는요?"

아버지는 두 사람 모두 잘 지내고 있다며 나를 안심시켰다. 그리고 내가 들으면 좋아할 이야기를 꺼내 실의에 빠진 내 기분을 북돋우려고 했다. 하지만 아버지는 감방에서는 결코 쾌활한 기분을 느낄 수 없다는 사실을 이내 느꼈다. "네가 이런 곳에서 지내다니, 아들아!" 아버지는 창살 달린 창문과 처참한 감방 환경을 둘러보며 비통한 표정을 지었다. "행복을 찾아 여기까지 왔는데 여전히 죽음이 너를 쫓는구나. 가여운 앙리."

불운하게 살해된 친구의 이름을 듣자 마음의 고통이 너무나 극심해 쇠약해진 내 몸으로는 도저히 못 견딜 것 같았다. 나는 눈물을 흘렸다.

"아! 그렇습니다, 아버지. 지독히 무시무시한 운명이 제 머리 위에 걸려 있어요. 그러니 그 운명을 끝까지 살아내야 해요. 앙리가 잠들어 있는 그 관 위로 쓰러져 죽어야 했어요."

감옥에서는 아버지와 내가 길게 이야기를 나눌 시간을 주지 않았다. 내 건강 상태가 위태로워서 평정을 깨지 않도록 최대한 조심해야 했기 때문이다. 커윈 씨가 들어오더니 무리해 기력을 소진하면 안 된다고 강하게 말했다. 하지만 아버지의 얼굴이 선한 천사의 얼굴처럼 보였기에 나는 서서히 건강을 회복했다.

마침내 몸이 다 회복되자 나는 음울하고 어두운 우울 속으로 침잠해 들어갔다. 무엇을 해도 나는 그 상태에서 벗어날 수 없었다. 앙리가 살해된 으스스한 모습으로 내 눈앞에 어른거렸다. 이런 생각에 빠져들면 몇 번이고 심하게 동요해서 사람들은 내가 병이 재발해 위험한 상태가 될까 걱정을 했다. 아! 어째서 그들은 이 비참하고 혐오스러운 목숨을 살려주었을까? 이는 분명히 내 운명을 완수하라는 뜻이리라. 그 운명은 이제 곧 종착지에 도달할 것이다. 조만간, 오, 조금만 있으면 죽음이 맥을 끊어놓을 것이다. 그러면 나는 먼지가 되도록 나를 짓누르던 육중한 고통의 짐에서 해방될 것이다. 정의의 대가를 치르고 나면 나도 영원한 휴식에 들어갈 것이다.

그때는 늘 죽고 싶다는 생각을 했으면서도 정작 죽음의 모습은 저 멀리서 보이는 것 같았다. 나는 몇 시간이고 말도 없이 가만히 앉아서 천지가 개벽할 엄청난 사건이 벌어져 나와 내 파괴자를 세상의 폐허 속에 파묻어달라고 빌었다.

순회재판 기간이 다가왔다. 내가 투옥된 지도 석 달이 흘렀다. 여전히 쇠약했고 언제든 증세가 재발할 수 있었지만, 160킬로미터가량 떨어져 있는 시내까지 나가야 했다. 그곳에서 재판이 열리기 때문이었다. 커윈 씨가 직접 꼼꼼하게 목격자들을 모아 내 변호에 힘을 써주었다. 이 사건을 가지고 생과 사를 결정하는 재판이 열리지 않은 덕에, 나는 범죄자로 얼굴이 공개되어 수치를 당하는 일은 면했다. 배심원은 내 친구의 시신이 발견된 시각에 내가 오크니에 있었다는 사실이 증명되자 불기소 판결을 내렸다. 그리하여 나는 판결이 난 지 2주 후에 자유의 몸이 되었다.

아버지는, 내가 범죄 혐의를 벗고 풀려나서 신선한 공기를 마음껏 마실 수 있고, 비로소 고향으로 돌아갈 수 있게 되었다는 사실에 기쁨을 감추지 못했다. 정작 나는 아버지처럼 마냥 기뻐할 수 없었다. 어차피 나는 지하 감옥의 벽이나 궁전의 벽이나 똑같이 혐오스러웠기 때문이다. 인생이라는 잔에 풀린 독은 영원히 사라지지 않을 것이다. 행복하고 명랑한 사람들에게 태양이 내리쬐듯이 내 머리 위에도 태양이 빛났지만, 나는 어디로 눈을 돌려도 조밀하게 들어찬 무시무시한 어둠밖에 보이지 않았다. 이글거리며 나를 노려보는 두 개의 눈빛이 아니면 어떤 빛도 뚫고 들어올 수 없는 어둠 말이다. 때로 그 눈은 표정이 풍부한 앙리의 눈이었다. 그의 새까만 두 눈은, 길고 검은 속눈썹이 난 눈꺼풀에 거의 다 덮인 채 생명이 꺼져가는 중이었다. 어떨 때는 괴물의 눈이었다. 잉골슈타트의 내 방에서 처음 보았을 때처럼 그 눈은 흐릿하고 물기가 어려 있었다.

아버지는 내 마음속에서 애정을 일깨우려고 애썼다. 곧 돌아갈 제네바 이야기를 했다. 엘리자베스와 에르네스트에

303

대한 이야기도 들려주었다. 하지만 이런 이름들을 들을 때마다 내게서는 더 깊은 신음만 새어 나왔다. 가끔은 나도 행복을 다시 느끼고 싶었다. 우울 속에서 사랑하는 사촌을 떠올리며 기쁨을 느낀 적도 있었다. 깊은 향수병에 시달리며 어린 시절 그렇게 소중하게 여겼던 푸른 호수와 론강의 급물살을 간절히 보고 싶었다. 하지만 나는 너무나 무기력한 상태였기에 감방이 자연의 신성한 풍경만큼이나 보기 좋은 풍경처럼 느껴질 지경이었다. 대체로 나는 이렇게 아무 감정도 못 느끼며 지내가다 가끔 괴로움과 절망이 뒤섞인 발작을 일으켰다. 발작을 일으킬 때면 내가 증오하는 이 삶에 자꾸 종지부를 찍으려고 했다. 그래서 내가 끔찍한 폭력 행위를 하지 않도록 누구든 주변에서 끊임없이 지켜보고 살펴야 했다.

내가 감옥을 나오던 날 어떤 사람이 한 말이 지금도 기억난다. "저 사람은 살인은 무죄일지 모르지만 분명 양심에 찔릴 일을 했어." 그 말에 나는 충격을 받았다. 양심에 찔릴 일! 그렇다, 나는 그런 짓을 했다. 윌리엄과 유스틴, 앙리까지 모두 나의 극악무도한 계획으로 목숨을 잃었다. "이제 누구의 죽음이 이 비극을 끝내줄까? 아! 아버지, 이 비참한 땅을 어서 떠나요. 저 자신과 저라는 존재, 온 세상을 다 잊을 수 있는 곳으로 저를 데려가주세요." 내가 울부짖었다.

아버지는 내 바람을 바로 들어주었다. 커윈 씨의 보살핌을 떠나 우리는 서둘러 더블린으로 향했다. 우리를 태운 배가 순풍을 받으며 아일랜드에서 출항했다. 내게 크나큰 불행의 무대가 되었던 땅을 영원히 뒤로 하자, 마침내 무거운 추를 내려놓은 기분이 들었다.

자정이었다. 아버지는 선실에서 주무시는 중이었다. 나는 갑판에 누워서 하늘의 별을 바라보고 파도가 철썩거리는 소리를 들었다. 내 시야에서 아일랜드를 지워버린 어둠에 환호를 보냈다. 곧 제네바를 볼 수 있다고 생각하자 환희로 들떠 심장이 마구 뛰었다. 과거는 한낱 지독한 악몽처럼 보였다. 그러나 내가 탄 배와, 아일랜드의 끔찍한 해안에서 나를 밀어내는 바람, 나를 에워싼 바다는 절대 환영에 속으면 안 된다고 힘주어 말했다. 내 친구이자 가장 각별한 동료였던 앙리가, 나와 내가 만든 괴물에 희생되었다고 내 가슴에 새기듯 말했다. 나는 내 기억 속에서 지금까지 살아온 삶을 곱씹어보았다. 제네바에서 가족과 함께 사는 동안 누렸던 평온한 행복이며 어머니의 죽음, 잉골슈타트로 떠났던 일까지. 끔찍한 원수가 되어버린 그 생물을 만들도록 스스로를 몰아붙인 광적인 열정을 떠올리자 진저리가 났다. 그놈이 생명을 얻은 그 밤도 떠올렸다. 꼬리를 무는 생각을 따라가지 못하고 북받치는 감정에 짓눌려 나는 서럽게 흐느꼈다.

열병에서 회복된 후 나는 밤마다 아편팅크제를 소량 복

용하는 습관이 생겼다. 이런 약물의 도움을 받아야만 목숨을 부지하는 데 필요한 휴식을 취할 수 있었기 때문이다. 온갖 불행한 사건들의 기억에 가슴이 꽉 막힌 듯해 복용량을 두 배로 늘리기도 했다. 덕분에 죽은 듯이 잠들 수 있었다. 그러나 잠이 든 순간에도 나는 생각과 비참한 기분에서 벗어날 수 없었다. 내 꿈에는 겁에 질릴 만한 일들이 수도 없이 등장했다. 동이 틀 때까지 나는 악몽의 포로였다. 내 목을 움켜쥔 적의 손아귀가 느껴졌지만 나는 그 손을 뿌리칠 수 없었다. 신음과 울음소리가 내 귓전을 때렸다. 나를 지켜보시던 아버지는 내가 고통스러워하는 모습에 나를 깨웠다. 그리고 우리가 막 도착한 홀리헤드 항구를 가리켰다.

5장

우리는 런던으로 가지 않고 영국을 가로질러 포츠머스까지 간 후, 그곳에서 배를 타고 아브르까지 가기로 했다. 나는 이 여정이 마음에 들었다. 사랑하는 앙리와 잠시나마 평온한 행복을 만끽했던 곳들을 다시 보기가 너무 두려웠기 때문이다. 우리가 함께 다니며 친하게 지냈던 사람들을 다시 만나거나 혹여 그들이 무슨 일이 있었는지 물어볼지도 모른다고 생각하면 가슴이 꽉 죄어들었다. 그때 일을 기억하는 것만으로도 여인숙에서 생명이 빠져나간 채 누워 있는 그를 보았을 때 내 가슴을 찌르던 고통을 다시 느낄 것만 같았다.

아버지는 내가 건강을 회복하고 마음의 평화를 찾는 모습을 보고 싶다는 일념으로 온 정성을 기울였다. 아버지의 자애로움과 정성은 절대 마르지 않는 샘물이었다. 내 슬픔과 우울함은 좀처럼 사라지지 않았지만, 아버지는 결코 절망하지 않았다. 때로 아버지는 내가 살인 누명에 깊은 수치심을 느꼈을 거라 넘겨짚었다. 그래서 자존심은 다 부질없다며 내 마음을 다독여주려고 했다.

"아! 아버지, 아버지는 저에 대해 아무것도 모르세요. 저처럼 형편없는 인간이 자존심을 내세우면 인간에 대한, 그러니까 인간의 감정과 열정에 대한 모욕일 거예요. 유스틴도 저와 마찬가지로 결백했어요. 하지만 저와 같은 누명을 썼죠. 그리고 그로 인해 목숨을 잃었어요. 다 제 탓이었어요. 제가 그 애를 죽인 거예요. 윌리엄, 유스틴, 앙리까지 모두 제 손에 목숨을 잃었다고요."

투옥된 동안 아버지는 내가 늘어놓은 이런 말을 자주 들었다. 그럴 때면 아버지는 가끔 그게 무슨 소리인지 자세히 듣고 싶어 했고, 때로는 내가 정신착란 증세를 보인다고 생각하는 것 같았다. 병석에서 자꾸 이런 식으로 자책한 탓에, 상상력이 그런 생각에 물들어 회복 기간에도 자책을 하는 거라고 말이다. 나는 설명을 계속 피하면서 내가 만든 그놈에 대해 함구했다. 분명 미친 사람 취급을 받을 것 같았다. 그래서 그 무시무시한 비밀을 차라리 세상에 밝혔어야 했을 때도, 두려움이 내 혀를 영원히 묶어놓았다.

내가 자책을 할 때면 아버지는 깜짝 놀란 표정으로 되물었다. "그게 무슨 소리니, 빅토르? 너 미쳤니? 아들아, 제발 다시는 그런 말을 하지 말아라."

"저는 미친 게 아니에요!" 내가 유난히 발끈하며 소리쳤다. "제 연구를 지켜본 저 하늘과 하늘의 해가 제 말이 사실이라는 걸 아는 증인이에요. 세상에서 누구보다 결백한 세 사람을 죽인 사람은 바로 저예요. 그 사람들은 제가 만든 기계에 살해되었어요. 그들의 목숨을 되찾을 수 있다면 저는 천 번이라도 제 피를 한 방울, 한 방울 흘리겠어요. 하지만 그럴 수가 없어요, 아버지. 저는 전 인류를 희생자로 만들 수 없었어요."

내 말을 들은 아버지는 내가 제정신이 아니라고 확신하게 되었다. 아버지는 이내 대화 주제를 바꿔서 내가 아예 다른 생각을 하도록 애썼다. 아버지는 아일랜드에서 일어난 사건을 되도록 기억에서 모조리 지우고 싶어 했다. 그 일이라면 넌지시 언급하지도 않았고 내가 직접 겪은 불운에 관해 이야기를 꺼내는 것도 싫어했다.

시간이 흐르자 나는 점점 평정을 되찾았다. 내 마음에는 여전히 불행과 비통함이 들어앉아 있었지만, 더는 내 죄를 두서없이 털어놓을 때처럼 말하지는 않았다. 그들에게 지은 죄를 의식하는 것만으로도 충분했다. 나는 지독한 죄의식의 오만한 목소리를 자기 학대에 가까운 극도의 자제력으로 억눌렀지만, 그 목소리는 가끔 제 존재를 세상에 드러내려고 했다. 그래도 내 태도는 얼음 바다로 여행을 떠난 이후보다 훨씬 더 평온하고 차분해졌다.

우리는 5월 8일에 아브르에 도착했고 곧장 파리로 출발했다. 그곳에서 아버지는 처리해야 할 용무가 있었기 때문에 우리의 출발은 몇 주 늦어졌다. 이 도시에서 나는 엘리자베스에게 다음과 같은 편지를 받았다.

빅토르 프랑켄슈타인에게

사랑하는 친구 빅토르,

외삼촌이 파리에서 보내신 편지를 받고 나는 더할 나위 없이 기뻤어. 너는 더 이상 까마득히 먼 곳에 있지 않아. 두 주가 지나기 전에 너를 볼 수 있겠구나. 가여운 빅토르, 네가 얼마나 고통을 받고 고생을 했을지! 지금은 제네바를 떠날 때보다 훨씬 더 병약해져 있겠지. 이번 겨울은 잔뜩 긴장한 채 불안에 떨며 보내느라 너무나 힘들었어. 그렇지만 이제 한결 평온을 되찾은 내 모습을 보기를 바라. 위안과 평정심이 네 마음에서 완전히 사라지지 않았다면 좋겠어.

일 년 전에 너를 불행하게 했던 감정이 시간이 흐르면서 더 깊어지지는 않았을지 걱정이야. 지금은 네가 온갖 불운에 짓눌려 있으니 네 마음을 더 힘들게 하지 않을게. 다만 외삼촌이 출발하시기 전에 나와 나눴던 대화를 너와 만나기 전에 미리 말해두고 싶어. 미리 말해둔다고! 방금 네 입에서 이런 말이 튀어나왔을지도 모르겠구나. '엘리자베스가 무슨 말을 미리 해둬야 한다는 거지?' 네가 정말 이렇게 말했다면 난 네 답변을 들은 셈이야. 그러니 '너의 사랑하는 사촌'이라고 서명하는 것으로 이 편지를 끝맺기만 하면 돼. 그렇지만 너는 지금 멀리 떨어져 있으니, 내가 무슨 말을 하려는 건지 두려우면서도 궁금할 수도 있지 않을까? 아마 분명히 그럴 테니 더는 빙빙 돌리지 않고 네가 없는 동안 미처 하지 못해 아쉬웠던 이야기를 할게. 털어놓고 싶은 마음은 굴뚝 같았지만, 용기가 나지 않았거든.

너도 잘 알 거야, 빅토르. 우리가 아기였을 때부터 네 부모님은 우리를 결혼시킬 계획을 세우며 즐거워하셨어. 우리는 이런 이야기를 들으며 자랐지. 자꾸 듣다 보니 어느새 우리의 결혼을 당연하게 여기게 되었어. 어릴 때 사이좋은 소꿉친구였던 우리는 자라면서 서로에게 더 소중하고 귀한 친구가 되었을 거야. 하지만 남매라면 더 친밀한 결합을 원하지 않더라도 서로에게 따뜻한 애정을 품을 수 있으니, 혹시 우리의 감정도 그런 걸까? 사랑하는 빅토르. 대답해줘. 우리의 행복을 걸고 솔직하게 말해줘. 혹시 사랑하는 사람이 있는 건 아니니?

너는 늘 여행을 다녔어. 잉골슈타트에서 몇 년을 지냈지. 솔직히 말하는데, 지난가을 네가 불행을 곱씹으며 다른 사람들을 피해 혼자만의 고독을 즐기는 모습을 보고 나와의 결혼 결정을 후회하는 걸지도 모른다는 생각이 자꾸 들었어. 네 마음은 부모님의 뜻과 정반대로 향하고 있지만, 명예를 위해 부모님의 뜻을 따르려는 게 아닐까. 이런 생각을 지울 수가 없었어. 만약 그렇게 생각한다면 그건 잘못이야. 빅토르, 고백할게. 너를 사랑해. 미래에 대한 꿈을 꿀 때면 너는 언제나 내 친구이자 평생의 반려자였어. 하지만 이 결혼이 너의 자유로운 선택이 아니라면, 나는 오히려 결혼으로 영원히 불행해질 거야. 이렇게 말하는 건 내 행복만큼 너의 행복도 빌고 있기 때문이야. 네가 크나큰 불행을 겪고 자포자기한 탓에, 유일하게 너를 본모습으로 되돌려줄 사랑과 행복에 대한 희망을 '명예'라는 단어 때문에 억누를지 모른다고 생각하면, 지금도 눈물이 나. 너를 이렇게 사랑하는 내가 네 소망을 가로막아서 너를 열 배는 더 불행하게 만들지도 모른다니. 아, 빅토르, 너의 사촌이자 소꿉친구인 나는 너를 향한 사랑이 너무 진실하니 이런 일로 불행해질 리 없어. 그러니 걱정하지 마. 행복해야 해, 내 친구. 이제 이 부탁만 들어줘. 그러면 세상 그 무엇도 네 평정을 방해하지 못할 테니 불평할 일이 없을 거야.

이 편지로 마음의 평온이 깨지지 않기를. 혹여 이 편지로 고통스럽다면 내일이나 다음 날이나 네가 이곳에 올 때까지도 답장하지 마. 외삼촌이 네 건강이 어떤지 알려주실 거야. 이 편지나, 내가 한 다른 노력으로 네가 미소를 짓는다면, 나는 다른 행복은 전혀 필요하지 않아.

17XX년 5월 18일, 제네바에서
엘리자베스 라벤차

이 편지를 읽자마자 나는 그때까지 잊고 있었던 것, 다시 말해 내 적의 위협이 기억에서 되살아났다. "나는 네 결혼식 날 밤에 다시 나타날 거야!" 그것이 내게 내려진 선고였다. 그날 밤 그 악마는 모든 재주를 다 동원해 나를 파괴하고, 내게서 조금이나마 고통을 덜어줄 행복마저 찢어발길 것이다. 그놈은 내 죽음으로 자신의 범죄를 완성하겠다고 결심한 것이다. 그래, 그렇게 해보라고 해. 그때가 되면 목숨을 건 싸움이 벌어질 것이다. 그 싸움에서 그놈이 승리한다면 나는 편히 쉬게 될 것이며, 내게 휘두르던 그의 힘도 끝날 것이다. 만약 그놈이 패배한다면 나는 자유의 몸이 될 것이다. 아! 무슨 자유? 자신의 가족이 눈앞에서 도륙당하고, 집은 불타고, 땅은 황무지가 되는 걸 지켜보며, 자신은 집도 돈도 없이 혼자가 되어 정처없이 떠돌게 되는 농부의 자유. 내가 누릴 자유는 고작 그런 자유이리라. 다만 엘리자베스라는 보물만큼은 남아 있을 것이다. 아! 엘리자베스는, 눈을 감을 때까지 나를 따라다닐 후회와 죄책감이 뒤섞인 공포를 상쇄해줄 보물이겠지.

다정하고 사랑스러운 엘리자베스! 나는 엘리자베스의 편지를 읽고 또 읽었다. 그러자 한결 감정이 잔잔해지며 사랑과 기쁨이 어우러진, 낙원 같은 꿈을 감히 속삭이게 되었다. 그러나 금단의 사과는 이미 먹어 치웠으며 천사는 작정하고 내게서 모든 희망을 빼앗았다. 엘리자베스를 행복하게 해주기 위해서라면 나는 죽을 수도 있다. 그 괴물이 자신이 가한 위협을 실행에 옮긴다면 나는 죽음을 피할 수 없다. 결혼으로 나의 파멸을 앞당기게 되지 않을지 다시 생각해보았다. 그렇게 되면 내 죽음은 몇 달 더 빨라질 것이다. 하지만 그 괴물이 자신의 협박으로 결혼이 늦추어졌다고 의심한다면, 그는 분명히 다른 복수 방법을 찾을 것이다. 훨씬 더 무시무시한 방법 말이다. 그는 "네 결혼식 날 밤에 다시 나타날 것"이라고 맹세했다. 하지만 그렇다고 해서 결혼식 날까지 얌전히 있겠다는 말은 아닐 것이다. 자신이 아직도 피에 굶주려 있다는 사실을 내게 보여주기라도 하듯 나를 위협하자마자 앙리를 죽였기 때문이다. 그래서 내가 한시라도 빨리 결혼해 엘리자베스든 아버지든 행복해질 수만 있다면, 내 목숨을 앗으려는 적의 계획 때문에 그 행복을 단 한 시간이라도 미루는 짓은 하지 않으리라 마음먹었다.

이런 마음으로 나는 엘리자베스에게 편지를 썼다. 편지 속에서 내 어조는 차분하고 애정이 넘쳤다. "사랑하는 나의 여인, 이 세상에 우리가 누릴 행복이 얼마 남지 않았을까 두려워. 하지만 언젠가 내가 행복을 만끽한다면 그건 모두 너에게서 비롯된 걸 거야. 무의미한 두려움은 쫓아버려. 나는 내 삶을 네게 바칠 거야. 내가 만족스러운 삶을 살기 위해 노력한다면 그건 다 너의 행복을 위해서야. 내게는 비밀이 하나 있어, 엘리자베스. 네게 털어놓는다면 너는 공포로 온몸이 차갑게 식을 거야. 그리고 내 불행에 놀라기는커녕 내가 그것을 견디고 살아남았다는 사실에 경탄하겠지. 공포와 불행으로 점철된 이 이야기는 우리가 식을 올린 다음 날 네게 털어놓으려고 해. 왜냐하면, 사랑하는 엘리자베스, 우리는 어디까지나 서로를 믿어야 하니까. 하지만 그때까지는 그 이야기를 입에 담거나 에둘러서도 꺼내지 말아줘. 진심으로 하는 부탁이니 들어주리라 믿어."

엘리자베스의 편지를 받고 약 일주일 후 우리는 제네바에 도착했다. 내 사촌은 애정이 듬뿍 담긴 따뜻한 태도로 나를 맞아주었다. 나의 수척해진 몸과, 열로 붉게 달아오른 두 볼을 본 엘리자베스의 눈에 눈물이 차올랐다. 나도 변했지만 엘리자베스도 전과 달랐다. 살이 많이 빠졌고 언제나 나를 매료했던 천사 같은 생기도 거의 찾아볼 수 없었다. 하지만 다정한 태도와 연민이 담긴 부드러운 표정 덕분에, 활기를 잃고 불행에 빠진 나 같은 사람에게 더 잘 어울리는 반려자가 되어 있었다.

마침내 맛보게 된 평온함도 오래가지 못했다. 기억은 홀로 오지 않고 광기를 꾀어내었다. 지나간 일들을 떠올리면 진짜로 광기가 나를 집어삼켰다. 어떤 때는 격분해 분노로 활활 타올랐고, 어떤 때는 실의에 빠져 한없이 우울로 빠져들었다. 아무 말도 하지 않고 아무것도 보지 않았다. 그저 나를 덮친 수많은 불행에 망연자실해 가만히 앉아 있었다.

엘리자베스만이 이런 지옥에서 나를 끌어낼 힘이 있었다. 그의 부드러운 음성은 격정에 싸인 나를 달래주었고 무기력증에 빠진 내게 인간적인 감정을 불러일으켰다. 그는 나와 함께 울고, 나를 위해 울었다. 다시 이성적으로 사고할 수 있는 상태가 되면 엘리자베스는 그만 상황을 받아들이라며 설득을 했다. 아! 불행한 사람이 상황을 받아들이면 얼마나 마음이 편하겠는가. 하지만 죄인에게는 평화가 있을 수 없다. 비탄에 빠져 고통스러워하는 상황은, 다른 경우였다면 지나치게 슬픔에 빠져 있다고 할 사치스러운 상황을 독으로 물들였다.

내가 도착한 직후 아버지는 내게 얼른 사촌과 결혼식을 올리라고 했다. 나는 침묵으로 일관했다.

"혹시 달리 마음을 준 사람이 있는 거냐?"

"그런 사람은 없어요. 저는 엘리자베스를 사랑하고 우리가 하나가 될 날을 기쁘게 고대하고 있어요. 그러니 결혼 날짜를 정해주세요. 그러면 저는 살든 죽든, 사촌의 행복을 위해 저를 바칠 거예요."

"사랑하는 빅토르야, 그런 식으로 말하지 말아라. 우리는 지독한 불행을 겪었어. 하지만 그럴수록 우리에게 남은 것을 더 소중하게 지키자꾸나. 우리를 떠나간 사람들에게 쏟았을 사랑을 살아 있는 사람들에게 줘야지. 우리 가족은 수가 줄었지만, 함께 겪은 불행과 서로를 향한 애정으로 더 단단한 유대로 묶일 거야. 시간이 흘러 네 절망감도 차츰차츰 옅어지면 그토록 잔혹하게 빼앗긴 사람들을 대신해 우리가 애정으로 보살펴야 할 새로운 대상이 태어날 거야."

그것이 내 아버지의 가르침이었다. 하지만 나는 그놈의 협박이 다시 기억났다. 지금껏 그놈이 유혈이 낭자한 짓거리를 하며 전지전능한 모습을 보였기에 내가 그놈을 도저히 이길 수 없다고 여겨도 당신은 놀라지 않을 것이다. 게다가 그놈이 "나는 네 결혼식 날 밤에 다시 나타날 거야"라는 말까지 했을 때는 바람 앞 등불 같은 내 운명을 피할 수 없을 거라고 여겨도 당신은 이해할 것이다. 하지만 그로 인해 엘리자베스가 목숨을 잃어야 한다면 나는 죽음도 불사할 것이다. 그러므로 나는 만족스럽고 심지어 유쾌하기도 한 표정으로 아버지의 말을 받아들였다. 만약 엘리자베스가 승낙한다면 결혼식은 열흘 후에 올리기로 정했다. 짐작하건대, 이로써 내 운명은 결정되었다.

어떻게 이런 일이! 한순간이라도 악마 같은 원수의 사악한 의도를 제대로 생각해봤더라면, 이 불행한 결혼을 받아들이는 대신 고국에서 완전히 자취를 감추고, 친구도 가족도 없는 몸이 되어 세상을 떠돌았을 텐데. 하지만 그 괴물이 마법을 걸기라도 한 듯 내 눈은 그의 진짜 의도를 꿰뚫어 보지 못했다. 내가 내 죽음을 준비하고 있다고 생각했을 때 실은 훨씬 더 소중한 사람을 죽음으로 내모는 중이었다.

결혼식 날짜가 가까워질수록, 비겁함 때문인지 막연한 예감 탓인지 기분은 점점 더 가라앉았다. 겉으로는 희희낙락하며 내 기분을 숨겼다. 덕분에 아버지의 얼굴에는 다시 웃음꽃이 피었지만 언제나 나를 유심히 지켜보는 엘리자베스의 예리한 눈은 속일 수 없었다. 엘리자베스는 순수하게 우리의 결혼을 고대하면서도 마음 한구석의 두려움은 지울 수 없었다. 그 두려움은 우리를 덮친 갖가지 불행들이 남긴 흔적이었다. 엘리자베스는 손에 잡힐 것만 같은 행복이 순식간에 꿈결처럼 흩어져버리고 언제까지 사라지지 않을 회한을 깊이 남긴 채 자취를 감출까 두려워했다.

결혼식 준비는 착착 진행되었다. 결혼을 축하하는 손님들이 우리를 찾아왔다. 모두 만면에 미소가 가득했다. 나는 내 심장을 갉아대는 불안을 최대한 꽁꽁 감추고 아버지가 세운 계획들을 겉으로는 진지하게 따랐다. 하지만 그런 계획들이 내 비극의 장식품이라는 생각을 지울 수 없었다. 신혼집은 콜로니 근처에 장만했다. 그 집에서는 전원생활의 즐거움을 누릴 수 있고 제네바가 바로 근처라 매일 아버지를 뵈러 갈 수도 있었다. 아버지는 에르네스트가 학교 공부에 매진할 수 있도록 제네바에서 계속 지낼 계획이었다.

그동안 나는 그 악마가 드러내놓고 나를 공격할 경우를 대비해 내 가족을 지키기 위한 보호 조치를 꼼꼼하게 취했다. 권총과 단검을 항상 몸에 지니고 다녔으며 놈이 꾸민 일을 사전에 차단하려고 잠시도 경계의 끈을 늦추지 않았다. 적극적으로 대비를 하니 마음도 훨씬 평온해졌다. 사실 운명의 날이 다가올수록 위협이 점점 내 망상처럼 느껴져서 마음의 평화를 깰 만한 가치도 없다는 듯 느껴지기 시작했다. 반면 내가 이 결혼에 거는 행복은 결혼식 날짜가 다가올수록 손에 잡힐 듯 또렷해졌다. 어느덧 주변에서는 결혼식은 어떤 사고로도 막을 수 없고 반드시 일어날 일이라는 이야기가 들려왔다.

엘리자베스도 행복해 보였다. 내가 평온한 듯 보이자 엘리자베스의 마음도 많이 안정된 것이다. 그런데 나의 소망과 운명이 실현될 그날, 엘리자베스는 울적한 기분에 빠져 사악한 일이 벌어질지도 모른다는 예감에 사로잡혔다. 식을 올린 다음 날 내가 털어놓기로 한 무시무시한 비밀에 신경도 쓰였을 것이다. 그동안 아버지는 너무나 기쁜 마음으로 결혼식을 준비하느라 분주해 조카딸의 우울한 기색을 식을 앞둔 신부의 수줍음쯤으로 보아 대수롭지 않게 넘겼다.

마침내 식을 올린 후, 아버지의 집에서 성대한 피로연이 열렸다. 엘리자베스와 나는 결혼식 당일은 에비앙에서 보내고 이튿날 아침에 콜로니로 돌아가기로 했다. 날이 청명하고 순풍이 불었기에 우리는 배를 타고 가기로 했다.

그때가 내가 인생에서 마지막으로 행복을 만끽한 순간이었다. 우리를 태운 배는 빠르게 물살을 갈랐다. 해는 뜨거웠지만, 차양으로 뜨거운 햇빛을 가린 채 우리는 아름다운 풍경을 마음껏 감상했다. 호수의 한쪽 편에서 몽살레브와 몽탈레그르의 어여쁜 강둑이 펼쳐져 있었다. 저 멀리 주위를 압도하듯 아름다운 몽블랑이 우뚝 솟아 있었다. 그 주위에는 몽블랑이 되고 싶지만 어림도 없어 보이는 눈 덮인 봉우리들이 옹기종기 모여 있었다. 반대편 강둑을 보면 장엄한 쥐라산이 눈에 들어왔다. 고국을 떠나려는 야심을 품은 자들은 험준한 경사면 때문에 그대로 주저앉고, 정복하려는 침략자들에게는 거의 난공불락의 장애물인 쥐라산 말이다.

　나는 엘리자베스의 손을 잡았다. "왜 그렇게 슬픈 표정을 짓고 있어, 내 사랑. 아! 내가 얼마나 고통을 받았고 앞으로 어떤 고난을 견뎌야 할지 안다면, 적어도 이날만큼은 절망에서 벗어나 평온한 기분을 맛보며 마음껏 즐길 수 있게 해줄 텐데."

　"마음껏 행복해해, 사랑하는 빅토르." 엘리자베스가 대답했다. "이제 너를 고통스럽게 만들 일은 없어. 그러기를 바라. 설령 내 얼굴에 생생한 기쁨이 드러나지 않더라도 내 마음은 만족감으로 충만하니 염려하지 마. 그런데 우리 앞에 열린 가능성에 너무 크게 기대지 말라는 소리가 자꾸 들려. 하지만 나는 그런 불길한 목소리에 귀를 기울이지 않을 거야. 우리가 얼마나 빨리 가는지 봐. 때로는 흩어져 있다가도 어느 순간 몽블랑 정상으로 솟아 이 아름다운 풍경을 더 오묘하게 만드는 구름은 또 어떻고. 바닥에 깔린 조약돌 하나하나까지 구별이 될 정도로 맑은 물에서 뛰노는 셀 수 없이 많은 물고기를 봐. 신이 빚어낸 근사한 날이잖아! 우리 주위의 자연이 얼마나 행복하고 평온해 보이는지 몰라!"

이렇게 엘리자베스는 우리 두 사람이 다시 우울한 생각으로 빠져들지 않게 하려고 애썼다. 하지만 엘리자베스의 감정도 자꾸 변덕스럽게 변했다. 어느 순간 눈빛에서 기쁨이 빛나다가도 어느새 공상이나 딴생각에 잠긴 눈빛으로 되돌아갔다.

하늘에는 서서히 해가 지고 있었다. 우리는 드랑스강을 지나면서 높은 고원과 낮은 구릉지 사이로 난 협곡으로 해가 지는 모습을 지켜보았다. 이곳에는 알프스산맥이 호수에 더 가까이 서 있었다. 우리는 산맥이 호수의 동쪽 경계를 이루며 원형극장처럼 둥글게 에워싸는 곳으로 다가갔다. 에비앙의 첨탑이 주위를 둘러싼 숲 아래에서 빛났다. 첨탑이 걸려 있는 산 위에 또 다른 산줄기가 이어져 있었다.

여기까지 우리를 놀라운 속도로 밀어주던 바람이, 해 질 무렵이 되자 가벼운 미풍으로 잦아들었다. 부드러운 공기가 수면에 잔물결을 만들었고, 물가로 다가가자 나무들은 경쾌하게 살랑거렸다. 물가에서는 온갖 꽃과 건초에서 풍겨오는 감미로운 향기가 코끝을 간질였다. 우리가 배를 댈 즈음 해가 수평선 너머로 넘어갔다. 물에 발을 내려놓는 순간 걱정과 두려움이 되살아났다. 그것들은 어느새 내게 들러붙어 영원히 떠나지 않을 운명이 되었다.

6장

우리는 저녁 8시에 배에서 내렸다. 그리고 잠시 물가를 산책하며 시시각각 변해가는 저녁놀을 감상한 후 여인숙으로 갔다. 그곳에서도 어슴푸레한 어둠에 잠겨 까만 윤곽으로 보이는 호수와 숲, 산이 어우러진 아름다운 풍경을 지켜보았다. 남쪽에서 불어오던 바람은 서풍으로 바뀌었고 그 기세도 등등했다. 달이 하늘 높이 올랐다가 서서히 내려오기 시작했다. 구름은 독수리가 나는 것보다 더 빠르게 달을 스치고 지나가며 달빛을 흐릿하게 만들었다. 한편 호수는 하늘에서 분주하게 벌어지는 변화를 비추었지만, 서서히 거세지는 성마른 파도들 때문에 더 분주해 보였다. 느닷없이 거센 폭풍우가 휘몰아쳤다.

그날 하루 내 마음은 평온했다. 그러나 밤이 되어 사물의 형태가 흐릿해지자 순식간에 천 가지 두려움이 마음속에 솟아올랐다. 불안해진 나는 주위를 잔뜩 경계하며 품에 숨겨 둔 권총을 오른손으로 꼭 쥐었다. 무슨 소리가 날 때마다 겁에 질렸다. 그러나 나는 헛되이 내 목숨을 버리지 않겠다고 각오를 다졌다. 곧 시작될 결투에서 나나 내 적이 죽어 없어질 때까지 긴장을 풀지 않겠다고도 마음을 먹었다.

엘리자베스는 두려움을 느꼈는지 한동안 말없이 내가 동요하는 모습을 지켜보기만 했다. 그러다 마침내 말문을 열었다. "무슨 이유로 그렇게 불안해하는 거야, 빅토르? 네가 두려워하는 게 뭐야?"

"오! 조용히 해, 조용히. 내 사랑, 오늘 밤만 지나면 모두 무사할 거야. 하지만 이 밤은 끔찍해, 너무 무서워."

나는 이런 상태로 한 시간 정도를 보냈다. 그때 불현듯 내가 지금 기다리고 있는 결투를 아내가 보면 얼마나 무서울지 퍼뜩 떠올랐다. 그래서 아내에게 먼저 잠자리에 들라고 간청을 했다. 나는 내 적의 상태를 어느 정도 파악한 후 아내 곁으로 가기로 했다.

엘리자베스는 나를 두고 자러 들어갔다. 나는 한동안 복도를 서성거리며 내 적이 숨어 있을 만한 곳을 구석구석 확인했다. 하지만 그놈의 자취는 어디에도 없었다. 모종의 행운이 일어나 그놈이 악랄한 계획을 실행에 옮길 수 없게 되었을지도 모른다는 생각이 들기 시작했다. 바로 그때, 찢어지는 듯한 무시무시한 비명이 들렸다. 게다가 엘리자베스가 막 들어간 방에서 들리는 게 아닌가. 그 소리를 듣자마자 나는 비로소 모든 진상이 머릿속에 그려지면서 양팔에서 힘이 빠지고 온몸의 근육과 조직이 그대로 굳어버렸다. 핏줄기가 혈관을 천천히 흐르고 손끝과 발끝이 따끔거리는 것 같았다. 그러나 이런 상태는 순식간에 지나갔다. 비명이 다시 터져 나오자 나는 그 방으로 득달같이 달려갔다.

맙소사! 그때 왜 나는 죽지 않았을까! 왜 여기 남아 내가 품은 최고의 희망과, 세상에서 가장 순수한 존재가 산산이 부서지는 과정을 이야기하는 걸까! 엘리자베스는 생명이 빠져나간 채 침대에 쓰러져 꼼짝도 하지 않았다. 머리가 축 늘어졌고 풀어진 머리카락이 핏기없고 뒤틀린 얼굴을 반쯤 뒤덮고 있었다. 다시 봐도 엘리자베스는 그대로였다. 두 팔에서 핏기가 사라지고 몸에서 생기가 빠져나가 축 늘어진, 살인자가 신혼 침대에 내팽개친 그대로 말이다. 이 모습에 어째서 내 숨이 끊어지지 않았을까? 아! 목숨은 질기고 질겨서 자신이 가장 미움받는 곳에 더 지독하게 달라붙는구나!

정신을 차리자 내 주위에는 여인숙 사람들이 모여 있었다. 그들도 숨도 쉬어지지 않는 공포에 휩싸인 것 같았다. 그러나 그들의 공포는 흉내에 불과할 뿐, 나를 짓누르는 감정의 그림자에 지나지 않았다. 나는 그들을 두고 엘리자베스의 시신이 뉘어 있는 방으로 들어갔다. 내 사랑이자 내 아내였으며, 방금 전까지 그토록 생기가 충만했고 사랑스러웠고 소중했던 사람에게로. 엘리자베스는 내가 처음 목격했던 자세와 다르게 뉘어 있었다. 머리를 팔에 기대게 하고 손수건으로 얼굴과 목을 덮어놓으니, 마치 잠을 자는 것 같았다. 나는 달려가 엘리자베스를 꼭 안았다. 하지만 죽음이 가져온 나른함과, 얼음장 같은 몸은 내가 지금 품에 안고 있는 이 여자가 더는 내가 한때 소중히 사랑했던 엘리자베스가 아니라고 말해주었다. 엘리자베스의 목에는 그 악마의 손자국이 남아 있었고, 입에서는 숨결이 새어 나오지 않았다.

　지독한 절망에 빠져 한동안 몸을 숙인 채 아내를 바라보던 나는 무심코 고개를 들었다. 아까는 창문이 컴컴했다. 그런데 달이 그 방을 창백한 노란빛으로 비추고 있었다. 그 모습이 왠지 으스스했다. 다시 보니 덧창이 열려 있었다. 바로 그때, 말로는 설명할 수 없는 공포가 나를 엄습하나 싶더니 열린 창문가에서 가장 사악하고 혐오스러운 형체가 보이는 것이 아닌가. 괴물의 얼굴에 환한 웃음이 걸려 있었다. 그는 그 사악한 손가락으로 내 아내의 시신을 가리키며 나를 조롱하는 듯했다. 나는 황급하게 창문으로 달려가 품에서 권총을 꺼내 발사했다. 하지만 그는 내 총알을 피해 제자리에서 훌쩍 뛰어내리더니 전광석화처럼 호수로 풍덩 뛰어들었다. 총

소리에 사람들이 방으로 몰려들었다. 나는 그놈이 사라진 곳을 가리켰다.

사람들과 배로 추적을 하고 그물까지 던져봤지만 다 허사였다. 몇 시간 후 우리는 빈손으로 돌아왔다. 나와 함께 수색을 나간 사람들은 대부분 그 형체가 내 상상이라고 믿는 분위기였다. 배에서 내린 후 그들은 주변을 수색했다. 몇 팀으로 나누어 여러 방향으로 흩어져 숲과 포도원을 뒤졌다.

나는 그들과 함께 가지 않았다. 나는 이미 초주검이 되어 있었다. 눈에 막이 덮인 듯 앞이 흐릿하고 피부는 열기로 타들어가듯 바싹 말라 있었다. 무슨 일이 벌어졌는지에 대한 의식도 거의 없이 그 상태로 침대에 쓰러져 있었다. 두 눈만 잃어버린 뭔가를 찾는 것처럼 연신 방 안을 두리번거렸다.

마침내 나는 아버지가 떠올랐다. 에비앙에서 하룻밤을 보내고 돌아올 나와 엘리자베스를 몹시 기다리고 있을 아버지에게 나 홀로 돌아가게 되었다는 사실이 떠오르자 눈물이 차올랐다. 그렇게 한참이나 통곡을 했다. 그러다가 내 생각은 여러 방향으로 가지를 뻗어 내가 겪은 불행과 그 원인에까지 미쳤다. 어떻게 이렇게 된 건지 의아하고 무서워서 정신이 아득해지며 어리둥절할 따름이었다. 윌리엄의 죽음과 유스틴의 사형, 앙리의 죽음, 끝으로 아내의 죽음까지. 그 순간조차 나는 유일하게 남은 가족이 그 적의 원한에서 안전한

지조차 몰랐다. 지금 내 아버지가 그놈의 손아귀에서 몸부림을 치고 있는지, 에르네스트가 이미 숨이 끊어진 채 아버지의 발치에 쓰러져 있는지 알 길이 없었다. 이 생각에 진저리를 치며 무슨 일이든 해야 한다는 사실을 깨달았다. 나는 벌떡 일어나 최대한 빨리 제네바로 돌아가기로 했다.

타고 갈 말을 한 마리도 구할 수 없어 다시 호수로 이동해야 했다. 그런데 바람이 심상치 않은 데다 비도 억수같이 쏟아졌다. 그래도 아직 아침이 밝지 않아 어떻게든 밤까지는 돌아가리라 기대를 걸었다. 노를 저을 사람들을 구했고 나도 직접 노를 저었다. 몸을 혹사하면 마음의 고통에서 잠시 풀려나는 경험을 늘 했기 때문이다. 하지만 내가 이미 겪은 고통이 흘러넘칠 듯했고 너무 과도한 불안을 견디는 탓에 도저히 힘이 나지 않았다. 하는 수없이 노를 내려놓았다. 그리고 양손에 얼굴을 파묻은 채 마음속에 솟아나는 온갖 음울한 생각에 자신을 맡겼다. 눈을 들어 위를 보면, 좀 더 행복했던 시절에 늘 보았던 풍경이 눈에 들어왔다. 지금은 그림자이자 추억이 되어버린 아내와 함께 바로 전날 보았던 풍경들이었다. 눈물이 강물처럼 흘러내렸다. 잠시 비가 멎었다. 그러자 몇 시간 전처럼 물속에서 헤엄치며 노는 물고기들이 보였다. 분명 엘리자베스가 보았던 물고기였을 것이다. 극심하고 갑작스러운 변화만큼 인간의 마음을 아프게 하는 것이 또 있을까. 앞으로도 해는 어제처럼 빛나고, 하늘에 낮게 걸리겠지만, 이제 전날과 똑같이 보이지 않으리라. 적은 내게서 행복을 누리리라 기대했던 미래의 희망을 모두 빼앗았다. 이 세상에서 나보다 더 비참한 존재는 없었다. 이렇게 무시무시한 사건은 인류 역사상 유일무이하리라.

그런데 뒤따라 일어난 압도적인 사건들을 왜 이토록 자세히 늘어놓고 있는 걸까. 내 이야기는 공포에 물들어 있다. 또 내 이야기는 이미 '절정'에 도달했으므로 지금부터 들려줄 내용은 지겨울 수도 있다. 이것만 알면 된다. 나는 가족을 차례차례 잃었다. 그리고 쓸쓸히 남겨졌다. 이제 기력이 다해 더는 이야기할 힘이 없다. 그러니 그 끔찍한 사연의 마지막 부분을 간략하게 들려주도록 하겠다.

나는 제네바에 도착했다. 아버지와 에르네스트는 무사했다. 하지만 아버지는 내가 전한 소식에 무너지고 말았다. 지금도 아버지가 눈앞에 선하다. 얼마나 인품이 훌륭하고 존경할 만한 분이었던가! 아버지의 공허한 시선은 정처 없이 사방을 떠돌았다. 그 두 눈에 사랑과 기쁨을 깃들게 했던 대상을 잃었기 때문이다. 친자식보다 더 애지중지하며, 사람이 쏟을 수 있는 온갖 애정을 다 쏟았던 조카딸 말이다. 사람은 말년이 되어 사랑하는 사람이 점점 줄어들면 남아 있는 사람에게 더 애착을 느끼기 마련이니 그 심정이 오죽했을까. 희끗희끗한 아버지의 흰머리에 불행을 몰고 와 불행 속에서 생명을 소진하게 만든 적이여, 저주받고 저주받아라! 아버지는 주변에 켜켜이 쌓인 공포를 끝내 이기지 못하고 뇌졸중을 일으켜 며칠 후 내 품에서 숨을 거두었다.

그래서 나는 어떻게 했냐고? 나도 모른다. 나는 모든 감정과 감각을 잃었다. 유일한 감각이라면 나를 무겁게 짓누르는 쇠사슬과 암흑뿐이었다. 때때로 어린 시절 친구들과 함께 야생화가 만발한 들판과 아름다운 계곡을 돌아다니는 꿈을 꾸었다. 하지만 눈을 뜨면 내가 있는 곳은 지하 감옥이었다. 우울감이 찾아왔지만, 점차 나는 내가 겪은 불행과 현 상황을 명료하게 깨달았다. 그 무렵 감옥에서 풀려났다. 사람들이 내가 미쳤다고 생각했기 때문이다. 내가 이해하기로 나는 몇 달 동안 독방에 갇혀 있었다.

하지만 내가 이성을 찾은 것과 동시에 복수심에 눈뜨지 않았다면 자유도 내게 아무 소용없는 선물이었으리라. 과거의 불행이 나를 짓누를 때면 나는 그것들을 일으킨 원인을 생각하기 시작했다. 내가 만들어낸 괴물이자, 결국 나를 파괴해버린 그 가련한 악마 말이다. 그놈을 생각할 때면 미칠 듯한 분노에 사로잡혔다. 그래서 내 손으로 잡아서 저주받은 머리통에 복수해 한을 풀 수 있기를 간절하게 빌었다.

증오에 사로잡힌 내가 말로만 복수를 다짐한 건 아니었

다. 나는 그놈을 잡을 최선의 방도를 생각해내려고 머리를 쥐어짜기 시작했다. 이 목적을 위해, 감옥에서 풀려난 지 약 한 달 후에 나는 도시의 치안판사를 찾아가 누군가를 고발하고 싶다고 말했다. 내 가족을 모두 죽인 자를 알고 있으니 모든 권한을 동원해서라도 그 살인자를 잡아달라고 요청했다.

치안판사는 나를 배려하며 주의 깊게 고발 내용을 듣고는 말했다. "안심하세요. 그 악당을 처단하기 위해 어떤 수고도 아끼지 않을 겁니다."

"고맙습니다. 그렇다면 지금부터 제가 하는 증언을 잘 들어보십시오. 정말 기묘한 이야기입니다. 아무리 희한하다고 해도 믿을 수밖에 없는 확실한 증거가 없다면 못 믿으실까 걱정스럽습니다. 하지만 꿈으로 치부하기에는 이야기의 아귀가 딱딱 들어맞을 겁니다. 게다가 저는 거짓을 꾸며낼 동기가 없습니다." 내 태도는 강한 인상을 주면서도 차분했다. 나는 그 파괴자를 죽을 때까지 추적하겠다고 굳게 결심했다. 이렇게 목표를 세우고 나니 고통에 찬 마음이 진정되었으며 잠시나마 삶의 의지를 불태우게 되었다. 나는 간략하게 내 이야기를 들려주었다. 확신에 찬 태도로 명확하게 이야기를 풀어나가며 날짜를 정확하게 알리고 절대 욕설을 퍼붓거나 과격하게 말하지 않았다.

치안판사는 처음에는 전혀 믿지 않는 것 같았다. 하지만 내가 이야기를 계속하자 점점 흥미를 느끼고 귀를 기울이게 되었다. 그가 가끔 공포로 진저리를 치거나, 또 어떤 때는 의심하는 기색 없이 생생하게 놀라는 표정이 얼굴을 스치면 나는 그 모습을 놓치지 않았다.

나는 이야기를 끝내며 이렇게 말했다. "바로 이놈을 지금 고발하려고 합니다. 그러니 모든 권한을 동원해서라도 이자를 찾아내 합당한 벌을 내려주시기 청합니다. 그것이 치안판사의 의무이기도 하거니와, 인간으로서 판사님이 이 사건에 느끼는 감정도 범인을 잡아 처벌하는 데 반대되는 것이 아니리라 믿고 희망합니다."

이 말에 치안판사의 표정이 돌변했다. 그는 정령과 초자연적인 현상에 대해 들을 때처럼, 믿지는 않아도 어느 정도 선의로 내 이야기를 들었다. 그런데 내가 공식적으로 조처해달라고 하자 그는 다시 내 말을 의심하기 시작했다. 그래도 그는 온화하게 대답했다. "선생님이 그자를 추적하시는 데 필요한 것이 있다면 기꺼이 제공해드리지요. 그런데 선생님의 말씀에 따르면, 그자는 제가 어떤 방책을 취하든 전부 무효로 만들 힘이 있는 듯 보이는군요. 어느 누가 얼음 바다를 가로지르고 사람들이 감히 발도 들여놓으려 하지 않는 동굴과 땅굴에서 살 수 있겠습니까? 게다가 그자가 범죄를 저지른 후 몇 달이나 지났습니다. 어디를 배회하고 있는지 혹은 어느 지역에 살고 있는지 누가 알겠습니까."

"그놈은 제가 사는 곳을 맴돌고 있을 게 분명합니다. 알프스산맥 어딘가에 은신했다면 샤무아를 사냥할 때처럼 몰아서 맹수를 잡듯 잡으면 됩니다. 하지만 판사님 생각은 잘 알겠습니다. 제 이야기를 믿지 않으시는군요. 그래서 제 적을 추적해 당연히 받아야 할 벌을 줄 생각이 없으시지요."

내가 분노로 눈을 희번덕거리며 이런 말을 하자 치안판사는 겁을 집어먹었다. "제 말을 잘못 이해하셨군요. 저도 최선을 다할 겁니다. 그 괴물을 잡을 힘이 있다면, 놈도 자신이 벌인 범죄에 합당한 처벌을 받을 겁니다. 그런데 선생님께서 방금 그자의 특징이라며 들려주신 내용으로 미루어보아서는 체포할 방도가 없을 겁니다. 게다가 아무리 적절한 방법을 동원해 추적한다고 해도 실망스러운 결과에 대비해 마음의 준비는 하셔야 할 겁니다."

"그럴 리가 없습니다. 무슨 말을 해도 별 소용이 없겠지요. 판사님께 제 복수는 전혀 의미가 없을 테니까요. 물론 저도 복수가 나쁘다고 봅니다만, 고백하건대 이미 복수를 향한 열망은 제 영혼을 집어삼켰습니다. 제가 이 세상에 풀어준 살인마가 여전히 목숨을 부지해 돌아다닌다고 생각하면 분노를 주체할 수가 없어요. 판사님은 정당한 요구를 거부하시는군요. 그렇다면 제가 할 일은 단 하나뿐입니다. 저는 제 인생을 바쳐서 죽든 살든 그자를 파괴할 겁니다."

이런 말을 떠들어대는 동안 나는 과하게 흥분해 몸을 벌벌 떨었다. 내 태도에서 광기가 느껴졌다. 과거의 순교자들처럼 오만함이 느껴지는 강렬한 감정도 엿보였다. 하지만 헌신이나 영웅주의 같은 것은 전혀 생각하지 않는 제네바의 치안판사에게 이렇게 고양된 감정은 그저 광기처럼 보일 뿐이었다. 그는 아이를 달래는 유모처럼 나를 진정시키려 했다. 그리고 내 이야기를 정신착란의 결과로 여겼다.

"맙소사!" 내가 소리쳤다. "판사님은 스스로 지혜롭다고 자부하지만 실제로는 얼마나 무지한가요. 됐습니다. 판사님은 자신이 무슨 말을 하는지도 모르고 계시니까요."

나는 화가 머리 끝까지 나 그곳에서 뛰쳐나온 후, 다른 방도를 생각해내려고 집으로 돌아갔다.

7장

그때 나는 스스로 생각을 할 상태가 아니었다. 나는 분노에 조종당하듯 행동했다. 복수심만이 내게 버틸 힘을 주고 마음을 침착할 수 있도록 해주었다. 복수심은 내 감정을 가다듬어주었다. 게다가 복수심 덕분에 냉철하고 차분하게 버틸 수 있었다. 안 그랬다면 그 시절 나는 완전히 미치거나 목숨을 버렸을 것이다.

나는 제네바를 영원히 떠나기로 했다. 한때 행복했고 사랑받으며 살았던 내 고향을 몹시 아꼈지만, 시련을 거치면서 이곳이 싫어지게 되었다. 나는 얼마간의 돈과 어머니의 유품인 보석 몇 점을 챙겨서 떠났다.

그렇게 나의 방랑이 시작되었다. 목숨이 끝나는 날, 이 방랑도 막을 내리리라. 나는 드넓은 땅을 건넜고 여행객들이 사막이나 야만적인 나라에서 자주 마주치는 온갖 역경도 이

겨냈다. 그 시절을 어찌 버텼는지 모르겠다. 말을 듣지 않는 팔다리를 모래땅에 죽 뻗고 드러누워 차라리 죽여달라고 빌기도 했다. 그래도 나는 복수심으로 살아남았다. 내 적이 멀쩡히 살아 돌아다니는 마당에 내가 먼저 죽을 수는 없었다.

나는 제네바를 떠날 당시 제일 먼저 내 사악한 적의 발자취를 추적할 수 있는 실마리를 손에 넣으려 했다. 하지만 마음먹은 대로 되지 않았다. 어디로 가야 할지 몰라서 도시의 경계를 몇 시간이고 돌아다녔다. 밤이 되면 나도 모르게 윌리엄과 엘리자베스, 아버지가 영면을 취하고 있는 공동묘지의 입구에 와 있었다. 나는 그곳에 들어가 그들의 이름이 새겨진 묘지로 발길을 옮겼다. 바람에 수런거리는 잎사귀를 제외하면 주위는 쥐죽은 듯 조용했다. 밤은 칠흑처럼 어두웠다. 아무 관심이 없는 구경꾼의 눈에도 그 장면은 엄숙하고 애통했을 것이다. 떠나간 사람들의 영혼이 주위를 어슬렁거리며 돌아다니고 애도하는 사람의 머리 위에 그림자를 드리웠다. 그러나 느낄 수만 있을 뿐 볼 수는 없었다.

이 풍경을 보자 깊은 슬픔이 가슴을 파고들었지만, 어느새 슬픔은 분노와 절망감이 되었다. 이들은 죽었지만 나는 살아 있다. 이들을 죽인 살인마도 살아 있다. 그러므로 나는 그놈을 파멸시키기 위해 지친 몸이라도 끌고 나서야 한다. 나는 풀밭에 무릎을 꿇고 땅에 입을 맞추며 떨리는 입술로

소리쳤다. "내가 무릎을 꿇고 있는 이 신성한 땅과 내 주위를 떠도는 그림자들, 내가 영원히 느낄 깊은 슬픔을 걸고 맹세한다. 오, 밤이여. 그대, 그리고 그대를 지배하는 정령들을 걸고 이 불행을 초래한 그 악마를, 내가 되든 그놈이 되든 목숨을 건 결투에서 스러질 때까지 추격할 것을 맹세하노라. 이를 위해 나는 목숨을 지킬 것이다. 이 간절한 복수를 완수하기 위해 나는 다시 태양을 보고 흙에서 자라는 푸른 풀을 밟을 것이다. 복수하지 않으면 이들은 내 눈에서 영원히 사라질 테니까. 이제 그대들, 죽은 자의 혼령들에게 요청하노니, 배회하는 복수의 대리인인 그대들이여. 나를 도와 길을 안내하고 복수를 도와다오. 저주받은 지옥의 괴물이 고통을 깊숙이 들이마시게 하라. 지금 나를 괴롭히는 절망감에 몸부림치게 하라."

　나는 살해당한 내 가족의 그림자들이 내 맹세를 듣고 동의했다고 믿길 정도로 경외심을 갖고 엄숙하게 간청했다. 하지만 마지막에 가서는 치밀어 오르는 분노에 휩싸인 나머지 목이 메어 말도 잘 나오지 않았다.

　그런데 이런 간청에 응답이라도 하듯 악마의 웃음소리가 고요한 밤공기를 요란하게 갈랐다. 그 웃음소리는 한참이나 내 귓전을 묵직하게 때렸다. 주위의 산에서 그 웃음소리가 메아리쳤다. 온갖 지옥이 나를 둘러싼 채 조롱하고 비웃는 것 같았다. 그 순간 확실히 광기에 사로잡혀 불행한 내 존재를 스스로 파괴할 수도 있었지만, 이미 큰소리로 맹세를 했고 맹세한 복수를 위해 나는 살아남아야 했다. 마침내 웃음소리가 사라졌다. 바로 그때, 익히 아는 혐오스러운 목소리가 내 귓가로 바짝 다가와 또렷하게 속삭이기 시작했다. "마음에 들어, 불쌍한 자식! 네놈이 살기로 했다니 아주 마음에 들어."

나는 그 소리가 난 쪽으로 재빨리 달려갔지만, 그 악마는 내 손아귀를 피해 빠져나갔다. 갑자기 둥근 달이 두둥실 떠올랐다. 달이 으스스하고 뒤틀린 몸뚱이를 환히 비추자 그놈은 인간이라고 할 수 없는 속도로 쏜살같이 도망쳤다.

나는 그놈을 뒤쫓았다. 그리고 그 후 수개월 동안 그것은 내 일이 되었다. 미미한 단서를 길잡이 삼아 굽이굽이 이어지는 론강을 따라다녔지만 아무 소득도 없었다. 내 추적은 어느덧 푸른 지중해에 닿았다. 그리고 그곳에서 묘한 우연으로, 악마가 밤을 틈타 흑해로 출항하는 배에 몰래 숨어드는 모습을 목격했다. 나도 그 배에 올랐지만 그놈은 그곳을 빠져나갔다. 도대체 어떻게 도망쳤는지 알다가도 모를 일이었다.

타타르와 러시아의 드넓은 황무지 한가운데서 그놈은 다시 내 추적을 피해 달아났지만 나는 계속 추적했다. 어떤 때는 유령 같은 그놈의 끔찍한 모습에 잔뜩 겁을 먹은 농부들이 내게 그놈이 사라진 방향을 알려주었다. 또 어떤 때는 내가 추적의 실마리를 모두 잃고 절망해 죽어버릴까 봐 악마가 일부러 흔적을 남기기도 했다. 내 머리로 눈이 떨어지자 하얀 평원에 찍힌 그놈의 커다란 발자국이 보였다. 갓 생명을 얻은 당신이, 걱정이라는 것이 낯설고 고통을 아직 모르는 당신이 내가 지금껏 무엇을 느꼈고, 지금 어떤 심경인지 이해할 수 있을까? 춥고, 배고프고, 피로한 것 따위는 내가 견뎌야 했던 고충에 비하면 아무것도 아니었다. 그 악마의 저주로, 어딜 가든 영겁의 지옥이 나를 따라다녔다. 그래도 여전히 선한 영혼은 나를 따르며 갈 곳을 알려주었다. 내가 힘들어 투덜거리기라도 하면 느닷없이 그 영혼이 나타나 도저히 못 넘을 것 같은 장애물을 피하게 해주었다. 굶주림에 지쳐 탈진해 쓰러지면 사막 한가운데 나를 위한 식사가 차려져 있었다. 덕분에 나는 다시 기운을 차리고 힘을 낼 수 있었다. 사실 식사라고 해봐야 그곳의 농부들이 먹는 거칠고 소박한 음식이었지만 내가 도움을 청했던 영혼들이 차려놓은 음식이라는 사실을 나는 조금도 의심하지 않았다. 모든 것이 말라붙고 하늘에 구름 한 점 없어 갈증으로 타들어갈 때도 있었다. 그럴 때면 어디선가 슬며시 나타난 구름이 하늘을 가리더니 몇 방울의 비를 내려 나를 살려주고 사라졌다.

나는 되도록 강줄기를 따라 이동했지만, 악마는 이 길을 피했다. 촌락은 대체로 강줄기 주변에 모여 있었기 때문이다. 다른 곳은 인적이 몹시 드물었다. 나는 주로 길을 가다 마주치는 야생동물을 잡아먹으며 버텼다. 수중에 돈이 있었기에 그 돈을 나눠주며 마을 사람들의 환심을 샀다. 아니면 내가 잡은 짐승들을 내 몫만큼만 먹고 불과 식기를 빌려준 사람들에게 나눠주기도 했다.

그렇게 흘러가는 내 인생이 너무나 증오스러웠다. 그나마 홀로 잠이 들면 그제야 기쁨을 맛볼 수 있었다. 오, 축복받은 잠이여! 때로 스스로가 비참해 견딜 수 없어지면 나는 잠을 청했다. 그러면 내 꿈이 나를 황홀한 기쁨으로 달래주었다. 나를 수호해주는 영혼들이 이런 순간, 아니 몇 시간이나마 행복한 순간을 만들어주었기에 나는 힘을 내어 다시 순례길을 떠날 수 있었다. 이렇게라도 쉬지 않았다면 나는 고난을 이기지 못하고 쓰러졌으리라. 낮에는 밤이 온다는 희망으로 버티고 힘을 냈다. 잠이 들면 내 가족과 친구, 아내, 사랑하는 조국을 볼 수 있었으니까. 또다시 아버지의 자애로운 모습을 보고, 나의 엘리자베스의 고운 음성을 듣고, 젊음과 건강을 마음껏 만끽하는 앙리를 볼 수 있었다. 힘겨운 추적으로 심신이 지쳐 약해질 때는 밤이 올 때까지 꿈을 꾸는 것뿐이라고 나를 설득했다. 밤이 되면 사랑하는 이들의 품에 안기는 진짜 현실을 즐길 수 있다고 마음을 다잡았다. 그들에게 얼마나 죄책감에 물든 애정을 느꼈던가! 가끔 내가 깨어 있는 순간에도 그들이 곁을 맴돌면, 사랑하는 이들에게 얼마나 간절하게 매달리며 그들이 여전히 살아 있다고 믿고 싶어 했던가! 그런 순간이면 내 안에서 활활 타올랐던 복수심의 불씨는 스르르 꺼졌다. 그 악마를 파괴하기 위해 떠난 길은 어느새 내 영혼의 간절한 욕망이 아니라, 내가 의식하지 못하는 어떤 힘의 기계적인 충동 혹은 하늘이 내린 사명이 되었다.

내가 추적한 그놈의 감정 따위는 알 길이 없다. 가끔 나무껍질에 글을 써놓거나 돌에 흔적을 새겨 길을 알리는 것을 보면 화가 치밀어 올랐다. "나는 아직도 군림하고 있다."(그놈이 남긴 흔적들 가운데 이런 글귀를 알아볼 수 있었다.) "너는 살아. 그래야 내 힘이 완전해지니까. 나를 따라와. 나는 북극의 영원히 녹지 않는 얼음의 땅으로 갈 거야. 그곳에서 추위와 서리가 얼마나 고통스러운지 느껴봐. 나는 그런 것은 아무렇지도 않아. 너무 뒤처지지 않게 따라온다면 근처에서 죽은 토끼 한 마리를 보게 될 거야. 그걸 먹고 힘을 내. 내 적이여, 어서 와보라고. 우리는 각자의 목숨을 걸고 결전을 벌여야 해. 하지만 그전에 네놈은 고통스럽고 비참한 시간을 셀 수 없이 보내야 결전의 시간에 당도할 거야."

악마에게 비웃음을 사는 신세라니! 나는 다시 복수를 맹세했다. 가증스러운 악마, 내 목숨을 바쳐서라도 네 놈을 고문해 죽음으로 몰아넣겠다. 둘 중 하나가 죽을 때까지 추적의 끈을 절대 놓지 않으리라. 그리고 지극한 희열을 맛보며 나의 엘리자베스를 만나리라. 고통스럽고 지독한 이 순례에 대한 보상을 준비하고 있을 사람들을 다시 만나리라.

북쪽으로 갈수록 눈발은 점점 거세졌고 도저히 버틸 수 없을 정도로 추위가 몰아닥쳤다. 농부들은 자신들의 집에 틀어박혔다. 아주 강인한 사람들이나 집 밖으로 나와, 배고픔을 이기지 못하고 은신처를 벗어난 짐승을 사냥했다. 강물은 꽁꽁 얼어붙어 물고기를 한 마리도 잡을 수 없었다. 이렇게 나의 주요 식량원이 끊어져버렸다.

내가 혹독하게 고생을 할수록 내 적은 승리감에 빠져들었다. 그가 새겨놓은 자취에는 이런 글귀도 있었다. "각오해! 네 고생문은 이제야 활짝 열렸으니까. 모피로 몸을 단단히 감싸고 식량을 챙겨. 우리가 떠날 여정에서 네가 고생할수록 끝없는 내 증오가 채워져."

이런 조롱을 받을 때마다 나는 용기와, 어떻게든 견디겠다는 각오를 다졌다. 나는 반드시 목적을 이루겠다고 결심했다. 하늘에게 도와달라고 간청하며 사그라지지 않는 열정을 품고 드넓은 사막을 가로질렀다. 어느새 저 멀리 대양이 나타나나 싶더니 수평선이 보였다. 오! 남쪽의 푸른 바다와 어찌나 다르던지! 얼음으로 뒤덮인 그 바다는 훨씬 더 황량하고 험악한 모습으로 육지와 구별이 되었다. 그리스인들은 아시아 언덕에서 지중해가 보였을 때, 기쁨의 눈물을 흘리며 자신들의 고생도 끝이 났다는 생각에 환호했다. 나는 눈물 따위는 흘리지 않았다. 오히려 적의 비웃음을 견디며, 그놈과 결판을 내고 싶었던 곳까지 안전하게 나를 인도해준 수호 정령에게 무릎을 꿇고 벅차오르는 마음으로 감사했다.

그곳에 도착하기 몇 주 전 나는 썰매와 개들을 구해서 상상할 수 없는 속도로 눈의 벌판을 가로질렀다. 그놈도 나처럼 썰매를 탔는지 모른다. 지금까지 매일 달려도 좀처럼 가까워지지 않았지만 이제 거의 다 따라잡은 것이 분명했다. 처음에 바다가 보였을 때, 그놈은 내게서 고작 하루를 앞서 있었다. 그놈이 해안에 도착하기 전에 따라잡기를 바랐다. 이렇게 용기가 새로 솟자 나는 박차를 가했고, 이틀 후 바닷가의 초라한 마을에 도착했다. 나는 주민들에게 내 적에 대해 수소문한 끝에 정확한 정보를 손에 넣었다. 그들은 거대한 괴물이 전날 밤에 마을에 나타났는데, 장총 한 자루와 수많은 권총으로 무장을 했더라고 말해주었다. 외딴 오두막에 살던 사람들이 그놈의 무시무시한 모습을 보고 겁에 질려 도망을 쳤다는 것이다. 그놈은 그들이 비축해둔 겨울 식량을

343

챙겨서 썰매에 신고 훈련된 개들을 끌고 와 썰매에 매었다. 그리고 그날 밤 곧장 바다 너머 땅이 없는 곳으로 가버렸다. 겁에 질렸던 주민들은 그 모습에 안도의 한숨을 내쉬었다. 그들은 그놈이 얼음장이 깨져 물에 빠졌거나 혹독한 추위에 얼어 죽었으리라 짐작했다.

이 이야기를 들은 후 나는 일시적으로 절망감에 휩싸였다. 그가 내게서 다시 도망쳤지 않은가. 산맥처럼 웅장한 얼음 바다를 가로질러 어쩌면 영원히 끝나지 않을 파멸의 추적을 다시 시작해야 한다. 이곳에서 나고 자란 사람들 대부분도 오래 견디기 힘든 추위 속에서, 온화하고 따뜻한 기후 출신인 내가 살아남기를 바랄 수는 없으리라. 하지만 그 적이 살아남아 의기양양하리라 생각하니 분노와 복수심이 집채만 한 파도처럼 다시 밀려와 다른 감정을 모두 쓸어내버렸다. 나는 잠시 휴식을 취했다. 그동안에도 망자들의 영혼이 내 주위를 떠돌며 어서 일어나 복수를 하라고 등 떠밀었다. 마침내 나는 길을 떠날 채비를 시작했다.

나는 육지에서 타는 썰매를 울퉁불퉁한 얼음 바다 위에 적합하도록 바꾸었다. 그리고 식량을 충분히 준비한 후 육지를 떠났다.

그 후로 며칠이 흘렀는지 짐작도 되지 않는다. 하지만 나는 내내 지독한 고통을 견뎌야 했다. 그 고통은 다시 내 가

습속에서 영원히 활활 타오르는 복수심이 되어 버팀목이 되어주었다. 거대하고 험준한 얼음의 산들이 종종 내 앞길을 막아섰다. 때로는 발아래의 바다가 천둥처럼 포효하는 소리가 들렸다. 그 소리는 나를 파멸시키겠다고 위협하는 듯했다. 하지만 다시 추위가 찾아오면 바닷길은 안전하게 얼어붙었다.

줄어든 식량을 보니 아마 내가 바다를 달린 지 삼 주는 지난 것 같다. 자꾸 멀어지는 희망이 심장으로 되돌아오면 눈에서 실의와 슬픔의 눈물이 씁쓸하게 흘러내렸다. 절망이 자신의 먹잇감을 거의 다 손에 넣었고, 나는 이 비참함에 짓눌려 금방이라도 무너져내릴 것 같았다. 내 썰매를 끄는 가여운 개들이 믿을 수 없을 정도로 힘겹게 비탈진 눈산의 정상에 도달했지만, 탈진해버린 한 마리는 그만 숨이 끊어지고 말았다. 나는 눈앞의 장면을 고통스럽게 지켜보았다. 바로 그때, 어스름이 내려앉은 평원에서 내 눈이 시커먼 점을 포착했다. 그것을 더 자세히 보려고 눈에 힘을 주었다. 마침내 썰매와, 그 안에 탄 익숙한 뒤틀린 형체를 알아보았을 때, 나는 기쁨을 주체하지 못해 야성의 환호성을 질렀다. 오! 마음속에 다시 솟아오른 희망의 불길이 얼마나 활활 타올랐던가! 금세 뜨거운 눈물이 차올랐지만 나는 그 악마의 모습이 흐릿해질까 얼른 닦아버렸다. 그래도 내 시야는 뜨거운 눈물로 흐릿해져 결국 북받치는 감정을 참지 못하고 목놓아 울었다.

하지만 이렇게 꾸물거릴 때가 아니었다. 나는 죽은 개들을 썰매에서 떼어낸 후 남은 개들에게 먹이를 충분히 주었다. 그리고 한 시간가량 쉬었다. 꼭 필요한 휴식이었지만, 나는 마음이 급해 발을 동동 굴렀다. 휴식을 마친 후 추적을 시작했다. 썰매는 아직도 잘 보였다. 빙하에서 툭 튀어나온 얼음 바위에 가려 잠시 보이지 않을 때를 제외하면 나는 절대로 그놈을 시야에서 놓치지 않았다. 심지어 상당히 따라잡기까지 했다. 거의 이틀을 달린 후 마침내 나는 2킬로미터도 채 떨어지지 않은 곳에서 놈을 발견했다. 그 순간 심장이 미친 듯이 뛰었다.

하지만 내 숙적을 드디어 손에 넣기 직전, 희망은 느닷없이 꺼져버렸다. 지금까지와 비교도 안 될 정도로 놈의 흔적을 깡그리 놓치고 말았다. 발밑의 바다에서 소리가 났다. 얼음 아래 파도가 휘몰아치고 부풀어 오를 때 들리는 굉음이 점점 불길하고 무시무시해졌다. 나는 계속 달리고 싶었지만, 어림도 없었다. 바람이 거세지고 바다가 우레와 같이 으르렁거리더니 지진이 일어나듯 엄청난 충격이 사방에 퍼지며 바닥이 쩍 갈라졌다. 온 세상을 압도하는 굉음과 함께 빙판이 갈라진 것이다. 그 상황은 순식간에 끝났다. 잠시 후 요동치는 바다가 나와 내 숙적 사이를 가로막았다. 나는 조각조각

갈라진 얼음장을 타고 떠돌게 되었다. 얼음의 크기가 계속 줄어들자 나는 끔찍한 죽음을 준비하는 신세가 되었다.

공포에 짓눌린 상태로 몇 시간을 흘려보냈다. 개도 몇 마리 더 죽었다. 나는 그동안 몸과 마음에 쌓인 고통에 짓눌려 금방이라도 정신을 놓을 것 같았다. 바로 그때, 당신의 배가 바다에 닻을 내리고 내게 구조와 삶의 희망을 주었던 것이다. 이렇게 북쪽까지 배가 항해를 하는 줄 몰랐기에, 그 모습을 보고 깜짝 놀랐다. 나는 얼른 썰매를 부수어 노를 만들었다. 이미 탈진한 상태였지만 노를 저어 내 얼음 뗏목을 당신의 배가 있는 쪽으로 몰고 간 것이다. 당신이 남쪽으로 가는 중이라면 내 목적을 버리지 않고 바다의 자비에 나를 의탁할 작정이었다. 그리고 당신에게 간청해 배 한 척을 얻어 숙적을 계속 추적할 수 있기만을 빌었다. 그런데 당신의 목적지는 북쪽이었고, 당신은 기진맥진한 나를 배에 태워주었다. 그때 배에 오르지 못했다면, 그간의 고초에 금방이라도 숨이 끊어졌을 것이다. 임무를 끝내지 못한 채로 맞이할 죽음이 두렵기는 했겠지만.

오! 나를 악마에게로 이끌어준 수호 정령은 내가 그토록 열망한 안식을 허락해줄까? 아니면 나는 죽고 그놈은 살아남을까? 월턴, 내가 죽어야 한다면 놈의 도주를 막아주겠다고 내게 맹세해줘요. 그놈을 찾아 숨통을 끊어 내 복수를 완성해줘요. 하지만 당신에게 내 순례를 떠맡기고 내가 견뎌온 이 고통을 대신 짊어달라고 부탁하는 게 과연 옳은 일일까요? 아니에요. 나는 그렇게 이기적인 인간이 아니에요. 대신 내가 죽은 후 그놈이 나타나면, 내 복수의 대리자들이 그자를 당신에게 인도하면, 절대 살려두지 않겠다고 맹세해줘요. 지금까지 내가 겪은 고통을 보며 으스대며 살아남은 악마가 나와 같은 비참한 사람을 또 만들지 못하게 하겠다고 맹세해요. 놈은 언변이 좋고 감언이설에 능하답니다. 나도 한때는 그놈의 말솜씨에 넘어간 적이 있지요. 절대 그놈을 믿지 말아요. 그놈의 영혼은 생긴 것만큼 추악하니까. 몸과 마음이 모두 배신과 악마 같은 악의로 충만하니까. 그놈의 말을 절대 끝까지 듣지 말아요. 윌리엄과 유스틴, 앙리, 엘리자베스, 내 아버지, 비참한 빅토르의 영혼들을 불러내어 당신의 검을 그놈의 심장에 쑤셔 넣어요. 나는 근처를 떠돌다가 그 강철 검이 똑바로 꽂히게 도울 테니.

월턴, 편지를 이어 쓰며

17XX년 8월 26일

이 기묘하고 무시무시한 이야기를 다 읽으셨죠, 마거릿 누님. 공포로 피가 그대로 굳어버릴 것 같지 않으셨나요. 저는 지금도 그 피가 그대로 굳어 있는 것 같아요. 그는 불현듯 고통이 찾아오는지 가끔 말을 잇지 못해요. 또 어떤 때는 목소리가 뚝뚝 끊어지면서도 날카로운 음성으로 고통으로 가득 찬 이야기를 힘겹게 이어가고요. 섬세하고 아름다운 눈동자는 이제 타오르는 분노로 희번덕거리거나, 생기를 잃고 슬픔에 빠져들거나, 끝 모를 불행 속에서 빛을 잃어요. 가끔 그는 표정과 목소리를 잘 다듬어서 가장 무시무시한 사건들을 들려주기도 했어요. 그럴 때면 그의 목소리는 차분하고 끓어오르는 분노를 애써 억누르는 듯했죠. 그러다가도 적에 대해 욕설과 저주를 퍼부을 때면 분했던 표정은 간데없고 화산처럼 폭발할 것 같은 분노만 보였어요.

그의 이야기는 논리정연하고 가장 단순한 진실만을 들려주는 것 같았어요. 게다가 너무 진지하고 논리적이어서 오히려 꾸며낸 이야기인가 싶다가도, 그가 보여준 펠릭스와 사피의 편지들, 우리 배에서 본 그 괴물의 형체를 생각하면 그의 말을 점점 믿게 돼요. 그런 괴물이 정말로 존재했어요. 의문의 여지가 없죠. 하지만 여전히 놀랍고 감탄이 나와요. 가끔은 프랑켄슈타인에게 그런 괴물을 만들어낸 과정을 알아내려고도 했어요. 하지만 그 부분만큼은 절대 입을 열지 않더군요.

그가 말했죠. "제정신인가요, 친구? 그런 경솔한 호기심으로 뭔가를 해볼 작정인가요? 당신과 이 세상을 위해 악마와 같은 적을 만들어내려는 건가요? 그게 아니라면 무슨 의도로 그런 질문을 하는 거죠? 말하지 말아요. 제발! 내 불행에서 교훈을 얻어요. 그리고 당신의 불행을 자초하는 짓은 부디 관둬요."

프랑켄슈타인은 내가 그의 이야기를 기록했다는 사실을 알게 되었어요. 그 기록을 보여달라고 하더군요. 그러더니 여기저기 직접 내용을 고치고 덧붙였어요. 특히 자신의 숙적과 나눈 대화에 생기를 불어넣으려고 신경을 쓰더군요. 그는 이렇게 말했어요. "이왕 당신이 내 이야기를 기록으로 남긴다면, 여기저기 잘려나간 채로 후세에 전해지지는 않았으면 해요."

그렇게 보낸 시간이 일주일 정도 될까요. 그동안 저는 인간이 상상할 수 있는 가장 기묘한 이야기를 들었어요. 제 영혼이 무엇을 생각하고 느끼건 온통 이 손님에 대한 관심뿐이었어요. 그 이야기와 교양 있고 신사다운 그의 태도에서 비롯된 관심이죠. 저는 그의 마음을 달래주고 싶어요. 하지만 그렇게까지 비참한 지경이 되어 위안이 될 만한 희망마저 모두 잃은 사람에게 어떻게 살아보라고 설득할 수 있겠어요? 오, 안 돼요! 그가 아는 유일한 기쁨은 산산조각 난 감정들이 평온하게 죽음에 들 때 비로소 찾아올 테니까요. 그런 그에게도 한 가지 위안거리가 있어요. 고독과 정신착란이 결합해 낳은 산물이죠. 그는 꿈속에서 사랑하는 이들과 이야기를 나눈다고 믿고 있어요. 그들과의 교감에서 위안이나 복수심을 불태울 힘을 얻어요. 그는 그들이 상상이 아니라 머나먼 세상에서 그를 보러온 살아 있는 존재라고 믿죠. 이런 믿음으로 그의 몽상은 엄숙한 분위기가 나기 때문에 그걸 듣는 저조차도 마치 진실을 듣듯 인상적이고 흥미롭게 느끼는 거예요.

우리가 늘 그가 살아온 이야기나 그간의 불행에 대해서만 대화를 나누는 건 아니에요. 문학 전반을 통틀어 어떤 주제라도 그의 지식은 바닥이 날 줄 몰라요. 이해력도 빠르고 날카롭죠. 그의 웅변은 강렬하면서 심금을 울려요. 그가 서글픈 사건을 들려줄 때나, 동정심이나 애정을 불러일으키려고 작정을 하면 저는 눈물 없이 그의 말을 들을 수가 없어요. 지금처럼 몰락해서도 이렇게 고귀하고 신과 같은데 한창 잘

나가던 시절에는 얼마나 훌륭하고 멋있는 사람이었을까요. 그는 자신의 가치는 물론 자신이 지금 얼마나 영락했는지도 아는 것 같아요.

"지금보다 더 젊었을 때는, 내가 대단한 업적을 이룰 운명을 타고난 것만 같았어요. 내 감정은 심오했지만, 화려한 성취를 거두기에 적합한 냉정한 판단력도 갖추고 있었죠. 다른 사람들이라면 억압을 당하고만 있을 때, 나는 내 가치를 파악하고 있었기에 버틸 수 있었어요. 사람들에게 도움이 될 수도 있는 재능을 쓸모없는 슬픔에 소모해버리는 행동은 범죄라고 생각했거든요. 내가 끝내 완수했던 연구, 다시 말해 감정과 지능을 갖춘 동물을 만들어낸 일을 생각하면, 나를 평범한 사기꾼들과 같은 취급을 할 수는 없겠죠. 하지만 연구를 처음 시작했을 때 나를 지탱해줬던 이런 감정이 지금은 나를 한없이 추락시킬 뿐이에요. 내 생각과 희망은 아무것도 아니에요. 전능함을 열망하는 대천사처럼, 나는 영겁의 지옥에 쇠사슬로 묶여 있거든요. 내 상상력은 생생했고 분석력과 응용력은 특출났어요. 나는 이런 내 장점들을 종합해서 어떤 아이디어를 만들어냈고 인간을 창조하기에 이르렀던 거죠. 지금도 그 연구를 진행할 당시 내가 했던 공상들을 떠올릴 때면 열정이 샘솟는 것 같아요. 머릿속에서 천국을 거닐며 때로는 내 능력에 우쭐하고, 때로는 그 결과를 가늠해보며 흥분하기도 했어요. 나는 어릴 때부터 높은 희망과 고상한 야심을 키웠어요. 그랬던 내가 얼마나 몰락했는지! 오! 친구여, 당신이 과거의 나를 알았다면 이렇게 몰락한 나를 알아보지도 못할 거예요. 나는 낙담이라고는 모르고 살았어요. 크나큰 사명을 타고난 줄 알았죠. 그런데 이렇게 몰락했으니 절대로, 절대로 다시는 일어나지 못할 거예요."

이렇게 존경할 만한 사람을 잃어야만 하는 건가요? 저는 오래전부터 친구를 원했어요. 저를 공감해주고 사랑해줄 친구를 오랫동안 찾았죠. 보세요, 이 황량한 바다에서 그런 친구를 마침내 찾았어요. 그런데 그의 가치를 알자마자 떠나보내야만 할 것 같아요. 그가 삶과 다시 화해하게 만들고 싶어요. 하지만 그는 그런 생각에 질색을 해요.

그는 말했어요. "고마워요, 월턴. 이렇게 비참하게 몰락한 사람에게 친절을 베풀어줘서 고마워요. 하지만 생각해봐요. 당신은 새로운 유대감과 애정을 말하지만, 어떤 유대나 애정이 이미 가버린 사람을 대신하겠어요. 어떤 사람이 내게 앙리 클레르발을 대신할 수 있을까요? 어떤 여자가 또 다른 엘리자베스가 되죠? 모종의 재능에 반해 시작된 애정이 아니라도 어린 시절 친구들은 언제나 우리의 마음을 움직이는 힘이 있어요. 나이가 들어 사귄 친구와는 절대 그런 관계를 맺을 수 없죠. 어릴 적 친구들은 우리가 어릴 때 어떤 성격이었는지 잘 알아요. 훗날 성격이 변하더라도 완전히 사라지는 법은 없어요. 우리가 어떤 행동을 했을 때 그 동기가 진실한지 아닌지, 그 친구들은 제 판단을 더 확신할 수 있어요. 형제는 어릴 때부터 그런 모습을 보고 자란 경우가 아닌 한, 서로 사기를 치거나 거짓말을 하리라 의심부터 하지 않지만, 친구라면 아무리 유대감이 강하더라도 자신도 모르게 의심할 수도 있어요. 그런데 나와 우정을 가꾼 친구들은 습관이나 인간관계만 아니라 각자의 장점 때문에라도 서로 각별했어요. 내가 어디에 있어도 엘리자베스의 부드러운 음성과 앙리의 이야기가 귓가에서 울릴 거예요. 그들은 죽었어요. 모두 가고 없는 고독 속에서 내게 살아 있으라고 말할 수 있는 감정은 한 가지뿐이에요. 내가 사람들에게 널리 도움이 될 만한 고귀한 일이나 연구에 매진하고 있다면, 그때는 그 목표를 이루기 위해 살아야겠죠. 그렇지만 그런 건 내 운명이 아니에요. 나는 손수 생명을 불어넣은 존재를 끝까지 추적해 파괴해야 해요. 그러면 이 세상에서 내 운명을 완수한 셈이니 비로소 죽을 수 있을 거예요."

9월 2일

사랑하는 누님.

저는 위험에 둘러싸인 채 사랑하는 영국과, 그곳에 사는 사랑하는 이들을 다시 볼 수 있을지 모르는 상태에서 이 편지를 쓰고 있어요. 사방을 둘러봐도 얼음산밖에 보이지 않는데, 그 얼음산 어디에도 빠져나갈 틈은 보이지 않고 시시각각 배가 난파당할 것 같은 위협을 받고 있어요. 내가 동료가 되어달라고 설득했던 용감한 사람들이 지금은 내 도움만 바라고 있고요. 하지만 제게 도움을 줄 사람은 아무도 없어요. 지금 우리가 처한 상황에는 끔찍할 정도로 무서운 일이 도사리고 있어요. 하지만 용기와 희망이 아직 나를 버리지 않았어요. 우리는 살아남을 거예요. 설령 그러지 못한대도 저는 세네카의 교훈에 따라 용감하게 죽을 거예요.

하지만 마거릿 누님, 그렇게 되면 누님 심정은 어떠시겠어요? 누님은 제가 죽었다는 소식도 못 듣고 노심초사 저의 귀환을 기다리시겠죠. 한 해, 한 해 세월이 흐르면 절망하는 날도 올 거예요. 선뜻 희망을 버릴 수 없어 고통스러우시겠죠. 오! 사랑하는 누님, 누님이 진심으로 기대했던 일이 수포가 될 거라 생각하면 제 죽음보다 더 끔찍해요. 하지만 누님에게는 남편과 사랑스러운 아이들이 있잖아요. 행복하시기를 바라요. 하느님의 은총이 있기를. 그 은총으로 행복하시기를!

저의 불운한 손님은 한없이 다정한 연민의 눈빛으로 저를 봐줘요. 제가 희망을 잃지 않도록 애를 쓰죠. 삶을 중요하게 여기는 것처럼 말하고요. 이 바다에 도전했던 다른 항해자들이 이런 상황을 얼마나 많이 겪었는지 늘 상기시켜줘요. 이 손님 덕분에 나도 모르게 긍정적인 기분이 들곤 해요. 선원들도 그의 말에서 우러나는 힘을 느끼나 봐요. 그가 말을 하면 선원들은 절망하지 않아요. 그에게서 기운을 얻죠. 선원들은 그의 말을 들으면, 이 거대한 얼음산이 두더지가 쌓은 둔덕이어서 사람의 결기 앞에서는 흔적도 없이 사라질 거라고 굳게 믿죠. 그렇지만 이런 감정도 금세 사라지고 말아요. 매일같이 기다리던 일이 일어나지 않으면 선원들은 두려움에 휩싸여요. 저는 이런 절망감 때문에 선원들이 반란을 일으킬까 무서워요.

9월 5일

방금 정말 흥미로운 사건이 일어났어요. 이 편지가 누님에게 닿지 않을 가능성이 크지만 그래도 그 사건을 기록하지 않을 수가 없어요.

우리는 여전히 눈 덮인 산에 둘러싸여 있어서 언제든 배가 그곳에 충돌해 난파할 위험이 있어요. 극심한 추위에 불운을 피하지 못한 동료 여러 명을 이 황량한 땅에 묻었고, 프랑켄슈타인은 나날이 쇠약해지고 있어요. 열에 들떠 두 눈이 형형하게 빛나지만, 그는 이미 기력이 다했어요. 갑자기 뭘 하려고 몸을 움직이나 싶다가도 순식간에 쓰러져 의식을 잃어요.

지난 편지에서 선상 반란이 일어날까 두렵다고 썼지요. 오늘 아침 저는 친구의 생기 없는 얼굴을 지켜보며 앉아 있었어요. 그는 눈을 반쯤 감고 팔다리를 힘없이 늘어뜨리고 있었죠. 그때 선원 여섯 명이 찾아와 선실로 들어가게 해달라고 해서 정신이 번쩍 들었어요. 선실에 오더니 선원 무리의 대장 격인 사람이 제게 말을 했어요. 그는 제게 어떤 요구를 하기 위해 다른 선원들의 대표가 되어 왔다더군요. 들어보니 그들의 요구가 정당해서 도저히 거부할 수가 없었어요. 우리는 얼음에 갇혀 도저히 빠져나가지 못하는 형편이었거든요. 선원들은 얼음이 갈라진 틈으로 배가 빠져나가게 되어 겨우 이 위기를 무사히 벗어난 후에 혹시 제가 경솔하게 항해를 계속해 선원들을 새로운 위험으로 몰고 갈까 두렵다고 하더군요. 그래서 만약 배가 빙산에서 무사히 빠져나가면 즉시 뱃머리를 남쪽으로 돌리겠다고 엄숙하게 약속을 해달라고 했어요.

이들의 말에 난감했어요. 저는 아직 절망에 빠지지 않았거든요. 배가 이곳을 빠져나가면 돌아가겠다는 생각을 해본 적도 없고요. 그렇다고 해도 제가 이들의 요구를 거절하는 게 정당할까요? 아니 거절할 수나 있을까요? 저는 선뜻 답을 못하고 우물쭈물했어요. 그런데 지금껏 아무 말도 없었고 솔직히 우리 대화에 끼어들 기력이라도 있을까 싶었던 프랑켄슈타인이 불쑥 일어서는 거예요. 두 눈에서 빛이 번쩍하고 두 볼은 일시적인 흥분으로 붉게 달아올랐더군요. 그는 선원들을 돌아보면서 이렇게 말했어요.

"대체 그게 무슨 뜻입니까? 여러분의 대장에게 무슨 요구를 하는 겁니까? 여러분은 그렇게 간단하게 계획을 포기할 작정입니까? 당신들은 이번 항해를 영광스러운 탐사로 부르지 않았던가요? 대체 왜 영광스럽다고 한 겁니까? 그 항로가 남쪽 바다처럼 순조롭고 잔잔해서가 아니라 위험과 공포로 가득 차 있기 때문이었습니다. 새로운 사건이 벌어질 때마다 여러분이 불굴의 의지를 끌어내고 용기를 보여주어야 하기 때문입니다. 여러분이 에워싸여 있는 이런 위험에 용감하게 대처하고 극복해야 하기 때문입니다. 이 탐사는 영광스러운 일이며, 이 탐사를 수행하는 것 자체가 명예로운 일이니까요. 앞으로 여러분은 인류에 공헌한 사람으로 찬사를 받을 겁니다. 여러분은 명예를 얻고, 인류의 이익을 위해 목숨을 걸고 맞선 용감한 자들로 그 이름이 칭송을 받을 테고요. 그런데 지금 보십시오. 처음으로 생각만 해오던 위험이 닥치자, 아니 처음으로 용기가 막강한 시험대에 오르자 여러분은 완전히 전의를 상실하고 말았습니다. 그리고 이 추위와 위험을 견딜 힘이 부족했던 사람들로 남는 것에 만족하려 하는군요. 훗날 사람들은, 가련한 영혼들이었던 그들이 몸이 꽁꽁 얼어붙은 채 따뜻한 난롯가로 되돌아갔다고 하겠죠. 고작 그렇게 끝내려면 이렇게 준비할 필요는 없지 않았습니까? 여러분은 이렇게 멀리까지 올 필요가 없었습니다. 여러분의 대장을 수치스러운 패배로 몰아가 자신들의 비겁함을 증명할 필요가 없었다는 말입니다. 오! 사나이가 되세요. 아니 사나이 이상의 사람이 되십시오. 목표를 향해 흔들림 없이 나아가고 바위처럼 굳건하게 버티라는 말입니다. 이 얼음은 당신들의 심장과는 다른 재료로 만들어졌습니다. 얼음은 형태가 계속 변하니, 여러분이 물러나지 않겠다고 하면 여러분에게 맞설 수 없습니다. 이마에 수치스러운 낙인이 찍힌 채 가족의 품으로 돌아가지 마세요. 싸워서 정복했으며, 적에게 등을 돌리는 것이 결코 무엇인지 모르는 영웅으로 돌아가십시오."

그는 다양한 감정을 드러낼 때마다 감정에 맞춰 목소리를 조절했고 두 눈을 고매한 이상과 영웅주의로 빛냈어요. 그러니 선원들이 감동했다고 해도 누님은 놀라지 않으시겠죠. 선원들은 서로를 바라보며 아무 말도 하지 못했어요. 제가 모두에게 말했어요. 일단은 돌아가서 지금 들은 말을 잘 생각해보라고요. 그들이 끝내 반대한다면 저는 그들을 북쪽으로 계속 이끌지 않겠다고도 했어요. 하지만 잘 생각해보고 다시 용기를 냈으면 좋겠다고 했죠.

선원들이 돌아간 후 저는 친구에게로 돌아갔어요. 그런데 그는 기진맥진해서 숨이 거의 끊어질 것만 같더군요.

이 상황이 어떻게 끝날지 저도 모르겠어요. 하지만 수치를 안고 돌아가느니 차라리 죽음을 택하겠어요. 끝내 목표도 이루지 못하겠죠. 고작 그런 것이 제 운명일까 두려워요. 영광과 명예라는 신념의 버팀목이 없는 사람들은 지금의 고초를 더 버틸 수가 없을 테니까요.

9월 7일

주사위는 던져졌어요. 우리가 살아남는다면 고국으로 돌아가기로 합의를 보았어요. 결국 비겁함과 우유부단함 때문에 제 희망은 산산조각이 나고 말았어요. 저는 아무런 지식도 얻지 못하고 실망만 한 채 돌아갈 거예요. 인내심을 갖고 이러한 부당함을 버티기 위해 지금 가진 것 이상의 철학이 필요해요.

9월 12일

이제 다 끝났어요. 저는 지금 영국으로 돌아가는 길이에요. 인간을 돕고 영광을 얻는다는 제 희망은 사라졌어요. 제 친구도 이제는 없어요. 사랑하는 누님, 이제 그 비통한 상황을 상세하게 알려드릴게요. 지금 누님이 있는 영국으로 돌아가고 있지만 저는 실의에 빠지거나 하진 않을 거예요.

9월 9일, 빙산이 움직이기 시작하더니 우레와 같은 소리가 멀리서 들려왔어요. 마치 섬이 사방으로 쩍쩍 갈라지고 쪼개지는 소리 같았죠. 금방이라도 위험이 우리를 덮칠 것만 같았어요. 가만히 상황을 지켜보는 수밖에 없었기에, 저는 그 불운한 손님을 보살피는 데 집중했어요. 그는 병세가 너무 깊어져서 병석에서 자리보전만 하던 중이었죠. 우리 뒤를 틀어막고 있던 빙산이 떨어져 나오더니 그 기세로 북쪽으로 떠내려갔어요. 마침 서쪽에서 미풍이 불어오면서 11일에는 마침내 남쪽으로 가는 뱃길이 완전히 열렸어요. 선원들은 드디어 고향 땅으로 돌아갈 수 있다고 확신했는지 기쁨을 주체하지 못하고 한참이나 요란하게 환호성을 질러대더군요. 꾸벅꾸벅 졸고 있던 프랑켄슈타인이 눈을 뜨고 왜 이렇게 소란한지 물었어요. "선원들이 지르는 환호성이에요. 곧 영국으로 돌아갈 거니까요."

"정말 돌아갈 건가요?"

"아! 그렇습니다. 그들의 요구를 더는 무시할 수가 없어요. 그들을 억지로 사지로 이끌 수는 없습니다. 그러니 돌아가야죠."

"그래야겠다면 그렇게 하세요. 하지만 나는 안 갈 겁니다. 당신은 목적을 포기해도 되지만 나는 하늘이 맡긴 과업을 완수 중이니 도저히 그럴 수가 없어요. 내 몸은 쇠약해질 대로 쇠약해졌습니다. 하지만 내 복수를 돕는 영혼들이 그 일을 해낼 힘을 주겠죠." 그는 이렇게 말하면서 침대에서 일어나려고 했어요. 하지만 그 정도도 그에게는 힘에 부치는 일이었죠. 그는 쓰러지면서 끝내 혼절을 했어요.

그는 한참 후에야 의식을 되찾았어요. 그의 숨이 완전히 끊어졌다고 생각한 게 몇 번인지 몰라요. 마침내 그는 눈을 떴지만 숨을 쉬는 것조차 힘겨워했고 말은 하지도 못했어요. 선상 의사가 진정제 주사를 놓고 우리에게 환자는 절대안정을 취해야 한다고 당부했어요. 의사는 제 친구가 몇 시간밖에 버티지 못할 거라고 하더군요.

마침내 이 세상에서의 삶이 끝났다는 선고가 내려진 거예요. 저는 그저 비통한 마음으로 기다릴 수밖에 없었어요. 그 사람의 침상을 지켜보고 있었는데 그가 눈을 감고 있어서 저는 잠이 든 줄 알았어요. 그런데 갑자기 다 죽어가는 목소리로 저를 부르는 거예요. 가까이 오라고 하더니 이렇게 말했어요. "아! 나를 지탱해주던 힘이 사라졌어요. 내 목숨도 얼마 남지 않은 것 같아요. 내 적이자 박해자인 그놈은 여전히 살아 있겠죠. 월턴, 내가 생의 마지막 순간마저 전에 말했던 것처럼 증오로 복수를 열망하고 있다고는 생각하지 말아요. 물론 내 적이 파멸하기를 바란 건 정당했어요. 요 며칠 동안 나는 내가 벌인 일들을 되짚으며 곰곰이 생각해봤죠. 나는 비난받을 일을 했다는 생각이 들지 않더군요. 광적인 열정에 휩싸여 이성적인 존재를 만들어냈어요. 그리고 힘이 닿는 한, 놈이 행복하게 잘 살 수 있도록 애를 써봤고요. 그것이 내 의무였죠. 하지만 그 의무를 능가하는 다른 의무가 있었어요. 나와 같은 시민에 대한 의무. 나는 이 의무를 더 중시했어요. 훨씬 더 많은 사람의 행복과 불행이 달려 있었으니까요. 이런 관점에서 나는 놈이 자신의 동반자를 만들어달라고 한 요구를 거절했죠. 그 결정은 옳았어요. 악한 것으로 따지자면 그놈은 누구에게도 뒤지지 않을 정도로 악랄하고 이기적이었죠. 내가 사랑하는 이들을 모두 죽였으니까요. 갖은 힘을 다 쏟아서, 섬세한 감정과 지혜를 지니고 행복하게 살아가는 사람들의 인생을 파괴한 겁니다. 복수에 대한 갈증이 어디에서 끝이 날지 나도 모르겠어요. 자신이 불행하다고 해서 다른 사람마저 불행하게 만들려 한다면 응당 죽어야 해요. 바로 그 과업을 내가 이루어야 했지만 나는 실패했어요. 얼마 전 나는 이기적이고 사악한 동기로 내가 끝내지 못한 일을 마무리해주십사 부탁을 했지요. 지금도 내 마음은 변함이 없습니다만, 이번에는 오직 도덕적이고 이성적인 판단에서 부탁합니다.

하지만 이 과업을 완수하기 위해 조국과 사랑하는 이들마저 버리라고는 차마 부탁할 수가 없군요. 이제 곧 당신은 영국으로 돌아갈 테니 그놈과는 마주칠 기회도 거의 없을 거예요. 어쨌든 이런 점들을 잘 고려해보세요. 당신이 소중하게 여기는 의무들 사이에서 어떻게 균형을 잡을지, 당신의 판단에 맡기겠습니다. 마지막 순간이 다가오면서 내 판단력과 생각도 흐려졌어요. 열정에 사로잡힌 탓에 오판을 할 수 있으니 내가 옳다고 생각하는 일을 꼭 해달라고 부탁하지는 않겠습니다.

놈이 여전히 이 세상에 남아 악행을 저지를 거라 생각하니, 마음이 편치 않아요. 달리 본다면, 잠깐이나마 해방을 기다리는 이 시간이 요 몇 년 동안 내가 유일하게 누린 행복한 시간이군요. 이미 죽고 없는 사랑하는 사람들이 내 눈앞에 있어요. 어서 빨리 그들의 품에 안기고 싶어요. 잘 있어요, 월턴! 마음의 평화에서 행복을 찾아요. 야망은 품지 말아요. 설령 과학에서 새로운 지식을 발견해 공을 세우겠다는 순수한 야망이라고 해도요. 그런데 내가 왜 이런 말을 하는 걸까요. 나야 그런 야망 때문에 몰락했지만, 다른 사람은 성공할지 모르는데 말이죠."

이런 말을 남기는 그의 목소리가 점점 작아졌어요. 어느덧 기력이 다했는지 그는 침묵에 빠졌죠. 그로부터 약 30분 후 그가 다시 입을 열었지만 끝내 말을 할 수가 없었어요. 대신 내 손을 살며시 눌렀어요. 그의 입가에서 상냥한 미소가 사라지나 싶더니 다시는 눈을 뜨지 않았어요.

누님, 이렇게 찬란하게 빛났던 사람이 너무나 때 이른 죽음을 맞았으니 제가 무슨 말을 할 수 있겠어요. 무슨 말을 해야 이 깊디깊은 슬픔을 누님이 이해하실 수 있을까요? 제가 무슨 말을 어떻게 하건 충분하지 않고 완전하지 않을 거예요. 눈물이 흘러요. 낙담이라는 구름이 제 마음에 그림자를 길게 드리운 심정이에요. 하지만 영국으로 돌아가는 길이고 그곳에 도착하면 위안이 되겠죠.

편지는 조금 있다가 다시 써야겠어요. 이 소리는 무슨 전조일까요? 지금은 한밤중이에요. 바람은 순풍이고 갑판의 불침번은 거의 움직이지도 않아요. 그런데 무슨 소리가 들려요. 사람 목소리 같은데 아까보다 더 거칠어요. 게다가 프랑켄슈타인의 시신이 안치된 선실에서 새어 나오고 있어요. 아무래도 가서 확인해봐야겠어요. 안녕히 주무세요, 누님.

맙소사! 방금 엄청난 일이 있었어요! 그 일을 떠올리면 지금도 머리가 쩔쩔해요. 그 일을 상세하게 설명할 수나 있을지 모르겠어요. 하지만 지금까지 제가 기록한 이야기는, 마지막을 장식할 이 엄청난 대단원이 없다면 완전하지 않을 거예요.

제가 그토록 흠모했던 불운한 친구가 영면에 든 선실로 들어갔어요. 그랬더니 누군가 그 친구를 굽어보고 있지 않겠어요. 그자의 생김새를 설명할 말을 찾을 수 없어요. 몸집이 거인 같은데 몸의 비율이 형편없이 뒤틀려 있지 뭐예요. 관 위로 몸을 숙이고 있어서 흘러내린 머리에 가려 그자의 얼굴은 보이지 않았어요. 한 손을 내밀고 있었는데, 크기는 거대했고 피부의 색깔이나 조직이 흡사 미라 같았어요. 내가 다가가는 소리를 듣자 그자는 슬픔과 두려움이 뒤섞인 한탄을 멈추고 창문을 향해 훌쩍 뛰어오르더군요. 그렇게 끔찍하고 혐오스럽기까지 한 얼굴은 처음 봤어요. 그 흉물스러운 얼굴을 본 순간 간담이 서늘해졌죠. 저도 모르게 눈을 질끈 감아버렸어요. 그렇지만 이 파괴자를 해치우는 게 제 의무라는 사실을 애써 기억했어요. 그래서 그 자리에 서라고 했죠.

그가 놀란 표정으로 나를 바라보며 멈춰 서더군요. 그러더니 다시 생명이 빠져나간 자신의 창조주를 향해 돌아섰어요. 마치 제가 있다는 사실을 잊어버린 것처럼요. 그의 표정이나 몸짓을 보니 주체할 수 없는 엄청난 분노에 사로잡힌 것 같았어요. 그는 이렇게 소리쳤어요.

"저자도 이제 내 희생자가 되었군! 저자의 숨통을 끊었으니 마침내 내 범죄도 완성되었어. 불행이 이어졌던 나라는 존재도 이제 종말을 향해 가고 있어! 오, 프랑켄슈타인! 당신은 관대하고 헌신적인 사람이었지! 인제 와 당신에게 용서를 빌어봐야 무슨 소용이 있겠나. 당신이 사랑하는 이들을 모두 죽여 당신마저 죽음으로 몰고 간 내가 말이야. 이럴 수가! 어느새 몸이 차갑게 식었군. 더는 내게 대답할 수 없겠어."

그자의 목소리를 들어보니 목이 멘 것 같더군요. 제 친구는 죽어가면서 자신의 적을 죽여 의무를 완수해달라고 제게 부탁했어요. 그자를 보자마자 그 의무가 퍼뜩 떠올랐지만, 호기심이 일기도 하고 동정심도 들어서 잠시 미뤄두기로 했어요. 저는 그 무시무시한 존재에게 다가갔어요. 고개를 들어 그의 얼굴을 바라볼 엄두가 나지 않더군요. 추악한 그의 얼굴에는 어딘지 소름이 끼치고 섬뜩한 구석이 있었거든요. 어쨌든 말을 걸어보려고 했는데 좀처럼 말이 나오지 않았어요. 그 괴물은 자책하는 말을 연신 두서없이 떠들었어요. 마침내 폭풍처럼 쏟아내던 자책을 잠시 멈춘 틈을 타서 제가 마음을 단단히 먹고 그를 불렀어요. "이봐, 그렇게 후회해봐야 이제 다 부질없는 짓 아닌가? 이렇게 극단적으로 악마적인 복수를 밀어붙이기 전에 양심의 소리에 귀를 기울이고 가슴을 푹푹 찌르는 죄책감을 떠올렸다면 프랑켄슈타인은 지금쯤 살아 있었을 거야."

"당신은 지금 무슨 소리를 하는 거지?" 그 악마가 되물었어요. "내 가슴에는 고통도 후회도 다 죽고 없다고 생각하는 건가? 그는……" 그자가 시신을 가리키며 말을 이었어요. "그가 무슨 짓을 했건 그 고통은 내 것에 비할 수도 없었어. 오! 범행을 차례차례 저지르는 동안 내가 겪었던 고통의 만분의 일도 겪지 않았다고! 지독한 이기심이 나를 범행으로 밀어붙였지만, 정작 내 심장은 양심의 가책이라는 독에 물들었지. 앙리의 비명이 내 귀에는 음악 소리처럼 들리기라도 했을 거라 생각하나? 내 심장도 사랑과 연민에 예민하게 반응했어. 불행이 연달아 찾아와 내 심장에서 악과 증오가 솟아났을 때도, 격렬한 변화를 거칠 때마다 당신은 상상조차할 수 없는 지독한 고통을 견뎌야 했어.

앙리를 살해한 후 나는 낙담을 하고 실의에 빠져 스위스로 돌아갔어. 프랑켄슈타인이 불쌍하더군. 이런 동정이 점점 커져 공포가 되었어. 나는 내가 혐오스러웠지. 바로 그때, 나를 창조하고 말로 다 할 수 없는 고통을 주는 창조자인 그가 감히 행복한 삶을 꿈꾼다는 사실을 알게 되었어. 나를 고통과 절망감에 빠트린 주제에 그는 금지된 사랑을 하며 다채로운 감정과 열망을 누리려 한다는 사실을 알게 된 거야. 그러자 어디에도 풀 길이 없는 질투심과 쓰라린 분노가 내 안에 차곡차곡 쌓이며 그 무엇으로도 만족시킬 수 없는 복수심으로 목이 타들어갔어. 그를 협박하며 마구 떠들었던 말이 기억나더군. 그렇다면 그 말대로 해주자고 마음을 먹었어. 그에게 할 복수를 준비하는 건 죽을 만큼 지독한 고통을 자초하는 셈이라는 걸 나도 알아. 하지만 나는 내가 그토록 혐오하는 충동의 주인이 아니었어. 노예였지. 그러니 충동에 복종하지 않을 수 없었어. 그리고 엘리자베스가 죽었어! 아니, 나는 불행하지 않았어. 너무나 절망한 나머지 모든 감정을 끊어내고 괴로운 마음이 날뛰지 않도록 억눌렀지. 그 이후 악은 나의 선이 되었지. 이렇게까지 몰리자 내가 기꺼이 선택한 악에 내 본성을 끼워 맞출 수밖에 없었어. 악마적인 계획을 완성하고 싶은 열정은 그 무엇으로도 채울 수 없었거든. 그런데 이제 다 끝났어. 여기 나의 마지막 희생자가 누워 있으니까!"

처음에는 그가 토로하는 비참한 심경을 듣고 마음이 움직였어요. 하지만 프랑켄슈타인이 그의 언변과 설득력에 대해 들려준 말이 기억나더군요. 숨이 끊어진 제 친구를 보는 순간 제 안에서 분노의 불길이 다시 타올랐어요. "이 괴물아! 네놈이 여기 와서 네가 초래한 이 슬픔에 징징거리는 건 좋아. 그런데 그 행동은 말이지, 건물이 옹기종기 모인 곳에 횃불을 던져놓고는 그곳이 활활 타오를 때 폐허 속에 주저앉아 파괴된 모습을 보며 눈물 흘리는 것과 같아. 이 위선적인 악마! 네놈이 애도하는 그 사람이 지금도 살아 있다면 너는 여전히 그 사람을 노리고 있겠지. 그 사람은 다시 저주받은 복수심의 먹잇감 신세가 되었을 거야. 네놈이 느끼는 감정은 동정심이 아니야. 네 악의의 먹잇감이 네 손아귀를 영영 빠져나갔기 때문에 원통해하는 거야."

"오, 그건 아니야, 그렇지 않다고." 그자가 내 말을 끊었어요. "내가 저지른 짓의 목적처럼 보이는 것에 당신이 그런 인상을 받는 것도 당연해. 내 불행에 인간적인 감정을 갈구하는 게 아니야. 나는 어차피 어디에서도 공감을 받을 수 없을 테니. 내가 처음으로 공감을 갈구했을 때 내가 원한 건 미덕에 대한 사랑이었어. 나의 온 존재에 행복한 감정과 애정이 흘러넘치기 바랐고, 그런 감정에 속하고 싶었어. 하지만 이제 그런 미덕은 내게 그림자가 되었지. 내가 갈구했던 행복과 애정은 이제 쓰라리고 혐오스러운 절망이 되었다고. 이런 내가 어디에서 공감을 구하겠어? 내가 고통을 견딜 수 있는 한 혼자 고통받는 것으로 만족해. 내가 죽을 때 혐오감과 맹비난이 내 기억을 가득 채운대도 나는 충분히 만족할 거야. 한때 내 공상은 미덕과 명예, 즐거움에 대한 꿈이 달래주었지. 언젠가 나는 이 추한 몰골을 상관하지 않고 내가 보여줄 수 있는 뛰어난 자질을 보고 나를 사랑해줄 사람들과 만날 수 있으리라 헛된 희망을 품었으니까. 명예와 헌신이라는 고상한 생각으로 마음을 살찌울 때도 있었어. 그런데 지금 나는 악으로 인해 가장 비열한 짐승보다도 더 타락해버렸어. 그 어떤 범죄나 불행, 악의, 비참함도 내가 겪은 것과는 비교가 안 돼. 내가 자행한 끔찍한 짓거리를 하나하나 되짚어보면, 한때 내 머릿속이 탁월한 아름다움과 장엄한 선으로 꽉 차 있었다는 사실이 믿어지지 않아. 하지만 그게 사실이야. 타락한 천사가 악랄한 악마가 되는 법이지. 신과 인간의 적인 악마도 비참한 처지에는 친구와 동료가 있었어. 그런데 나는 고독한 신세야.

프랑켄슈타인을 친구라고 부르는 당신! 당신은 내가 저지른 범죄와 내가 겪은 불행에 대해 아는 듯하군. 하지만 그가 당신에게 얼마나 상세하게 전했든, 내가 의미 없는 열정에 삶을 허비하며 견딘 세월은 몇 시간, 아니 몇 개월이 걸려도 다 말할 수 없어. 그의 희망을 하나씩 파괴해도 정작 내 욕망은 채워지지 않았거든. 그 욕망은 쉬지 않고 열렬하게 갈망했어. 여전히 나는 사랑과 우정을 욕망했고. 그러나 줄곧 퇴짜를 맞았지. 이런 걸 부당하지 않다고 말할 수 있어? 모든 인간이 내게 죄를 지었는데 어째서 나 혼자만 범죄자로 여겨져야 해? 왜 당신은 친구를 그토록 무례하게 문전박대한 펠릭스는 증오하지 않지? 자신의 친구를 구해준 나를 도리어 죽이려고 했던 그 시골 청년을 왜 비난하지 않는 거냐고. 그래, 그들은 도덕적이고 결점이라고는 없는 사람들이지! 비참하고 버림받은 자인 나는 퇴짜를 맞고 발길질을 당하고 짓밟혀야 하는 쓸모없는 존재일 테고. 이런 부당함을 생각하면 나는 지금도 피가 끓어올라.

하지만 내가 악마 같은 존재라는 건 사실이야. 나는 사랑스럽고 무기력한 사람들을 살해했어. 죄 없는 사람이 잠이 들었을 때 목을 졸라 죽였지. 나나 다른 누구에게도 상처를 준 적 없는 사람의 목을 움켜쥐어 죽였어. 내 창조주는 누구보다 사랑과 존경을 받을 가치가 있는 선택받은 사람이었어. 그런 그를 나는 불행하게 만들었지. 그를 추적하며 돌이킬 수 없이 몰락할 때까지 지독하게 몰아붙였어. 저기 숨이 끊어져 핏기라고는 없이 차갑게 식은 그가 누워 있군. 당신은 나를 증오하지. 하지만 당신이 나를 얼마나 혐오하건, 나의 자기혐오에는 발끝에도 미치지 못해. 죄를 저지른 내 손이 눈에 선해. 범죄의 발상이 잉태된 심장이 떠올라. 그리고 그들이 나와 시선을 마주치고, 내 머릿속을 떠돌 순간만을 고대하고 있어.

내가 앞으로 악행을 저지를 도구가 될까 두려워하지 마. 내 과업은 거의 다 끝났으니까. 내 존재를 완성하고 반드시 해야만 하는 일을 끝내기 위해서 당신이나 다른 누구의 죽음도 필요하지 않아. 필요한 건 내 죽음뿐이야. 내가 이런 내 목숨을 바치는 데 우물쭈물할 거라 생각하지 마. 나는 당신의 배를 떠나 나를 여기까지 데려와 준 얼음 뗏목에 올라탄 후 지구의 최북단으로 갈 거야. 그곳에 도착하면 장례를 치를 장작을 모아놓고 이 비참한 몸뚱이가 한 줌 재가 되도록 활활 태워버릴 거야. 그러면 내 유해가, 나와 같은 존재를 만들고 싶어 하는 신성모독을 저지를 호기심 많은 인간에게 어떤 단서도 줄 수 없을 테지. 나는 죽을 거야. 지금 나를 좀먹는 고통을 더는 느끼지 않을 거야. 만족시킬 수도 없고 꺼트릴 수도 없는 감정의 먹잇감도 되지 않을 거야. 내게 생명을 불어넣은 사람은 죽었어. 나도 이 세상에 더는 존재하지 않으면, 우리 두 사람에 대한 기억은 순식간에 사라지겠지. 이제 더 이상 해나 별을 볼 수 없고, 두 볼을 간질이는 장난스러운 바람결도 느끼지 못하겠지. 빛과 감정, 감각도 사라질 거야. 나는 이런 상태에서 행복을 찾아야 해. 몇 해 전, 내 눈앞에 세상의 이미지가 처음으로 펼쳐졌을 때, 여름의 상쾌한 온기를 느꼈을 때, 나뭇잎이 살랑거리고 새들이 즐겁게 지저귀는 소리를 들었을 때, 이런 것들이 전부 내 것이었을 때 죽어야 했다면 나는 서러워서 울었을 거야. 하지만 지금은 죽음만이 위안이야. 악행으로 더럽혀지고 쓰라린 회한으로 산산이 찢긴 내가 죽음이 아니면 어디에서 휴식을 구할 수 있겠나?

안녕히! 나는 이제 당신을 떠나네. 앞으로 이 눈이 볼 인간은 당신이 마지막일 거야. 잘 가시오, 프랑켄슈타인! 당신이 아직도 살아서 내게 복수를 할 욕망을 키우고 있다면, 내가 죽는 것보다 살아 있는 편이 더 만족스럽겠지. 하지만 그렇게 되지 않았어. 당신은 나를 죽이려 했어. 내가 더 큰 불행을 초래할 수 있다고 말이야. 그러나 내가 알 수 없는 섭리로 당신이 아직도 생각하고 느낄 수 있다면, 당신이 내 목숨을 원하는 건 나를 불행하게 만들기 위해서가 아닐 거야. 당신이 아무리 비참하게 몰락했다고 해도 내 고통에 비하면 아무것도 아니니까. 죽음이 영원히 내 상처를 아물게 할 때까지 양심의 가책은 지치지도 않고 내 상처를 후벼팔 테니까 말이야."

그러더니 그자가 비통하고도 엄숙한 목소리로 열에 들떠 소리쳤어요. "하지만 곧 나도 죽을 거야. 지금 내가 느끼는 감정도 더는 느끼지 못하게 되겠지. 이렇게 활활 타오르는 비참한 감정도 조만간 완전히 꺼질 거야. 내 장례식을 위해 쌓아놓은 장작 위로 의기양양하게 올라가 고통스러운 불길 속에서 희열을 느낄 거야. 나를 태우는 불길도 곧 사라질 거야. 내 재는 바람에 실려 바다로 날아가겠지. 그리고 내 영혼은 평온하게 잠이 들 거야. 설령 영혼이 생각한다 해도, 괴로운 생각은 하지 않을 테지. 그럼 안녕히."

그자는 이 말을 끝으로 선실 창문에서 배에 가까이 떠 있던 얼음 뗏목으로 훌쩍 뛰어내렸어요. 그의 모습은 이내 파도 속으로 휩쓸려 들어가더니 어느새 저 멀리 어둠 속으로 사라지고 말았죠.

윌북 클래식
호러 컬렉션

프랑켄슈타인

펴낸날 초판 1쇄 2022년 12월 20일

지은이 메리 셸리

옮긴이 이경아

펴낸이 이주애, 홍영완

편집장 최혜리

편집4팀 이정미, 박주희, 장종철

편집 양혜영, 박효주, 유승재, 문주영, 홍은비, 강민우, 김하영, 김혜원, 이소연

마케팅 김태윤, 최혜빈, 정혜인, 김미소, 김지윤

디자인 박아형, 김주연, 윤소정, 기조숙, 윤신혜

해외기획 정미현

경영지원 박소현

펴낸곳 (주)윌북 출판등록 제2006-000017호 주소 10881 경기도 파주시 광인사길 217

전화 031-955-3777 팩스 031-955-3778

홈페이지 willbookspub.com 전자우편 willbooks@naver.com

블로그 blog.naver.com/willbooks 포스트 post.naver.com/willbooks

페이스북 @willbooks 트위터 @onwillbooks 인스타그램 @willbooks_pub

ISBN 979-11-5581-558-8 04840

　　　 979-11-5581-556-4(세트)